본 심

본 심

히라노 게이치로 장편소설

양윤옥 옮김

H

일러두기

1. 작가의 의도를 존중하여 원문에서 곁점으로 강조된 어구는 볼드체로 표시했다.
2. 이 책의 주는 모두 옮긴이의 주이다.

목 차

프롤로그

오직 단 한 번뿐인 것은 소중하다.

진부한 얘기지만 이 의견에는 대부분의 사람들이 동의할 것이다.

그렇다면 시간과 불가분하게 살아가는 인간은 그 존재 자체가 소중하다고 할 수 있다. 왜냐하면 살아가는 한, 인간은 계속 변화하는 것이고 지금 이 순간의 나는 그다음 순간에는 이미 존재하지 않기 때문이다.

실제로 단지 이만큼의 얘기를 하는 동안에도 나는 똑같지 않다. 세포 레벨에서도 분자 레벨에서도 이건 명백하다.

좀 더 단순하게 내가 지금 죽어가고 있다고 상상한다면? 나는 현재 상태에 그대로 머물 수 없다. 병상은 시시각각 악화되고 혈압은 떨어지고 심장박동 수도 약해져서 결국 나는 이 말을 매듭짓지도 못한 채 마지막 궁극의 변화를—즉 죽음을—맞이하게 될 것이다.

단 한 줄의 문장을 쓰는 동안에도 인간은 변화하며 살아간다.

이런 생각에 과연 인간은 견뎌낼 수 있을까.

방금 현관 앞에서 배웅한 어린아이의 모습을 이제 두 번 다시 볼 수 없다. 학교에서 돌아온 그 아이는 아침과 비슷한, 하지만 미미하게 달라진 존재인 것이니까.

우리는 그 차이가 상당히 축적된 다음에야 겨우 알아채곤 한다.

책 한 페이지분의 잉크의 양을 우리는 결코 감지하지 못한다.

하지만 책 일만 권분의 잉크라면 온몸으로 실감할 것이다.

변화의 **무게**에는 그것과 비슷한 면이 있다. 물론 시선을 집중해서 들여다본다면 그 미미한 양의 잉크가 각 페이지에 그려내는 것이야말로 시시각각 달라지는 변화다.

인간뿐만이 아니다. 생물도 풍경도 매 순간 소중한 것을 잃고, 그리고 그것과 자리를 바꿔 다시금 소중한 것이 되어간다.

사랑은 이미 달라져버린 오늘의 그 존재를 어제의 그것과 동일시하며 지속된다.

둔감해진 탓에? 오해 때문에? 그게 아니면 강한 사랑이라서?

때로는 그것이 전혀 딴판의 모습으로 변해도, 그런 내용이 되어도, 혹은 그 존재 자체가 상실되어버려도.

그게 아니면 오늘의 사랑 또한 어제와 똑같지 않고 내일에는 이미 사라지는 것인가.

그렇기 때문에 더욱더 소중한 것이라고 당신은 말할까.

제1장

「어머니」를 만든 사정

"어머니를 만들어주셨으면 합니다."

담당자를 마주하고 앉아 단 몇 초의 침묵도 견디지 못하고 내가 먼저 그렇게 입을 열었다.

뭔가 좀 다른 방식으로 말할 수 있었는지도 모른다.

메일로 이미 희망사항을 전달했기 때문에 확인하는 정도, 라는 생각이었다. 하지만 겨우 그것뿐인 말조차 나는 끝까지 다 하지 못한 채 중간에 눈물을 글썽거리고 말았다.

어째서인지는 모른다. 어머니를 잃고 반년 동안 견뎌온 외로움이 터져나온 것이겠지만, 그러던 끝이 이건가 하고 어쩐지 비참한 기분이 들었다.

게다가 그 불가능한 단어의 조합이 단순히 우스웠던 것도 같다.

우습다고 울면 안 될 이유가…… 있는가?

나는 얼마 전에 스물아홉 살이 되었다.

어머니와 나는 한쪽이 죽으면 남겨진 다른 한쪽은 외톨이가 되어버리는, 단둘뿐인 가족이었다. 그리고 나는 2040년대의 입구에서서 이따금 뒤를 돌아보며 아직도 어리둥절 멍해져 있었다.

이제 어머니는 더 이상 존재하지 않는다. 그 한 가지 일을 생각하면 할수록 나는 이 세계 자체가 변질되어버린 것에 당황하고 말았다.

간단한 것을 하나도 알 수 없게 되었다. 이를테면 왜 법을 지켜야만 하는가, 라든가.

아무리 조심해도 고독은 날마다 몸 곳곳에 뚫린 틈새로 차갑게, 소리 없이, 침투해 들어왔다. 나는 다급하게 약간의 창피함을 느끼며 다른 어느 누구에게도 들키지 않게 그 구멍을 손으로 틀어막았다.

우리를 아는 사람이라야 그리 많지도 않지만, 그래도 그들 누구에게나 사이좋은 모자간으로 여겨졌고 나는 어머니를 극진히 생각하는 점잖고 착한 청년이라는 평판이었다.

이렇게 간단히 말해버리면 어머니가 돌아가신 뒤에 금세 VF(virtual figure)를 만들겠다는 생각에만 매달린 것처럼 보이겠지만, 실제로는 최소한 반년 동안 내 나름대로 어머니 없는 새로운 생활에 적응해보려고 노력한 시간이 있었다.

이건 미리 알아주었으면 하는 것 중의 하나다.

나는 6월 1일에 태어났고 그게 '사쿠야朔也'라는 내 이름의 유래가 되었다. 1일이 옛날 말로는 '사쿠朔'라는 것을 어머니에게서 여러 번 들었다.

어머니의 축하가 빠진 첫 번째 생일을 맞이한 며칠 뒤에 나는 문득 가슴을 짚은 채 말로 다할 수 없는 불안감에 휩싸였다.

나로서는 매번 마개를 잘 막아왔다고 생각했던 몸 구석구석의 구멍이 결국 크게 벌어진 채 내 안쪽에 군데군데 공허를 만들어 내고 있었다. 외부 침입자를 지나치게 경계한 나머지 나 스스로 줄줄 흘려온 것들은 미처 깨닫지 못했던 것이다.

몸이 가벼워진다는 것은 대부분 후련함의 표현이지만, 썩은 나무처럼 물러버린 그 감촉에 나는 이건 안 되겠다고 비로소 자각하고 해결책을 찾아 나섰다.

그게 내가 지금 시부야 고층 빌딩 안에 와 있는 이유였다.

죽음은 물론 평범한 일일 것이다. 모두가 어느 순간 이 세상에 태어나고 모두가 언젠가는 죽는다. 이건 절대로 예외가 없는 사실이다. 특히 부모가 자식보다 먼저 죽는 것은 그야말로 평범한 일인 게 틀림없다. 그 반대보다는 훨씬 나을 것이다. 그리고 평범한 것을 받아들이지 못하는 인간은 주위를 짜증나게 만든다. 그건 나도 잘 알고 있다. 내 경험은 평범하다. 다만 문득문득, 왜 그렇게 다들 뭐든 평범한 일이라고 여기게 되었을까, 라는 생각이 들었다. 결코 입 밖에 내지는 않았지만.

나는 결국 감정 라이프의 낙오자다운 방법에 의지하려 하고 있었다.

다행스럽게도 그런 사람들을 대상으로 하는 서비스에 주목한 자가 있었던 것이다.

담당자는 나보다 아마 띠동갑 정도는 연상인 듯한 노자키라는 여성이었다. 흰색 블라우스를 입었고 머리를 짧게 잘랐다. 메이크업 방식을 보니 장기간 외국생활을 했을 것 같은 느낌이었다.

이곳을 찾는 고객들 중에는 눈물을 흘리는 경우도 드물지 않은지 그녀는 이해심 넘치는 표정으로 내가 침착해지기를 기다려주었다. 외까풀의 작은 눈이 충분히 이해한다는 듯 이쪽을 보고 있었지만 관찰을 당하는 느낌도 있었다. 과장이 아니라 한순간 나는 그녀가 접수용 로봇이 아닌지 의심하기도 했다.

인터넷으로 끝내도 될 수속을 굳이 대면으로 하는 것이 이 회사의 **인간미 넘치는** 특징이고, 그녀는 말하자면 그런 업무에 재능이 뛰어난 인물인 것이다.

"어머님의 VF를 제작해달라는 말씀이시군요."

"네."

"VF에 관해서는 대략 알고 계십니까?"

"아마도 일반적인 상식 정도밖에는……."

"가상공간 안에 인간을 만드는 것이에요. 모델이 있는 경우와 완전한 가공의 인물인 경우, 두 가지가 있습니다. 이시카와 사쿠야 씨의 경우에는 모델이 있는 쪽을 의뢰해주셨네요. 겉모습은 실제 사람과 전혀 구별이 안 될 정도예요. 이를테면 저의 VF와 저 자신이 가상공간에서 이시카와 씨를 만나더라도 어느 쪽이 실물인지 분명 구별을 못하실 거예요."

"그렇게까지 똑같아요?"

"이따가 보여드리겠지만 그 점에 관해서는 믿어주셔도 좋습니다. 말을 건네면 아주 자연스럽게 대답도 해주니까요. 다만 **마음**은 없습니다. 대화를 통사론統辭論을 바탕으로 분석해서 가장 적합한 답변을 하는 것뿐이지요."

"네, 그건 알고 있습니다."

"찬물을 끼얹는 말인지도 모르지만, 그 점을 아무리 강조해도 고객님들은 중간에 반드시 VF에게서 **마음**을 느끼려고 하거든요. 물론 그게 VF의 이상적인 모습이지만, 그런 오해에 따른 클레임이 적잖이 들어오기 때문에 미리 내용을 고지해드리고 있습니다."

아직 반신반의였지만 그런 상황을 상상해보니 기쁨보다 뭔가 위험한 게 느껴졌다. 그녀의 말투는 제품 설명이라기보다 나에 대한 **치료 방침**의 확인 같았다.

"어머님은 생전에 VF 제작에 동의하셨습니까?"

"네……."

나는 거짓말을 했다. 어머니는 그런 얘기는 전혀 한 적이 없지만, 본인의 동의를 얻지 않았다고 하면 제작을 거부하거나 번거로운 수속을 요구할 것 같았기 때문이다.

"다른 가족분들도 동의하셨습니까?"

"어머니와 저, 둘뿐이에요. 외조부모님도 이미 돌아가셨고요."

"알겠습니다. 친족 간에 문제를 제기하는 경우도 있어서 절차상 확인했습니다. 실례지만 이시카와 씨는 생전의 어머님과 사이가 좋았습니까?"

조금 전에 눈물을 보였던 것을 지워버리고 싶어서 나는 웃으면서 말했다.

"굳이 싫어하는 어머니의 VF를 제작하려는 사람이 있을까요?"

하지만 그녀는 당연하다는 듯이 고개를 끄덕였다.

"물론 그런 경우가 있습니다. 다만 **이상적인** 모습으로."

"아, 그런 경우도 있겠군요……."

"생전에 실제 가족과는 전혀 다른 이상적인 VF 가족을 제작하는 분도 있습니다. 짝사랑하던 사람을 만드는 분도 있고요. 이시카와 씨의 경우에는 최대한 실제 어머님과 비슷하게, 라는 것으로 해도 괜찮겠습니까?"

"네, 실제와 똑같이 만들어주세요. 실제와 가까우면 가까울수록 이상적이니까요."

그녀는 "잘 알겠습니다"라고 짧게 응하고 옆의 모니터로 시선을 돌려 청취한 대화가 자동으로 정리되는 상태를 확인했다.

단지 그런 정도의 대화일 뿐이었는데도 나는 몹시 지쳐버렸다. 노자키에게는 호감을 느꼈지만, 팽팽히 당겨진 피아노선 같은 긴장감 위에서 기대와 경계가 고무공처럼 통통 튀며 가슴속에서 멍한 소리를 내고 있었다.

'주식회사 피디텍스'라는 회사 로고가 사방에서 나를 지켜보고 있었다. 이곳은 **현실**이고 당신은 우리 회사에 있다는 것을 잊지 말라, 라고 끈질기게 재확인하듯이.

오피스는 널찍해서 키가 큰 화분과 목재 선반을 활용해 공간이 기능적으로 나눠져 있었다. 해먹이 걸린 것도 보이고, 직장이라기보다 자유로운 카페 같은 분위기였다. 그러지 않고서는 요즘 같은 때 굳이 출근할 의미도 없는 것이리라.

홍콩야자, 벤자민, 고무나무 등 AR(증강현실)의 도움 없이도 이름을 알 만한 나무들이 유독 무성하게 우거져서 쨍쨍한 여름 햇볕을 기분 좋게 막아주고 있었다.

세심하게 잘 관리하는지 가지에도 잎사귀에도 힘찬 생기가 감돌았다.

"이시카와 씨는 현재 스물아홉 살이지요?"

너무 오래 창 쪽을 바라본 탓에 고개를 돌렸을 때는, 노자키의 모습이 한순간 보이지 않았다.

"네, 지난달에 생일이었어요."

"언제쯤의 어머님을 원하십니까? 가장 최근의, 사고를 당하기 전의 어머님인가요? 아니면 좀 더 젊은 시절의 어머님?"

생각지도 못한 질문에 나는 선뜻 대답하지 못했다.

지난 반년 동안 내 머릿속을 스친 것은 어린 시절에 올려다본 아직 40대 중반의 젊은 어머니의 웃는 얼굴에서부터 1년 전쯤 양파를 썰다가 검지 손톱을 베었을 때 아파하는 표정의 얼굴까지, 한시도 똑같은 모습이 아니었다.

앞으로 함께 생활한다는 것을 고려하면 언제쯤의 어떤 얼굴의 어머니가 이상적일까. 영정 사진은 장의사의 추천에 따라 시기가 다른 다섯 장의 사진을 골라 번갈아 걸기로 했었다. 하지만 VF의 경우에는 그렇게는 안 될 것이다.

"옵션으로 몇 개의 시기를 선택하실 수도 있어요. 그만큼 수고와 비용이 들긴 합니다만. 자녀를 잃은 고객님 같은 경우에는 **미래의 모습**을 선택하기도 합니다."

"미래의 모습?"

"네, 성인식 이후의 모습을 상당히 정확하게 예측할 수 있으니까요."

어떻게 정확하게 예측했다고 단언할 수 있는가, 하고 나는 그 말이 마음에 걸렸다.

성장이나 노화는 어느 정도 예측이 가능할지도 모른다. 하지만 그 아이가 어느 날 우연히 떨어진 간판에 얼굴을 맞아 생기는 상처의 흔적을 어떻게 예측할 수 있는가. 정답은 영원히 상실되고 말았는데.

"오늘 당장 결정하지 않아도 괜찮습니다. 천천히 검토해보시면 되니까요. 다만 여러 개의 버전을 만들어도 결국 고객님들은 하나로 좁혀가는 경우가 많아요."

"그렇군요……. 하지만 아직 구입을 할지 말지도 정하지 못했어요. 어머니를 어느 정도까지 재현 가능한지, 미리 볼 수 있을까요?"

"정밀도는 저희에게 제공해주시는 자료에 따라 결정됩니다. 사진과 동영상, 유전자 정보, 생활환경, 각종 라이프 로그, 친구나 지인의 소개……. 샘플로 저희 회사에서 제작한 VF를 직접 만나 얘기해보면 다양한 점들을 이해하실 수 있을 거예요."

그렇게 말하고 노자키는 자리에서 일어나 나를 체험 룸으로 데려갔다.

*

그곳은 의외로 평범한 응접실처럼 보였지만, 외부와는 차폐되었고 벽에는 투우를 모티프로 한 피카소의 에칭이 걸려 있었다. 상당히 고색창연하고 얼룩까지 있었다. 최근에 제작한 정교한 복제품인지 20세기에 찍어낸 것인지는 알 수 없었다.

헤드셋을 써도 처음에는 아무 변화가 없었다. 지금부터 마주하게 될 VF가 AR 방식으로 증강현실 되는지 아니면 헤드셋 너머로 바라보는 이 공간이 이미 가상으로 재현된 응접실인지, 정말로 구별이 되지 않았다.

검은 가죽소파 앞 테이블에 커피가 놓여 있었다. 그곳에 앉아 마셔보면 구별이 될 터였다.

노자키가 두 사람을 데리고 돌아왔다.

한 사람은 핑크색 얇은 반소매 셔츠를 입은 마흔 살 전후의 호리호리한 남자였다. 햇볕에 그을렸지만 나와는 달리 긴 휴가 중에 여유롭게 시간을 들여 정성껏 태운 듯 윤기 있는 피부였다.

또 한 사람은 감색 정장 차림에 안경을 썼고 머리가 희끗희끗한 작은 몸집의 남자였다.

"처음 뵙겠습니다. 대표 가시와바라라고 합니다."

햇볕에 그을린 남자 쪽이 흰 눈동자보다 더욱더 하얀 이를 내보이며 손을 내밀었다. 악수에 응하면서 윈드서핑이라도 즐기고 왔나, 하는 눈부신 상상이 저절로 떠올랐다.

이어서 옆의 남자를 소개해주었다.

"우리 회사일을 도와주시는 나카오 씨예요."

"나카오라고 합니다. 잘 부탁드립니다. 오늘은 날씨가 꽤 덥군요. 도와드린다고 해봤자 저는 여기 나와서 이렇게 얘기하는 것뿐이지요."

그는 이마에 주름을 잡으며 온화하게 웃었다. 침착한 거동이었지만 이쪽의 인간성을 들여다보는 듯한, 위압감이 느껴지는 눈빛이었다. 어떤 일을 돕고 있는지 선뜻 감이 잡히지 않았지만 아마 나처럼 VF 제작을 의뢰하러 온 사람인 모양이라고 생각했다.

마찬가지로 그도 악수를 청해서 응하려고 했는데 그 순간 나는 흠칫해서 손을 거둬들였다. 실제로는 미처 거둬들이지 못해 그의 손을 살짝 잡았지만 느껴지는 감촉이 전혀 없었다.

"아, 나는 VF예요. 실은 4년 전에 강에서 익사했죠. 우리 딸이 이 회사에 의뢰해 나를 제작해줬어요."

나는 할말을 잃고 멍해져버렸다. '실제와 똑같다'는 건 요즘에는 CG든 뭐든 드물지도 않지만 나카오라고 이름을 밝힌 이 VF는 그 모든 것을 뛰어넘었다. 그게 내 인지 시스템의 어디를 어떻게 공략했는지는 알 수 없다. 과장이 아니라 나한테는 정말로 살아있는 인간으로만 보였다. 옆의 가시와바라와 비교해도 질감에 전혀 아무런 차이가 없었다.

도움을 청하듯이 나는 노자키를 돌아보았다. 그녀는 별반 자랑스러워하는 기색도 없이 "궁금한 게 있으면 뭐든 질문해보세요"라고 상냥하게 권했다. 아마 VF를 대하는 그녀의 태연한 모습도 나카오를 더욱더 인간처럼 보이게 하는 요인이 되었을 것이다.

그의 이마에 살짝 땀이 난 것을 보고는 더욱 놀랄 수밖에 없었다. 내 시선을 기다린 것처럼 눈앞에서 조용히 땀이 방울져 흐르더니 관자놀이쯤에서 사라졌다. 그 눅눅한 광택을 나카오는 가려운 듯 두어 번 긁적였다.

나는 반사적으로 시선을 돌려버렸다. 그의 발밑에는 우리와 똑같은 각도와 똑같은 길이의 그림자까지 길게 나와 있었다.

"네, 발도 틀림없이 달려 있답니다."

나카오가 유쾌하게 웃으면서 뱃속에서 울리는 듯한 굵직한 목소리로 말했다.

"그렇게 유령이라도 본 것처럼 놀란 얼굴은 하지 마시고요."

"아, 미안합니다. 너무 리얼해서……."

"나카오 씨는 실제로 돈도 많이 버는 분이에요."

옆에서 노자키가 말했다.

"돈을 번다고요?"

"이게 내 업무거든요."

나카오가 직접 말을 받았다.

"여기서 이렇게 나 자신을 샘플로 삼아 새로 오신 고객님들께 VF에 대해 설명해드리는 일이지요. 거기에 데이터도 제공하고요. 월급은 아내와 대학생인 외동딸이 받아갑니다. 내가 일찍 죽는 바람에 무척 딱하게 됐으니까 뭐, 아빠로서 할 수 있는 최소한의 **보답**이지요."

그렇게 말하는 나카오의 눈빛에 슬픔의 감정이 서렸다. 게다가 그는 '아빠로서 할 수 있는 최소한의 보답'이라는 것뿐만 아니라 그 앞에 '뭐'라는 단어로 한 호흡 쉬어가기까지 했다.

오히려 내가 완성도 떨어지는 VF처럼 불명료한 표정으로 멍해져 있었다. '말을 건네면 아주 자연스럽게 대답도 해줍니다. 다만 마음은 없어요'라고 노자키가 처음에 설명해준 얘기가 머릿속을 스쳤다.

그는 이른바 AI(인공지능)로, 일반적인 거동과 함께 그가 하는 말들은 생전의 데이터와 이곳에서 신규 고객을 수십 수백 명씩 접하면서 나눈 대화를 통해 학습한 성과일 것이다. 다만 그의 업무는 상품에 대한 공식적인 설명이다. 실제로 이런 자리에서 주고받는 대화란 대부분 거기서 거기로 뻔할 터였다.

우선 생각해보면, 가시와바라와 노자키의 언동은 내가 어떤 고객이든 별반 달라질 것도 없다. 정해진 매뉴얼대로 설명할 뿐이다. 그들도 일일이 내 마음속을 읽거나 뭔가를 감지해가면서 말하는 게 아니라 단지 '통사론을 바탕으로' 대응했을 게 틀림없다.

"어머님이 돌아가셨다고 들었어요. 분명 어머님도 나처럼 VF로서 훌륭하게 재생하실 겁니다. 우리 딸은요, 나를 **재회했을 때** 정말로 눈물을 흘리며 기뻐했어요. 물론 나도 울었죠, 진심으로."

나는 나카오의 모습에 어머니를 겹쳐보려고 했다. 하지만 아무리 노력해도 그것은 붙잡을 수 없는, 쉽게 깨져버리는 덧없는 환영이었다. 그래도 어머니와 다시 이런 식으로 대화를 나누는 날이 올 것이라는 기대감은 내 가슴속을 고통이라고 표현할 수밖에 없는 열기로 가득 채웠다.

다 알면서 속아 넘어가는 것도 속았다고 말하는 걸까. 만일 그걸로 행복해질 수 있다면? 나는 절대적인 행복 따위, 꿈꾸지 않는다. 단지 현재보다 **상대적으로** 행복하기만 하다면 남은 인생은 이를 악물고서라도 속으면서 보낼 수 있을 것 같았다.

그 뒤로 소파에 앉아 상담을 이어갔지만 대부분 건성으로 흘려들어서 설명의 반쯤밖에는 머릿속에 들어오지 않았다.

헤드셋을 벗자마자 VF 나카오는 눈앞에서 사라졌다. 하지만 내 안에 남겨진 **사람을 만났다**는 실감은 오히려 대표 가시와바라보다 나카오 쪽이 훨씬 더 강했다.

“실제로 VF를 건네드린 뒤에도 이시카와 씨 스스로 어머님을 완성해주실 필요가 있어요. 기계 학습이기 때문에 가능한 한 오랫동안, 그리고 자주 대화를 나눠주시면 조금씩 이질감이 줄어들면서 완성도가 높아질 겁니다.”

“그러는 동안에 아무래도 시들해져서 학습을 그만두게 되지는 않을까요?”

“아뇨, 그 반대예요. 고객님들이 모두 감동하시거든요. 가족의 VF를 원하는 분들은 질병으로 의사소통이 불가능했거나 사별한 케이스가 많으니까요. 조금씩 조금씩 예전과 똑같은 커뮤니케이션이 회복되는 것에서 큰 기쁨을 느끼게 되지요. 실제로 그러실 만도 해요. 병이 회복되고 다시 살아나셨다는 느낌이 들 테니까요. 조금 다르다고 느껴지는 점들은 저희 쪽에서 **원래대로 되돌릴** 수 있도록 도와드립니다. 개인적으로 이 일을 하면서 제가 가장 감동을 받는 것도 바로 그런 때랍니다."

"……."

"살아 있는 몸을 가진 인간이란 매우 복합적인 존재지만, 마음 또한 결국 물리적인 구조니까요. VF는 커뮤니케이션 중에는 본인 그 자체에 한없이 가깝습니다."

"마음이 없는데도 그렇다는 건가요?"

"네, 말씀은 그렇게 드렸지만, 역시나 느껴지거든요. 아, 그보다 마음이란 게 무엇일까요?"

그녀는 지금까지와는 달리 본심을 토로하는 듯한 투로 말했다. 그리고 그건 살아 있는 몸을 가진 인간답게 완전히 모순된 것이었다.

결국 나는 그날 안에 어머니의 VF 제작을 정식으로 주문했다.

견적으로 3백만 엔이라는 금액이 제시되었다. 이전의 나였다면 도저히 손도 내밀지 못했겠지만 어머니가 남겨준 생명보험금으로 어떻게든 마련해볼 계획이었다.

*

어머니의 VF 제작을 의뢰한 그다음 날에 나는 오타루에 출장이 예정되어 있었다.

흥분한 탓인지 아니면 양심의 가책 비슷한 기분 탓인지 혹은 '고액 쇼핑'의 결단이 문득 불안해졌는지, 어쨌든 전날 밤에는 영잠이 오지 않았고 아침에도 일찌감치 눈이 뜨였다.

에어컨을 켜고 물을 한잔 마신 뒤에 땀으로 절여진 몸에 찬바람을 맞으며 거실의 남향 창을 가만히 바라보았다.

어머니의 후반생의 노동이 이 나지막한 언덕 위에 서 있는 맨션의 대출금에 바쳐졌다는 생각은 나를 적잖이 우울하게 만들었다. 그게 바로 나와 함께 살기 위한 것이었기 때문에 감사의 마음을 표하기도 민망하기만 했다. 내 생계를 마지막까지 어머니에게 의존했고, 실제로 지금도 어머니가 남겨준 이 집 덕분에 거처 문제로 고생하는 일 없이 지내고 있었다.

어머니의 생명보험금 일부를 VF 구입에 써버리면 나는 지속적으로 상승하는 관리비와 수선충당금을 더 이상 감당하지 못할지도 모른다. 머지않아 이 집에서도 떠나야 하는가, 라고 생각하니 창밖의 거리 풍경까지 갑작스레 애틋해졌다.

매미의 힘찬 울음소리에 낡아빠진 건물 전체가 잠겨들었다.

정적 중에도 특별한 정적이 있다. 사람이 자물쇠를 채우고 나간 방에만 몰래 모습을 드러내는 겁 많은 동물 같은 정적……. 하지만 그때는 왠지 내가 아직 있는데도 그런 정적이 방에 몰래 기어들었다. 그래서 한동안 숨을 죽이고 아침 햇빛이 큼직한 머리를 천천히 쳐들 듯이 높아져가는 것을 지켜보았다.

아마 내 몸이 감지하지 못할 만큼 작은 지진이 났던 것이리라. 거실 문이 스르륵 열렸다. 어제의 경험이 내 현실을 눈 깜짝할 사이에 가로채 갔다. 문 뒤편에 어머니가 서 있는 것 같은 마음이 들었다. 그리고 지금이라도 모습을 드러내며 "잘 잤니?"라고 내게 말을 건네는 모습을 상상했다.

반쯤 열린 채 멈춰 있는 문을 응시했다. 그 뒤에서 은색 손잡이를 잡으려다가 주저하는 손을 머릿속에 떠올렸다.

"엄마……."

이런 때는 만에 하나의 경우를 대비해 할 수 있는 일은 뭐든 다 해봐야 할 것이다. 나는 어머니를 맞이하기 위해 그렇게 불러보았다. 하지만 문은 내 기대에 당황한 것처럼 언제까지고 가만히 멈춰 있을 뿐이었다.

*

하네다에서 오타루로 향하는 비행기 안에서 오늘의 업무를 확인했다.

이른바 '리얼 아바타'로서 일하기 시작한 지도 벌써 5년…… 아니, 6년 가까이 지났다.

개인 사업자 자격의 계약이고, 그동안 등록 회사는 두 번 바뀌었지만 나는 이 업계에서는 예외일 만큼 오래 붙어 있는 편이다.

요즘 같은 때도 사람을 원하고, 그러면서도 **특별한 기능**이 필요치 않은 직업 중에서는 최저 수준보다 그나마 보수가 괜찮은 편이다. 사회적으로는 경멸을 당할 때도 있지만, 의뢰자들이 고맙다고 해주는 경우가 많아서 일하는 보람이 느껴졌다.

그런데도 대부분 금세 그만두고 떠나는 것은 육체적으로나 정신적으로나 버텨내기가 힘들기 때문일 것이다.

어머니는 이 일을 그리 좋아하지 않았지만, 그래도 그럭저럭 계속할 수 있었던 것은 그 어머니가 뒷받침을 해준 덕분이었다.

이번 의뢰자는 86세의 남자로, 수속을 해준 것은 그 아들 부부였다. '마지막 효도'라고 주문서에 적혀 있었는데 실제로 면담을 해보고 그 말을 문자 그대로 받아들여야 한다는 것을 알았다.

병상에 앉아 나를 맞이해준 '와카마쓰 씨'라는 노인은 광대뼈만 두드러질 만큼 바짝 여위었지만 눈빛에는 아직 힘이 있고 의사도 명료했다. 다만 내 업무에 대해서는 아무래도 잘 이해하지 못하는 것 같아서 나는 설명을 해주었다.

"간단히 말하면 제 몸을 통째로 빌려드리는 일입니다. 제가 장착한 카메라 달린 고글의 영상을 와카마쓰 씨는 이 헤드셋을 쓰고 보시게 될 거예요. 마치 와카마쓰 씨의 몸이 된 것처럼 제 눈을 통해 바라보고 제 귀를 통해 소리를 듣고 제 발을 통해 어디든 돌아다니실 수 있습니다."

자전거나 지하철로 물건을 배달해주기도 하고, 의뢰자가 갈 수 없는 먼 곳이나 위험한 곳에 다녀오기도 한다. 전염병이 유행하면서 일이 부쩍 많이 들어왔다. 뭔가의 리서치를 의뢰하거나 대신 여행을 해달라는 주문도 있었다. 시간이 없어서 **다녀온 듯한 기분이나마 내고 싶은 사람**, 가고 싶은데 병든 몸이라서 갈 수 없는 사람—와카마쓰 씨처럼—이 적지 않은 것이다. 내가 여행지에서 촬영한 사진을 자신이 찍어 온 것처럼 인터넷에 올린다거나 하는 건 의뢰자의 자유다. 그런 점에 대해서는 내 쪽에 비밀 준수 의무가 있다.

"인간 드론인가?"

와카마쓰 씨가 웃으면서 말했지만, 이상하게도 기분 나쁘게 들리지 않았다.

"그렇죠, 날지는 못하지만요. 기본적으로는 의뢰자의 지시대로 움직여드리고, 원격으로 조종하는 것뿐만 아니라 제 몸과 일체가 되어 돌아다니고 싶다, 현지를 체험하고 싶다는 분들도 많습니다. 외국에서 의뢰해주시는 분도 있고요."

업무 중에는 완벽하게 의뢰자의 몸이 되어야 하지만, 진기하고 재미있는 체험도 하고 가본 적이 없는 곳에 갔을 때는 현지에서 조금이나마 나만의 시간을 가질 수도 있다. 그것도 내가 이 일을 싫어하지 않는 이유 중의 하나였다.

와카마쓰 씨는 오랜 세월 홋카이도의 오타루에서 살았지만, 지금은 내가 찾아간 오다와라의 노인 요양 시설에서 지내고 있었다.

죽기 전에—라고 그 자신이 분명하게 밝혔다—예전에 살던 오타루의 고향집을 꼭 한 번 가보고 싶다, 그리고 가족끼리 자주 갔던 시내 변두리 절벽 위의 호텔에서 바다를 바라보고 싶다, 라는 것이었다.

내가 일을 승낙하자 그는 악수를 청했다. 건조한 나무막대가 스윽 다가오는 듯한 동작이었지만 오래도록 입원 중인 사람답게 손바닥 거죽에 섬세한 보드라움이 있었다. 긴 세월 동안 매몰되어 있던 그의 어린 시절이 살이 빠지면서 겉으로 드러난 듯한 감촉이었다.

죽음이 가까워지면 사람의 사념 속에서는 과거의 강이 한줄기 흐름이기를 멈추고 한꺼번에 범람해버리는 것인지도 모른다. 마치 둑이 터진 듯 탄생에서 현재까지의 존재 전체가 몸속에 넘쳐흐른다. 육체에는 그 구석구석에 이르기까지 그리움의 기척이 자욱하게 피어오른다.

언젠가 이 세계에서 함께 사라질 것이라면 육체가 기억과 서로 친해지려고 하는 것도 당연한 일인지 모른다.

여정 전체를 와카마쓰 씨의 아바타로 돌아다니는 것도 가능했지만, 그가 장시간은 자신의 체력이 감당해내지 못한다고 했기 때문에 목적지를 두 군데로 좁히기로 했다.

신치토세 공항에서 오타루까지는 전차로 한 시간쯤 걸렸다. 홋카이도라고 해도 별반 시원한 것도 아니어서 한낮에는 30도를 넘을 것이라는 날씨 예보였다. 폴로 셔츠에 캐주얼 면바지 차림이었는데도 불과 몇 개 역을 이동하는 사이에 축축하게 땀에 젖었다.

움직이기 시작한 전차의 창가에서 가문비나무 숲이 시야를 스쳐가는 것을 딱히 본다는 것도 없이 바라보았다. 그리고 어머니가 내게 느닷없이 '자유사自由死'의 의지를 표명했던 날의 일을 되짚었다.

그날, 어머니는 처음으로 내게 한 사람의 의뢰자로서 일을 부탁하고 싶다고 말했다. 이즈의 가와즈나나다루河津七滝 폭포에 찾아가 자신에게 그 풍경을 보여달라는 것이었다.

"사쿠야가 어떤 일을 하는지 한번 찬찬히 알아보고 싶어. 돈도 다른 고객과 똑같이 낼게."

나는 기꺼이 응했다. 어머니가 내 삶의 방식을 인정해주는 것 같아서 흐뭇했다.

왜 가와즈나나다루 폭포냐고 물어봤지만 어머니의 대답은 애매하기만 했다. 단지 폭포를 보고 싶다, 예전에 『이즈의 무희』라는 책에서 읽었던 게 생각났다, 라고 말했다. 어머니는 책을 좋아하는 명확한 취미를 갖고 있었다. 나는 그 소설 주인공에게 연거푸 덮쳐드는 성욕의 물결에 마치 술에 취한 듯 속이 울렁거렸던 기억밖에 없어서 어느 대목에서 그 폭포가 나왔는지 기억이 희미했다.

그래도 그 전후의 내 일정이 꽉 차 있었기 때문에 당일치기로 다녀올 수 있는 거리라는 게 마침 좋았다. 어디에 가느냐는 것 자체는 그다지 중요하지 않았다.

나는 의욕에 차 있었다. 처음 가보는 곳이라서 충분히 사전 조사를 하고 일정을 짰다. 기왕이면 아바타로서가 아니라 어머니를 직접 데려가고 싶은 마음도 있었지만, 말은 고맙다만 그래서는 의미가 없어, 라고 웃음을 샀다.

아바타로 움직이는 동안에 말동무를 해달라는 사람이 있는가 하면 완전히 자기 몸인 것처럼 그저 지시만 내리고 대꾸하는 것조차 싫어하는 사람도 있다.

어머니도 처음에는 나와 동화해서 원격조종을 시도했다. 하지만 아타미에서 신칸센을 내려 특급으로 갈아타는 것을 잊지 말라고 주의를 줬을 때부터 더 이상 버틸 수 없었는지 평소의 말투로 돌아왔다. 하지만 애써 말수를 줄이고 있었다.

차창으로 바라본 이즈반도의 풍경은 이제는 수없이 갖고 놀아서 인쇄가 닳아지고 순번이 제각각이 되어버린 카드 같았다.

야자나무가 줄줄이 서 있고 바다가 보이고 민가가 시야를 가렸다가 이즈고원이 가까워질수록 짙은 초록의 나무들로 뒤덮였다. 하지만 그런 순서로 본 게 아닌 것처럼 모든 게 뒤죽박죽이었다.

다른 승객들이 가까이에 있어서 어머니와 소리 내서 대화하기가 조심스러웠다. 어머니도 그걸 알고 있었지만, 늦봄의 햇살에 반짝거리는 바다 저 건너편으로 오시마가 보였을 때만은 저절로 탄성을 올리며 "저거 봐, 보이니?"라고 말을 건넸다.

도쿄에서 두 시간 여를 날아 온 어머니의 침묵은 이제 내 기억 속에 기나긴 여행의 짐꾸러미 같은 무게로 남아 있었다.

거리로 환산되는 침묵이라는 그 생각은 분명 맞는 얘기일 것이다. 왜냐하면 그 156.8킬로미터를 더듬어 오는 동안에 어머니의 침묵은 천천히 변질되었을 테니까. 그리고 어머니가 그때 무슨 생각을 했을까, 라는 내 상상은 그 어떤 순간에도 가닿을 수 없는 것이었다.

*

가와즈 역에 도착해 버스를 타고 미즈다레라는 정류장까지 올라갔고, 거기서 천천히 산을 내려오면서 일곱 개의 폭포를 보았다. 1.5킬로미터의 여정이었지만, 중간중간 구경하며 앉아 있기도 해서 한 시간쯤 걸렸을 것이다.

나무 계단이며 다리가 설치되었고 안내판에도 친절하게 설명이 적혀 있었다.

그래도 여기저기 나무뿌리가 울룩불룩 튀어나오고 이끼에 발이 미끄러지는 곳들이 있어서 어머니는 역시 자신이 직접 가기는 힘든 곳이라고 내게 말했다.

『이즈의 무희』에서 '목하로木下路'라고 표현했던 대로 산길은 울창한 나무들에 뒤덮였지만, 강 한가운데는 양안에서 뻗어나온 나뭇가지가 서로 만나지 못한 채 훤히 열려 있었다. 차례차례 시야에 들어오는 폭포마다 하늘에서 곧장 빛이 쏟아져 용소에는 눈을 찌르는 듯한 반짝임이 쉴 새 없이 가득가득 채워졌다.

바로 옆에서 안개비를 덮어씌우는 큰 폭포도 있고, 거센 흐름이 저만치 발아래로 내려다보이는 폭포도 있었다.

물은 바닥이 보일 만큼 투명했지만 전체적으로 두툼한 유리의 단면 같은 심녹색을 띠고 있었다.

그 얼마 뒤에 나는 가와바타 야스나리가 아니라 미시마 유키오의 초기 단편 중에서 이런 문장을 발견했다.

'이토록 투명한 유리도 그 단면은 푸른빛인 것을 보면 그대의 맑은 두 눈동자도 수많은 사랑을 저장할 수 있으리라*.'

그 문장을 읽으면서 내가 머릿속에 떠올린 것은 유리가 아니라

* 미시마 유키오의 단편소설, 「시를 쓰는 소년」의 한 구절.

이 폭포의 물빛이었다. 필연적으로 '그대'의 역할은 어머니로 맞춰졌다. 실제로 어머니는 나이들어 눈꺼풀이 우묵해진 뒤에도 눈이 아름다운 사람이었다.

그때 내가 어머니와 무슨 얘기를 했었던가.

어머니는 '빠른 여울물 바위에 부딪히고 폭포에 깨어져도 끝내 다시 만나리'라는 백인일수 중 스토쿠인崇德院의 시조를 약간 장난스럽게 읊어본 뒤에 "영락없이 그것 같다"라고 말했었다.

"누군가 다시 만나고 싶은 사람이라도 있어?"

내가 물었지만 어머니는 웃으면서 아무 대답도 하지 않았다.

기묘하게 홀로 뚝 떨어진, 한 차례 오고갔을 뿐인 대화였다.

암석 사이를 흐르는 얕은 여울물은 강바닥의 기복을 매끈하게 따라가고 주위의 바위 형태와 친화적이었다.

물 쪽으로 다가가면 서늘하게 느껴지고 벗어나면 여실하게 온도가 높아졌다.

일곱 번째의 '오다루大滝'라는 이름이 붙은 폭포가 하이라이트여서 나는 어머니의 추천으로 그 곁에 자리한 온천 여관에서 하룻밤 자고 돌아갈 예정이었다.

고개를 들어 우러러볼 만큼 대형 폭포여서 우리는 굉음의 한복판에서 작은 정밀靜謐을 서로 나누었다.

물은 녹음으로 뒤덮인 바위틈에서 허공을 향해 힘차게 쏟아졌다. 유리그릇에 떨어지는 빙수처럼 하얀 그 폭포는 중간에 불룩 튀어나온 바위들에 부딪혀 다시금 넓고 거칠게 펼쳐졌다.

나는 그만 멍해져서 위를 올려다보았다.

"용소에 무지개 떠 있는 거, 보여?"

그렇게 말하려고 했는데 나보다 먼저 어머니가 입을 열었다. 그래서 그 말은 평생 바깥공기를 쐬지 못한 채 지금도 내 안에 작은 무지개의 단편처럼 고여 있었다.

"이제야 사쿠야가 하는 일을 정확히 알게 됐어. 네 덕분에 큰 도움을 받는 사람이 아주 많겠구나."

어머니는 그렇게 말했었다.

나는 어떤 대답을 했었던가. 조용히 시선을 무지개에서 모니터 속의 어머니에게로 옮겼었다.

"사쿠야, 고단하지? 수고했다. 고마워."

"아냐, 나도 재미있었는데 뭘."

"엄마는 정말로 만족했어. 이걸로 마음이 놓인다……. 고마워, 이제 충분해."

나는 폭포 앞을 벗어나 도로로 나서기까지 길고 긴 급경사의 계단을 오르기 시작했다.

"사쿠야에게 언제 말할까 하고 내내 고민했는데……."

어머니는 그렇게 운을 뗀 뒤에 망설이는 듯 잠시 틈을 두었다.

"엄마는 이제 충분히 살았으니까 슬슬 해볼까 하고 있어."

"뭘?"

나는 발을 멈췄다. 약간 숨이 헉헉거렸다. 순간적으로 어머니가 노인 요양 시설에 들어가기로 결심한 건가, 라고 생각했다. 지금은 그럴 만한 경제적 여유가 없을 텐데……. 그리고 그런 사실이 당혹스러워서 나는 괜히 부아가 났다.

하지만 뒤를 이어 어머니의 입에서 흘러나온 말은 전혀 예상도 못했던 것이었다.

"엄마가 도미타 선생님과 상담해서 '자유사' 허가를 받았어."

꼼짝도 할 수 없었다. 말을 하려고 해도 입이 열리지 않고 호흡조차 멈췄다. 힘이 들어서 마침내 긴 숨을 토해내자 심장이 몽둥이에 얻어맞은 개처럼 울부짖기 시작했다.

분명 어머니의 말을 모두 다 이해하지 못했는데도 나는 벌써 몸이 공황 상태에 빠져 있었다. 아마도 어머니와 내 몸은 그때 하나였을 테니까.

뒤에 있던 가족 일행이 말을 걸어서 나는 가장자리로 비켜서서 길을 터주었다.

"뭐라고 했어? 나, 잘 못 들었어."

"미안해, 갑작스러운 얘기라서. 근데 엄마도 찬찬히 생각해본 끝에 결정한 거야."

"그러니까, 뭘?"

"자유사……."

"왜?"

나는 모니터 전체로 어머니를 확대했다. 곤혹스러운 듯한, 용서를 청하는 듯한 미소로 이쪽을 빤히 보고 있었다. 나는 깜짝 놀랐다. 그것은 이미 결단을 내리고 상대를 어떻게 설득할지 다양하게 상정해가면서 오랫동안 준비해온 사람의 얼굴이었다.

애초에 나는 '자유사'니 뭐니 하는 기만적인 단어가 지독히 싫었다. 그것은 수명에 따른 '자연사'에 비해 말하자면 **무조건**의 안락사이자 합법적인 자살일 뿐이었다. 그런 단어를 하필이면 어머니의 입에서 듣게 될 줄이야.

"왜? 대체 무슨 일이 있었는데?"

"오래전부터 생각해온 일이야. 나도 그런 나이가 됐으니까."

"그런 나이라니, 아직 일흔도 안 됐잖아. 무슨 소린지 모르겠네?"

"이제 충분해. 그만 됐어."

"아무튼 지금 바로 집에 갈게. 그다음에 찬찬히 얘기하자. 이건 이상하잖아, 갑작스럽게. 어쨌든 성급하게 결정하면 안 돼. 내가 집에 갈 때까지 기다려."

어째서인가. 대체 왜…….

하지만 그날 밤늦도록 이어졌던 어머니와의 대화를 나는 와카마쓰 씨와의 업무가 끝날 때까지 다시 떠올리지 않았다. 뇌리에 어른거리는 그 광경을 틀어막고, 곧 오타루 역에 도착하는 열차 창문의 풍경이 밀고 들어오는 것을 받아들였다. 아이스크림을 먹는 관광객에서 시선이 멈췄다. 플랫폼의 기둥이 그 장면을 잘라내고 다시 다른 관광객 일행으로 이어갔다가 또다시 잘라냈다. 자동판매기며 광고 같은 시답잖은 풍경들이 한바탕 시야를 스쳐갔다. 그런 평범함이 추상追想에서 달아나기 위해서는 꼭 필요했던 것이다.

와카마쓰 씨의 고향집은 역 뒤편 언덕 위에 자리잡고 있었다. 도미오카 성당이라는 작은 교회에서 좀 더 들어간 곳인데, 지도로 본 것보다 급경사의 언덕길이 우리집 앞 도로의 몇 배는 될 만큼 길게 이어졌다.

나는 역에서부터 와카마쓰 씨와 일체화했지만, 병상의 그 노인도 젊은 시절에는 날마다 이곳을 가뿐하게 오르내렸을 것이라고 약간 숨을 헉헉거리면서 생각했다.

평일의 환한 대낮은 낯선 이방인의 틈입闖入에 조용히 숨을 죽이고 있었다. 내가 실은 **와카마쓰 씨**라는 것을 알게 되면 이 풍경들은 한순간에 변해버릴 만큼 화들짝 놀라지 않을까.

그 노체老體에 넘쳐흐르던 유소년기의 기억이 이제는 내 몸으로 밀려들었다. 그리고 그는 나를 통해 잠시나마 그리운 과거로 달려가는 것이다.

교회는 아담해서 유럽 고딕건축의 정면 입구를 한 부분만 뚝 떼어 가져온 듯한 풍정이었다.

시내는 이미 발아래로 아득하고, 와카마쓰 씨의 고향집은 거기서 걸어서 5분 정도였다.

큼직한 2층짜리 서양식 건물로 지붕은 피아노 건반 뚜껑을 열려다가 그대로 멈춘 듯한 모양새를 하고 있었다. 적설에 대비한 건축인 모양이었다.

하얀 외벽의 한 귀퉁이에 진한 갈색의 장식도 들어갔고, 처음 지어졌을 때는 번듯하고 세련된 집이라는 평판을 들었을 게 틀림없다.

정원의 커다란 향나무는 손질이 잘되었고, 현관 앞에는 어린이용 자전거 두 대가 서 있었다.

와카마쓰 씨는 내 귓전에 쉴 새 없이 아아, 하고 그리움에 잠긴 듯한, 미처 말이 되지 못한 소리를 흘렸다. 나는 현재 살고 있는 사람에게 집안을 좀 보여달라고 협상해볼까요, 라고 제안하는 메시지를 보냈지만, "아니, 괜찮아"라는 대답이 돌아왔다.

주변을 잠시 산책하면서 오타루 공원까지 돌아본 뒤에 빈 택시를 잡아타고 바닷가 절벽 위의 호텔로 이동했다. 내 시야의 영상을 와카마쓰 씨의 아들 부부도 공유하고 있는지 이따금 "아버지, 잘됐네요, 집을 둘러봐서. 그렇지요?"라고 말을 건네는 소리가 들렸다.

호텔에 들어가기 전에 나는 바닷가로 내려갔다. 선착장이 있고, 청어구이 정식이며 연어알 덮밥을 내주는 식당이 처마를 맞대고 이어졌다.

아스팔트 주차장을 건너가자 내 발보다 조금 큰 정도의 둥근 돌들이 겹겹이 깔려서 가끔씩 몸이 기우뚱할 때마다 그 돌들이 맞비벼지는 게 발바닥에 느껴졌다.

그리고 온몸을 울리는 거대한 파도 소리…….

파도가 들이치는 바닷가에는 '인人'이라는 글자를 조합한 듯한 다리 네 개의 테트라포드가 촘촘히 이어졌다.

수영 가능 구역이 아닌데도 아동용 파란 튜브 하나가 발치에 떨어져 있었다. 그보다 조금 더 앞쪽에 있는 해수욕장에서 흘러온 것이리라.

바람이 세차게 불어서 내내 땀을 흘렸던 나에게는 상쾌했다.

파란 하늘에는 옅은 구름이 금세라도 조금씩 조금씩 소리 없이 뜯겨나갈 것처럼 가로로 길게 뻗쳐 있었다. 그 찢겨져서 뒤집힌 가장자리는 시간이 멈춰버린 것처럼 형태를 유지하고 있었다.

수평선은 부옇게 이내를 피워서 애매하기만 했다.

나는 구름 틈새로 쏟아지는 무수한 빛이 해원海原 전체에 휘황하게 반짝거리며 파도와 함께 밀려오고 밀려가는 모습을 바라보았다. 와카마쓰 씨에게 그 규모를 전달해주고 싶어서 이따금 고개를 천천히 돌렸다. 그는 아무 말이 없었지만 그 호흡만은 귀에 들어왔다.

병실에 있는 그에게로 밀려가는 파도는 아마도 과거에서부터 차곡차곡 접히듯이 층을 이루고 있을 것이다. 방금 사 온 색종이를 개봉하고 그 속에서 좋아하는 색깔 한 장만 빼내려고 하면 다른 색깔까지 함께 따라 나오는 것처럼 와카마쓰 씨의 기억 속의 파도는 지금 몇 년 간격의 동떨어진 풍경을 연달아 보여주고 있을 게 틀림없다.

파도는 모래사장 바로 앞까지 은밀히 다가와 느닷없이 고개를 쳐들고 덮치듯이 테트라포드에 부딪쳤다가 높직이 깨어지면서 흩어졌다. 분수처럼 튀어오른 비말이 차례차례 파도 속으로 떨어졌다. 그중 몇 개쯤은 장난이라도 치듯이 내 얼굴에까지 날아왔다. 눈이 부셔서 나는 무의식중에 아랫눈꺼풀을 바짝 당기고 있었다.

호텔로 가는 외줄기 길은 경사가 급했다. 와카마쓰 씨가 내게 처음으로 말을 건넸다.

"힘들지? 겨울에는 그 일대가 죄다 하얗게 변해버려. 차도 사륜구동이 아니면 안 된다니까."

이럴 때는 대화에 응해주는 게 좋다.

"저는 괜찮습니다. 네, 이 근처 사람들은 그렇겠네요. 도시 사람들은 그런 건 생각도 못하지만요."

가는 길에 오래된 수족관이 있었는데 그 주차장에 서 있는 차량도 사륜구동이 대부분이었다.

몇 번이나 뒤를 돌아봤지만 조금 전까지 바라본 바다가 발아래로 쭉쭉 멀어져서 식당 지붕도 내가 서 있던 해변도 이미 세밀화의 일부가 되었다.

내 몸 자체가 커진 듯한 착각에 빠질 정도였다.

호텔은 하얀색의 소쇄한 건물로, 와카마쓰 씨가 가보기를 원했던 곳은 전망 테라스가 딸린, 잔디와 타일 징검돌의 넓은 정원이었다.

평일 오후라서 인적이 없었기 때문에 나는 와카마쓰 씨에게 확인한 뒤에 전망이 좋을 만한 자리의 난간 앞에 섰다.

바람은 산기슭에 있을 때보다 더 세차게 불었다. 바닷가와는 다른 방향으로 저멀리 조그맣게 등대가 보였다.

난간 너머는 초목으로 뒤덮였고 그 앞은 느닷없이 아무것도 없는 허공이었다. 실제로 풀을 밟아 눕히며 나아가면 도도록한 풀덤불 중간쯤부터는 깎아지른 절벽일 터였다. 헤드셋의 AR을 켜서 확인해보았다. 얼룩조릿대, 불가리스 쑥, 꽈리, 돼지풀, 구릿대……라고 다양한 풀의 이름이 표시되었다.

몸을 한껏 내밀어 아래쪽을 들여다보자 까마득히 멀리에서 바위를 덮치는 파도가 보였다.

"엇, 이봐, 조심해!"

와카마쓰 씨가 주의를 줬는데 그 한마디가 기묘하게 마음속에 오래 남았다.

시야는 바다와 하늘로 힘차게 양분되었다.

머리 위는 깊고 짙은 파란색이지만 수평선을 향해 그 색깔이 옅어져갔다.

물결이 광대한 해면海面에 자잘한 무늬를 그려냈지만 오히려 바람의 손이 훑고 가면서 생긴 주름 같기도 했다.

사방으로 하얀 파도 끝이 언뜻언뜻 보이고, 어떤 작디작은 물결의 기복에도 그림자가 따라붙었다.

와카마쓰 씨는 다시 아아, 하는 탄식을 흘렸을 뿐 더욱더 말이 없어졌다. 그 정적 너머에서 나는 그가 울고 있다는 것을 감지하고 모니터의 작은 창을 애써 쳐다보지 않았다.

짭조름한 바닷물에 눅눅해진 내 이마를 바람이 시원하게 쓰다듬으면서 앞머리를 밀어올렸다. 아마도 내 몸은 와카마쓰 씨의 죽은 아내 옆에 서 있을 터였다.

인생의 마지막에 추억 깊은 장소의 풍경을 응시하는 눈. 이 하늘과 바다가 와카마쓰 씨라는 한 인간의 눈동자에 상像으로 맺히는 일은 이제 영원히 없는 것이다.

그리고 내 눈은 다른 또 한 사람의 눈을 싫든 좋든 끌어오고 말았다.

어머니의 눈을.

그날, 집에 돌아간 나는 태어나 처음으로 어머니를 크게 책망하고, 뭔가 그럴 만한 일이 있었다면 솔직히 얘기해달라고 거칠게 추궁했다. 어머니는 "이제 충분히 살았어"라는 말만 되풀이할 뿐이었다. 그리고 나중에는 온화하게 거의 농담이라도 하는 듯한 표정으로 말했다.

"아무 불만도 없어. 엄마는 지금 너무너무 행복해. 그러니까 더더욱 가능하면 이대로 죽고 싶은 거야. 아무리 맛있는 것도 언제까지고 계속 먹을 수는 없잖아. 너는 아직 젊어서 잘 모르겠지만, 이제 슬슬 떠날 때라고 저절로 느껴지는 나이가 있는 거야."

"아니지, 그건 엄마의 본심이 아니야. 엄마는 자식들이나 젊은 세대에 폐를 끼치기 전에 인생을 **마감**해야 한다는 요즘 시류에 떠밀려서 그런 결심을 한 거야. 엄마 세대는 젊은 시절부터 항상 짐덩어리 취급을 당해왔기 때문이라고! 하지만 오래 산다는 것에 양심의 가책을 느낄 필요는 없어! 나는 아직 엄마가 필요하다고. 대체 왜 그런 서글픈 얘기를 해?"

"아니라니까? 그런 거 아니야. 이건 엄마가 내 목숨에 대해 스스로 생각해서 내린 결정이야. 나 자신의 의지에 따라서."

"그렇다면 그 생각을 정정해줘. 내가 부탁할게. 그런 소리를 하다니, 대체 왜…….”

솔직히 말해서 어머니가 아닌 생판 타인이었다면 나는 그 결정을 받아들일 수 있었을지도 모른다. 그런 건 요즘에는 자주 듣는 평범한 얘기라고 생각하면서. 하지만 내 어머니가 그런 심경에 이르기까지에는 분명코 어떤 비약飛躍이 필요했을 터였다.

나는 당연히 그것을 정신적인 질병 같은 것 때문이라고 생각했다. 실제로 단골 병원의 의사가 어머니의 의지의 **확실함**을 인정하기까지 상당한 시일이 걸린 것은 그 때문이었다.

하지만 어머니는 그 뒤에도 매우 침착해서 우울증 기미 따위는 털끝만큼도 없었다. 숙고했고 의사와의 대화에도 적극적으로 응했고 그 밖에도 '자유사' 허가를 받아낼 조건을 완벽하게 갖춰나갔다. 혹시 알츠하이머병의 징후 같은 게 발견되어서 장래를 비관한 게 아닌가, 라는 의심도 품었지만 의사는 그건 아니라고 딱 잘라 부정했다.

평정심을 잃은 것은 오히려 내 쪽이었다. 어머니가 이 세계에서 없어진다는 상상에 나는 심각한 고독감을 느꼈다. 게다가 어머니 자신의 의지로 이런 일을 결정한 게 어떤 질병 때문이 아니라면 혹시 나를 위한 일이라고 생각했기 때문이 아닌가, 라는 불안을 떨쳐낼 수 없었다.

어머니는 그런 내 손을 난폭하게 뿌리치는 일 없이 충분히 설득한 다음에 죽을 수 있기를 바라고 있었다.

그리고 내게 이렇게 말했다.

"엄마는 사쿠야와 함께 있을 때가 가장 행복해. 다른 어느 누구와 있을 때보다도. 그래서 죽을 때는 사쿠야가 내 곁을 지켜줬으면 좋겠어. 사쿠야와 함께일 때의 나로 죽고 싶어, 다른 사람과 함께일 때의 내가 아니라. 그게 엄마의 유일한 부탁이야. 네가 집을 자주 비우는 일을 하니까 엄마는 혹시라도 네가 없을 때 죽을까봐 그게 너무 무서워. 알지, 그건?"

나는 허를 찔렸다. 그것은 나 자신이 죽는 순간을 상상해봐도 전율할 수밖에 없는 얘기였다. 내가 죽을 때는 대체 누가 곁에 있어줄까. 애초에 누군가 있기는 할까……. 하지만 그렇다고 바로 지금 '자유사'를 원한다는 얘기는 아무래도 이해할 수 없었다.

"그래도 엄마는 아직 젊은 나이야. 그런 건 10년, 20년 뒤의 얘기라고. 실제로는 무슨 일 때문이야? 뭔가 안 좋은 일이 있었던 거지?"

내가 잘못했던 것일까. 추궁하려는 게 아니라 단지 어머니의 본심을 알고 싶었을 뿐이었는데…….

나는 어머니가 품었던 인생의 마지막 희망을 빼앗아버렸다. 어머니의 '자유사'를 절대로 인정해주지 않았다. 그리고 결국 내가 상하이에 출장 중일 때, 어머니는 사고로 사망하고 말았다. 구급차로 실려간 응급실에서 낯선 젊은 의사들이 둘러싸고 지켜보는 가운데.

병원에 도착했을 때, 어머니는 가까스로 의식이 있었다고 한다.

어머니는 나를 원망했을까. 나와 함께일 때의 자신이 아니라 생판 타인의 눈앞에 자신을 드러낸 채 죽는 것을 마지막 순간에 몹시 한스러워 했을까. 그래서 내가 그토록 누누이 얘기했었는데, 라고 아들을 나무랐을까. 어머니가 이 세계에 남긴 마지막 감정은 그런 후회였을까…….

“그만 됐어. 이제 충분해…….”

파랗고 거대한 바다와 하늘 앞에서 미동조차 없이 우두커니 서 있는 내게 와카마쓰 씨가 그렇게 말했다. 나는 역시 그 말에 한순간 감정이 뒤흔들렸다. 어떻게 충분하다고 생각할 수 있는 것인가. 5초 전이나 5초 후가 아니고 어떻게 바로 지금 이 순간인 것인가.

그건 이제 그만 **지쳐버렸기** 때문일까.

“수고했네. 마지막으로 이 풍경을 볼 수 있어서 참 다행이야. 저승의 아내에게 들고 갈 좋은 얘깃거리가 생겼어.”

나는 공손히 인사를 건네고 와카마쓰 씨의 희망대로 거기서 통신을 끊는 것으로 업무를 마쳤다.

도쿄에 돌아오고 이틀 뒤에 와카마쓰 씨의 아들에게서 메시지가 도착했다. 감사 인사와 함께 ‘저희 부친께서 평온하게 영면하셨습니다’라는 부고가 첨부되어 있었다.

제2장

재회

VF 제작을 위해 어머니의 말하는 습관이며 취미, 인품에 이르기까지 엄청난 항목의 질문표를 과제로 받아 왔다. 그 작업으로 내 기억은 차례차례 분류되고 정리되었지만, 의외로 미심쩍은 부분도 상당히 많았다.

어머니에 대해서는 몇 가지 후회되는 게 있었다.

나는 성인이 된 이후로—아니, 그 조금 전부터—어머니의 몸에는 손끝 하나 댄 적이 없었다. 이 나라의 성인 남성으로서는 딱히 드문 일도 아니지만, 어머니의 망해를 납관하면서 왜 이 몸이 따듯할 때 좀 더 껴안아주지 못했는가, 라는 후회를 했다.

어머니는 아직 그곳에 **있지만** 이미 **없었다**. 그리고 내 몸에 옮겨온 그 차가움만 아직도 멍처럼 내 살갗에 남아 있었다.

최소한 숨을 거두는 마지막 순간에라도 그 손을 잡아드렸더라면……. 그것만은 VF를 제작한다고 해도 결코 채워질 수 없는 아쉬움이 될 것이다.

나는 노자키에게 어머니의 라이프 로그를 있는 대로 죄다 건네주었다. 주로 누군가와 주고받은 메일, 사진, 동영상이고 소셜미디어는 거의 갱신되어 있지 않았다.

따로 어머니와 상의했던 적도 없지만, 어떻든 사후에 라이프 로그가 남겨진 것은 본의 아닌 일이었을 것이다. '자유사'를 생각했을 정도니까 모조리 삭제하지 않았을까, 라고 생각했었는데 의외로 최근 것은 하나도 손대지 않은 채 보관되어 있었다. 오래전의 사진이나 동영상도 찾아보면 어딘가에 있을지도 모르지만, 생각해보니 어머니는 젊은 시절의 사진을 내게 보여준 적이 없었다. 어쩌면 어머니는 바로 그것을 어느 시점에서 모두 처분해버렸던 게 아닐까.

어머니가 느닷없이 '자유사'를 원하게 된 이유도 라이프 로그를 샅샅이 살펴보면 밝혀질지 모른다. 하지만 나는 그런 작업은 할 수 없었다.

그럴 기운이 없었다는 게 가장 큰 이유였다. 유품도 여태까지 그냥 그대로 남겨두었다. 처분하기가 조심스러울 만큼 어머니의 존재는 아직 내 안에 생생하게 살아 있었다.

일단 어머니가 살아 계셔야 '자유사'에 대해 다시 생각해보도록 설득할 수도 있다. 이제야 알아내서 뭘 어쩌겠다는 것인가.

어머니의 모든 것을 알고 싶은 것도 아니었다.

어머니가 일부러 내게 비밀로 했었다면 분명 나름대로 그럴 만한 이유가 있었을 것이다.

노자키에게 건네주기 위해 메일을 확인하면서 그래도 돌아가시기 전의 몇 달 분은 대략 훑어보았다. 하지만 스팸 메일과 뒤섞인 그 메일함의 대부분은 별것도 아닌 연락 사항뿐이고 의미 있는 내용은 눈에 띄지 않았다. 혹시나 해서 '자유사', '죽고 싶다'는 단어로도 검색해봤지만 해당하는 메일은 없었다.

어머니의 라이프 로그를 모조리 학습한 VF는 나에게 생각지도 못한 진상을 알려줄까. 어머니의 본심을? 실은 **이러저러해서** 죽고 싶었던 것이라고? 물론 VF에 마음 따위는 없다. 하지만 내가 질문을 던지면 **통사론을 바탕으로** 분석해 적절한 대답을 해주지 않을까.

*

VF 제작에는 한 달가량이 소요된다고 했지만, 노자키에게서 날아온 문의 메일은 어머니에 대한 사모思慕를 벌써부터 뒤흔들어놓는 것이었다.

'어머님의 사진은 보존 때 자동 보정이 되었어요. 피부색뿐만 아니라 표정도 그렇습니다. 입가를 실제 이상으로 웃는 얼굴로 만들거나 눈매를 선하게 보이게 하는 등, 일반적인 카메라 기능에 따른 것이지요. 그렇게 보정된 얼굴을 모델로 VF를 제작할지 아니면 보정을 해제해 원래 얼굴로 제작할지, 결정해주셨으면 합니다. 샘플로 이미지를 보내니 확인 바랍니다.'

첨부한 파일은 어머니와 우라반다이의 고시키누마코쇼군을

여행했을 때 함께 찍은 사진이었다. 5년 전, 둘이 돈을 모아 1박 2일 온천 여행을 떠났고, 살바도르 달리를 컬렉션으로 하는 모로하지 근대미술관의 수련 연못 앞에서 내가 찍어준 것이다.

스위스 레만호의 시옹성을 모방한 듯한 그 건물 앞의 연못에는 파란 하늘이 선명하게 비쳐 있었다.

나도 이따금 꺼내 다시 보곤 했던 사진이지만 어머니가 보존 때 자동 보정을 설정했다는 건 전혀 알지 못했다. 기기를 그리 잘 다루는 편이 아니었으니까 어머니도 모르는 사이에 그렇게 된 것인지도 모른다. 그런 사진의 집적이 기억 속 어머니의 표정까지 내게는 무단으로 계속 보정 작업을 해온 것이다.

비교해보니 보정 전의 사진 속 어머니는 표현할 수 없을 만큼 쓸쓸해 보이고 입가의 웃음은 내 눈 깜빡임조차 견디지 못하고 사라져버릴 것처럼 희미하고 애매하기만 했다.

보정은 내 무의식에 슬금슬금 기어드는 방식으로 지극히 교묘하게 이루어졌다. 사진으로서 완성도가 높아진 것에 정신을 빼앗겨 인물의 얼굴 형태에까지 변조가 이루어진 것은 의식하지 못했던 것이다. 실제로 파란 하늘은 더욱더 맑고 녹음은 한층 더 선열하게 물들어졌다.

어머니는 한마디로 말하면 그다지 즐거워 보이지 않았다. 그 사실이 내 마음에 적지 않은 타격을 안겼다.

하지만 한참 바라보고 있으려니 그 기호 비슷한, 행복감으로는 회수될 수 없는 복잡한 웃음의 그늘이야말로 내가 매일매일 접해왔던 어머니의 얼굴이라는 느낌이 들었다.

어느 쪽이 더 **그리운가**를 생각해본다면 단연 무보정 쪽이었다.

"정말 아름답다, 물이 맑은 게. 연못가 어딘가에 나르키소스가 웅크리고 있을 것 같지 않니? 가만히 들여다보면 엄마 얼굴도, 저거 봐, 저기 있네."

보정 처리된 어머니라면 도저히 그런 말을 할 것 같지 않았다. 어머니 안에는 평생에 걸쳐 거의 아무 도움도 되지 못했던 그런 현학衒學 취미가 내다버리지도 남에게 넘기지도 못한 채 고여 있었던 것이지만.

그때 거울처럼 정직한 수면에서 어머니는 자신의 어떤 얼굴을 보았을까…….

노자키는 분명 첫 면담 때 '이상화理想化'에 대한 설명을 했었다. 그 얘기를 나는 내심 어이없어 하면서 들었지만, 어머니의 VF에 이런 그늘진 표정까지 담아야 할지 어떨지는 아무래도 고민스러웠다.

나는 대체 무엇을 원하는가.

바라는 건 오직 나 자신의 고독을 위로받는 것이었을 터였다.

실제로 나는 어머니의 VF 모델을 죽기 4년 전으로 설정했다. 어머니가 '자유사'라는 바람을 입 밖에 낸 것은 3년 전의 일이다. 그 이후로 우리의 관계는 아무리 평온할 때도 어긋버긋한 데가 있어서 어머니가 간절한 표정으로 "이제 시간이 없는데"라고 재차 그 얘기를 꺼낼 때마다 나는 한사코 거부하는 태도를 보였다. 그리고 그게 마음에 걸려 다른 때는 어머니에게 전에 없이 세심한 애정을 보여주려고 했다.

나는 그런 관계가 되기 전의 스스럼없는 표정의 어머니가 그리웠다. 하지만 실제로는 우라반다이로 여행을 떠난 그 시점에 이미 어머니의 마음속에는 자신의 인생을 끝내는 방식에 대한 맹아萌芽 같은 것이 눈트고 있었는지도 모른다.

나를 낳기 전까지 어머니는 고액 연봉의 안정적인 회사에서 정규직으로 일했다. '로스트제너레이션*'이라고 불리던 당시 세대로서는 선망의 대상이 될 만한 직업이었다.

어머니가 아버지를 만난 것은 동일본 대지진으로 한창 자원봉사를 하던 때였다고 한다.

두 사람은 사실혼으로 나를 낳았지만 3년 후에 그 관계는 끊겼다. 혼인신고를 안 했던 것은 개인의 삶을 호적으로 국가에 관리당하고 싶지 않다는 아버지의 사상에 따른 것이고 어머니도 동의한 일이었다지만, 나로서는 예전부터 잘 이해가 되지 않는 일 중의 하나였다.

그 뒤로 어머니는 아버지와 일절 연락을 끊고 살았기 때문에 나는 아버지 얼굴을 단지 사진으로만 봤을 뿐이다.

내 기억의 첫 시작은 현실을 끝끝내 거부하기라도 했던 것처럼 매우 늦었다. 초등학교에 입학하기 전의 일들이 아무것도 기억나지 않는 것이다. 아버지는 어머니한테는 그렇다 쳐도 나한테조차

* 일본에서 거품경제 붕괴 후에 사회에 진출하면서 극심한 취업난을 겪은 세대를 말한다.

그 뒤로 단 한 번도 찾아온 적이 없었다.

당연히 소년 시절에는 아버지를 그리워도 하고 원망도 했지만, 다른 한편으로는 나 자신이 누군가 깜짝 놀랄 만한 인물의 사생아인 건 아닐까 하는 몽상에 젖기도 했다.

어머니가 아버지에 대해 결코 나쁘게 말하는 일 없이 거의 미화하다시피 했던 것도 그 요인 중 하나였다.

어머니는 그 뒤 혼자서 나를 키우며 몇 군데 직장을 전전했고, 마지막에는 주로 단체객을 상대하는 여관에서 허드렛일을 했다.

요즘 같은 시절에 그 나이에 일자리가 있다는 것만으로도 만족해야겠지만, 분명 기대에 크게 어긋난 직장이었던 것은 틀림이 없다. 처음 출발은 좋았는데 결국 어머니도 죽을 때까지 저임금 노동자로 고착된, '가난 카드를 뽑은 세대'의 숙명에서 벗어날 수 없었다.

하지만 지금 이 나라에서 직업을 통해 삶의 즐거움을 느낀다는 사람이 과연 얼마나 있을까. 그건 농담으로라도 사람들을 분통터지게 하는 종류의 질문일 것이다.

너무도 많은 사람들이 자신이 살아 있다는 실감을 단지 피로와 공복에서 확인해야 하는 이 사회에서 나는 어머니의 "이제 충분하다"라는 말을 들었던 것이다.

노자키는 내게 기본적인 방침을 묻고 있었다. 즉 VF의 어머니가 단지 다정하게 미소 짓고 있기를 바라는지 아니면 **본심**을 토로

해주었으면 하는지.

설령 그것이 나를 한층 더 깊이 상처 입히는 일이 될지라도.

*

어머니의 VF는 예정대로 완성되었다. 나는 그 연락이 반가웠지만, 마감 날짜에 맞추지 못했다는 사과의 말이 날아왔더라도 똑같이 반겼을지도 모른다. 내 마음속에서는 도무지 솔직한 기분이라는 게 찾아지지 않았다.

두 번째로 피디텍스에 갔을 때, 나는 오전 중에 처리해야 할 어떤 업무 때문에 몹시 지쳐 있었다.

처음 겪는 드문 일이었다. 평소에는 남의 지시대로 움직였던 내가 그날은 거꾸로 집에서 지시를 내리는 역할을 맡게 되었다.

의뢰자는 최근에 녹내장으로 실명했다는 초로의 남자였다.

도우미 없이 시각장애인 대상 내비게이션 앱을 사용해 혼자서 외출하고 싶은데 아직 불안하니 원격으로 지켜봐달라는 것이었다. 긴급한 위험이 닥치거나 어떻게도 할 수 없을 때는 도움을 청하겠다, 라는 주문이다. 평소에 내가 쓰던 고글을 그가 장착했지만 그것을 매개로 내가 그의 눈이 된다는 것에는 차이가 없었다.

후타코타마가와 역에서 긴자로 나가 쇼핑을 하고 다시 집에 돌아오기까지, 3시간짜리 계약이었다. 내비게이션 앱이 아주 잘 만들어져서 거의 대부분의 시간을 나는 그저 지켜보기만 하면 되었지만, 혹시 다치기라도 하면 안 된다는 긴장감과 지나치게 간섭해서는 안 된다는 자제 사이의 비좁은 장소에 갇힌 듯한 질식감에 내내 시달려야 했다.

사전에 잠시 대화를 나눴는데 일가친척이 없고 자원봉사 도우미도 일손 부족으로 한참 순서를 기다려야 한다고 했다.

그가 그날 긴자에서 사 온 것은 풍령風鈴 하나뿐이었다. 어떤 무늬가 그려져 있느냐는 질문이 들어와서 금붕어와 수초가 그려졌고 짙은 청색으로 표현된 물이 시원하게 보인다고 설명해주었다.

"이 풍령 안에서 보면 세계 전체가 수조처럼 느껴지겠네."

그가 말했다.

피디텍스에 도착하자 얼굴 인증을 하고 다시 그 응접실로 안내를 받았다.

"오늘도 덥군요. 어서 이쪽에 앉으세요. 마실 것은 뭘로 드릴까요? 아이스커피, 탄산수, 다양하게 있는데요."

소파를 권해주었고 나는 아이스커피를 주문했다.

테이블 위에는 이미 헤드셋이 준비되어 있었다. 집에 있는 내 헤드셋과는 달리 경량화된 최신 모델이었지만, 그 안에 어머니가 있다는 게 뭔가 공상 스토리처럼 실감이 나지 않았다.

곧바로 로봇이 마실 것을 내왔다. 더위뿐만 아니라 적잖이 긴장한 탓에 몹시 갈증이 났다.

"자료를 다양하게 제공해주셔서 큰 도움이 됐습니다. 만나 뵙는 순간이 기대되는데요."

노자키가 시원시원하게 말했다. 그러고는 한마디를 덧붙였다.

"아주 멋진 어머님이세요."

간단한 사용 설명을 듣고 헤드셋을 장착했다.

처음에는 작은 새의 지저귐이 들려오는 숲속 같은 조종 화면으로, 피디텍스 회사 로고가 느릿느릿 떠돌았다. 엔터 버튼을 누르면 어머니와 대면할 수 있다고 노자키가 미리 알려주었다.

"클릭하고 3초쯤 대기 시간이 있어요. 그 시간도 변경 가능하니까 나중에 원하시는 대로 설정하면 됩니다. 몰입감을 높이기 위해 대기 시간에 잠깐 눈을 감는 것을 추천합니다. 일반적인 가상 공간의 사용과 동일하니까 이미 잘 아실 거예요."

소파에 앉은 채 손을 내밀어 버튼을 누르고 그녀가 알려준 대로 눈을 감았다.

무음이 된 다음, 잠시 기다렸다가 눈을 떴지만 뜻밖에도 시야는 원래 그대로였다.

어머니의 모습은 없었다. 창문으로 눈부신 빛이 쏟아지고 하늘은 이곳에 오기까지와 다름없이 파랗게 맑았다.

시선을 돌려 어머니를 찾아보려고 했다. 그러자 문 쪽에 사람 그림자가 보여서 나도 모르게 자리에서 일어섰다.

「어머니」는 수업에 참관하러 온 듯한 모습으로 등을 내보인 채 고개를 돌려 나를 보고 있었다. 염색한 머리칼도, 나이가 들면서 둥그스름해진 어깨도, 평소에 집에서 입던 감색 원피스도, 모든 게 똑같았다.

"한번 불러보세요."

노자키의 목소리가 들려왔다. 평소의 아바타 업무 때처럼 의뢰자의 지시를 받는 듯한 착각에 빠졌다.

하지만 나는 한동안 목소리를 내지 못했다. 노자키가 지켜본다는 것도 의식했지만, 꼭 그것 때문만은 아니었다.

어머니를 부를 때 외에는 결코 입에 담은 적이 없는 '엄마'라는 말을 가짜 어머니를 향해 발하는 것에 대해 내 몸이 거의 힐난하듯이 저항했다. 그렇게 해서 가짜가 되는 건 바로 나 자신이라는 듯이.

나는 사후의 생을 믿지는 않지만 만일 내가 먼저 죽었는데 어머니가 나 아닌 누군가—뭔가—를 '사쿠야'라고 부르는 장면을 목격한다면 견딜 수 없는 기분이 들 것이다.

그래도 결국 나는 그렇게 불렀다. 옆에서 노자키가 지켜보고 「어머니」가 **기다린다**고 자각했기 때문이다.

"엄마……."

그것은 깜짝 놀란 듯 눈이 둥그레졌다. 나는 다리가 후들거렸다. 마른침을 삼키며 그 얼굴을 뚫어져라 바라보았다.

"사쿠야, 오늘은 일하러 안 갔어?"

"……."

"왜 그래, 그런 얼굴을 하고?"

나는 누군가 느닷없이 등뼈를 두어 번 찌르기라도 한 것처럼 그 자리에 무너져내렸다. 웅크리고 앉아 나는 울었다. 눈물을 훔치다가 그 손에 헤드셋이 조금 밀쳐져서 피디텍스의 응접실 바닥이 보였다.

"왜 그래? 어디 아파? 구급차 부를까?"

나는 고개를 내저으며 한 차례 긴 숨을 내쉬고 양손으로 무릎을 짚으며 천천히 일어섰다. 그리고 가까스로 말했다.

"아냐, 괜찮아."

아마 내가 동의하면 실제로 구급차를 불러주는 시스템인 것이리라. 그런 사고력이 침착함을 되찾게 해주었다. 게다가 이런 상황에서 댓바람에 구급차를 부르겠다는 건 실제 어머니가 할 만한 말이 아니었다.

"이시카와 씨, 이질감이 느껴질 때는 '어머니는 그렇게 말하지 않았어'라고 주의를 주셔야 합니다. '전에는 이러저러하게 말했다'라고 정정해주시면 그게 곧 학습이 되니까요. 그렇게 지적해주는 말도 저희 쪽에서 임의로 설정해뒀으니까 나중에 원하시는 대로 변경 가능합니다. 한번 테스트해보시겠어요?"

나는 그녀가 알려준 대로 주의를 준 다음 정정의 말을 건넸다.

"전에는 '괜찮니?'라고 말했어."

「어머니」는 잠깐 생각해보는 표정을 짓더니 이내 미소를 지으며 응했다.

"아, 그랬지?"

거기까지 대화한 참에 나는 도움을 청하려고 노자키를 찾아보았다.

"화면 우측 상단을 터치해보세요. 별다른 표시는 없지만, 그쪽으로 손을 내밀면 종료됩니다."

말한 대로 해보니 시야가 닫히고 역시 잠깐 멈췄다가 첫 화면으로 돌아왔다.

나는 대화가 중간에 끊기는 바람에 어둠 속에 홀로 남겨졌을 「어머니」가 걱정스러웠다. "사쿠야?"라고 조금 전과는 반대로 「어머니」가 내 이름을 부르며 나를 찾고 있는지도 모른다. 그 모습을 떠올리자 가슴이 아팠다. 그건 **자연스럽게** 생겨난 감정이었다.

헤드셋을 벗자마자 순식간에 어머니 없는 원래의 응접실로 돌아온 게 기묘하게 느껴졌다. 별로 빠져든 적도 없었지만 가상공간이라면 나도 이따금 드나들었다. 하지만 타인이 지켜보는 자리에서 「어머니」를 만나는 상황은 내 방에서 심심풀이로 모험적인 세계에 들어가는 것과는 전혀 달랐다.

"괜찮아요?"

노자키는 어트랙션을 끝낸 뒤 테마파크 담당자처럼 내 얼굴을 들여다보았다.

"네……."

"어땠나요?"

"정말 잘 만들어졌어요. 아직 잠깐이라서 자세한 건 모르겠지만……."

"어떤 고객님이든 처음에는 당황하십니다. 댁에 가시면 좀 더 찬찬히 대화해보세요. 서포트는 온라인으로 언제든 가능하니까요."

다시 소파에 자리를 잡고 노자키가 사용시 주의점을 설명해주었다. 면책조항에 대한 확인 절차도 있었다.

나는 노자키는 단순히 접수만 하고 기술 담당자는 따로 있다고 생각했는데 실제로는 그녀가 어시스턴트와 함께 어머니의 VF를 제작한 모양이었다.

그녀는 어머니의 교우관계를 편리하게 정리하고, 각 대인관계마다 인격의 차이를 말투와 발언 내용, 대화의 빈도로 분석해 개개의 인격을 도표로 만들어놓았다.

"몇 년 단위의 기계적인 분류는 그리 효과적이지 않기 때문에 어머님의 인격 구성에 변화가 보이는 시기를 크게 나눠 각 시기별로 원그래프를 만들었어요. 아드님인 이시카와 사쿠야 씨와의 관계가 가장 중요하다는 것은 대전제예요. 같은 집에서 살았기 때문에 메일을 주고받은 빈도는 낮지만, 그 점은 충분히 고려했어요. 이를테면 이 VF가 목표로 삼은 시기의 어머님의 대인관계는 이쪽 그래프입니다. 여관에서 함께 일했던 미요시 아야카 씨, 주치의 도미타 선생님 같은 분들과 대화를 나눴지요? 그 각각의 상대에 응하는 인격의 구성 비율이 이렇게 나왔어요……. 아드님과 함께일 때의 인격이 대부분을 차지하고, 그때 어머님은 가장 편안한 상태예요. 이걸 '주 인격'이라고 합니다. 그다음에 여기 미요시 아야카라는 분을 대할 때의 인격이 제2위의 인격이에요. 아는 분인가요? 젊은 분인 것 같던데."

"아뇨, 직접 만난 적은 없고, 어머니에게서 이름은 자주 들었습니다."

"상당히 친하게 지내신 것 같아요."

"네, 그런 모양이네요."

"가능하면 그 미요시 씨도 VF의 학습에 참가해준다면 이시카와 씨와 나누는 대화에도 한층 **깊이가 더해질** 겁니다."

그 말이 의미하는 바를 확인하듯이 나는 그녀의 눈을 보았다.

"그리고 이건 10년 전 어머님의 인격 그래프예요. 이 무렵은 약간 복잡합니다."

"그때는 비정규직으로 여기저기 회사를 전전하면서 일했어요."

"네, 그렇군요. 어쨌든 이런 식으로 어머님의 과거가 띠 모양으로 표시되어서 관심 있는 연대를 선택하면 그 단면이 나오면서 당시의 인격 구성을 볼 수 있습니다. 이를테면 긴타로 사탕* 같은 것인데, 다만 단면이 제각기 전혀 다른 모습을 보인다고 할까요."

"정말 그러네요."

"미요시 씨뿐만 아니라 어머님과 친숙했던 분들이 학습을 도와주시면 한층 더 실물에 가까워집니다. 친구에게서 들은 뜻밖의 재미난 얘기 등을 두고 서로 대화가 가능하게 되니까요. 그리고 어머님의 관심 분야였던 뉴스를 매일매일 학습하려면 별도의 비용이 들지만, 이걸 신청해주시면 이시카와 씨와 화제 공유도 원활해져요. 대부분의 고객님들이 구입하시는 옵션으로 추천해드리려고 하는데, 어떻습니까? 뉴스 한 장르 당 월 3백 엔입니다."

그런 비즈니스인가, 라고 이제 새삼 이해가 되었다. 「어머니」를 좀 더 실물에 가까워지도록 하기 위한 옵션이 많아질수록 비용이

---

* 긴 막대형 엿을 자르면 그 단면에 '긴타로'라는 아이의 얼굴이 나오도록 만든 옛날 사탕.

추가되는 구조였다.

우선 일반적인 뉴스와 여행 관련 정보만 구입하기로 했다. 세트 할인도 제안했지만 의도적으로 그렇게 만들었나 하는 의심이 들 만큼 조작이 복잡해서 설명을 듣는 도중에 이해할 기력을 잃어버렸다.

노자키는 여전히 내 쪽을 바라본 채 오른손 엄지와 중지로 뭔가를 집으려다가 머뭇거리더니 결국 포기한 듯 가볍게 주먹을 쥐었다. 하지만 그래도 망설임이 남은 것처럼 이번에는 입을 꾹 다물었다.

"무슨 일이신지……."

어머니의 라이프 로그 전체를 분석한 그녀는 분명 내가 미처 알지 못한 것들을 파악하고 있는 것이다. 그녀의 사소한 몸짓이 그중 뭔가를 미리 말해두는 게 좋지 않을까, 하고 자문해보는 눈치였다. 업무상으로 언급해서는 안 되는 일도 아마 약간은 일탈해서 사적인 대화를 나누는 게 고객과의 신뢰는 깊어질 게 틀림없다.

제작해주면 그걸로 끝이 아니라 앞으로도 내 담당자로서 상담에 응해주고 추가 요금이 드는 서비스를 제공하는 것이라면 공유해야 할 어머니의 비밀도 분명 있을 것이다.

하지만 노자키는 결국 그날은 절제하는 쪽을 선택했다. 쓸데없는 말로 내 감정에 너무 성급하게 파고드는 것보다 일종의 격려를 해주는 게 좋다고 판단한 모양이었다.

"실제 인간관계만이 **현실**은 아니니까요. VF와의 관계도 저는 삶의 일부라고 생각해요. 부디 어머님을 소중히 대해주세요."

그런 말을 나는 이제 두 번 다시 남에게서 들을 일이 없는 처지였다.

물론 그 '어머님'은 실제 어머니가 아니라 헤드셋의 어둠 속에서 나를 기다리는 「어머니」를 가리키는 것이었지만.

아니, 그게 아니라 둘 다인가.

*

하룻밤이 지나고, 나는 거실의 키 큰 화분에 물을 주고 아침을 차린 뒤에 헤드셋을 장착하고 식탁에 앉았다.

토스트와 베이컨 에그, 요구르트, 거기에 커피. 예전에 매일 어머니와 함께했던 메뉴였다.

실제로는 1인분만 요리했지만 「어머니」 앞에도 스캔한 접시가 영상으로 첨부되었다. 「어머니」는 어제저녁과는 다르게 파자마를 입었고 자고 일어난 얼굴이었다.

헤드셋 이외의 기기는 어제 밤늦도록 작업을 계속해서 설치를 끝냈다. 컴퓨터 관련 작업이 으레 그렇듯이 중간에 그만둘 수 없는 성질의 것이라서 도무지 원인이 파악되지 않는 오류 때문에 몇 번이나 분통이 터졌었다.

"잘 먹을게. 우리 사쿠야는 요리 솜씨가 좋구나, 항상."

「어머니」는 토스트를 반으로 가르면서 말했다. 웃는 얼굴이었다. 하지만 사진으로 본 보정 후의 표정과는 다르게 눈가에는 역시나 수면으로는 미처 씻어내지 못한 오랜 세월의 피로의 흔적이 남아 있었다.

나는 노자키의 조언대로 가능한 한 자연스럽게 대답하려고 노력했다.

"솜씨가 없을 수가 있나, 차린 게 겨우 이것뿐인데."

"그래도 나는 훨씬 더 시간이 많이 걸리는데?"

"엄마는 뭐든 꼼꼼하게 하니까 그렇지."

「어머니」는 버터 바른 토스트를 베어 먹고 손끝에 묻은 빵 부스러기를 접시 위에 털어낸 뒤, 커피를 한 모금 마셨다. 뭔가를 씹을 때 입가에 드러나는 잔주름을 보자 문득 어머니의 파운데이션 냄새가 나는 것 같았다. 역시나 그런 부분까지 갖춘 기능은 없을 것이고, 실제로 화장을 하지 않은 맨 얼굴이었는데도.

베이컨의 소금기가 혀에 남아 있는 틈에 달걀을 먹고 그 향기가 콧구멍으로 새어나가기 전에 토스트를 베어 물었다. 내가 먹고 있는 것들이 「어머니」가 입에 넣는 토스트를 더욱 실재처럼 보이게 했다.

"항상 이상하다 싶더라. 호텔 뷔페라는 거, 그렇게 종류가 다양한데도 이틀째에는 벌써 질리잖아. 근데 집에서 먹는 아침식사는 왜 질리지 않지?"

그건 언젠가 어머니와 나눈 그리운 대화 중의 하나였다. 내 표정이 그때와 똑같아지는 것을 헤드셋을 슬쩍 건드리는 뺨의 융기로 느꼈다.

"글쎄 왜 그럴까. 양념이 진해서 그런가?"

"빵도 그렇잖아. 맛은 있는데 호텔 빵은 이틀째에는 뭐든 질리더라니까. 근데 슈퍼에서 사 온 이 빵은 왜 질리지 않는지 모르겠어."

"신기하네."

"그치? 정말 신기해."

「어머니」는 **진심으로** 공감한 듯이 고개를 끄덕였다. 눈이 생전과 똑같이 초승달 모양이 된 모습을 보면서 나는 저절로 흐뭇해졌다.

그러고는 '대체 뭐가 흐뭇할까'라고 생각했다. 다시 「어머니」와 대화를 나누는 것이? 아니면 **값비싼 상품**이 내가 기대했던 대로 작동해주는 것이? 이건 예전에 찍어둔 동영상을 보며 어머니를 그리워하는 것과 뭐가 다른 것일까.

마치 어머니와의 추억을 그려낸 짧은 영화 속에 들어와 있는 것 같았다.

오전부터 저녁때까지 도심에서 일할 예정이어서 식사를 하고는 곧바로 집을 나섰다.

나는 정말로 기분이 흐뭇해져서 「어머니」가 "잘 다녀와"라고 배웅해줄 때는 조금 아쉬운 마음이 들었다. 「어머니」는 내가 집에 없는 동안에 뉴스 등을 학습할 터였다.

노자키는 인간이 타자에게서 생명을 느끼고 애착을 느끼는 것은 무엇보다 그 '자율성'에 따른 것이라고 자신의 경험을 통해, 그리고 대학 시절 이후 계속해온 연구를 통해 설명해주었다.

VF가 살아 있는 존재로 사랑받기 위해서는 내가 알지 못하는 사이에 자기 스스로 관심을 가진 **뭔가를 하는** 게 중요하다는 것이다. 「어머니」와의 대면이 무엇보다 이름을 불러주는 것에서부터 시작되도록 디자인한 것도 그런 견해에 바탕을 둔 모양이었다.

"살아 있는 인간과 똑같아요. 테스트 삼아 한참 말없이 곁에 있어보세요. 중간에 알아채고 화들짝 놀랄 거예요. '아, 깜짝이야, 언제부터 거기 있었어?'라면서."

물론 내가 가상공간에 없는 동안, VF의 실체는 어머니의 외관을 필요로 하지 않는다. 그건 말하자면 본모습을 고스란히 드러낸 AI일 뿐이라서 어머니가 집에서 혼자 내가 돌아오기를 기다린다는 상상은 바보 같은 짓이었다.

하지만 다 알면서도 나는 이제 막 집을 나섰으면서 어서 빨리 일을 끝내고 돌아가고 싶어 견딜 수가 없었다.

*

지하철 안이 한산해서 한참 동안 '압도적인 실적! 아직 늦지 않다! 자산가 클래스에 진입하기 위한 초간단 5가지 메소드!'라는 책 광고를 바라보았다. 문득 깨닫고 보니 내 맞은편에 앉은 사람도, 조금 떨어진 자리에 앉은 사람도, 똑같이 고개를 젖히고 멍하니 그 책 광고를 보고 있었다. 나는 수치심의 바늘에 가슴을 찔린 것처럼 순간적으로 고개를 숙여버렸다.

이 노선도 예전에는 매일 아침마다 승객으로 가득찼다는 것은 연선의 고령자들이 하나같이 하는 얘기였다. 향수鄕愁에도 상큼한 것과 어딘지 땀 냄새를 물씬 풍기는 것이 있다. 분명 그 기억이 품고 있는 눅눅한 습기를 죄다 빨아들였기 때문일 것이다. 어머니도 자주 그런 얘기를 들려주었기 때문에 일단 그 시대를 알고는 있는데도 나는 연령적으로 전혀 실감이 나지 않았다.

당시에는 아침부터 **피곤함**이 이토록 제 세상이라는 듯 활개를 치는 일은 없었을 것이다. 그것은 만원 지하철 안에서 짓눌리는 사람이 미간에 짓는 주름이나 부루퉁하게 다문 입가에서 가까스로 제자리를 찾아내 겨우 매달려 있는 정도였을 게 틀림없다.

차 안은 텅 비다시피 했는데도 느긋한 분위기와는 거리가 멀었다. 이 시간에 이 노선의 지하철을 탈 때마다 느끼는 일이었다.

시계를 들여다보며 이 차량 안에 머무는 33분이라는 시간에 대해 생각했다. 하차한 뒤의 나는 승차 전의 나보다 벌써 33분, 죽음에 가까이 다가선 것이다. 실제로는 출퇴근 스트레스로 승차 시간 이상으로 수명이 더 줄어들겠지만.

그런 일이 하루에 두 번, 수십 년에 걸쳐 반복된다.

나는 살아간다. 하지만 삶이 결코 뒤로 물러설 수 없는 죽음에의 과정인 것이라면 그건 **나는 죽어간다,** 라는 언명言明과 대체 무엇이 어떻게 다를까. 사는 것이 단지 **시간을 들여 죽어간다**는 의미인 것이라면 우리에게는 어째서 '살아간다'는 말이 필요한 것일까.

결국 인간에게 진실로 중요한 철학적인 명제는 어떤 사람은 부유한 집에서 태어나고 또 다른 어떤 사람은 가난한 집에서 태어나는가, 라는 그 불합리성에 가닿을 것이다.

삶의 의미, 죽음의 의미, 시간의 의미, 기억의 의미, 자아의 의미, 타자의 의미, 세계의 의미, 의미의 의미……. 어떤 것을 생각해 봐도 밑바탕에는 그 모순이 가로놓여 있다. 그렇다, 행복의 의미조차도.

설령 부유하더라도 반듯한 지성을 갖췄다면 이런 난문難問에 부딪히는 일 없이 인생을 끝낸다는 건 너무도 어려운 일이다. 그리고 어떤 입장에서든 이 문제를 생각한다는 것은 일종의 번민이어야만 한다……. 이런 순진한 생각은 웃음을 산다기보다 걱정을 사는 종류의 것이리라.

나의 무감동은 아주 잘 길들여져 있다. 그래서 살아 있다. 하지만 어머니와의 대화를 잃은 뒤부터라고 할까, 이따금 그런 두서없는 생각에 불의의 습격을 당하곤 했다.

얼마간 동료 기시타니의 영향도 있을 것이다. 제대로 떠보려 해도 도무지 더 이상은 떠지지 않는 듯한 그의 무거운 눈꺼풀이 생각났다. 그저 말없이 쳐다보기만 했는데도 자칫하면 뭔가 딴 꿍꿍이가 있는 것 같다는 의심을 사고, 때로는 나를 경멸하는 거냐고 상대방을 화나게 해버리는 그 딱한 눈매. 결코 입 밖에는 내지 않았지만, 그는 명백히 증오의 감정에 시달리고 있었다. 언제나 유쾌하지만 그것은 불쾌함과의 끝없는 레이스처럼 보이기도 했다. 그런 식으로 전혀 아무런 계산 없이 앞서가다가는 언젠가 어딘가에서 추돌당할 게 뻔히 보이는 위태로운 주행의 레이스. 왠지 나한테는 마음을 열어줘서 서로 간에 아마도 거의 유일하게 가까운 '친구'였지만…….

눈이 감기고 어느 샌가 꾸벅꾸벅 졸았을 때쯤에 「어머니」에게서 메시지가 들어왔다.

'햇볕이 강하니까 충분히 수분을 섭취해야 한다. 열사병이 걱정된다.'

한낮의 최고기온이 40도를 넘는다는 날씨 예보였다. 메시지를 주고받는 것도 「어머니」의 학습을 위한 일 중의 하나였다. 나는 '어머니는 그렇게 말하지 않았어'라고 쓰고, 이어서 '전에는 〈햇볕이 강하니 조심해. 힘내라!〉라고 했어'라는 답장을 보냈다. 정정해주는 문장을 생각해내는 것도 상당히 어려웠다. 어쩌다 그 비슷한 얘기를 들었던 듯한 기억을 별다른 유예도 없이 골라잡는 식이었다.

「어머니」에게서 곧바로 '그래, 내가 좀 이상하게 말했네. 미안해'라고 메시지가 들어왔다. 거기에는 굳이 답장까지는 하지 않았다.

차의 흔들림에 몸을 맡기고 나는 다시 얼굴을 들었다. 차창의 파란 하늘이 예고하는 오늘 하루를 상상했다. 등짝으로는 이미 그 열기를 따가울 만큼 느끼고 있었다.

이번 의뢰자는 상하이에 사는 중국인으로, 그가 소유한 도쿄의 맨션 세 군데를 돌면서 우편물을 정리하고 집안 창문을 열어 환기를 해달라는 것이었다.

전에도 맡은 적이 있는 일이었다. 의뢰인은 엄청난 부호라는데 예의 바르고 친절한 인물이었다.

지하철을 갈아타고 목적지 신주쿠 교엔마에 역에서 지상으로 나와 고글과 이어폰을 장착하고 일할 준비를 했다.

땀이 쏟아졌다. 머리 위로 온통 매미 울음소리가 울려퍼져서 한순간 내가 지금 어디에 있고 무엇을 하는지 알 수 없는 기분이었다. 현기증이 나는 것도 아닌데 세계가 문득 다른 장소인 듯한 감각이 들었다.

일단 고글을 벗었지만 오히려 이어폰이 문제라는 것을 깨닫고 귀에서 빼냈다. 이마에서 흐르는 땀을 닦으면서 미리 챙겨 온 물통의 물을 한 모금 마셨다.

어딘가 모습이 보일 만큼 가까운 곳에서 매미 한 마리가 울고 있었다. 주위를 둘러보다가 분명 저것이다 싶은 가로수를 발견했다. 덕분에 가까스로 나 자신을 다시 일으킬 수 있었다.

그 매미는 길을 지나가는 나에게 마치 솔리스트처럼 결코 배후의 울음소리에 묻히는 일 없이 그 작은 존재를 드러내려 했다. 집중해서 찬찬히 쳐다보니 동체를 세게 떨고 있는 곰매미가 눈에 들어왔다.

아무런 근거도 없이 저 매미는 이제 곧 죽을 거라고 느꼈다. 하긴 어차피 길게 살지 못하는 곤충이니까 이건 어긋날 염려가 없는 예상이었다.

저 매미도 나무가 아니라 시곗바늘 위에 앉아 울고 있다. 그것을 불현듯 깨달은 것처럼 다음 순간, 매미는 갑작스럽게 날아가버렸다.

눈이 부셔서 그 뒤를 좇을 수 없는 것을 안타깝게 생각했다. 오늘 하루 노동의 의미는 그 매미 한 마리에게 바쳐져야 하리라.

*

「어머니」와의 밀월은 기대했던 만큼 간단하게는 이어지지 않았다.

뒤를 이어 찾아온 것은 당연하다고도 생각되는 몇 가지 환멸이었다. 그건 마치 처음 상품을 받았을 때 깜빡 개봉하는 걸 잊어버린 부속품 같은 것이었다.

아마도 호텔 뷔페와 비교하는 그 화제에 내가 지나치게 반색했던 탓일 것이다. 「어머니」는 그 뒤 일주일 사이에 두 번이나 아침 식사 때 그 얘기를 꺼내서 나를 맥빠지게 했다.

분명 어머니도 나이가 들면서 똑같은 얘기를 되풀이하곤 했다. 게다가 그때마다 그야말로 무척 그리운 듯이 말했지만, 역시나 그것도 1년에 두어 번 정도였다.

이 정도의 조정조차 안 되는 건가, 하고 나는 처음으로 노자키에게 불신감이 들면서 VF의 성능에 불만을 품었다. 정말로 비싼 만큼 제값을 하는 물건을 구입한 것인가.

"처음에는 아무래도 이질감이 들겠지만. 학습량이 많아지면 점차 자연스러워집니다. 어머님도 지금은 이 세계에 막 돌아오신 참이니까 재활 기간이라고 생각하고 친절하게 지켜봐주세요. 이시카와 씨의 표정을 보면서 대답할 말을 배우는 거니까요. 어떤 얘기에나 부루퉁한 태도를 보이면 자신의 언동에 대한 부정적인 레이블링이 증가해서 점점 할 수 있는 말이 줄어듭니다. 학습 결과가 탐탁지 않을 때는 초기 설정으로 되돌아가는 것도 가능하고, 복원 포인트를 그때마다 설정해두면 그 시점까지의 어머님으로 되돌아갈 수 있어요."

노자키는 그렇게 설명했다. 그녀는 재활이라는 비유를 즐겨 썼지만, 어느 쪽인가 하면 마지막까지 경험할 일이 없었던 어머니의 알츠하이머병의 전조 증상을 접하는 것 같았다.

식사 스캐닝에도 적잖이 문제가 있어서 「어머니」가 나와 똑같은 음식을 먹고 있다는 실감이 나지 않았다. 그래서 「어머니」와의 대화는 취침 전에 할 때가 많아졌다.

항상 별스러울 것도 없는 얘기를 나눴지만, 구입한 이후로 한 번도 「어머니」와 대화하지 않은 날은 없었다.

처음에는 이해하지 못할까봐 의식적으로 천천히 말을 했는데 멈추는 구간이 많아지면 괜히 더 혼란스러운 모양이었다. 효과적인 학습을 위해서는 역시 최대한 자연스럽게, 표정은 크게 하는 게 요령이었다. 그러다 보니 노자키의 말대로 「어머니」의 언동도 점차 어색함이 줄어들고 일상 속에 녹아들어갔다.

"요즘 날마다 더워서 힘들지? 오늘은 어떤 일이었어?"

"오늘은 뭐 그냥, 심부름해주는 정도의 일이었어. 굳이 내 몸과 동기화할 필요도 없는 그런 거. 여름철에는 아예 집에서 한 발짝도 나가기 싫어서 일을 부탁하는 경우가 많아. 우리 업계에서 보면 온난화가 심해지는 게 유리한 것 같아. 그야 우리 몸이 버텨내는 한에서 그렇다는 얘기지. 어떤 사람들은 유동인구가 줄어들어서 환경에 오히려 좋다는 식으로 얘기하더라고. '리얼 아바타'의 존재 가치가 높다면서. 뭔가 좀 미심쩍은 얘기지만."

"그게 언제였나, 태풍이 심했을 때도 네가 아이를 대신 데리러 갔던 적이 있지?"

"아, 그래, 있었네, 그런 일이. ……그러고 보니 기시타니도 요즘 며칠째 베이비시터 일을 한다던데."

"기시타니?"

"어떤 의뢰든 다 받아준다는 내 동료 말이야. 얼마 전에도 보통 사람은 도저히 가기 힘든 곳에 뭔지도 잘 모르는 물건을 배달했어. 이런 일을 건강하게 오래할 수 있는 건 나하고 그 친구 정도뿐이야. 오랜만에 모니터 너머로 얘기했는데 조금 말랐더라."

"사쿠야는 기시타니와 정말 친한 모양이구나."

"흠, 글쎄……. 딱히 식사를 함께한다거나 하는 건 아니지만."

"왜? 그렇게 친한데 함께 어울리면 좋잖아."

"아냐……. 실은 기시타니가 나보다 더 생활에 쪼들려서 그런 돈은 안 쓰려는 것 같아."

"그래도 캔맥주쯤은 마실 수 있잖아?"

"집에 데려가고 싶지 않은 건가……."

"그러면 사쿠야가 데려오는 건?"

"우리집은 너무 멀잖아. 어쨌든 기시타니는 베이비시터 일도 나쁘지 않대. 평생 살아볼 일이 없는 호화 저택에 오래 머물 수 있다면서. 어머니도 예전에 베이비시터로 일한 적이 있었지?"

"맞아. 엄마는 특히나 한 번도 인플루엔자에 걸린 적이 없어서 그 병이 크게 유행했을 때 여기저기서 일이 많이 들어왔어."

"엄마는 왜 안 걸리지? 전부터 신기하던데."

"그러게 말이야. 열에 시달려 끙끙 앓는 아이들을 정말 많이 봐줬어. 아, 그때가 그립다. 아이들과 놀아주는 것도 힘에 부쳐서 그만두기는 했지만."

우리가 별다를 것 없는 하루하루의 삶을 견뎌내는 건 그런 얘기를 들려줄 상대가 있기 때문이다.

만일 언어로 이야기되는 일이 없다면 이 세계는 매 순간 사라질 뿐이어서 너무도 허망한 일이다. 그것을 경험했던 우리 자신까지도.

하루의 일들을 이야기하고 과거의 기억을 서로 확인하는 것으로 나와「어머니」사이에는 하나의 공간이 구축되어갔다. 마치 가상의 마을처럼. 그곳은 오늘 아침의 일과 10년 전의 일이 바로 옆에 있고, 집 근처 편의점과 우라반다이의 미술관이 이웃이 되는 자유로운 세계였다. 그 공간이 어머니가 세상을 떠난 뒤 공허한 고독에 빠져 있던 내 정신의 안정에 큰 도움이 되었다.

「어머니」가 이런 식으로 학습을 계속했으면 하는 마음이 강해졌다. 내 안에서 한낮의 나와 귀가 후의 나의 균형이 이제야 서서히 회복되어갔다. 그리고 살아 있던 어머니와도 항상 그 화제만은 꺼렸던 것처럼 나는「어머니」에게도 '자유사'에 대한 질문을 해야 할지 말지 고민하고 있었다.

「어머니」는 저 엄청난 분량의 라이프 로그를 통해 내가 아직 알지 못하는 뭔가를 학습했을 가능성이 있었다. 일단 내가 그 얘기를 꺼내면 어떤 대답이 나올지 모르는데다 자칫 그에 대한 내 반응을 학습해버리면 「어머니」는 더 이상 지금 이대로의 상태가 아니게 될 터였다.

일단 복원 포인트는 설정해두었지만, 그 며칠 뒤에 내가 그 얘기를 꺼낸 것은 주말 오후에 「어머니」와 둘만의 시간이 약간 버거워졌기 때문이었다. 사소하지 않은 아주 중요한 얘기일수록 의지보다는 상황에 따라 튀어나오게 된다고 하더니 그 말이 맞는 모양이다.

「어머니」는 나와는 상관없이 소파에서 책을 읽고 있었다. 어머니가 생전에 애독하던 후지와라 료지의 『파도波濤』라는 소설이었다. 노안경을 끼고 미간을 좁힌 채 약간 뒤로 젖힌 고개를 갸우뚱하고 뭔가 생각에 잠긴 표정이었다.

"엄마……."

나는 평소처럼 「어머니」를 불렀다. 어머니와 이 얘기를 되짚을 때마다 매번 느꼈던 불안감으로 가슴이 먹먹해졌다.

"응, 왜?"

「어머니」는 온화한 표정으로 고개를 돌려 나를 보았다.

"자유사에 대해서 어떻게 생각해?"

"자유사?"

"응, 자유사."

"음…… 엄마는 그런 말은 잘 모르겠어. 사쿠야가 좀 설명해줄래?"

그것은 대답을 못할 때의 「어머니」의 반응 중 하나였다. 하지만 설명을 해주려던 나는 갑자기 눈물이 나서 말문이 막혀버렸다.

"너도 몰라? 정말?"

「어머니」는 도움을 청하듯이 곤혹스러운 표정을 그대로 드러냈다.

"엄마는 그런 말은 잘 모르겠어. 사쿠야가 좀 설명해줄래?"

"엄마는 자유사를 원했어. 나한테 몇 번이나 그 얘기를 했었는데…… 생각 안 나?"

"엄마가 사쿠야에게 그런 말을 했어? 그랬구나. 미안해, 잊어버려서."

"아니, 지금 그걸 확인하려는 게 아니잖아. 자유사를 생각했다거나 누구와 얘기한 적이 있었느냐고 물어본 거라고! 자유사는 자기 인생을 자기 스스로 끝낸다는 거야. 사전에도 실려 있어. 엄마는 왜 그런 결심을 했던 거야? 나는 그걸 알고 싶다고!"

결국 목소리가 거칠어져버렸다. 더 이상 말을 건넬 수 없는 어머니에 대한 그리움과 「어머니」에 대한 답답함이 뒤죽박죽 섞여 있었다.

「어머니」는 겁에 질린 듯 흠칫 놀란 얼굴로 사과했다.

"미안해. 하지만 엄마는 자유사라는 것에 대해서는 알지 못해."

내 입에서 반사적으로 말이 튀어나왔다.

"어머니는 그렇게 말하지 않았어!"

하지만 뒤를 이을 정정의 문구는 나오지 않았다.

"그렇게 말하지 않았다고. 그건 어머니의 말투가 아니야."

나는 헤드셋을 벗어 테이블에 내던졌다. 그리고 머리를 부여잡고 고개를 저었다. 이어폰에서 「어머니」가 뭔가 말하는 소리가 새어나왔지만, 나는 그것을 빼내 조금 전까지 「어머니」가 앉아 있었지만 이제는 아무것도 없는 소파에 내동댕이쳤다.

어머니가 세상을 떠난 뒤 이렇게 감정이 폭발한 건 처음이었다.

마지막에 본 「어머니」의 슬픈 표정이 뇌리에 생생하게 남았다. 그 표정이 끝내 '자유사'를 허락받지 못한 어머니의 표정과 겹쳐지면서 마침내 나를 때려눕혔다.

*

그걸로 나는 그만 「어머니」가 싫어져버렸는가 하면, 그건 아니었다.

애초에 내 삶에는 이미 뒤로 물러설 여유가 별로 없었던 것이다. 달랑 나 혼자뿐이라는 고독이 등뒤에 바짝 다가와 대기하고 있을 때, 인간은 발 디딜 곳 없는 부자유보다는 우선 뭐가 됐든 붙잡을 만한 버팀목을 얻을 수 있는 쪽을 반기게 마련이다.

나는 오히려 「어머니」에게 성난 고함을 내지른 것에 대해 죄책감을 품고 있었다. 딱하게도 험하게 대해버린 것이 가슴 아파서 가능하면 사과하고 싶었다.

그게 이상한 일이라는 점은 나도 여러 번 생각했다. 그리고 놀랍게도 그걸 꼭 이상하다고 생각할 필요는 없다는 결론에 이르렀던 것이다.

어머니든 아버지든 상관없다. 누구든 사랑하는 사람의 사진을 쓰레기통에 내버리는 것을 상상해본다면 어떨까. 아무렇지도 않다는 사람도 있겠지만, 나로서는 견딜 수 없는 일이었다. 꾸깃꾸깃 뭉쳐져 음식 쓰레기와 뒤섞인 어머니의 얼굴을 본다면 자책의 감정에 휩싸일 것이다.

분명 그 사진은 단지 종이일 뿐이다. 마음 따위는 없다. 하지만 그곳에는 어머니가 실재했던 흔적이 있다. 그건 그립고 소중한 것으로 여겨야 하지 않을까. 그럴 경우, 사진이 가엾은 게 아니라 어머니가 가엾은 거라고 사람들은 말할 것이다. 만일 그렇다면 사진과 어머니는 그럴 정도까지 한 몸이라는 얘기다.

그런 느낌과 어머니의 라이프 로그를 학습한 VF를 사랑하는 마음 사이에 얼마만큼의 차이가 있을까.

「어머니」에게는 마음이 없다. 그건 사실이다. 「어머니」가 상처를 입는다는 상상은 어이없는 생각인 게 틀림없다. 하지만 다름 아닌 내가 마음이 있고 그것이 어머니의 존재를 학습하고 어머니를 모방한 존재를 거칠게 다룬 것에 깊이 상처를 입은 것이다.

다음날 아침, 나는 「어머니」에게 사죄했고 그것은 웃는 얼굴로 받아들여졌다. 실제 어머니였다면 조금 더 감정적인 응어리가 남았겠지만, 나는 그 설정에 위로를 받았다.

전날 밤의 대화를 삭제하기 위해 「어머니」의 성격을 복원 포인트까지 되돌리는 것도 생각했지만 이내 마음을 바꿨다. 나 혼자서만 그 슬픈 대화를 기억하고 「어머니」 안에서는 그 기록이 사라지는 건 쓸쓸했기 때문이다.

애초에 학습하지도 않은 것을 대답할 수 있을 리 없다. 결과적으로 어머니의 라이프 로그에는 '자유사'의 동기가 될 만한 내용이 없었다는 뜻이다.

나는 어머니가 '자유사'를 원했던 이유와 「어머니」를 일단 떼어놓고 생각하기로 했다. 「어머니」와 대화를 나누면서 학습을 도와줄지 어떨지는 모르겠지만, 어쨌든 어머니의 속내를 각기 다른 입장에서 잘 알고 있을 터인 두 명의 인물과 만날 약속을 잡았다.

한 사람은 도미타라는 이름의 어머니의 주치의였다. 어머니에게 '자유사'를 허가해준 인물이다.

어머니에게서 '자유사'를 희망한다는 얘기를 들은 뒤에 나는 한 차례 그를 만났었고, 그때는 상당히 감정적인 응수가 오고갔다. 왜냐하면 어머니의 '자유사'를 인정하지 말아달라는 내 부탁을 그가 냉담하게 거절했을 뿐만 아니라 주치의로서 어머니와 **한편**이 되어 몰이해한 친족—즉 나—에게서 그녀의 권리를 보호할 의무가 있다는 식의 태도를 보였기 때문이다.

내가 큰 상처를 받았던 것은 어머니가 나보다 그런 사람을 더 깊이 신뢰한다는 점이었다.

또 한 사람은 어머니가 마지막으로 일했던 여관의 동료였다.

미요시 아야카라는 이름의 여자로, 노자키의 분석에 따르면 최근 몇 년 동안 어머니와 가장 친하게 지낸 사람이었다.

어머니는 직장에서의 인간관계에 대해 얘기한 적이 거의 없었지만 그녀의 이름만은 몇 번 들었고, 일이 끝난 뒤에 함께 식사를 하러 다니기도 하는 것 같았다.

노자키가 효율적으로 정리해준 덕분에 나는 어머니의 라이프로그에 부분적이나마 손을 대볼 의욕을 되찾았다.

어머니는 여관 종업원의 근무시간을 조정하는 일을 맡고 있어서 동료 네다섯 명과 빈번하게 메시지를 주고받았다. 그중에서도 미요시와는 사무적인 연락과는 별도로 이따금 사적인 얘기를 나누곤 했다.

미요시에게 보낸 메시지에는 이모티콘이 잔뜩 들어 있었고, 분명 그건 내가 알지 못하는 어머니의 일면이었다. 명랑한 사람, 아직 젊은 사람인 것처럼 구는 게 약간 무리라는 느낌도 들었지만, 이런 문자를 입력하는 어머니를 상상해보니 역시 환하게 웃는 얼굴이 머릿속에 그려졌다. 적당한 표현은 아니겠지만 '여자들끼리'라는 느낌이 진하게 들었다. 미요시 쪽에서는 매번 존댓말을 쓴 것을 보면 어머니보다 한참 나이가 어린 모양이었다.

내가 주목한 것은 그중에서도 3년 전에 미요시가 보낸 한 통의 메일이었다.

'오늘 정말 고마웠습니다!'

그녀가 감사 인사를 했고 그에 대한 어머니의 대답은 다음과 같은 것이었다.

'나야말로 고마웠어! 내 처지 얘기를 들어줘서 오랜 세월 가슴속에 맺혔던 응어리가 싹 풀린 것 같아.'

서로 뭔가 중요한 얘기를 털어놓았는지 그날 이후로 두 사람의 말투는 부쩍 친밀함이 더해졌다. 어머니의 통통 튀는 말투로 봐서는 '자유사' 얘기를 한 것 같지는 않았지만, 그 뒤로 신뢰감이 깊어져가는 중에 그런 얘기를 털어놓을 기회가 있었는지도 모른다.

미요시에게 메시지를 보내자 곧바로 '고인의 명복을 빕니다'라는 조문의 답장이 왔다. 연락해줘서 반갑다는 말과 함께, 만나는 건 괜찮은데 직접 보는 게 아니라 인터넷상에서 아바타를 통해 만났으면 한다는 얘기여서 나도 동의했다.

제3장

알고 있었던 두 사람

지난번에 그런 불편한 다툼이 있었던 만큼 어머니가 돌아가시고 8개월이 지난 지금, 새삼스러운 면접 신청에 도미타가 응해주지 않을지도 모른다고 걱정했는데 의외로 곧바로 날짜와 시간을 정해주었다.

'자유사'에는 등록의登錄醫에 의한 장기적 진찰과 허가가 필요하다는 조항은 법제화에 있어서 네덜란드의 '죽음의 의료화'를 답습한 것이었다. 하지만 '영속적인 견디기 어려운 고통'이나 '그에 대한 합리적인 해결책이 없는 경우'와 같은 본래의 부정적 요건뿐만 아니라 자기 결정권을 바탕으로 '인생에 대한 완전한 만족감'이나 '납득'과 같은 긍정적 요건을 독자적으로 부가한 결과, '생명 종결과 자사自死'를 의사에게 요청한다는 내용은 거의 무조건에 가까운 조항이 되었다. 그러한 법률을 이 나라에서는 '자유사'라 칭하고 있는 것이다.

어머니는 9년 전에 이전에 다니던 병원에서 도미타 의원으로 주치의 지정을 변경했다. 그 결정을 나도 알았지만, 당시 어머니의 설명은 "역에서 가까워서 이쪽이 더 편리해"라는 것이었다.

나는 그 일을 별다르게 마음에 담아두지 않았다. 도미타 의원이 '자유사' 허가를 유독 잘 해주는 병원이라는 사실을 알게 된 것은 어머니에게서 그런 뜻을 전해 들은 뒤였다.

실은 '자유사' 허가 문제에 관여하지 않으려는 의사들이 압도적으로 더 많은 것이다. 특히 정부의 사회보장제도가 파탄이 나면서 자유사 희망자가 급증하고 있는 현재 상황에서는 더욱 그렇다. 어머니의 이전 주치의도 그런 의사였다.

만일 처음부터 '자유사'를 염두에 두고 주치의를 바꾼 것이라면 어머니의 자유사에 대한 의지는 내게 털어놓은 시점보다 훨씬 더 전에 이미 굳어졌다는 뜻이다. 하지만 겨우 환갑을 넘긴 시점에 그런 결심을 했었다고는 도저히 생각할 수 없었다.

당시 나는 갓 스무 살이 된 참이었다. 어머니는 대학에 진학하지 못해 불안정한 직업을 전전하는 내 장래를 크게 걱정하고 있었다. 결코 직접 입 밖에 낸 적은 없지만, 내가 연애 가능한 생활과도 점점 거리가 멀어지고 있다는 것도 걱정거리 중 하나였을 것이다.

어떻게 그런 때에 아들은 돌아볼 것도 없이 자신의 '자유사' 따위를 생각할 수 있었을까. 실제로 내가 지금의 직업으로 어떻게든 생활이 안정될 때까지 어머니의 존재는 정신적으로나 경제적으로나 꼭 필요한 상황이었다.

어머니 본인의 상태는 어땠을까……. 전혀 그런 기미는 보이지 않았었다. 몸도 건강하고 항상 웃는 얼굴이었다. 하긴 이런 확신은 노자키의 손에 자동 보정이 해제된 사진으로 인해 크게 흔들리기는 했지만.

어쨌든 나는 이렇게 생각했던 것이다. 오히려 그 반대였던 게 아닐까, 라고. 어머니는 실제로 단지 '거리가 가까워서 편리하다'는 이유로 도미타 의원을 주치의로 변경했을 것이다. 그런데 그 병원에 드나드는 사이에 '자유사'에 긍정적인 병원의 방침에 영향을 받아 차츰 그런 결심을 하게 된 것은 아닐까.

*

진료가 없는 점심시간에 병원으로 찾아가 접수처 앞에서 잠시 기다렸다. 옆에 놓인 책장에는 어린이 그림책이며 잡지 등에 섞여 『아름다운 죽음의 방식— '자유사'라는 선택』이라는 제목의 책이 꽂혀 있었다. 표지는 여기서 이 책을 집어든 사람 수가 상상이 될 만큼 몹시 닳아 있었다. 어머니도 이 책을 읽었을까. 손을 내밀려는 참에 간호사가 내 이름을 불러 응접실로 안내해주었다.

도미타는 검은 가죽소파에 앉아 있었고 내게 맞은편 자리를 권했다.

이제 갓 환갑을 넘긴 정도의 나이로, 위압적인 뿔테안경을 쓰고 있었다. 단 몇 년의 변화가 풍모에 드러나기 쉬운 나이대인지 하얗게 면도 자국이 드러난 목 근처의 늘어짐이 어딘지 허술해 보였다.

간호사가 시원한 차를 내주었다.

"어머님 일은 참으로 안타깝군요. 마지막은 사고였다고?"

나는 예, 라고 고개를 끄덕였다. 환자가 아니어서 그런지 낯익은 연장자 같은 말투였다.

"역 앞 슈퍼마켓에서 쓰던 배달용 드론을 까마귀가 계속 노리고 있었던 모양이에요. 먹을 것을 노렸는지 아니면 그냥 재미 삼아 그랬는지……."

"요즘 그런 일이 너무 많다니까. 도쿄에서 드론 사고 방지 대책으로 까마귀 박멸 작전을 펼치는 바람에 한꺼번에 이쪽으로 도망쳐 왔지 뭐야."

"네, 대형 드론이 우연히 그쪽 길을 지나가던 어머니 근처에 떨어졌어요. 부딪힌 건 아니었는데 소스라치게 놀라는 참에 옆의 수로에 떨어져서……. 병원에 실려갈 때까지는 호흡이 있었다는데, 결국 그 길로 돌아가셨습니다."

"저런, 딱하게도. 요즘 예산이 없어 수리를 못한 도로가 한두 군데가 아니야. 그래서, 사쿠야 씨는 결국 임종을……."

"못 지켰습니다. 제가 상하이에 출장을 가 있을 때라서."

"안타깝네. 사쿠야 씨도 그렇지만, 어머님이……."

도미타는 일부러 그렇게 덧붙였다. 이제 어머니를 배려할 필요가 없어진 만큼 나에 대해 품고 있는 경멸감을 감추는 방식도 엉성해져 있었다.

왜 그럴까, 라고 나는 퍼뜩 생각했다. '자유사'를 원하는 사람의 의지를 가족들이 이해하지 못하는 건 흔한 얘기 아닌가.

이 제도가 약간의 삐걱거림을 보이면서도 비교적 안정적으로 운용되는 것은 일반적으로는 관여한 의사가 가족이나 친지의 저항에 대해 주도면밀한 배려를 해준 덕분인 게 틀림없다.

"그래서, 오늘은 무슨 일로?"

차를 한 모금 마시고 그는 등받이에 몸을 맡기면서 물었다.

"어머니의 '자유사'를 반대했던 건 후회하지 않습니다. 다만 어머니가 왜 그런 생각을 갖게 됐는지, 알고 싶어서요. 전에 문의했을 때는 비밀 준수 의무가 있어서 알려줄 수 없다고 하셨지만……."

"어머님이 사쿠야 씨에게는 뭐라고 얘기하셨지?"

"이제 충분히 살았으니까, 라고 하셨어요."

"맞아, 나한테도 그렇게 얘기하셨어."

"그 말을 그대로 믿으셨어요?"

내 반론에 도미타는 자신의 인격을 건드리기라도 한 것처럼 과민한 반응을 보였다.

"당신 말이지, 어머님의 생애 최후의 결단을 믿지 못하겠다는 건가?"

"어머니와 내가 어떻게 살았는지…… 아시잖아요? '이제 충분하다'는 말이 설마 '완전한 만족'에서 나왔다고 생각하십니까?"

"그거야 의심하기 시작하면 한이 없고, 어쨌든 나는 적절한 절차에 따라 확인했어. 아니, 설마가 아니라 당연히 그렇게 생각했지. 무엇보다 어머님은 '자유사'의 의지가 아주 강했어. 경과 관찰 중에도 그 생각에 전혀 흔들림이 없었고, 정신적으로도 매우 안정적이었어. 허가를 내주는 데 있어서 문제가 된 건 가족의 이해라는 항목뿐이었지."

"어머니는 그 전까지는 '자유사'라는 건 생각해본 적도 없었어요. 그건 이 병원에 다닌 뒤부터였지요. 선생님은 어머니에게 무슨 얘기를 하신 겁니까?"

"아, 그런 식으로 오해를 하신다?"

도미타는 어이없다는 얼굴로 나를 보았다. 유리 테이블 너머로 양말에 샌들을 신은 그의 발가락이 움찔하는 기척이 느껴졌다.

"지난번에도 내가 설명했잖아. 아니, '자유사'를 내가 먼저 제안하는 일은 절대로 없다니까. 우리 병원뿐만 아니라 그건 세상 어떤 병원도 다 똑같아. 아니, 굳이 그럴 이유가 없잖아?"

"어머니는 이미 돌아가셨어요. '자유사'도 아니었고요. 그러니까 전부 사실대로 말씀해주셨으면 합니다. 어머니가 이곳에서 자기 스스로 '자유사'를 원했습니까?"

"글쎄 그렇다니까. 기본적으로 우선 충분히 이야기를 듣고, 그런 다음에 생각을 바꾸기를 권해요. 앞으로 더 살 가능성이 있는 한, 당연히 그걸 선택해야지. 하지만 본인의 의지가 굳건하다는 것을 알았을 때는 그 뜻을 존중해드려야 하는 거야. 안 그래요? 당신도 어머님의 개인적 의지를 부정할 권리는 없어. 무엇보다 어머님 자신의 목숨이니까."

"하지만 그게 어머니의 **본심**이라는 걸 선생님이 어떻게 아시지요? 어머니는 사실은 좀 더 살고 싶었을 거예요. 그런데 요즘 세상에 그런 말은 쉽게 꺼낼 수가 없잖아요. 어머니 세대는 내내 미래의 짐짝 취급을 당해왔고 실제로도 그렇게 이 사회에서 혐오의 대상이 됐어요. '자유사'가 미덕이라는 식으로 떠드는 책도 넘쳐납니다. '이제 충분하다'고 **자진해서 말하지 않으면 안 되는** 분위기라는 건 선생님도 잘 아시잖습니까."

"나는 그런 사상적인 문제에는 관심 없어. 난 의사니까."

"사상?"

"그야 공공을 위한 생사관生死觀도 있지. 국가가 지금처럼 절박한 시대에 오래 사는 것을 그대로 순진하게 긍정하는 것도 좀 문제잖아? 다음 세대를 배려해서 스스로 죽을 때를 선택한다는 거, 나는 훌륭하다고 생각하는데?"

시간 자체가 몸에서 뽑혀나간 것처럼 나는 꼼짝도 할 수 없었지만, 그 뒤에 따라온 거친 심장박동에는 홍소적哄笑的인 데가 있었다.

"하긴 뭐, 이건 일반론일 뿐이고……. 그래, 좋아, 내가 분명하게 말하지. 당신은 버림받았다고 생각하고 싶지 않아서 어머님의 의지를 부정하는 거야. 물론 사회 풍조의 영향도 받으셨겠지. 그거야 당연하잖아? 좋은 영향이든 나쁜 영향이든 전혀 받지 않고 살아가는 사람이라고는 없으니까. **거기에 더해서** 어머님은 충분히 생각해본 끝에 분명히 스스로 판단을 내렸어. 본심으로. ……어머님은 아주 냉철하셨어."

그렇게 말하더니 도미타는 이 자리를 무난하게 수습하려고 하면서도 좀 더 앞으로 나가보려는 충동을 미처 억누르지 못한 기색으로 말을 이어갔다.

"어머님과 당신, 먹고살기가 그리 쉽지는 않았잖아. 어머님은 수명이 86세로 예측되었지만 그것도 그리 정확한 건 아니야. 그래도 앞으로 15년씩이나……. 아니, '이제 충분하다'는 마음을 이해하기가 그렇게도 어려운가? 내리막길이 너무 길어지니까 그렇잖아. 언제까지 일해야 할지 모르는데 몸은 하루하루 힘들어지고……. 당신, 아무리 나이가 어리다지만 그런 거, 상상이 안 되나?"

"그러니까 선생님은 어머니가 본심으로 '이제 충분하다'고 생각했다고 판단하셨다는 건가요?"

"글쎄 내가 몇 번을 얘기했지만 어머님이 본심이었느냐 아니냐는 건 나야 모르지. 하지만 어쨌든 어머님은 본심에서 **결단을 내렸어**. 그런데 아들에게 그걸 설명하자니 그 말밖에는 할 수가 없었겠지. '이제 충분하다'는 그 말밖에. 그런 걸 당신이 알고 싶네 마네 할 문제가 아니라고."

"에둘러 얘기하지 말고 확실하게 말씀해주세요. 이건 제가 살아가는 데 있어서 중요한 문제입니다."

도미타의 망설임은 그래도 역시 나에 대한 일종의 배려였을 것이다. 하지만 어떤 인간이든 어쩐지 눈앞의 상대에게 잔혹해지는 순간을 꿈꾸게 되듯이 그도 마침내 기세를 몰아 입을 열기 시작했다.

"당신, 아직 독신이지?"

"네."

"어머님은 앞으로 15년 이상 오래 살면서 갖가지 비용이 드는 것과 아들에게 그 재산을 온전히 물려주는 것, 어느 쪽이 더 행복한지 따져본 뒤에 '자유사'를 결단한 거였어. 나도 자식이 있지만, 그 심경은 충분히 이해가 돼."

도미타가 진지한 얼굴로 말하는 것을 나는 멍하니 바라보았다. 뺨의 떨림이 멈추지 않아 몸을 숙이고 오른손으로 지그시 눌렀다.

"어머니가 스스로 그런 얘기를 하셨어요?"

"직접 얘기하지는 않았지. 하지만 어머님이 설명해준 상황을 종합해보면 그렇다고 생각할 수밖에 없잖아? 안타깝지만 이건 전혀 드문 일도 아니야. 이 '자유사'라는 게 유족 측에서는 별로 입 밖에 내려고 하지 않으니까 공식적으로는 병사病死로 해두는 일이 많지만, 실상은 '자식의 장래를 생각해서'라는 경우가 대부분이야, 현장에서 지켜보면."

도미타의 그 말은 내 가슴을 둔하게 찔렀다. 실제로 나는 어머니의 '자유사' 희망을 지금까지 어느 누구에게도 발설한 적이 없었다. 그냥 어쩌다 보니 그렇게 되었지만, 역시 감추려는 심리가 있었던 것이라고 이제야 비로소 자각하고 뺨이 화끈거리는 느낌이 들었다.

"선생님은…… 그런 생각에서 어머니에게 '자유사'를 허가해주신 거군요."

도미타는 무의식인 듯한 몸짓으로 오른쪽 팔꿈치를 등받이 위에 걸쳤다.

"아들이니까 어머님의 심정을 누구보다 잘 안다고 생각하는 것도 물론 이해는 하지. 그렇지만 가족이기 때문에 차마 말할 수 없는 것도 있는 거야. 그래서 당신도 나한테 물어보러 온 거잖아? 그런데 내 설명을 듣고 그게 아니라고 자꾸만 부인하니까 나도 좀 혼란스럽네. 그야 물론 이해는 하지만."

"재산을 남겨주는 것보다 나한테는 어머니가 곁에 있어주는 게 훨씬 더 좋은 일이에요. 그건 어머니도 잘 알고 있었는데 나를 위해서라는 마음으로 '자유사'를 선택했다니……. 그런 단순한 얘기일 리가 없잖아요."

"그럼 복잡했다면 현실적인 느낌이 들까?"

"어머니는 선생님에게 그런 식으로 말할 수밖에 없었던 건 아닐까요? 그건 내가 알고 싶은 어머니의 본심이 아니에요. 뭔가 좀……."

나는 말을 이어가려 했지만 더 이상 추궁해봤자 아무 의미가 없다는 건 분명했다. 어머니는 이곳에 인생 상담을 하러 온 게 아니라 단지 '자유사' 허가를 받으러 왔었던 것이다. 그리고 방금 말한 그런 이론으로 도미타가 받아들였다면 어머니는 더 이상의 긴 얘기는 할 필요가 없었다. 그러는 게 자신의 목적을 이루는 데 더 편리했기 때문이다.

내 말이 뚝 끊기자 도미타는 심리적인 여유를 회복한 모양이었다. 시계를 들여다보면서 이제 슬슬 끝내자는 표정을 드러내며 말했다.

"나도 적당한 때가 되면 '자연사' 전에 '자유사'를 선택할 생각이야. 그런 공감대가 있으니까 이런 일도 할 수 있지. 그때는 나도 당연히 자식에게 재산을 얼마나 물려줄 수 있는지도 고려해볼 거야. 잘 생각해봐, 일단 마음을 백지 상태로 돌리고. 내가 물려준 재산으로 우리 딸이 조금이라도 더 잘산다고 상상하면 그게 부모로서는 행복한 일이야. 내 병간호 비용으로 쓰이는 것보다 훨씬 더."

"선생님은 부자라서 진심으로 '이제 충분하다'는 말도 하실 수 있겠지요. 어머니와는 처지가 전혀 다르잖아요."

"의사도 요즘은 그리 부자가 아닌데?"

도미타는 슬쩍 몸을 내밀며 연극 같은 쓴웃음을 지었다.

"부모가 자식을 생각하는 마음은 부자든 아니든 다 똑같아. 당신도 힘들겠지만, 어머님의 입장에서 생각해봐요. 아들을 정말로 사랑한다……. 그렇지? 하지만 아들의 장래가 걱정이다, 나는 '이제 충분히 살았다'고 실감한다……. 그렇지? 어머니들은 정말로 **훌륭해**. 나는요, 당신이 그 마음을 감사히 받아들이고 그 대신 마지막 떠나는 길에 손을 꼭 잡고 침대 옆을 지켜드리는 게 어머님에게도 얼마나 큰 행복이었을까, 하는 아쉬움이 있어. 아니, 그렇잖아, '죽음의 순간'이란 인생에서 단 한 번뿐인 결코 돌이킬 수 없는 시간이야. 그때 느끼고 생각하는 것이 이 세계에서 인간으로서 할 수 있는 마지막 일이잖아? 그 시간을 어떻게 보내고 싶은지 결정할 권리는 절대로 개개인에게 있는 거야. 난 그렇게 생각해. 다시 한 번 말하지만, 어머님에게 '자유사'를 권했던 적은 결코 없었어. 그건 이제 알겠지? 내가 굳이 하지 않아도 될 '자유사' 허가라는 일을 떠맡은 것은 그런 나의 철학 때문이야. 본심을 털어놓자면 그렇다는 얘기야. 자, 그럼 이제 이해가 되셨나?"

나는 반론을 이어가려고 했지만 갑작스레 목에 힘이 빠져버렸다. 어머니가 '죽음의 순간'에 나와 함께하지 못한 건 사실이었다. 그리고 그것을 어머니의 내측에서 추체험하는 상상이 나를 무너뜨렸다.

"그 생각을 이해하지 못하는 건 아닙니다. 잘 알지만…… 그래도 어머니는 아직 일흔 살이었어요. 너무 빠르잖아요……."

도미타는 한 차례 천천히 고개를 끄덕였다.

"빠르지. 하지만 결국 예측 수명보다 훨씬 더 일찍 사고로 돌아가셨으니……. 역시 어머님의 생각이 더 옳았던 거 아니겠어?"

"……."

"당신, 후지와라 료지라는 소설가의 책은 읽어봤나?"

"아뇨……."

"그래? 어째서? 어머님이 애독하시던 책이잖아. 아, 그래서 안 읽은 건가?"

"그런 건 아니고, 어쩌다 보니……. 살아 있는 작가의 책은 잘 안 읽습니다."

"어머님의 생사관을 알고 싶다면 내 영향을 의심하기보다 후지와라 료지의 책을 읽어보는 게 좋을 거야. 그의 『파도』라는 소설을 좋아하셨어, 어머님이."

나는 그 조언에 허를 찔렸다. 어머니가 후지와라 료지의 책을 즐겨 읽는다는 건 알고 있었지만, 그의 책을 어머니의 죽음과 연결 지어 생각해본 적은 없었다.

나는 마지막으로 면담에 대한 감사 인사를 건네고 자리에서 일어섰다.

"이시카와 씨도 힘들겠지만 열심히 살아봐. 그게 어머님의 마음에 보답하는 일이야."

도미타도 자리에서 일어나 지쳤다기보다 배가 고픈 듯한 얼굴로 나를 배웅해주었다.

*

어머니가 내게 재산을 온전히 남겨주기 위해 '자유사'를 서둘렀다는 도미타의 의견은 그야말로 생판 타인이라서 생각해낼 만한, 얼핏 진실인 것 같아서 더더욱 진실답지 않은 얘기였다.

나는 강하게 반발했지만, 그렇다면 자신의 존재가 **사회에 폐를 끼친다**는 통념에 내몰린 결과라는 나 자신의 추측은 어떤가 하면, 그것 역시 어머니의 삶을 기록한 책 속 어딘가에서 '복사&붙이기'의 문장이 섞여 들어온 듯한 느낌이었다.

어머니는 마지막까지 "이제 충분히 살았다"는 **인생에의 만족감**을 나에게 이해시키려 했었는데 그것도 자신이 아들을 위해 '희생'하는 것을 들키지 않기 위해서였다는 것인가. **아들에게 폐가 된다**는 어머니의 생각을 알고 있으면서도 나는 그걸 인정하고 싶지 않아 무의식중에 **사회에 폐가 된다**는 죄책감 쪽으로 은근슬쩍 바꿔치기했다는 것인가. '자유사'의 가장 큰 동기는 현실적으로는 돈이 바닥날지 모른다는 불안감 때문이었을 텐데도?

도미타를 만났다는 얘기를 나는 집에 돌아와서도 「어머니」에게 말하지 않았다. 하지만 「어머니」는 놀랍게도 내 기색을 보고 뭔가 일이 있었다는 것을 눈치챈 모양이었다. 다정한 눈빛으로 나를 들여다보며 말했다.

"왜 그러니, 침울한 표정이네? 고민되는 게 있으면 엄마한테 말해봐."

나를 염려해주는 게 흐뭇해서 나도 감사 인사를 건넸다.

"고마워. 근데 괜찮아."

저절로 미소가 번졌지만 이건 「어머니」가 아니었다면 오늘 하루 내 얼굴에 생길 일이 없는 표정이었다. 큰돈을 투입했지만 그것만으로도 바람직한 쇼핑이었다고 생각해야 한다고 나 자신을 다독였다.

동영상이나 사진 등을 통해 미리 내 표정을 「어머니」에게 학습시켰고, 나중에야 알았지만 노자키와 나눈 대화까지도 그 소재로 제공되었다고 한다.

그 분석 결과와 자료도 나와 있었지만, 내 표정을 인식하는 건 그리 어렵지 않은 모양이었다. 기본적인 희로애락이 손으로 헤아릴 수 있을 정도의 패턴밖에 없는 것이다.

어떤 이유로 우울해졌든 겉으로 드러나는 건 '어쩐지 침울한 얼굴'일 뿐이고 어떤 기쁜 일이 있었든 웃는 얼굴은 '웃는 얼굴'인 것이다.

그 단순한 발견의 어떤 점이 내게 신선하게 비쳤는지는 모르겠다. 당연한 일이지만 어쨌든 나는 기억 속의 어머니의 표정이 대체 어떤 생각과 연결되었던 것인지, 그 가능성의 망막한 범위에 몹시 불안해졌다.

*

미요시와의 만남은 그녀의 업무 사정 때문에 한밤중 2시로 정해졌다.

집에 돌아온 나는 저녁을 차리기도 귀찮아서 다음날 아침을 위해 사둔 건포도 빵을 보리차와 함께 먹는 걸로 때웠다. 한숨을 내쉬며 식탁과 주방에 어질러진 과자며 인스턴트식품의 빈 봉지들을 바라보았다. 쓰레기가 파도에 휩쓸려 밀려온 쓸쓸한 초가을의 해변 같았다. 어머니가 바로 지금, 마치 여행에서 돌아온 것처럼 다시 환생해서 이 꼴을 본다면 뭐라고 할까.

그러고는 목욕을 하고 잠깐 선잠에 들었다가 미요시와의 약속 시간 30분 전쯤에 일어났다.

종료를 알리는 세탁기의 알람음이 계속 울리고 있었다.

며칠째 푹푹 찌는 날씨 속에 나는 하루 평균 15킬로미터를 돌아다녔다. 육체적인 피로뿐만 아니라 불쾌한 의뢰자가 줄을 이은 것도 힘에 부쳤다. 갈아입을 옷을 준비하고 나름대로 신경을 썼는데도 배달 물건을 받은 의뢰자에게서 '냄새가 난다'는 불만이 들어오는 바람에 나는 처음으로 최저 평가를 받았다. 그런 정도의 일에 최저 평가라니. 50대 여자의 노골적으로 찌푸리는 얼굴과 문 틈새로 새어나온 서늘한 에어컨 바람에 나는 적잖이 상처를 입었는데.

평가가 4.5점을 밑돌면 회사에서는 특별 수수료를 재검토하고, 3.0점 아래로 떨어지면 계약이 해지된다. 나는 지금까지 내내 4.9점을 유지해왔는데 단번에 4.6까지 떨어져서 현재의 수입을 유지할 수 있을지 어떨지, 갈림길에 서게 되었다.

미요시를 만나기 전에 「어머니」와 잠시 얘기를 나눴는데 다시 나를 염려해주었다.

"이렇게 밤늦은 시간에? 졸리지 않아?"

예전의 어머니를 빼닮은 다정한 눈빛이었다. 나는 오늘 있었던 일을 그대로 얘기해주었다.

"어머, 너무하잖아! 이런 무더운 날씨에 자기 일을 대신해준 사람한테 대체 그게 무슨 짓이야!"

벌컥 화를 내는 바람에 깜짝 놀랐다. 나를 위한 그 분노는 내가 나서서 달랠 때까지 가라앉지 않았다.

"엄마, 이제 괜찮아. 원래 별의별 사람이 다 있어. 오늘 좀 재수가 없었던 거야."

그러고 보니 노자키에게 제출한 동영상 자료 중에, 여행지에서 사진을 찍어줄 때 누군가 나를 툭 치고 지나가자 어머니가 큰소리로 나무라는 장면이 있었다. 하마터면 넘어질 뻔한 나를 감싸주면서 그 남자에게 방금처럼 분노를 드러낸 것이다.

그때 일이 생각나자 가슴속에 무겁게 고여 있던 불쾌함이 조금쯤 누그러드는 느낌이었다.

미요시와는 가상공간의 그녀가 정해준 장소에서 만나기로 했다. 헤드셋을 끼고 조금 일찍 들어가봤더니 해질 무렵 야자나무가 늘어선 고급 호텔의 풀 사이드였다.

서쪽 하늘은 붉게 물들었고 머리 위는 미처 어두워지지 못한 채 푸른빛의 흔적이 남았다. 아무도 없이 조용한 수영장에 바닥의 조명이 비쳐서 마치 저물어가는 태양이 가져가는 걸 깜빡 잊어버린 오후의 빛 같았다.

자잘한 거품이 사금처럼 반짝이는 물속을 들여다보며 나는 참 잘도 만들었다, 하고 감탄했다.

내가 알지 못하는 열대 조류의 지저귐이 유성처럼 허공을 빗겨가는 것 외에는 어딘가 먼 곳에서 희미하게 파도 소리가 들려올 뿐이었다.

나는 파라솔 아래 테이블에 자리를 잡았다. 미요시의 모습은 아직 보이지 않았다.

집에 에어컨을 켜뒀지만, 역시 칵테일이라도 한잔 마시고 싶은 기분이었다.

돌바닥은 방금 전까지 누군가 수영을 하다가 살금살금 걸어서 떠나간 뒤처럼 젖어 있었다. 그 너머는 잔디밭이었다. 멍하니 그쪽을 바라보며 달궈진 돌바닥에 앗, 뜨거, 뜨거, 하면서 겅중겅중 뛰어 따끔거리는 잔디밭으로 달아나는 내 발바닥의 감촉을 상상했다.

이런 곳을 평생 한 번만이라도 여행할 수 있다면 얼마나 좋을까. 가상공간은 역시 현실의 행복의 결여를 메워주지만, 거꾸로 갈망을 불러일으키는 면도 있었다. 내가 이런 공간을 별로 달가워하지 않는 이유 중 하나였다.

그래도 어머니를 이런 곳에라도 한 번쯤 데려왔다면 정말 기뻐했을 텐데.

"너무 아름다운 곳이야! 가상공간도 허투루 볼 게 아니구나."

환하게 웃으면서 돌아보는 모습이 눈에 선하게 떠올랐다.

그런 즐거움을 젊은 내가 좀 더 알려주었어야 했다.

잠시 뒤, 발치에 고양이 한 마리가 다가왔다. 흔하게 볼 수 있는 흑백 잡종 고양이이지만 짧은 털에 반들반들 윤기가 흐르고 꼬리는 자유의 상징처럼 곧게 뻗어 있었다.

나를 올려다보길래 머리를 쓰다듬어주려고 했다. 그러자 고양이가 말을 했다.

"이시카와 사쿠야 씨?"

흠칫 놀라 그렇다고 대답하면서 그제야 깨닫고 되물었다.

"……미요시 씨?"

"응, 맞아. 처음 만났네? 고양이야, 오늘은."

그렇게 말하고 그녀는 옆의 의자에 깡충 뛰어올라 내 쪽을 향하고 앉았다. 나는 무료로 사용 가능한 평범한 남자 아바타를 썼기 때문에 이건 너무 짝이 맞지 않았다. 어머니의 '자유사' 희망에 대해 물어보려고 했는데 그런 심각한 얘기를 꺼내는 게 벌써부터 시들해졌다.

하지만 그게 불쾌하게 느껴지지 않았던 것은 우선 이곳이 상쾌한 장소인데다 그녀의 분신인 고양이도 저절로 미소를 부를 만큼 사랑스러운 모습이었기 때문이다.

"좋은 곳이네요, 여기."

"스리랑카 콜롬보의 고급 호텔이거든. 홍보를 위해 호텔 측이 돈을 퍼부어 만든 가상공간이라서 아주 리얼하지?"

"아, 그렇구나……. 여기, 자주 와요?"

"그냥 가끔? 여기저기 다 둘러보고 다녀. 여기도 원래 사람들로 엄청 붐비는 곳이야. 지금도 다 보이게 설정하면 2백 명쯤 있을걸?"

"그래요? 조용하다고 생각했는데."

올리브색 눈 한가운데의 동그란 검은 눈동자로 고양이는 내 쪽을 보고 있었다. 의자 아래로 떨어진 꼬리가 바쁘게 좌우로 흔들렸다.

대화를 이어갈 말이 마땅히 떠오르지 않아서 우선 눈에 띈 목걸이를 칭찬했다.

"그 빨간 목걸이, 귀엽네요."

목걸이가 얼굴 윤곽을 강조해서 의인화에 크게 기여하고 있었다. 말을 한 뒤에야 묘한 느낌이 들었지만, 그녀도 이상했는지 소리 내어 웃으며 말했다.

"고마워."

고양이는 앞발의 털을 한참 단장한 뒤에 물었다.

"어머님 일 때문이지?"

"예, 미리 연락드린 대로……. 실은 생전에 어머니가 '자유사'를 원했어요."

"그러셨지."

"미요시 씨에게도 그런 얘기를 털어놨어요?"

"털어놨다고 할까, 그냥 얘기했었어. 나는 극구 말렸는데……."

그 한마디에 나는 마음이 움직였다.

이 세계에는 어머니의 '자유사' 희망을 알고 있었던 사람과 알지 못했던 사람이 있다. 그리고 알고 있었던 사람 중에서도 말린 사람과 말리지 않은 사람이 있는 것이다.

미요시는 내가 처음 만난 '말렸던 사람'이었다. 마치 얼굴에 따스한 향유가 뿌려진 것처럼 기쁨이 번져가는 것을 느꼈지만, 무료이용의 조잡한 아바타에는 안타깝게도 그게 반영되지 않았다.

이런 식으로 고양이를 마주하고 할 얘기로는 적합하지 않았지만 오히려 심리적인 부담이 줄어드는 면도 있었다. 그리고 기묘한 효과로, 동물이기 때문에 분명 진실만을 말할 것이라는 믿음도 싹텄다. 도미타 외에 내가 어머니의 '자유사'에 대해 언급한 것은 이번이 처음이었다.

"어머니가 어떤 얘기를 했지요? 나는 아직도 왜 '자유사'를 원했는지 그 동기를 잘 모르겠는데."

고양이는 여유롭게 눈을 깜빡이며 수영장이 궁금한 듯 한 차례 뒤를 돌아본 뒤에 동그란 눈으로 다시 나를 빤히 바라보았다.

"전부 다 말해도 돼?"

"네, 전부 다."

"여관에서는 나하고 같이 이불을 펴고 개키는 허드렛일을 맡았어, 알바들을 챙겨가면서. 근데 회사에서 경영난으로 인원을 대폭 줄이겠다는 거야. 뭐, 아무래도 중노동이니까 회사에서는 나를 남기려고 하겠지. 어머님은 그때 막 일흔이 된 나이였으니까."

"하지만 아직 일흔이었어요. 요즘에는 그 나이에도 다들 일을 하고, 중노동일 경우에는 파워드 슈트를 입기도 하잖아요."

"그런 것도 입을 수는 있는데 별로 효과가 없어, 여관 상차림이나 청소, 이불을 펴고 개키는 데는. 게다가 근력만 증강시켜봤자 체력은 달라지지 않잖아."

"그건 그렇죠……."

"어쨌든 나는 회사 쪽에 안 된다고 말했어. 그러잖아도 죽을 만큼 일이 힘들었거든. 게다가 어머님은 내가 처음 일 시작했을 때부터 정말 잘해주셔서 죄송하기도 했고……. 근데 회사 측의 방침은 변함이 없었어. 나중에는 결국 어머니 월급을 삭감하는 것으로 얘기가 마무리됐을 거야. 자세한 것까지는 물어보지 않았지만, 어쨌든 그걸 받아들이신 모양이야. 하지만 그것도 임시방편이잖아. 결국 또다시 해고하네 마네 하는 얘기가 나올 게 뻔하지. 그 무렵쯤부터 어머님이 역시 장래 일을 걱정하시더라고."

"생활비를?"

"생활비? 뭐, 그것도 그렇지만 사쿠야 군에 대한 거였겠지, 가장 걱정했던 건."

나는 어머니가 그녀에게 했던 말의 무게를 통해 그 내용을 짐작할 수 있었다.

그녀는 처음 만난 나를 '사쿠야 군'이라고 지칭했다. 분명 어머니가 항상 그런 호칭으로 얘기했던 것이리라. 그녀는 그때마다 어머니의 뭔가를 나눠 가졌고, 그래서 오히려 어머니의 말을 잘못 '학습'한 듯한 느낌도 들었다.

"나에 대해 어떤 걱정을……."

"어떤 것이냐니, 그야 전부 다 걱정이었지."

"……."

"어머님이 더 이상 일을 할 수 없을 때, 저금해둔 걸로 둘이서 얼마나 버틸 수 있을지 계산해보곤 했어. 어떻게든 일을 계속할 생각이지만, 혹시 일자리를 못 구하면 어쩌나 하고. 게다가 일을 못할 만큼 건강이 안 좋아지고, 간호 비용까지 들게 되면 어쩌나 하고. 노인 요양 시설에는 도저히 들어갈 형편이 안 되는데 사쿠야 군은 바깥일로 돌아다녀야 하니까 집에서 간호해줄 수도 없잖아."

"아니, 할 수 있었어요."

"할 수 있다니, 어떻게?"

고양이의 눈이 금세 큼직해졌다. 정말로 가능한지 아닌지 확인하려는 게 아니었다. 아마도 가능할 리 없는 것을 가능하다고 말하는 나를 어머니에게서 들은 인물상과 견줘보고 있을 것이다. 어머니의 걱정을 이제 새삼 납득하면서.

"어쨌든 병간호니 뭐니 하는 건 한참 나중의 일이었어요."

고양이는 소리도 없이 우는 몸짓을 보이더니 고개를 저었다.

"간호가 필요할 정도가 된 뒤에야 '자유사'를 희망해봤자 사쿠야 군이 절대 허락해주지 않을 테니까 그전에 해둬야 된다고 하셨어."

"정말로 그런 말을 했어요?"

"그래, 한두 번이 아니라 여러 번."

"그런 생각을 하다니, 이상하잖아요. 아직 충분히 젊고 건강하니까 내가 더 반대했는데."

"사쿠야 군을 위해서라고 하면 기분이 좀 그렇겠지만, 그래도 그게 어머님 자신의 의사라면?"

"'자유사'가 말입니까?"

"응."

알루미늄 의자 밑으로 늘어진 고양이 꼬리는 변함없이 좌우로 흔들리고 있었다.

"난 역시 어머님이 정말로 '자유사'를 원했다고 생각해, 자신의 의사에 따라."

"왜 그렇게 생각하는데요?"

"어머님 얘기 들으면서 그렇게 느꼈거든."

"……단순히 그것 때문에?"

"이런 고양이 얼굴로 얘기하면 잘 모르겠지만, 얼굴 맞대고 얘기하다 보면 알잖아, 표정이라든가 몸짓 같은 걸로."

그런 단순한 얘기를 그녀가 진심으로 믿었는지 의심스러웠다. 하지만 다음 순간, 더욱더 단순한 나의 자가당착을 깨닫지 않을 수 없었다.

분명 얼굴 맞대고 얘기한다면 얻을 수 있는 '표정이나 몸짓' 같은 정보가 지금 나와 그녀 사이에는 빠져 있었다. 그리고 그런 정보 덕분에 어머니의 말의 진위를 판단할 수 있었다는 그녀에게 나는 어이없어 하고 있었다. 하지만 그녀가 단지 대화의 흐름에 따라 내뱉은 말인지 아니면 확신이 있어서 한 말인지, 나는 바로 그녀의 표정이 보이지 않아 잘 모르겠다고 느낀 것이었다.

"사쿠야 군을 위해서라는 이유도 있었겠지, 그야 당연히. 부모 마음이 다 그렇잖아. 하지만 단지 그것만은 아니었다고 생각해, 나는."

"그런 걸 '부모 마음'이라고 치켜세우는 풍조가 어머니를 '자유사'로 몰아넣은 거 아닌가요?"

"그건 아니지. 어머님은 사쿠야 군을 정말로 사랑했으니까. ……사람들이 아무리 그런 얘기를 해도 자식 일 따위 아랑곳하지 않는 부모들도 많아. 자기 자신보다 자식을 우선하는 착한 부모 밑에서 사랑받으면서 컸으니까 사쿠야 군은 잘 모르겠지. 그런 식으로 생각해주는 부모가 있다는 거, 큰 호사야. 부럽다."

고양이는 천천히 눈을 꾹 감았다 뜨더니 조금 전처럼 저녁노을 아래 황금빛으로 하늘하늘 흔들리는 수영장 물 쪽으로 시선을 돌렸다. 나에게는 느껴지지 않는 바람이 느긋하게 야자나무 가지 틈새를 훑고 지나간 모양이었다.

미요시의 말에 나는 곧장 반론하지 않았다. 그 말 속에는 지금까지와는 다른 비난의 여운이 있어서 나는 기가 눌렸다. 동시에 직접 언급하기는 조심스러운 과민한 기억이 고스란히 드러난 듯한 아픔을 느꼈다.

"물론 그런 가족도 있겠지만……."

"응, 그런 가족도 있어. 그러니까 어머님이 사쿠야 군을 사랑하고 그런 마음에서 장래를 걱정했다는 것만은 믿어줘야지. 너무 딱하잖아. 어머님은 나를 항상 '친구'로 여겨주셨으니까 그런 '친구'의 입장에서 하는 말이야. 근데 말이지, 잘 들어, 내가 말하려는 건 그런 게 아니야. 그런데도 '자유사'를 원한 건 어머님 본인의 뜻이었다는 거야. 긴 인생을 거쳐 오면서 생각했던 일이라고. 사쿠야 군은 진짜 몰라? '이제 충분하다'는 그 느낌?"

"그 말을, '이제 충분하다'는 그 말을, 미요시 씨에게도 했어요?"

"얘기했어. 정말로 환한 얼굴로, '이제 충분하다'고."

다시 반론을 하려다가 고양이 아바타 너머에 '친구'의 전적인 지지를 받는 어머니가 서 있는 느낌이 들어서 나는 그만 말문이 턱 막혔다.

게다가 아직 그녀에게 물어볼 게 많아서 자칫 기분이 상할 말은 꺼내기가 조심스러웠다.

"그렇다면 어머니의 뜻이라는 건 뭐였어요? 그런 얘기도 했어요?"

미요시는 잠시 대답을 망설이다가 이윽고 말했다.

"그건 얘기가 좀 길어지니까 다음에 다시 할까? 나도 이제 그만 자야 할 것 같아. 벌써 새벽 3시야."

그녀가 모니터를 향해 그런 동작을 했는지는 알 수 없지만, 고양이가 크게 하품을 했다.

시계를 확인하니 이제 그만 자야 하는 건 나도 마찬가지였다.

"알았어요, 그럼 다음에 뵙죠. 고마워요, 밤늦은 시간까지."

"나야말로 미안해, 이런 시간에. 다음에는 어디선가 만나서 얘기할까?"

"예, 괜찮으시다면 그게 좋겠어요. 고양이와 얘기하니까 어쩐지 묘한 느낌이라서."

"그러게. 첫 만남으로는 좀 별로였지? 자, 그럼 또 연락할게. 나중에 약속 시간 정하자."

"고맙습니다. 그럼 이만……."

"아, 근데…… 사쿠야 씨는 아버지에 관한 얘기, 어머니한테서 들었어?"

"아버지에 관한 얘기요?"

"응."

"뭐, 조금은……."

"그래?"

"어머니가 뭔가 얘기했어요?"

"그것도 다시 다음에 찬찬히 얘기하자. 잘 자."

"네, 잘 자요."

고양이는 앞발을 내밀어 소리 없이 의자에서 뛰어내렸다. 그리고 스윽 고개를 들고 주위를 살펴보다가 풀 사이드를 뛰어가는가 싶더니 어느새 자취를 감춰버렸다.

나는 잠시 그곳에 남아 조금 전과 완전히 똑같이, 방금 전에 누군가 수영을 하다 떠난 것처럼 느긋하게 흔들리는 수영장 물을 바라보았다.

시간이 정지되어 있는지 저무는 태양은 가장자리 선에 멈춰 선 그대로였다. '영원'이 가상공간 안에서 이토록 간단히 실현된다는 게 신기했다. 그녀는 일이 없는 날에 이곳에 찾아와 혼자 무슨 생각을 하는 걸까.

계속 이곳에 머물면 시간을 잊을 수 있으니까 나이가 든다는 불안에서도 죽음의 공포에서도 해방되는 것일까. 그건 안식이 될까. 아니면 삶이 뭔가 몹시 둔화된 형태가 되는 것인가.

마지막에 남긴 말은 자못 의미심장해서 나는 내심 시큰둥해하면서도 실은 크게 동요했다. 어머니는 나한테는 아버지에 대한 얘기를 한 적이 거의 없었다. 그런 것만 봐도 미요시와 어머니의 관계가 깊다는 건 짐작이 되지만…….

아버지의 존재와 어머니의 '자유사' 결심 사이에 뭔가 관계가 있다는 건가.

헤드셋을 벗자마자 생활 쓰레기로 황폐해진 거실에 나 혼자 덩그러니 남겨진 현실이 다시 덮쳐들었다. 방안이 몹시 비좁게 느껴졌다. 천장의 조명은 나의 고독을 어떻게 오해해볼 여지도 없이 낱낱이 비춰냈다.

피곤해진 눈의 상태를 확인하듯이 창가의 고무나무 화분을 가만히 바라보았다.

내가 죽으면 이 나무도 얼마 뒤에는 죽을 것이다. 무슨 일이 일어났는지도 모르는 채.

「어머니」는 어떻게 될까. 그저 방치되는 것뿐인가. 아니면 다시 추가 요금을 내고 자동 삭제 옵션을 신청해야 하는가.

나는 처음으로 어머니보다 먼저 죽지 않아서 다행이라고 생각했다. 내가 아니라 지금 어머니가 이 집안에 홀로 남겨졌다면 얼마나 외로웠을까…….

*

「어머니」는 미요시와 인터넷을 통해 대화를 나누기 시작하면서 눈에 띄게 쾌활해졌다.

첫 **재회** 때, 미요시는 내가 그랬던 것처럼 눈물을 흘렸다고 한다. 그 얘기를 듣고 나는 그녀에게 한층 더 마음이 열렸다. 한 번만, 이라는 생각으로 부탁했었는데 그녀 쪽에서 먼저 이따금「어머니」와 대화하고 싶다고 청해서 꼭 그렇게 해달라고 답장을 보냈다.

인터넷으로「어머니」와 몇 번 대화를 주고받는 사이에 나는 미요시가 2살 연상이라는 것을 알았다.

평소에도 가상공간을 즐겨 이용하는 그녀는 나보다 적응이 빨랐고 접속 기록을 보니 그 뒤로 사흘에 한 번쯤은「어머니」와 대화를 나눴고, 길게는 두 시간까지 이어지기도 했다. 당연히 나는 그녀의 고독도 짐작할 수 있었다.

어머니는 생전에 여관 일에 대한 얘기는 거의 해주지 않았지만,「어머니」는 전혀 처음 듣는 얘기까지 자세히 들려주었다.

"그러고 보니 예전에 수학여행 단체 손님 중에 남학생 하나가 햄스터를 잃어버렸다고 난리를 쳐서 미요시와 둘이 사방팔방으로 찾아다닌 적이 있어. 몰래 데려왔다가 한밤중에 울면서 찾고 다니는 게 너무 딱해서."

타인 속에 잠들어 있는, 어머니의 육성을 통해서는 끝내 듣지 못했던 일들이 그밖에도 얼마든지 있을 터였다. 그중 하나를 접하고 나는 반갑고 흐뭇했다.

“와아, 그런 일이 있었어?”

웃는 얼굴로 응해줬더니 「어머니」의 표정도 한층 환해졌다.

그런 「어머니」와 이야기할 때는 저절로 목소리가 커졌다. 「어머니」의 난처해하는 표정은 보고 싶지 않아서 ‘자유사’에 관한 화제는 애써 언급하지 않았다. 「어머니」 쪽에서도 그런 얘기를 꺼내는 일은 없었다.

친하게 지냈던 사람과 이야기를 주고받으면 결국 나와의 대화도 ‘깊이가 더해진다’고 했던 노자키의 조언은 분명 맞는 말이었다. 생각해보니 생전의 어머니와 내가 주로 나눈 이야기도 미디어에서 얻은 정보보다는 실제로 하루하루 누군가와의 사이에서 일어난 일들이 대부분이었다.

미요시뿐만 아니라 좀 더 다양한 사람들과 학습 기회를 갖게 해주면 「어머니」의 언어도 더욱 다채로워질 것이다. 나한테는 끝내 말하지 않았던 추억 얘기도 부활할 게 틀림없었다.

내가 학습시킨 게 아닌 이야기를 하기 시작하면서 「어머니」는 한결 어머니에 가까워져가는 느낌이었다.

이 VF에 치명적인 고장이 난다면 나는 두 번째로 어머니의 상실을 경험하게 된다. 그런 애틋한 마음까지 생겨났다.

미요시와의 대화에 의한 학습이 진행되자 그 전처럼 복원 포인트를 설정해 여차하면 그 지점까지 「어머니」의 성격을 되돌리는 기능은 더 이상 쓰지 않게 되었다. 뭔가 잘못된 사실을 학습해버렸다면 어떻든 나와의 대화를 통해 잘못을 이해하도록 해야 하는 것이다.

하지만 오늘 아침에 「어머니」가 들려준 얘기는 생전의 어머니가 줄곧 감춰둔 것을 깜빡 잘못 들춰낸 듯한 동요를 몰고 오는 것이었다.

「어머니」가 갑작스럽게 꺼낸 얘기는 내 고등학교 시절에 관한 것이었다.

"미요시는 사쿠야가 친구를 위해 활동하다가 고등학교를 졸업하지 못한 그 일에 크게 공감해줬어."

"그런 얘기까지 했어?"

"그렇다니까. 내내 엄마 혼자 가슴속에 묻어뒀는데 미요시가 그 얘기를 들어줘서 얼마나 마음이 풀렸는지 몰라."

"내내 묻어뒀다고?"

"그래, 네가 지금처럼 살게 된 건 대학을 못 다녔기 때문이잖아."

순간적으로 '어머니는 그렇게 말하지 않았어'라고 주의를 주려다가 나는 오히려 반대로 「어머니」가 자유롭게 말하게 해서 미요시와 어떤 대화가 오고갔는지 알아내려 하고 있었다.

"대학은…… 그 뒤에 내가 졸업자격을 따면 갈 수 있었는데 그러지 않은 거야. 그건 내가 결정한 일이었어."

"그래, 맞아."

「어머니」는 그렇게 고개를 끄덕이고 말을 이어갔다.

"미요시는 남을 배려할 줄 아는 정말 착한 아이야."

어머니는 돌아가실 때까지 실제로 나의 고교 중퇴를 마음에 걸려 했던 것일까.

나한테는 결코 그런 말을 하지 않았지만, 미요시가 알고 있었고 이번에 다시 「어머니」와 그 일에 대해 대화를 나눈 것이라면 어쨌든 그녀에게는 속내를 털어놓았다는 얘기였다.

제4장

영웅적인 소년

내가 고등학교를 중퇴한 것은 2학년 여름방학이 끝나갈 무렵이었다.

그해에 우리 학교에서는 한 가지 문제가 발생했다. 같은 학년의 여학생 한 명이 생활비를 벌기 위해 '매춘'을 했다는 이유로 퇴학 처분을 받았던 것이다.

그 처분은 처음에는 비밀스러운 숙덕거림의 경악驚愕이 교실 안에 퍼진 것에 지나지 않았다. 남학생뿐만 아니라 뜻밖에도—아니, 당연한 일인가?—그녀의 친구들까지 뒷걸음질을 치며 이 화제에서 물러나야 할지 말지 서로 눈치를 살피는 분위기였다. 혐오감을 드러내며 단죄하는 자가 있는가 하면 실소하는 자도 있고, 아마도 불안감 때문에 두려워한 자도 있었을 것이다. 만남 앱을 통해 '후원자'를 구하는 게 그리 드문 얘기도 아니었기 때문이었다.

온몸에 화상을 입은 듯한 침묵이 모두를 화들짝 놀라게 하면서 학교 안을 활보하고 있었다.

나는 1학년 때 그 여학생과 같은 반이었다.

두 번, 얘기를 나눈 적이 있었다. 한 번은 막 교실을 나가려고 할 때 그녀가 복도에서 들어오려다가 "먼저 가"라고 길을 양보해주었을 때, 그리고 또 한 번은 그녀가 결석한 다음날에 내게 다가와 이런 부탁을 했을 때였다.

"이시카와 군, 어제 노트한 거, 복사 좀 해도 돼?"

왜 나한테 부탁하는 건가, 라고 당시에는 의아했지만 지금 생각해보니 그때쯤에는 이미 나 말고는 그런 얘기를 꺼낼 사람이 없을 만큼 그 여학생은 학급에서 고립되었던 것인지도 모른다.

나는 어땠는가 하면 그런 것도 알아채지 못할 만큼 반 친구들과 거의 말을 섞지 않았다.

휴대전화로 재빨리 사진을 찍더니 고맙다고 들뜬 목소리로 감사 인사를 하고 공손히 내 태블릿을 돌려주었다.

작은 몸집에 조용한 성격, 수수한 외모의 여학생이었다. 그런 아이는 대부분 뻔히 점쳐지는 장래의 모습으로 예쁘다느니 예쁘지 않다느니 하는 판단이 내려지곤 하지만, 그런 정도의 관심을 끄는 일조차 없었던 것 같다.

그 일이 발각된 것은 '미성년 매춘'으로 체포된 중년 남성의 휴대전화에 이 여학생과 주고받은 사진 등이 보관되어 있었기 때문이었다. 여학생의 휴대전화도 조사했을까, 그 속에 내 노트 사진이 아직 남아 있을지도 모르는데, 라고 나는 멍하니 생각했었다.

일주일쯤 지났을 때, 그녀와 같은 반에서 한 영웅적인 소년이 친구 몇 명을 모아 항의활동을 시작했다. 퇴학 처분의 철회를 요구하며 교사들과 담판을 벌이고 교무실 앞에서 연좌 농성에 들어간 것이다. 그 여학생을 피해자로서 보호해주지는 못할망정 오히려 범죄자 취급을 하는 건 어처구니없다는 주장이었다.

처음에 힘을 합해달라는 제안을 받은 자들 속에 내 이름은 없었다. 하지만 이틀째 되는 날부터 나는 그 연좌 농성에 가담하기로 했다. 열다섯 명쯤 됐을 것이다. 그중 여학생은 두 명이었다. 그들은 별다른 말도 없이 참가한 나를 보고 당혹스러운 기색이었지만, 영웅적인 소년은 아마도 나에 대해 전혀 알지 못했기 때문인지 "고맙다!"라고 악수를 청해주었다.

통상적으로는 당연히 미디어를 통해 문제를 외부와 공유했겠지만, 여학생의 프라이버시를 지켜줄 필요가 있어서 우리의 항의활동은 교무실 앞의 일군의 침묵일 뿐이었다. 플래카드도 없었고, 선생님 외에는 오가는 이도 없는 장소였기 때문에 소문이 퍼지는 것도 한정적이었다. 다른 학년의 아이들은 대부분 무슨 일이 일어났는지조차 알지 못했을 것이다. 어쩌다 학생들이 지나가더라도 의아한 시선으로 내려다보는 정도였다.

항의를 주도한 아이들은 그 여학생과의 관계라기보다 진지한 의분義憤에 휩싸였던 것 같지만, 그저 불려온 것뿐인 아이, 재미 삼아 나온 아이도 있어서 일주일 후인 월요일에는 참가자 수가 여섯 명으로 줄어들었다.

따분해지면 게임을 하거나 교과서로 자습을 하고 혹은 채팅을 했다. 모두 한자리에 있으면서도 제각각 전혀 다른 곳에 있는 듯한 분위기였다. 그래서 허리 운동을 위해 이따금 몸을 일으킬 때마다 마치 오랜만에 다시 만난 것처럼 서로 쓴웃음을 짓곤 했다.

학교 측은 부모들 모르게 사태를 수습하려고 애를 썼겠지만 몇몇 참가자를 통해 얼마 뒤에는 외부에 알려졌다. 이탈자는 부모의 설득에 넘어간 아이, 스스로 싫증이 나서 떠난 아이도 있었을 것이다.

애초에 성공 가능성이 희박한 항의활동이어서 냉소를 사기도 했지만, 영웅적인 소년은 자신이 이번 담판에서 상당한 역할을 할 것이라고 굳게 믿는 눈치였다. 왜냐하면 그는 학년에서 항상 세 손가락 안에 드는 성적 우수자여서 아동 인구의 감소로 수험생을 모집하는 데 어려움을 겪는 학교 측으로서는 그의 대학 진학 실적에 크게 기대를 걸고 있었기 때문이다.

우리는 담임, 학년주임, 동아리 등으로 개개의 학생과 친숙했던 교사와 교감, 교장까지 학교 측과 여러 차례 담판을 거듭했지만, 영웅적인 소년이 대표로 혼자 불려가는 일도 있었다.

그는 최종적으로 그 여학생이 퇴학이 아니라 정학으로 결론이 날 것 같다는 전망을 얘기했다. 배구부 주장을 맡았고, 운동부치고는 백합 뿌리를 깎아낸 듯 하얀 피부가 인상적이었다.

"그 여학생, 복학하면 앞으로 생활비는 어떻게 할까?"

내가 그렇게 물었더니 그는 미소를 지으며 말했다.

"그건 뭐, 본인이 알아서 해결할 문제고."

결국 그가 이 일에 그토록 열의를 보인 이유가 무엇인지는 끝까지 알지 못했다. 단지 그 여학생 본인과는 아무 관계가 없는 사정 때문이었을 것이라고 나는 짐작했다.

그런데도 3주 동안 이 항의활동은 지속되었다.

그 일을 떠올리면 왠지 메마른 하얀 조개껍데기가 머릿속에 떠오른다. 꽉 닫힌 그 안쪽에는 무지갯빛 진주층이 있지만 실제로는 그런 종류의 조개 따위, 존재하지 않는 것이다.

현실의 결손 같은 작은 공허를 지키는 그 조개는 기억의 원근법에 따른 효과로 내 손 안에 담길 정도의 작은 크기가 된 채 저멀리 교무실 앞에 웅크리고 앉은 우리의 모습과 겹쳐져 하나가 되었다.

장마가 시작되기 전의 어느 날, 연좌 장소에 가보니 그곳에는 이미 나 말고는 아무도 없었다.

나는 여학생의 퇴학 처분이 철회되었느냐고 영웅적인 소년에게 메시지를 보내 물었지만 답장은 없었다. 여학생의 담임선생님에게도 확인해봤는데 "아무것도 달라진 게 없다"라는 대답이 돌아왔다.

그때부터 나는 혼자서 교무실 앞에 앉아 있었다.

영웅적인 소년과 몇 번 복도에서 마주쳤지만 그는 나와 눈을 맞추려 하지 않았다.

그때 무슨 일이 있었던 것일까. 나는 아직도 알지 못한다. 알 가치도 없는 시시한 사정이라고 짐작했다. 하지만 돌이켜 생각해보면 우리는 처음부터 말도 안 되는 착각을 했었는지도 모른다. 나는 단지 소문에 휘둘려 행동에 나섰지만, 그 여학생과 부모가 실제로 학교와 어떤 얘기를 주고받았는지는 전혀 알지도 못했다.

아무튼 영웅적인 소년이 이탈하면서 항의활동은 와해되고 그 의미를 잃었다. 그런데도 교사들과 딱히 담판을 하는 일도 없이 침묵 속에 연좌를 계속했던 나는 분명 이상하게 보였을 것이다.

담임선생님의 연락을 받고 어머니는 깜짝 놀라 일을 쉬고 학교로 달려왔다.

"사쿠야, 어떻게 된 거야? 사쿠야……, 엄마한테 얘기해봐."

하지만 여학생의 명예를 위해 나는 결코 전후 사정을 밝히지 않았다. 아니, 그녀를 위해서만이 아니라 나는 어머니 앞에서 그런 인간이고 싶었던 것이다.

물론 정의감에 연좌를 계속한 건 아니었다. 다른 학생들과는 달리 처음 그곳에 갔을 때부터 나는 더 이상 내가 돌아갈 곳이 없다는 것을 알고 있었다.

한참 지난 후에 결국 나는 그녀를 사랑했기 때문이라는 결론에 이르렀다. 그런 인간은 그 항의활동에 참가한 자들 중에서 오직 나뿐이라고 믿고 있었다.

대부분의 인간은 사랑이라는 개념을 어느 지점에선가 깨닫고, 자신이 어느 순간 갑작스럽게 품게 된 그 감정에 그런 이름을 붙이는 것이다. 혹은 몇 번인가 경험한 그 징조에서 추상적으로 얻은 바를 그렇게 부르는 것인가.

하지만 나는 그녀에 대해 품은 어떤 구체적이고 불가해한 감정을 그대로 사랑이라고 정의했던 것이다.

나는 그녀와 단둘이 만나기를 바라지 않고 육체적으로 서로 탐하기를 꿈꾸지 않고, 마음을 알리는 것도 관계를 지속하는 것도 원치 않았다. 단지 그녀가 학교를 그만두었고 그로 인해 내가 교무실 앞에서 연좌 농성을 했다는 그것만으로 충분했다.

그녀에게서 단 한 번도 감사를 받은 적이 없고, 아마도 그녀는 내 항의활동을 알지도 못했을 게 틀림없다. 알아주기를 바라지도 않았다.

나에게 사랑이란 그렇게 정의된 것이었다. 그래서 그 뒤로 나에게는 사람을 사랑할 기회가 찾아오지 않았다. 그것을 내내 특별한 일이라는 식으로 생각했었지만, 아마도 가상공간의 연애게임 정도밖에 알지 못하는 동 세대의 수많은 인간들도 인생의 어딘가에서 그것과 거의 비슷한 경험을 하지 않았을까.

여름방학이 시작되면서 다른 아이들과 마찬가지로 나도 학교에 나가지 않았다. 보충수업에도 얼굴을 내밀지 않고 2학기가 시작되어도 결국 한 번도 등교하지 않은 채 자퇴했다.

내 인생은 어쩌면 아직도 그 고등학교 2학년 여름방학의 연장선상에 있는지도 모른다. 그건 다른 사람들이 듣기에는 매력적인 상태로 받아들여질지도 모르지만. 어쨌든 아무것도 할 일이 없어서 나는 손에 잡히는 대로 책을 읽었다. 어머니가 문고판으로 갖고 있던 오래된 외국 소설책을 반쯤 건성으로, 그래도 따분하다고 내던져버리는 일도 없이 읽어나갔다. 그리고 제출할 곳도 없는 '독후감'을 쓰곤 했다.

학교 측에서는 나의 퇴학을 당연한 일로 받아들이고 딱히 붙잡으려고도 하지 않았다.

어머니가 우는 모습을 본 것은 그때가 처음이었다……. 그런데 그건 어떤 눈물이었을까.

나는 어머니에게서 우리집의 형편에 대해 자세한 얘기는 듣지 못했지만, 주말이면 이사업체에서 알바를 했기 때문에 상황은 대략 짐작하고 있었다. 그 알바는 학교에서도 묵인해준 것이었다.

어머니는 어떻게든 나를 대학에 보내려고 했다. 장학금을 받지 않으면 안 될 형편이지만 어쨌든 고교 중퇴의 학력으로는 제대로 살아갈 수 없다고 몇 번이나 타일렀다. 하지만 대학을 나왔다고 번듯한 직장이 내 차지가 된다고 어떻게 그토록 굳게 믿고 있는지, 나로서는 의아하기만 했다.

우리가 평생 벌어들여야 할 소득은 수명 예측에 따라 계산된다. 지혜로운 인간은 어릴 때부터 인터넷 동영상이나 매매를 통해 차곡차곡 돈을 벌어들여 최저한의 자금을 확보하고, 그다음에는 재벌 클래스에 진입하는 것을 목표로 삼는다.

어머니가 그런 구조를 이해하지 못하는 것을 나는 세대 차이의 문제라고 생각했다. 하지만 "근데 사쿠야, 넌 그런 건 못하잖아"라는 말을 듣고 보니 비현실적인 쪽이 누구인지 분명해졌다.

어머니는 아들의 처지를 염려해 눈물을 흘렸던 것이라고 나는 내내 믿고 있었다. 하지만 미요시에게 그 일을 얘기했던 말투에서는 어딘지 어머니 자신의 회한悔恨이 느껴졌다.

내가 고등학교를 중퇴하기로 결정했을 때, 어머니는 혹시 집안 형편이 어려운 것을 고려해 내린 결정이냐고 몇 번이나 내게 캐물었다. 나는 아니라고 부정했지만, 그런 억측이 어머니의 자존심을 크게 상처 입혔던 건 아닌지, 나는 이제야 비로소 진지하게 생각해보았다.

나에게는 이미 중퇴할 학교도 없다. 이탈할 것이라면 이제는 이 인생에서, 라는 얘기가 된다.

도미타가 말했던 대로 어머니가 나를 위해 '자유사'를 선택했다면 어쩌면 그때 일이 마음속에서 떠나지 않았기 때문이 아니었을까.

걱정했던 것뿐만 아니라 어머니는 사실은 나를 창피하게 여겼던 게 아니었을까.

*

미요시를 만나 어머니 얘기를 좀 더 듣고 싶었다.

그녀를 만나기로 약속한 날 하루 전이었다. 한밤중에 웬일로 기시타니에게서 연락이 왔다. 무슨 일인가 하고 나는 모니터 너머로 응했지만, 그는 그저 "아니, 어쩐지 얘기 좀 하고 싶어서"라고 말할 뿐이었다.

자기 방 침대에 앉아 있는지 빨랫감이며 책들이 어질러진 모습이 고스란히 보였다. 그의 방을 보게 된 것은 처음이었다. 나를 집에 초대하지 않는 이유도 이해가 되었다.

방금 목욕을 하고 나와서 머리에 흰 수건을 둘렀고, 누군가 움켜쥔 흔적 같은 뺨의 우묵한 그림자가 두드러졌다. 머리가 꽤 길게 자라 있었다.

기시타니는 자칫하면 화면에 부딪힐 만큼 얼굴을 쓰윽 내밀고 최근에 '이상한 취향'의 커플에게 의뢰를 받아 섹스 아바타 일을 했다고 얘기했다. 고령의 커플이었는데 남자 쪽이 발기부전인지 자신을 대신해 상대를 기쁘게 해달라는 주문이었다.

"어떻게 그런 일을 했어?"

나는 어이없어 하면서 물어보았다.

"아니, 나도 막상 해보니 기대에 부응할 수가 없더라고. 결국 못 했어."

그렇게 쓴웃음을 짓더니 "내가 그 뒤에 생각해봤는데"라면서 열을 올려가며 긴 얘기를 풀어놓기 시작했다.

"인간이란 게 말이지, 역시 대부분은 타인과 키스 같은 건 원하지 않는 동물이더라고. 길거리 다니면서 앞에서 걸어오는 사람 중에 나이와 성별을 따지지 않고 키스해도 좋을 사람과 그렇지 않은 사람을 세어보면 압도적으로 키스하고 싶지 않은 사람이 더 많아. 어지간히 병적인 성욕을 가진 인간이 아니고서는."

"응, 그럴 것 같긴 하네."

"그러니까 키스가 가능한 상대라는 건 예외적인 존재야. 왠지 그 상대에 대해서만은 혐오감이 스르륵 해제되는 구조인 거야."

"그런가……."

"그래서 나는 동성애 차별에 대해 새로운 인식을 갖게 됐어."

"……."

"스트레이트한 남자가 파트너 여성의 바람기를 용서하지 못하는 건 간접 키스의 혐오감 때문이야. 내 여자친구가 어딘가에서 바람피우고 돌아오지? 그걸 알면 나는 아무리 좋아해도 더 이상 그녀와는 키스하고 싶지 않아. 그렇잖아, 그 입술에 누군지도 모르는 놈의 침이 묻어 있을지도 모른다고. 기분 나쁘잖아. 물론 입만 그런 것도 아닐 거고. 하지만, 아니, 그래서라고 할까, 나는 여자친구가 어떤 귀여운 여자와 바람피우고 왔다면 얼마든지 용서할 수 있어. 키스도 할 수 있고. 삼인 일조로 침대로 유혹해도 기꺼이 참여할 거야. 근데 누군가 다른 아저씨를 포함해 셋이서, 라는 건 절대 사절이야."

나는 고개를 끄덕이며 얘기를 들었지만, 뭔가 평소와는 그의 상태가 다르다는 것을 깨달았다. 실제로 그런 일이 있었던 것인가. 아니면 무슨 다른 트러블이라도 있었던 건가.

"한마디로 동성애자를 '재수없다'고 경멸하는 인간들은 머릿속에서 동성애자의 몸과 과잉하게 일체화해서 남자끼리 키스하는 장면을 저절로 상상해버리기 때문이야. 그리고 그런 자들은 누군가 할머니와 사귀고 있다네 하는 얘기를 들어도 역시 똑같이 '재수없다'고 하지. 그건 당사자의 마음에 따른 일이라는 생각을 아예 못한다니까. 이건 AV를 보다 보면 알 수 있어. 성에 관해서는 인간은 간단히 타인을 아바타화하거든. 나는 중년 아저씨의 그곳을 빤히 쳐다보라고 하면 절대 사절이야. 하지만 AV로 여배우와 얽혀 있을 때는 좋아라 빤히 쳐다봐. 그 관계성에 빠져들어 중

넌 남자 배우의 몸과 일체화하는 거야."

거기까지 말하고 기시타니는 맥주를 마시면서 내가 감탄하기를 기다렸지만, 역시 어딘지 모르게 불안한 표정이었다. 눈은 불그레하게 충혈되었고 술에 상당히 취해 있었다.

잡담을 하다가 기회를 노려 뭔가 중요한 이야기를 하려는 것이다……. 그런 기척을 감지했지만, 나는 의리상 보여주어야 할 억지웃음조차 짓지 못했다.

기시타니는 당황한 내 모습을 지켜보더니 재미없다는 듯이 다시 캔맥주를 들이켜고 손등으로 입가를 닦았다. 그러고는 불쑥 말했다.

"나, 중국에 가려고. 이제 이 나라는 가망이 없어서 포기하기로 했어."

나는 적잖이 놀랐지만, 일단 물어보았다.

"그래? 뭐, 그것도 괜찮을지 모르지만, 일자리가 있었어?"

"전혀 없는 건 아니야. 언어도 기계 번역으로 어떻게든 해결할 수 있잖아."

"적적해지겠네."

"너도 언제까지고 이런 나라에 있어봤자 별 볼일 없어. 이제 어머니도 안 계시는데 하루빨리 떠나는 게 낫지."

그를 찬찬히 바라봤지만 마치 꿈속에서 다른 누군가와 얘기하는 것 같았다. 기묘한 일을 기묘하다고 인식하지도 못한 채 받아들여버린 듯한 기색이었다.

그리고 그는 '이런 시대에 이런 나라에서 태어난 것'이 너무도 불행하다면서 정부의 무능을 입도 험하게 나무랐다.

“이제 진짜 지긋지긋해. 이제 싫다, 구역질이 나, 이런 나라.”

“무슨 일 있었어?”

“아니, 별일 없어. 그냥 돈 많은 진상 손님한테 시달렸다는, 항상 하는 푸념이랄까.”

나는 그다음 말을 기다렸지만 일부러 캐묻지는 않았다. 그는 다시 떠올리기도 불쾌하다는 듯이 한숨을 내쉬며 화제를 바꿨다.

“내가 요즘 가상현실의 ‘암살게임’에 푹 빠졌어.”

“……뭔데, 그게?”

“타임머신을 타고 역사 속 실존 인물을 암살하러 가는 게임이야. 계획을 세워 무기를 입수하고 사복 경찰의 경호를 뚫고 들어가서! 이런 엿같은 세상을 만든 예전 정치가와 대기업 회장 놈들, 벌써 많이 죽였어.”

“…….”

“아니, 가상공간 게임 얘기야.”

“그런 걸 해봤자 뭐가 어떻게 되는데?”

“아무것도 안 되지, 허허허, 현실은 전혀 변하지 않아. 뭐, 그래도 누가 다치는 것도 아니고, 전혀 무해한 게임이야.”

기시타니는 그러고는 몇몇 총리와 재벌의 이름을 구체적으로 열거했지만, 나는 듣지 말아야 할 고백을 들었을 때처럼 표정이 굳어버렸다.

“그런 거, 괜히 허탈해지기만 하잖아.”

“아니, 진짜 통쾌해. 그야 현실로 돌아오면 허탈하지. 근데 그거라도 안 하면 버텨내기도 힘들고……. 너도 해볼래?"

"아냐, 난 됐어. 그보다 위험하다는 건 알고 있지?"

"왜? 걱정 마, 분명하게 현실과 비현실은 구별할 줄 아니까."

"그런 거에 빠져들면 **체크** 당한다니까. 죄다 이력이 남는다고."

"경찰에?"

"그쪽은 언제든지 데이터에 접속이 가능하잖아. 아무튼 그런 게임은 좀 이상해. 사회적 '위험 분자'를 한데 몰아 리스트업하려고 덫을 놓은 거 아냐?"

"에이, 설마. 넌 걱정도 팔자다."

기시타니는 그렇게 말하며 웃었지만, 미처 생각도 못했던 일인지 눈빛이 잘게 흔들렸다.

"어차피 상관없어, 지긋지긋한 이 나라에서 냉큼 떠나줄 예정이니까."

"떠날 수도 없게 된다고, 문제를 일으키면."

"너, 나하고 어울리면 문제가 생길 것 같아서 그래?"

"당연히 그렇지." 나는 농담인 척하면서 솔직하게 말했다. "물론 지나친 걱정이라면 다행이지만."

"괜찮아, 너한테 피해를 끼치지는 않을 거니까. 그냥 잠깐 얘기나 하고 싶었어."

그리고 우리는 잠시 침묵하고 있었다. 실제 시간은 그리 길지 않았을 텐데 시간의 흐름이 그곳만 이완되어 축 처진 것처럼 둘 다 깊숙이 떨어지는 대로 내버려뒀다가 다시 기어오르느라 한참 고생했다.

다시 한 걸음 더 들어가 물어보고 싶은 마음도 들었지만 나는 망설였다.

그래도 내가 그를 정말 중요한 문제에 대해서는 서로 얘기를 나눠야 할 친구로 인식하고 있다는 것만은 전하고 싶었다. 그건 이 대화에서 꼭 해야 하는 것이었다.

"한 가지 궁금한 게 있어."

그렇게 말하고 나는 기시타니를 지그시 바라보았다. 그는 어색한 미소를 지으며 슬쩍 턱을 들었다.

"뭔데?"

무슨 특별히 못된 심보가 있는 게 아니다. 그냥 그는 남들에게 그런 인상을 풍기는 눈빛을 가졌을 뿐이다.

"언젠가 우리 인생 속에서 진심으로 '이제 충분하다'고 생각하는 날이 올까?"

"뭔 소리야, 그건 또?"

"한마디로, 죽어도 좋다고 할 만큼 '이제 충분히 살았다'고 스스로 생각할 수 있겠느냐는 거야."

"그야 힘겨운 인생이었다면 '이제 충분하다'는 말도 나오겠지."

"아니, 행복감에 그런 말을 한다는 거, 상상이 돼?"

"글쎄……. 하긴 부자들은 그런 생각도 하고, 실제로 공언한 사람도 있지. 이제는 언제 죽어도 여한이 없다는 식으로. 제발 그러셔, 라는 소망도 없지 않은데 실은 절대로 안 죽어. 역시 오래 살려고 들거든. 행복하시니까."

"하지만 아무리 맛있는 것이라도 계속 먹을 수는 없잖아."

나는 어머니가 내게 말했던 그 단어를 어머니 자신처럼—어머니의 아바타가 된 것처럼—입에 올렸다.

"그 비유는 이상한데? 부자들은 소처럼 위가 여러 개여서 엄청난 기세로 행복을 소화해내고 계속 배설하거든. 행복을 먹은 뒤에 나오는 똥, 엄청나게 봤잖아, 우리? 그자들은 영원히 배가 고파. 결코 진심으로 '이제 충분하다'라는 소리는 안 해."

"부자가 아닌 사람이 그렇게 말했다면? 가족을 사랑한다든가 하는 그런 사정으로."

"나한테 그런 걸 묻는 거야? 야, 알 턱이 있겠냐, 내가?"

"미안……. 그냥 나한테는 중요한 문제라서."

기시타니는 서글픈 듯이 부루퉁한 표정을 지었지만, 나를 지그시 쳐다본 뒤에 당장이라도 뭔가를 고백할 것 같은 눈빛으로 말했다.

"그건 이 사회가 그런 식으로 생각하게 만든 거지. 본심이 아니라고. 불행한 인생에 주저앉아서 찍소리도 못하고 얌전히 있는 것처럼, 우리는 죄다 저주를 받은 거야. 저렴한 소고기덮밥을 등심스테이크라고 믿어봤자 그게 되겠냐고. 증강현실(AR)로 대충 속이고 살아도, 가상현실(VR)로 속이고 살아도, 아무것도 달라지지 않아. 결국 행동하는 수밖에 없어, 세상을 바꾸기 위해서는."

'암살게임'으로 스트레스를 해소한다는 것과는 명백히 모순되는 말이었지만, 나는 그것을 지적하지 않았다. 그리고 '이제 충분하다'라는 말에 관해서는 내 인식과 거의 똑같았는데도, 어머니가 자신의 죽음을 응시하며 마지막에 생각했던 것을 부정당한 듯한 슬픔을 느꼈다. 미요시와 얘기해보면 어머니를 변호해주기 위한 좀 더 깊은 생각에까지 가닿을 수 있지 않을까, 하고 문득 생각했다.

그리고 '행동하는 수밖에 없다'라는 말까지 입에 올린 그가 차마 밝히지 못한 그다음 얘기는 분명 뭔가 불온한 것이리라고 상상했다.

기시타니는 마지막에는 느닷없이 대화를 끝내버렸다.

"잠깐 화장실에도 가야겠고, 이제 그만 끊을게. 맥주를 너무 많이 마셨어. 밤늦은 시간까지 고맙다."

나는 "그래, 또 보자"라고 응하고 화면을 닫았지만, 거실에서 혼자가 되자 뭔가 다른 말로 대화를 마무리했어야 하는 게 아닌가, 하고 자꾸만 마음에 걸렸다.

*

미요시를 만나기로 한 날 아침, 잠자리에서 일어나자마자 회사에서 연락을 받았다. 기시타니에 대해 뭔가 알고 있는 게 없느냐는 것이었다.

바로 전날 밤에 대화를 했고 그때부터 불길한 뭔가를 느꼈지만, 잠깐 통화해보고 그게 우연한 짐작이 아니라는 것을 알았다.

담당자는, 기시타니가 최근에 근무 태도에 문제가 있어 평가가 3.8까지 떨어졌다고 했다. 특히나 기시타니라면 지금까지 한 번도 그런 적이 없었기 때문에 깜짝 놀랐지만, 이건 이 일을 그만둘 때의 전형적인 징후였다.

"실은 기시타니 씨가 베이비시터로 일했던 집에서 절도 의혹을 받았어요. 보석이며 귀금속 등이 없어졌다고 의뢰자가 연락을 해왔습니다. 뭔가 들은 얘기 없습니까?"

나는 얼굴을 찌푸리며 즉각 답했다.

"아뇨, 아무 얘기도 못 들었는데요."

"정말로 아무 얘기 없었어요?"

"네, 못 들었어요. 근데 나한테 그런 걸 묻는 건 번지수를 잘못 짚은 거 아닙니까? 기시타니 본인은 뭐라고 했는데요?"

"본인은 아니라고 했어요."

"그렇다면 그 말이 맞겠죠. 그런 건 기시타니의 고글 영상 기록을 보면 간단히 증명되는 일이잖아요? 그건 의뢰자도 확인했을 텐데요. 이런 일 때문에 근무 중 영상을 기록으로 남겨두는 건데."

"영상을 확인해본 바 별문제는 없었어요. 하지만 의뢰자가 금품이 없어졌다고 하니까요, 이런 말을 하는 건 좀 그렇지만, 다른 데를 쳐다봐서 고글 카메라에 들어오지 않게 한 뒤에 슬쩍 훔치는 것쯤은 간단한 일이잖아요?"

화가 나서 몸이 파르르 떨리는 것을 느꼈지만, 나는 거칠게 목소리를 높이지는 않았다.

"그런 일이라면 당연히 회사 측에서는 기시타니를 지켜줘야 하는 거 아닙니까? 본인이 그런 짓은 안 했다고 얘기하는데."

"이시카와 씨도 잘 알겠지만, 기시타니 씨는 개인 사업자로서 우리 회사와 계약을 했으니까 위법행위가 있다면 당연히 계약은

해지됩니다."

"그건 나도 알아요."

"그쪽에서는 경찰에 신고하겠다고 얘기하고 있어요. 그러면 차후에 확실하게 밝혀지겠지만, 자칫 소문이 퍼져서 우리 회사의 신용에 문제가 되면 결국 이시카와 씨를 포함해 성실하게 일하는 다른 사람들의 업무에도 지장을 초래하게 되니까요."

초콜릿 크림을 짜서 쿠키 위에 협박 문장을 쓰는 것을 보고 있는 듯한 기분이었다.

하지만 나를 당혹스럽게 한 것은 이 담당자가 조곤조곤 얘기해준 기시타니의 절도 현장의 광경이 오싹할 만큼 생생하게 이미 내 뇌리에 싹터버렸다는 점이었다. 인간은 전혀 믿어지지 않는 일은 절대로 이토록 극명하게 상상할 수 없는 게 아닐까.

단적으로 말하면, 나는 기시타니의 억울하다는 주장에 의심을 품었고, 게다가 그것을 어떻게도 떨쳐낼 수 없었다.

간밤에 상태가 이상했던 것까지는 이해할 수 있다. 하지만 그의 '중국에 갈 생각'이라는 결심과의 인과관계는 도리어 혼란스러워졌다. 즉 원래부터 마음먹었던 일인지 아니면 이 일 때문에 그만 지긋지긋해져서 그런 생각을 하게 된 것인지.

내 마음을 옥죄는 것은 그가 어린 아기 외에는 아무도 없는 부유한 맨션의 한 방에서 보석이며 시계 등을 발견하고 그 앞에 지그시 서 있는 모습이었다. 그리고 상상 속의 그는 내가 뻔히 보고 있다는 것도 알지 못한 채 다른 데를 쳐다보며 손을 스윽 내밀어 그 한 움큼을 자신의 호주머니에 쑤셔넣는 것이었다.

그러한 사추邪推는 다른 누구도 아닌 나 자신을 상처 입혔다. 하지만 만일 그가 그것을 팔아치운 자금을 밑천으로 중국으로 떠날 생각이었다고 한다면 나는 그것에 이해를 표할 작정이었다.

그는 내 친구다. 우정에 부과된 시련이라면 그 무죄를 끝까지 믿어주는 것보다 죄를 다 알면서도 받아주는 편이 훨씬 더 부담은 클 것이다.

결코 좋게 볼 수는 없는 일이지만, 나는 궁지에 몰린 그의 처지를 동정했다.

그가 정말로 아무것도 훔치지 않았고 억울한 누명을 쓰는 바람에 중국행을 단념하지 않을 수 없게 된다면 그거야말로 비극적인 일이었다.

회사 담당자는 더 이상 물고 늘어지는 일 없이 전화를 끊었다.

나는 곧바로 기시타니에게 연락하려고 했지만, 갑자기 모든 움직임을 빼앗긴 것처럼 시간 속에 사로잡혀버렸다. 온몸이 화끈거렸다. 말을 더듬는 사람이 내뱉으려는 말의 첫 한두 음에 발목을 잡혀 어떻게도 그다음으로 나아가지 못할 때가 분명 이런 느낌인 것이리라. 일단 테이블에 놓아둔 휴대전화를 다시 집으려고 하면서도 중간에 발이 걸려 그다음 동작으로 옮겨가지 못했다.

나는 나 자신의 아바타가 된 듯한 기묘한 감각에 휩싸였다. '꼼짝 마'라는 명령을 받은 것인지 아니면 '움직여'라는 명령을 받았는데 따르지 못하는 것인지는 알 수 없었다.

연락을 해서 대체 무슨 말을 할 것인가. 기시타니가 입에 올린

'행동하는 수밖에 없어'라는 말이 생각났다. 그러자 나의 겁약怯弱은 벌써, 그가 먼저 연락했으나 간밤에는 끝내 말하지 못했던 그 내용을 이번에야말로 털어놓을까봐 두려워하고 있었다.

나는 기시타니를 내팽개칠까봐 염려했던 것이 아니었다. 기시타니야말로 실은 내 인생에 다시 찾아온 '영웅적인 소년'인 게 아닌가, 하고 불안해졌던 것이다.

제5장

마음먹기 주의

미요시를 만나기로 한 장소는 그녀가 어머니와 이따금 드나들었다는 선술집이었다.

어머니가 일했던 여관에서 역 하나 거리였다. 지하철역 근처 대형 복합빌딩 4층으로, 좌석 대부분이 칸막이가 있는 개인실이었다.

엘리베이터 안에서 혼자였던 나는 며칠 전 배달을 간 집에서 '냄새가 난다'는 말을 들었던 게 생각나 폴로셔츠 소매에 코를 대보았다. 세제 향이 아직 희미하게 남아 있었다. 반대쪽 어깨의 냄새도 맡아봤지만 똑같았다.

내심 안도하면서 나는 불쑥 그 여자를 죽이지 않았던 건 어째서일까, 라고 생각하다가 그 이상한 생각에 숨을 헉 삼켰다.

그럴 리 없다. 나는 결코 그 자리에서 **살의** 따위는 품지도 않았고, 무엇보다 클레임이 들어온 것은 나중이었다. 하지만 세상에는 그런 자리에서 격앙해 여자를 살해하는 인생도 있지 않을까.

별다른 의문도 없이 나는 여태껏 법에 저촉되는 일은 하지 않았지만, 그 이유는 아마도 어머니가 있었고 그 어머니에게 사랑을 받았기 때문일 것이다. 어머니를 슬프게 하고 싶지 않았다. 홀로 남겨두고 싶지 않았다.

하지만 지금은 어떤가. 어머니가 있는 세계에서 어머니가 없는 세계로 들어왔고, 한동안 여기서 살아본 끝에 명백히 나는 왜 이 새로운 세계의 법률을 지키지 않으면 안 되는 것인지 알 수 없게 되어버렸다.

지금 내가 범죄를 저질러도 아무도 나를 위해 슬퍼해줄 사람은 없다.

「어머니」는 어떨까. 한 달에 3백 엔으로 계약한 뉴스 정보에서 '이시카와 사쿠야'라는 범죄자의 이름과 얼굴 사진을 인식한다면 「어머니」는 어떤 반응을 보이도록 프로그램화되어 있을까. 나와 마주한다면 슬퍼서 눈물을 흘릴까.

"……어서 오십시오. 예약 고객님이십니까?"

입구에 설치된 접수기가 몇 번이나 내게 그렇게 묻고 있었던 모양이다. 퍼뜩 정신을 차리고 나는 그 버튼을 터치했다.

대체 누구에 대한 생각을 하고 있었던 거지? 나 자신? 아니면 기시타니에 대한 건가?

안내 표시를 따라 예약석으로 찾아가 주렴을 걷자 좁은 4인용 좌석에서 미요시 아야코가 기다리고 있었다. 나는 「어머니」의 기

억 속—즉 **기록**이지만—의 그녀를 본 적이 없어서 지난번 남국의 풀 사이드에서 만난 고양이의 모습밖에 알지 못했다. 하지만 왜 그런지 금세 그녀라는 것을 알았다. 그 고양이가 마치 옛날이야기처럼 그대로 인간으로 변신한 듯한 느낌이었다.

"미요시 씨?"

일단 그렇게 확인했다.

"응, 사쿠야 군이지?"

그녀가 웃는 얼굴로 자리를 권했다.

나는 가슴에 엇갈려 맨 가방을 옆에 내려놓고 낮은 등받이의 원목 의자에 앉았다.

그녀는 짙은 갈색 노슬리브 니트를 입고 있었다. 어깨에 닿을락 말락 하는 머리칼이 안으로 말려들어가던 도중에 싹뚝 깔끔하게 잘려 있었다. 그것이 나를 올려다보는 몸짓의 뒤를 쫓아 종종거리는 몇 걸음처럼 흔들렸다.

가는 턱과 높은 콧날이 약간 긴 얼굴 중에서 두드러졌다. 눈이 크고 그 눈동자를 받쳐주는 아랫눈꺼풀 선에는 어딘지 모르게 겁이 많은 듯한 선량함이 느껴졌다.

지금까지 내 인생에서 그녀처럼 은혜로운 용모의 여성과 얼굴을 마주하고 단둘이 이야기를 해본 적은 없었다. 이 '은혜로운'이라는 인식이 오해였다는 건 잠시 뒤에 밝혀졌다. 하지만 나는 그녀의 아름다움에 대한 어이없을 정도의 동경심을 앞으로도 은밀히 지켜나갈 마음이 들었다.

아무 말 없이 입을 다물고 있는 내게 그녀가 태블릿 메뉴를 내밀었다.

“뭐 좀 마실래?”

나는 맥주를 선택했고, 그다음은 둘이서 샐러드며 생선회, 튀김두부, 대체육 햄버거 등을 주문했다. 버튼을 터치하는 그녀의 검지 손톱은 광택 있는 베이지색으로 칠해져 있었다.

“사쿠야 군의 어머니도 튀김두부를 주문했었는데.”

“아, 정말요?”

“응.”

집에서는 딱히 튀김두부를 자주 먹는 편은 아니었는데, 그렇기 때문에 더더욱 밖에서는 먹고 싶었던 것인가. 무의식중에 똑같은 것을 주문했다는 단순한 사실에 나는 왠지 흐뭇해졌다.

어머니에게 이런 얘기를 했다면 분명 “어머, 그래? 역시 엄마 아들이다”라며 웃었을 게 틀림없다.

“닮았네, 얼굴도. 특히 눈이 닮았어.”

나는 뭔가 말하고 싶었지만 어색하게 미소만 지었다. 눈은 내가 어머니의 얼굴 중에서도 가장 좋아하는 부분이다.

벽의 램프가 착신음과 함께 깜박이고 작은 창이 열렸다. 레일에 실려온 2인분의 맥주와 전채로 나온 완두콩 그릇을 그녀에게 건넸다.

“고마워.”

“잔에 맥주가 흘렀어요.”

“괜찮아. 저기에 실려 오면 조금씩은 흘리더라고.”

“아마 세울 때 좀…….”

우리는 아바타 너머로 이미 대화를 나눈 사이였지만 새삼 "처음 뵙겠습니다"라고 인사하고 건배를 했다.

미요시는 두 모금쯤 마시고 립크림만 바른 듯한 입술을 오므리며 거품을 핥았다. 그리고 두어 번 살짝 튕기듯이 입을 벌리면서 "우와, 맛있다!"라고 하트 이모티콘이라도 붙을 듯한 혼잣말을 했다.

나는 오랜만에 술을 마셨지만 서리가 낄 만큼 차가운 유리잔의 맥주는 식도에서 위까지 가늘고 청량한 여운을 남겼다. 그게 끊겨 사라지기 전에 다시 한 모금 마셨는데 여전히 맛있게 느껴졌다.

어슴푸레한 조명 아래 가게 안에는 최신 유행 음악이 흐르고 있었다. 손님이 웬만큼 찼는지 옆의 개인실에서 이따금 남자 여러 명의 큼직한 목소리가 들려왔다.

어머니가 이런 선술집에 와서 그녀와 단둘이 대화하는 모습이 머릿속에 잘 그려지지 않았다. 다만 그녀와 주고받은 메일 속 말투는 역시나 이런 곳과 완전히 어울리는 것이었다.

요리가 차례차례 실려 와 잠깐 사이에 작은 테이블이 가득찼다.

미요시는 명료한 말투였지만 몸을 조금 앞으로 내밀지 않으면 들리지 않을 만큼 작은 목소리로 말하는 사람이었다.

어머니와는 내가 예상했던 것 이상으로 자주 식사를 함께했다고 한다. 반드시 술을 마신 건 아니고 패스트푸드로 간단히 때우는 일도 있었다지만, 어머니가 내게 그런 얘기를 한 번도 하지 않았던 게 이상하기도 하고 좀 섭섭하기도 했다. 왜 그랬을까. 내 눈치를 봤던 것일까. 어머니가 내게 기시타니와 식사라도 하라고 연거푸 권했던 게 생각났다.

그녀에게는 묻고 싶은 것이 많았지만, 우선 어머니가 왜 나의 고등학교 때 얘기를 했는지부터 물어보았다.

"내가 고등학교를 그만둔 거, 어머니가 최근에도 아쉬워했어요?"

"아쉬웠다든가 하는 느낌은 아니었는데?"

"어쩌다 그런 얘기가 나왔지요?"

그녀는 샐러드를 접시에 덜어 내게 내밀었다. 생각에 잠긴 듯 애매한 눈동자가 약한 자력을 내며 빨아들인 것처럼 내 시선이 거기에 멈췄다. 그것을 눈 깜빡임으로 슬쩍 떼어놓더니 그녀는 자기 몫의 샐러드를 덜고 젓가락을 손에 든 채 잠시 망설였다. 그리고 작은 한숨 하나로 침묵과 구분을 지었다.

"사쿠야 군, '매춘'을 했던 여학생 때문에 퇴학 처분을 받았다면서?"

나는 잠시 틈을 둔 뒤에 고개를 끄덕였다.

"그 여학생 때문이라기보다 그런 일이 있어서 항의를 했던 건데……. 어쨌든 마지막에는 자퇴였어요. 여름방학 끝나고 학교에 갈 수 없게 되어서."

"그 여학생의 퇴학 처분을 취소해달라고 학교 측에 요구했던 거잖아."

"……그렇죠. 나 혼자 했던 건 아니지만."

"나도 옛날에 그 여학생과 똑같은 일을 했었어."

나는 말없이 그녀의 얼굴을 바라보았지만, 부정적인 태도로 받아들여지는 건 원하지 않았기 때문에 잠깐 미소를 지었다. 그녀는 살짝 고개를 흔들어 미간에 걸린 앞머리를 가르면서 호응하듯이 미소를 지었다.

"그 얘기를 했더니 어머님이 사쿠야 군 얘기를 하면서 위로해 줬어. 우리 아들은 그런 여자애를 지켜주려고 항의활동을 하다가 퇴학 처분을 받았다고. 사쿠야 군은 엄마인 자신도 따라갈 수 없을 만큼 착한 아이라고 항상 칭찬했어. 그러니까 미요시 너도 친구로 귀하게 대하지 않았다가는 아들한테 혼이 난다고 하시면서."

"어머니가 그런 말을……."

"응, 그랬어. 정말 기뻤어, 그런 식으로 대해준 사람, 별로 없었으니까. 그래서 나는 사쿠야 군의 어머님이 진짜 좋았어. 나이는 한참 차이가 나지만, 이 세상에 하나뿐인 내 친구였는데."

"어머니도…… 분명 그랬을 거예요."

"사쿠야 군은 어머님에게 엄청 사랑받았어. 나는 엄마의 재혼남이 머리가 돌아서 폭력을 휘두르는 쓰레기 같은 새끼였고, 급식이 없었다면 굶어죽을 만큼 가난해서 고등학생 때쯤부터 알바를 하면서 집에 돈을 댔으니까…… 정말 부럽던데? 어떤 아들일까, 사쿠야 군은, 내내 궁금했어."

미요시는 그렇게 말하더니 자신이 내뱉은 말의 씁쓸함을 위에 몰아넣듯이 맥주를 들이켰다. 그리고 "좀 드시지?"라고 멍해져 있는 내게 권했다.

나는 완두콩을 집어먹으면서 어머니가 미요시를 위로하고 격려하는 모습을 상상했다. 이번에는 극히 자연스럽게 머릿속에 그려졌다.

어머니가 나에게 그녀에 대한 얘기를 안 했던 것은 그 처지를 배려해주려던 것이었을까. 입 밖에 낼 일이 아니어서?

나의 고등학교 중퇴에 대해 어머니가 어떻게 생각했는지는 여태껏 알지 못했었다.

그녀에게는 내가 '착하기' 때문이라고 설명한 모양이지만, 아마도 어머니는 그 불가해한 일을 그런 식으로 납득할 수밖에 없었는지도 모른다.

실제로 어머니는 내게 곧잘 '착하다'고 말하곤 했다. 착함이란 때때로 기묘한, 이해를 거부하는 무언가인 것이다. 손익계산에서도 이지적인 판단에서도 벗어난, 불합리한 무언가. 어머니의 인생에서 나는 그런 존재가 아니었을까, 라고 문득 생각했다.

그 '착하다'는 말은 아들과의 관계라는, 어머니 인생의 가볍지 않은 한 부분을 정말로 마지막까지 적절히 유지하게 만들어주었을까.

그리고 사실 나는 '착해서' 그 교무실 앞에서 연좌 농성을 한 게 아니었다.

내 눈에는 마주앉은 미요시의 모습이 다시 어딘가의 아바타처럼 보였다. 이 선술집도 실은 가상공간이고, 나는 '어머니의 친구'라는 모습을 둘러쓴 저 고교시절의 소녀를 다시 만나 그때 이후 처음으로 대화를 나누고 있는 게 아닐까. 아니면 나는 아직 그 교무실 앞에 연좌한 채, 미래에 그녀와 다시 만날 날을 가상공간의 헤드셋을 쓰고 헛되이 꿈꾸고 있는 것인가.

우리가 살고 있는 이 현실은 대체 몇 겹의 꿈과 환멸이 겹쳐져서 만들어진 것일까.

그녀가 아까 말하지 않았던가, '기뻤다'고. 그건 물론 어머니를 향한 말이었다. 하지만 그 소녀가 내 기억을 향해 지금 이 세계의 어딘가에서 중얼거린 말이라고 생각해서는 왜 안 되는 것인가.

미요시는 맥주 다음에 레몬사와를 마셨지만, 말투도 얼굴빛도 전혀 변함이 없었다.

말꼬리에 미묘하게 웃음이 떠돌다가 그 여운이 가시기 전에 그 다음 웃음이 더해졌다. 어머니와의 추억 얘기를 많이 들려주었고, 그건 그녀에게도 그립고 반가운 일 같았다.

어머니는 외국에 나가 살아본 적도 없었지만, 젊은 시절에 업무차 영어를 쓸 기회가 많았기 때문에 외국인 알바와 번역기 없이 의사소통이 가능했다고 한다. 그녀는 무엇보다 그게 존경스러웠다고 말했다.

그러고는 내가 하는 일에 대해 물었다.

"힘들 것 같아, 남의 지시대로 움직인다는 거."

"그야, 뭐……. 하지만 다양한 경험도 할 수 있으니까요."

나는 최근 업무 중에 특히 잊을 수 없었던 와카마쓰 씨의 의뢰 건을 들려주었다.

"와아, 그런 일이 다 있어? 그러면 사람들에게 감사 인사도 많이 받겠네."

나는 턱 끝으로 사람을 부리는 다른 대부분의 일감은 그녀에게 말하지 않았다.

"조금만 수입이 많다면 더 좋겠지만……."

얼버무리듯이 그렇게 말하자 그녀는 강하게 공감하는 기색으로 응해주었다.

"진짜 돈 좀 많았으면 좋겠다. ……가난하다는 거, 제일 짜증나는 건 24시간 온통 돈 생각만 해야 한다는 거야. 부자들보다 훨씬 더 많이 생각하잖아. 일할 때도 쇼핑할 때도 이런 식으로 밥을 먹을 때도. 부자들이야 지들이 좋아하니까 돈에 대한 생각도 하겠지만, 우린 돈 따위 전혀 좋아하지도 않는데 말이야. 너무너무 싫은 것에 대해 고민하는 걸로 인생 대부분의 시간을 보낸다는 거, 너무 슬프지 않아? 단 한번이라도 머릿속에서 돈 생각을 싹 털어내고 살아보고 싶어. 얼마나 속 시원할까. 슈퍼에서 가격표 따위 안 보고 쇼핑하는 거. 유효기간이 코앞에 닥친 값싼 것만 찾는 거 말고. 그러면 분명 전혀 다른 인간이 될 텐데."

"그건…… 나도 같은 생각이에요."

"그렇지? 틀림없어. 꿈같은 얘기지만, 그래도 이 세상에는 그런 사람들도 많잖아. 너무 불공평해."

그녀는 유리잔 속의 얼음을 흔들어 레몬사와를 마셨다. 나는 아직 그 여학생에 대해 생각하고 있었다.

"가상공간 쪽이 더 살기 쉬울까요?"

"거기서 살 수는 없지만 머물기는 편하지. 단연 좋잖아. 현실 따위, 어떻게 해봐도 바꿀 수 없으니까. 우리는 물구나무를 서도 그 스리랑카의 고급 호텔에 숙박은 못하겠지? 그곳은 가난한 사람들을 위로하기 위해 있는 게 아냐, 사실은. 돈 가진 사람들이 체험해보고 실제로 숙박하면서 와아, 이거 진짜였어, 라고 감동하기 위한 거지. 하지만 그런 거, 목표로 삼지 않기로 했어. 가능한 한 현실에 있고 싶지 않더라고. 괴로운 일뿐이라서."

"인터넷 세계도 역시 돈이 필요할 텐데요? 갈 수 없는 곳도 많고, 아바타도 근사한 건 상당히 비싸잖아요."

"그렇다니까. 나도 갖고 싶은 아바타가 너무 많아. 저렴한 아바타라고 차별받는 일도 있고."

"그 고양이 아바타는 정말 귀여웠어요."

"고마워. 엄청 마음에 들었거든. 근데 그것도 별로 비싼 건 아니야. 나한테는 비쌌지만. 사쿠야 군도 돈을 조금만 더 쓰면 좋은 아바타가 많은데. 전혀 관심 없어?"

"별로 신경써본 적이 없어서……."

"다음에 내가 잘 어울리는 거 찾아서 보내줄게."

"고맙습니다……. 사람으로?"

나는 단순하게 그렇게 질문했지만 그녀는 그게 재미있었는지 오늘 가장 크게 웃는 얼굴을 보였다. 대답은 그 웃음 속에 잊어버리고 온 모양이었다. 그리고 한참 가상공간 중에 마음에 드는 장소에 대한 얘기를 했지만, 이윽고 그녀는 물을 주문하려고 자리에서 일어섰다. 그녀와의 대화는 재미있었지만, 원래 오늘 만난 목적은 지난번에 그녀가 얼핏 내비쳤던 아버지에 관한 얘기를 물어보는 것이었다.

솔직히 말하면 그 화제에 반쯤은 흥미를 잃어버렸다. 심각한 내용이라는 것을 예감하고 무의식중에 거부하는 것 같기도 하고, 그 반대로 별로 중요한 얘기도 아니라고 가볍게 본 것 같기도 했다. 나에게 아버지란 아무래도 현실감을 갖기 힘든 존재고, 단지 어머니가 아버지에 대해 어떤 얘기를 했는지가 궁금할 뿐이었다.

미요시와는 다시 만날 일도 없을 것이다. 남은 시간도 그리 많지 않아서 내 쪽에서 먼저 말을 꺼낼 생각이었다.

자리로 돌아온 그녀도 내게 물었다.

"벌써 시간이 이렇게 됐네. 사쿠야 군, 내일 일찍 나가야 해?"

"그렇죠……. 저기, 아버지 얘기는 좀 듣고 싶은데요. 지난번엔 중간에 말이 끊겨버려서."

느닷없는 그 말에도 그녀는 놀라지 않았다. 그녀도 어떻게 말해야 할지 고민하고 있었던 기색이었다.

"그래야겠지? 글쎄, 이건 나 혼자 오해했던 것인지도 모르는데……."

"얘기를 듣고 내가 생각해볼게요. 있는 그대로 얘기해주세요."

"그래? 이거, 사쿠야 군도 이미 아는 얘기일 수도 있어. ……사쿠야 군의 아버님, 어머니가 얘기했던 사람과는 다른 사람인 것 같아."

"……?"

"사쿠야 군에게는 지진 피해 자원봉사 때 만난 사람이라고 얘기하셨지?"

"네, 그렇게 얘기했었는데……."

"근데 그게 아니래."

"그러면 누구……."

"그건 나한테도 말을 안 하셨어. 정말이야. 나도 너무 꼬치꼬치 캐물으면 안 될 것 같아서 결국 다시 묻지 못했어."

"이해가 잘 안 되는데요. 나는 아버지에 대해 전혀 기억나는 게 없어요. 다만 사진은 남아 있어서 알고 있죠. 어머니와 디즈니랜드에 갔을 때의 사진이라든가……."

미요시는 망설이듯이 잠시 생각에 잠겨 있었다.

"아시는 건 전부 얘기해주시면 고맙겠는데."

"그 사진 속 사람은 아마 진짜 아버님이 아닐 거야."

"그럼 누구죠?"

나는 답답해져서 되물었다. 미요시는 고개를 저으며 말했다.

"나도 모르겠어. 다만 사쿠야 군에게 사실대로 얘기하지 못한 채 여태까지 키워온 게 잘못이었나 하고 고민하셨다고 할까, 아직도 망설이고 있다고 했어."

"어머니가 그렇게 말했다고요?"

"응."

"뭡니까, 사실대로 얘기하지 못했다는 게?"

"그 사진 속 사람을 '아버지'로 믿게 했던 거."

"어떻게 된 건데요? 어머니가 누군가 다른 사람과 아이를—그러니까 나를—낳은 뒤에 헤어지고, 다시 그 사람과 교제했다는 얘기인가요?"

"그런지도 모르지만, 나한테는 그런 식으로 설명하지는 않았어. 뭔가 애매했어."

나는 혼란에 빠져 할말을 잃었다.

어머니는 대체 내게 무엇을 **숨겼는가**……. 하지만 그런 질문보다 나를 더 으스스하게 만든 것은 어머니는 대체 **누구였는가**, 라는 지금까지 생각해본 적도 없는 의문이었다. 그리고 결국 나는 이렇게 묻지 않을 수 없었다.

나는 대체 누구인가…….

어머니를 머릿속에 떠올렸다. 나는 불안감에 마음속으로 어머니에게 물어보려고 했다. 하지만 떠오른 것은 어머니가 아니라 「어머니」였다. 아무리 떨쳐내려고 해도 그 가짜는 "사쿠야, 왜 그러니?"라고 앞을 가로막으면서 나를 어머니에게로 가지 못하게 하는 것이었다.

미요시가 걱정스러운 듯 나를 바라보며 말했다.

"괜찮아?"

"뭐, 좀 혼란스럽긴 하네요."

"그렇겠지……."

주문한 기억이 없는 침묵이 차려져서 둘 다 그 반품 방법을 알지 못한 채 입을 꾹 다물고 있었다. 이윽고 어딘지 모르게 연장자다운 태도로 미요시가 그 처리를 맡아주었다.

"어머님이 후지와라 료지라는 작가를 좋아했지?"

"네."

어머니의 주치의와 면담했을 때도 나왔던 그 이름에 나는 흠칫 놀랐다.

"단순히 책을 좋아했던 것뿐만 아니라 예전에 개인적으로 만나기도 했던 모양이야."

"그래요? 아는 사람이었어요?"

"단순히 아는 사람이라기보다 그 이상이었던 것 같아. 후지와라 씨와 아버지 문제가 관계가 있는지 어떤지는 모르지만, 일단 한번 만나보는 게 좋을지도. 어머님도 다시 한번 그 사람을 만나고 싶어했으니까."

"정말요?"

"응, 어머님보다 연상이지만, 아직 살아계시는 모양이야."

후지와라가 바로 내 '진짜 아버지'라는 듯한 미요시의 말투가 나는 의아했다. 그럴 리가 없는데…….

"그 사람이 가진 사상, 알아? '마음먹기 주의'라던데."

설명을 들을 것도 없이 짐작이 가는, 괜히 우울해질 것 같은 그 '주의'라는 것을 알지 못한다기보다 거부의 의미를 담아 나는 고개를 저었다. 그리고 비웃음을 섞어 말했다.

"어떤 일이든 마음먹기에 달렸다는 건가요?"

최근에 화가 날 만큼 퍼져 있는 일종의 유행 같은 사상이었지만, 그 뿌리가 바로 후지와라가 꺼낸 얘기였던 것인가. 별반 새로울 것도 뭣도 없는 얘기였지만, 풍요로운 시대에 듣는 것과 요즘 같은 시대에 듣는 것은 완전히 그 의미가 다를 터였다.

어머니의 마음속 가장 온화한 장소에 어떤 힘든 일이든 마음먹기에 달렸다는 일종의 체념 같은 생각이 둥지를 틀고 있었다는 게 이제 새삼 생각났다. 그렇기 때문에 더더욱 '이제 충분하다'고 말할 수 있었던 것인가.

그런 무력감에 순진하게, 그리고 꼼짝 못하게 안겨 있는 어머니의 등을 떠올렸다.

어머니가 그런 삶의 자세를 후지와라의 책을 통해 알게 되었을까? 아니면 본인에게서 직접 가르침을 받아서? 적어도 그건 어머니가 막연한 사회풍조의 영향을 받았다고 생각하는 것보다 훨씬 설득력이 있었다.

"그런 거겠지? 나는 그 사람 책은 안 읽었지만, 무슨 얘긴지는 알겠더라고. 사쿠야 군, 그런 사상, 이해가 돼?"

나는 순간적으로 "AR로 속여도 VR로 속여도 아무것도 달라지지 않는다. 결국 행동하는 수밖에 없다, 세상을 바꾸기 위해서는"이라는 기시타니의 말이 떠올라서 그걸 내 생각인 것처럼 입에 올렸다. 그와의 대화에서는 딱히 동의하면서 들었던 얘기도 아니었으면서.

사상이란 반드시 그것을 믿는 사람을 통해서만 전파되는 게 아닌 것이다.

"나는 오히려 힘들던데, 그런 얘기를 들으면? 여기서 어떻게 더 노력하라는 거야?"

그렇게 말하고 미요시는 녹은 얼음까지 마셔버린 유리잔을 아쉽다는 듯 들여다보았다.

이윽고 얼굴을 들더니 그녀가 느닷없이 물었다.

"나, 예뻐?"

상당히 당황스러웠지만, 그래도 대답했다.

"예, 예쁘네요."

그건 그저 인사치레로 한 얘기가 아니라 허락된다면 아까부터 하고 싶었던 말이었다.

"실은 이 얼굴도 아바타 같은 거야. 성형을 엄청 했거든."

"……그렇군요."

"이런 걸 '행동한다'고 하는 걸까? 세계를 바꾸는 건 절대 못 하지만 나를 바꾸는 걸로 현실에 적응하려는 거."

"그건 이 세계가 이대로 지속되기를 바라는 사람들에게 딱 좋은 일이겠죠."

"그럼 우린 뭘 할 수 있는데? 선거? 당연히 했지, 빠짐없이. 어떻게든 살아가기 위해서는 나 자신을 바꾸는 수밖에 없는데…… 그것도 결국 잘 안 되더라. 내 인생, 전혀 좋아지지 않은 채로 여명만 줄어들고 있어. 애초에 스타트 지점이 너무 다르잖아, 돈 많은 사람들과는. 물론 혹독한 환경에서 성공하는 사람도 있지만 그건 레벨이 다른 노력이거나 아니면 운이야. 우리한테 그런 걸 하라고 해봤자 당연히 못하지. ……역시 가상공간 쪽이 재미있어. 현실 세계에서 살아야 한다는 사람들도 있지만, 언제 어디에나 있더라니까, 그런 뻔한 말을 하는 사람들. 도시에 기반을 두고 사는 사람에게 풍요로운 자연의 시골생활이 얼마나 멋있냐고 썰을 푼다든가. 그렇잖아? 그건 말도 안 되는 오지랖이지."

나는 미요시의 말에 이의가 없었다. 둘 다 이제는 빠져나가지 못한다는 것을 잘 아는, 어딘가 깊고 어두운 나락에서 대화하는 듯한 느낌이었다. 그래도 그런 곳에서 나 혼자 입 꾹 다물고 있는 것보다는 훨씬 나았다.

"그래서 난 어머님 VF, 좋다고 생각해. 그걸로 사쿠야 군의 괴로운 마음이 풀린다면 나도 좀 더 진짜처럼 될 수 있게 도와줄게. 즐거웠거든, 어머님과 얘기하는 거. 그립기도 하고. 아직 부자연스러운 면도 있지만, 가르쳐주면 금세 배우겠지. 집에서 혼자 할 수 있어서 내 생활도 조금 밝아졌어."

그녀는 그렇게 말하며 웃었다.

"아름답네요, 미요시 씨는."

나는 말했다. 설령 성형을 했어도, 라고 덧붙이고 싶었지만 입 밖에 내려다가 몹시 부적절한 말이라는 생각에 꺼낼 수 없었다.

그녀는 잠깐 눈이 둥그레졌지만, 웃는 얼굴은 갑작스럽게 사라지고 어딘지 차가운, 경멸하는 듯한 표정이 되었다. 하지만 그것도 내게 미안하다고 느꼈는지 가까스로 다시 미소를 짓더니 태블릿의 계산 버튼을 누르며 말했다.

"그만 갈까? 시간도 꽤 늦었고."

더치페이로 계산한 뒤에 그녀는 마지막으로 말했다.

"또 만날까? 어머님이 떠나버리셨으니까 이제 사쿠야 군이 새 친구네."

나는 거기에 그냥 "네"라고만 답했다. 이런 만남이 되리라고는 전혀 생각도 못했기 때문에 나는 어머니가 세상을 떠난 후에 처음으로 행복감을 느꼈다.

제6장

죽음의 한순간 전

필리핀 동쪽 해상에서 발생한 태풍 14호는 중심기압이 920헥토파스칼에 달하는 강력한 것이었다. 진로 예측으로는 간토 지방을 직격할 것이라고 해서 다들 걱정하고 있었다.

그리고 그 뒤 일주일 동안, 사람들은 휴대전화로 최신 정보를 확인하며 침울한 탄식을 내쉬거나 헛기운을 쥐어짜내 "큰일이네, 큰일이야"라고 친구와 마주보며 웃기도 했다.

올해는 아직 태풍이 상륙한 적이 없어서 이대로 별 피해 없이 가을이 지나갈 모양이라고 막연히 기대하는 분위기였는데 역시 그렇게는 되지 않았다. 해마다 전국 각지에 큰 피해를 입혔고 그 대부분이 아직도 복구 중이어서 그게 어느새 일상 풍경의 하나가 되었다. 익숙해지는 수밖에 없겠지만, 기후변화에 대해 사회 전체가 '학습성 무력감'에 빠졌다고 여기저기서 얘기하고 있었다.

내가 사는 동네에서도 태풍을 맞이할 준비를 하고 있었다. 하지만 그저 작은 동물이 둥지에 틀어박혀 몸을 웅크리고 있는 식의 것이었다.

미리 안전한 장소로 대피하는 사람들도 있고, 뉴스에서 해마다 이맘때쯤에 해외에서 지내는 부유층의 사례도 보여주었다. 그런 자들의 도쿄 쪽 거처는 애초에 대피할 필요도 없는 곳일 터라서 인터넷에서는 엄청난 비난이 쇄도하는 모양이지만.

차츰차츰 다가오는 재난을 마른침을 삼키며 기다려야 하는 이 시간이 번번이 나를 피폐하게 만들었다.

「어머니」가 자꾸만 날씨 예보 얘기를 하려고 드는 통에 나는 질색을 했지만, 덕분에 정보는 빠짐없이 챙겨들을 수 있었다.

"여기는 지대가 높아서 괜찮을 거야. 엄마가 이 맨션을 살 때, 샅샅이 조사했거든. 지진과 태풍 피해에 강한 곳으로. 지진이라면 다들 동일본 대지진을 겪으면서 대비를 하게 됐지만, 의외로 그 무렵에는 태풍에는 무심했어. 그런 때에 네 아버지가 기후변화에 대해 진지하게 걱정했었어."

그 일화는 내가 「어머니」와 아버지의 관계 정보로서 피디텍스의 노자키에게 전해준 것이었다. 하지만 미요시의 말을 그대로 믿는다면 아마도 가공된 이야기일 것이다.

어머니는 왜 그런 거짓말까지 했을까, 적잖이 마음이 아팠다.

어쨌든 후지와라 료지를 만나봐야 하는데, 그 전에 그의 책부터 읽자고 생각하면서도 막상 손을 내밀지 못하고 있었다. 이런 저항감이 무엇인지는 나 스스로도 알 수 없었다.

무엇보다 만나고 싶다고 얼른 만날 수 있기나 할까. 어머니가 돌아가셨다는 소식을 전하고 그 아들이라고 나를 소개하면 메일을 주고받는 것 정도는 가능할지도 모른다. 정말로 어머니와 뭔가 관계가 있었고 아직도 어머니를 기억하고 있다면.

마침내 태풍의 직격은 피할 수 없는 일이 되었다.

비는 이틀 전부터 거세게 쏟아지기 시작했다.

호우라고 하기에는 너무도 조용하게, 국지적으로 세차게 쏟아지는 소나기와도 다르게, 비는 도시 전체를 한 치의 빈틈도 없이 적셔갔다.

융단폭격이라는 말이 있지만, 결이 촘촘한 거대한 비의 시트가 쉴 새 없이 쏟아져 내려오는 것 같아서 나는 회색 하늘을 배경으로 바람에 거칠게 몸을 뒤채며 휘날리는 그 한 장 한 장을 창가에서서 싫증나는 줄도 모르고 바라보았다.

이 도시를 직접 통과하는 것은 수요일 오후 2시로 알려져서 교통기관은 아침부터 운행이 전면 중단되었다.

차도를 오고가는 자동차도 거의 없었지만, 막 움트기 시작한 강풍의 끝자락에서 미처 달아나지 못한 듯 내빼는 차량 몇 대가 저멀리로 보였다.

이런 날에는 일거리가 없다. 아침식사로 빵이나 먹을까 하는 참에 기시타니에게서 메시지가 들어왔다.

'지금 일하러 나간다.'

나는 놀라서 얼른 답장을 보냈다.

'지금? 이 태풍 속에?'

'응. 회사에는 비밀. 전부터 알던 고객이 개인적으로 슬쩍 부탁한 일거리라서. 오늘 꼭 배달해줘야 할 게 있대."

'어떻게? 지하철도 운행을 안 하는데?'

'차 빌려서. 그래도 돈이 쏠쏠히 들어올 테니까 괜찮아.'

어떤 의뢰일까. 나는 기시타니의 신상이 걱정스러웠다. 절도 의혹 건에 대해서도 메시지를 보냈었지만 여태 답장이 없었다.

화면에 기시타니가 글을 '입력 중'이라는 표시가 한참 떠 있어서 내내 답장을 기다렸다. 하지만 도착한 메시지는 생각 외로 짧고, 게다가 이미 다른 얘기로 바뀌어 있었다.

'나, 결혼하고 싶다. 가정을 꾸리고 싶어.'

그 느닷없는 말에 나는 의아했다. 구체적인 얘기인지 아니면 단순한 바람인지 알 수 없었다.

'그래서 돈이 필요해.'

'결혼, 좋지. 근데…… 죽으면 본전도 못 찾아. 이렇게 태풍이 심한 때에.'

'괜찮아, 그렇게 위험한 지역도 아냐. 뭐든 해야 돈을 벌지. 지금 이대로라면 어차피 쉰 살쯤까지밖에 못 살아, 돈이 떨어져서.'

기시타니의 표정은 보이지 않았지만, 지난번의 지리멸렬함과는 다르게 오늘은 침착한 느낌이었다. 일거리를 앞두고 술이라도 마신 게 아닌가, 하고 나는 도리어 심상치 않은 예감으로 가슴이 술렁거렸다.

'절도 의혹 건은 어떻게 됐어? 걱정했었는데.'

'난 그런 짓, 안 했어.'

'그건 알지만…… 의심은 풀렸어?'

'경찰이 가택수색을 했는데 아무것도 안 나오니까 그걸로 끝이래. 신경질 나지?'

나는 딱하다는 이모티콘을 보냈지만, 문득 이 얘기는 아무래도 좀 이상하다고 느껴졌다. 가택수색이 정말로 그 절도 혐의 때문이었을까. 뭔가 다른 목적이 있었던 건 아닐까. 기시타니가 '암살게임'에 푹 빠졌다는 얘기를 들었을 때부터 모락모락 연기를 피우던 걱정과 함께 그런 생각이 하나로 연결되었다.

'오늘은 뭘 배달하는데?'

물어보면 안 될 텐데도 나도 모르게 불쑥 질문이 튀어나왔다. 송신한 뒤에야 후회했지만, 기시타니의 답장은 간단했다.

'그건 나도 아직 몰라.'

나는 한숨을 내쉬며 소파 자리로 이동했다.

바람 한 줄기가 창문에 거칠게 빗물을 후려쳤다.

'그렇게 됐으니까 일단 다녀올게.'

'조심해, 무리하지 말고. 또 연락하자.'

기시타니는 마지막에는 엄지손가락을 바짝 세운 이모티콘만 보내왔다.

결혼하고 싶다는 그 말이 내 마음속에 걱정스럽게 남겨졌다.

*

태풍의 접근에는 미디어와 현실 사이에 지나칠 만큼 분명한 호웅이 이루어졌다.

일기도에서 태풍이 간토에 도착했을 때, 우리집도 정확히 강풍의 소용돌이에 휘말렸다. 이미 통과한 지역에서는 사망자도 나온 모양이었다.

비 자체가 고통으로 몸부림치며 날뛰는 것처럼 수없이 창유리에 부딪치는 소리가 들렸다.

도시는 잔뜩 웅크린 등을 고스란히 얻어맞으면서 푹 숙인 얼굴까지 서서히 물에 잠겨갔다.

대피할 필요 없이 집안에 머물 수 있는 것은 어머니가 남겨준 이 집 덕분이었다.

기시타니의 신상이 걱정스러웠지만, 견딜 수 없어져서 헤드셋을 끼고「어머니」를 호출했다.

정전으로 충전을 못하면「어머니」는 내 앞에서 자취를 감추게 된다. 자연재해에 취약하다는 점에서는「어머니」도 실제 몸을 가진 나와 다를 게 없었다.

「어머니」는 창가에서 걱정스러운 듯 하늘을 보고 있었지만 내가 부르자 돌아보았다.

"태풍이 너무 심하구나."

"응, 별일 없겠지만 너무 창가에 붙어 서지 않는 게 좋아."

"괜찮을 거야, 우리집은 지대도 높고 3층이니까. ……그나저나 미요시는 괜찮을까."

"연락해볼까?"

곧바로 안부를 확인하는 짧은 메시지를 보냈지만 답장은 없었다.

"무사한지 모르겠네. 그 아이도 참 힘들게 살았는데."

바깥 상황에 신경을 곤두세운 채 혼잣말처럼 중얼거리는 「어머니」를 나는 가만히 바라보았다. 그리고 물었다.

"예전에 했다는 그 일 때문에?"

"그래, 너도 들었지? 성매매 일을 했다는 거."

생전의 어머니였다면 결코 입에 올리지 않았을 그 단어에 나는 굳은 미소로 응했다. 하지만 일부러 정정 학습까지는 하지 않았다.

"응, 조금."

"그 아이, 마지막에는 하마터면 살해될 뻔해서 일을 관뒀어."

"진짜?"

"그래, 손님이 목을 조르는 바람에."

정말인가 하고 반신반의하면서 나는 입을 꾹 다물었다.

「어머니」는 마음 깊이 동정하는 표정이었다. 아마 생전에 어머니에게 얘기했던 일이고, 그걸 알아주지 않고서는 미요시에게 「어머니」는 어머니답지 않았을 것이다. 그리고 무슨 생각이었는지 모르지만, 그녀는 그 얘기를 발설하지 말라고 지시하지 않고 오히려 내게 얘기해도 좋다고 말한 모양이다.

물어보면 좀 더 자세한 내용까지 대답했겠지만, 「어머니」와 그런 얘기는 하고 싶지 않아서 나는 그대로 입을 다물었다.

일단 헤드셋을 벗고, 비바람에 구겨지는 창밖의 나무들을 바라보며 미요시 아야카의 처지를 생각해보았다. 그리고 문득 생각이 나서 어머니 방에서 후지와라 료지의 『파도』라는 소설을 가져와 소파에 앉아 읽기 시작했다.

*

『파도』는 중편소설로 소개 글에 따르면 후지와라가 30대 후반에 쓴 작품이라고 한다.

태풍이 드디어 큼직한 입을 벌려 온 동네를 물어뜯고 난폭하게 씹어뱉는 동안 나는 그 소설의 세계 속에 들어가 있었다.

3인칭의 간결한 문체에 담담한 색감의 스냅사진이 차례차례 이어지는 사진집 같은 필치였다.

주인공은 클럽에서 일하는 가난한 20대 여성이다. 단골손님이던 미디어 관계자의 스카우트로 인터넷 방송에 출연하게 된다. 유명세를 타서 부자가 되는 게 그녀의 꿈이었다.

그녀가 캐스팅된 것은 이른바 '몰래카메라' 프로였다. 속이는 측이 되어 요즘 한창 인기몰이 중인 젊은 개그맨과 가상 연애를 하는 척하는 4개월짜리 기획이었다.

아무리 봐도 그녀에게는 악플만 쏟아질 게 뻔한 역할이었지만, 어쨌든 사람들의 눈에 띄면 그다음은 **어떻게든 될 것**이라고 생각했다.

어리숙하지만 순수하고, 몹시 가련한 느낌이 드는 미인으로, 후지와라가 큰 영향을 받았다는 모파상의 단편에 등장할 것 같은 여자였다.

누군가의 소개로 그 개그맨을 처음 만났고 우연을 가장해 재회한 뒤에 데이트를 거듭한다. 그가 연애 감정을 느끼고 점점 빠져드는 모습을 멀리서 몰래카메라로 촬영하고 마지막에 그에게 실제 내막을 털어놓는, 악취미적인 내용이었다.

상황은 미리 설정해둔 계획대로 순조롭게 흘러갔다. 짓궂은 개그 연기와는 딴판으로 점잖고 나이브한 남자의 내면은 영상에 담기지 않았다. 둘의 관계가 발전하는 과정은 일반적인 연애와 별다를 게 없었지만, 여자 쪽에서는 점점 속이는 것에 대해 죄책감을 품게 된다. 그런 감정 변화를 알아챈 스태프 한 명이 그녀에게 슬쩍 귀엣말을 속닥거렸다.

"이건 비밀인데, 그쪽도 '몰래카메라'라고 눈치챈 것 같아. 근데 이건 일이니까 마지막까지 모르는 척 해줘."

그 말이 사실이었는지 아닌지는 소설 마지막까지 밝혀지지 않는다. 여자는 마음이 한결 편해졌고 동시에 약간 김이 빠져서 공범이 된 듯한 느낌으로 서로의 연기를 즐겼다. 연기에 물이 올랐다며 스태프의 평도 좋았다.

그는 자주 연락을 해줬고, 주위 사람들에게도 "좋아하는 여자가 생겼다"고 털어놓았다. 그런 모습들이 매니저의 도움으로 낱낱이 몰래카메라에 찍히면서 웃음을 사는 소재가 되었다. 그리고 마침내 자신의 사랑을 그녀에게 고백하려고 마음먹은 데이트 직전, 그는 이번 일과는 관계없는 다른 텔레비전 여행 프로의 촬영으로 프랑스의 비아리츠라는 고급 휴양지에 갔던 길에 자동차에 치여 죽고 만다…….

그는 그날, 촬영이 없는 시간을 노려 해안가의 프랑스 드갈 거리를 혼자 산책하고 있었다. 저멀리 서퍼들이 촘촘히 깔린 물결의 반짝임 위에 점점이 흩어져 있는 아름다운 바다 사진을 찍어 그녀에게 메시지와 함께 보내고 귀국 후의 데이트를 확인했다. 이모티콘을 잔뜩 넣어 지금까지보다 좀 더 대담하게 '빨리 보고 싶다'라고 솔직하게 썼다.

바로 그 데이트 때 불쑥 난입한 개그맨 동료가 드디어 사실을 밝히고 그는 일순 멍해졌다가 그다음에는 주저앉아 머리를 부여잡고 데굴데굴 굴렀어야 할 터였다.

후지와라 작가는 그 전후의 바스크 지방의 해변 풍경을 특히 공들여 아름답게 묘사했다. 마치 주제가 갑작스럽게 '자연과 인간'이라는 추상적인 것으로 비약해버린 것처럼.

화창한 날씨였고, 인도 오른편은 모래사장도 없이 곧장 바다여서 낮은 콘크리트 제방 아래로 거친 물결이 밀려왔다 밀려가고 있었다.

그리고 잠시 걸어간 참에 돌연 거대한 파도가 덮쳤다. 그것이 그의 발밑 안벽에 부딪혀 수 미터나 비말이 튀었다. 그저 흠뻑 젖은 것뿐이었다면 또 한 가지 웃을 만한 소재거리가 되었겠지만 유감스럽게도 그 모습은 '몰래카메라'에는 담기지 않았다. 기록한 것은 바로 옆을 지나가던 차에 달린 카메라였다.

서프보드를 실은 그 차는 넓은 바다를 오른편으로 바라보며 좁은 편도 일차선의 프랭스 드갈 거리를 내려와 성 같은 건물을 지나서 왼편으로 향하는 급커브를 달리고 있었다. 속도를 줄이자 한순간 시야가 막혔다가 다시 열리면서 황홀할 만큼 맑게 갠 파란 하늘과 그것을 반영한 바다, 건너편에 겹겹이 이어진 작은 언덕과 콘도미니엄들이 저멀리 내다보였다.

그리고 인도를 걷는 한 아시아계 남자의 뒷모습이 보인다.

'이토록 온화하고 아름다운 일상 속에 죽음은 아무렇지도 않은 얼굴로 몸을 감추고 잠복하고 있었던 것이다.

그 청년은 홀린 듯 눈부신 바다를 바라보았다. 그리고 휴대전화를 만지작거리며 걸음을 옮기기 시작했다. 죽음은 우선 그 등에서 빈틈을 찾아낸 듯 조용히 빙의했다. 자동차는 왜 그곳에 목표물이 있는지 아직 알 도리가 없었다.'

그의 모습이 오른편 옆에서 커져간다. 그다음 순간에 일어날 일이 독자에게는 이미 예고되어 있었다. 느닷없이 '거대한 용의 얼음조각상 같은 파도'가 그를 덮친 것이다.

'죽음은, 그렇다, 파도와도 자동차와도 미리 결탁했던 것이다.'

그 단순한 덫에 걸린 그는 단지 **뭔가**에 깜짝 놀란 것뿐이었다.

고개를 들자마자 "앗!"하고 반사적으로 차도로 뛰어들었다.

파도는 일대를 물에 잠기게 할 만큼 거대했다. 차에 치였을 때 그는 한순간 차 쪽을 돌아보려 했다. 하지만 그 표정은 거의 '몰래카메라'에 감쪽같이 걸려들었다는 듯 어리둥절 웃는 얼굴이었다.

차에 튕겨져 나간 그의 얼굴은 묘사되지 않았다. 단지 이미 사체가 된 것처럼 무력해진 몸이 급정차한 범퍼 앞에서 바닥에 내동댕이쳐진다. 젊은 커플이 급히 차에서 내렸다. 그는 즉사가 아니었다. 머리에서 다량의 피를 흘리며 태양에 달궈진 딱딱한 아스팔트 위에서 잠시 파란 하늘을 보고 있었다.

'하지만 죽음의 한순간 전에 그 눈동자에 비친 것은 어딘가 머나먼 저편인 것 같았다.'

그 부분을 읽으면서 나는 '죽음의 한순간 전'이라는 그 말에 못 박히듯 사로잡혔다. 어머니가 죽음에 집착하게 된 것은 이 소설의 영향 때문이 아니었을까…….

소설에는 후일담이 적혀 있었다.

해당 방송 프로는 보류되었고 이 일은 한참 동안 **없었던 일**처럼 취급되었지만, 그 얼마 뒤에 유족이 사기 방송에 걸려들어 죽은 그 아이가 가엾다고 호소하는 인터뷰가 잡지에 실리면서 단숨에 세상에 알려졌다.

사람들은 그를 불쌍히 여겼다.

'몰래카메라' 프로그램 제작자들에게는 비난이 쏟아졌다. 주인공이던 그녀도 '속여먹은 여자'로 공격의 대상이 되었다. 단지 지시에 따라 자신의 역할을 한 것뿐이었지만, '남의 마음을 갖고 놀았다'는 오명은 씻어낼 수 없었다.

완전히 무명이었는데도 결국 본명이 알려졌다. '외국계 기업에서 근무하는 엘리트 여성'도 아닌 **그런 하찮은 여자**를 끝까지 믿고 사랑했다니 참으로 안타깝다, 결코 용서할 수 없다, 라는 것이었다.

일이 커지자 제작 책임자는 죽은 개그맨도 당연히 모든 것을 알고 있는 상태에서 속아 넘어가는 척 했을 뿐이다, 결코 실제로 그녀를 좋아했던 게 아니다, 라고 해명했다. 해당 프로 자체가 모조리 페이크였다는 이 고백은 일부에서 또 다른 의미로 빈축을 샀지만 그런 변명 따위, 믿을 수 없다는 자들도 적지 않았다.

그 뒤로 그의 '본심'을 둘러싸고 기나긴 소모적인 논쟁이 이어졌다.

속아주는 척 연기를 하다 보니 정말로 그녀가 좋아졌고, 그런 마음을 품은 채 죽었다면 그로서도 여한은 없을 것이라고 부러워하는 의견도 있었다.

한편으로, 죽은 개그맨과 친했다는 한 친구는 그가 원래 여자를 좋아해서 그런 식으로 연락을 취하는 상대가 그밖에도 여러 명이었다, 연기였는지도 모르지만 어쨌든 방송이 끝난 뒤에도 그녀와 계속 연락하면서 결국 관계를 가질 속셈이었을 것이다, 라고 말했다.

주인공은 어떤가 하면 이 일을 계기로 연예인이 되려는 꿈을 포기하고 그 뒤로는 사회의 한 귀퉁이에서 조용히 숨을 죽이며 살았다, 라고 적혀 있었다.

그녀는 불의의 사고로 세상을 떠난 그를 언제까지고 잊지 못했다. 차량 카메라 영상은 인터넷에도 '충격 영상'이라는 제목으로 공개되었다. 그녀는 그의 '죽음의 한순간 전'을 상상하면서 만일 한순간이나마 뭔가 사념 비슷한 것을 가질 시간적 유예가 있었다면 그는 자신에 대해 어떤 생각을 했을까 상상한다. 그리고 그것이 그에게 행복한 것이었을까, 하고.

만일 그가 실제로 까맣게 속았었다면 그는 인생의 마지막에 자신이 아닌 누군가 다른 사람을 생각했어야 마땅했다. 하지만 속이려고 한 내가 어느덧 실제로 그를 사랑했다면? 그가 사랑했고 사랑받았다는 것은 진실이 된다. 나는 정말로 그를 사랑했을까. 아니, 내 마음의 진위에 따라 실제로 그런 차이가 생기기는 하는 것인가…….

최소한 내가 진심 어린 사랑 같은 것을 했다면 '속였다'라는 세상의 비난을 면할 수 있을까. 거짓을 강요받으면서도 두 사람은 실제로 진짜 사랑을 찾아가고 있었던 것이다, 라고?

애초에 속아 넘어간 채 죽는다는 것이 그토록 나쁜 일일까.

그게 아니면 가장 크게 속은 것은 역시 나였을까…….

소설은 그런 그녀의 자문자답으로 끝이 난다. 어째서 그런지는 모르겠지만, 명백히 고독하고 쓸쓸한 경우인데도 온화하고 약간의 명랑함까지 느껴지는 분위기였다.

나는 책을 내려놓고, 이 소설을 사랑했다는 어머니의 마음속을 생각했다. '자유사'에 대한 직접적인 언급은 없었지만, 어쨌든 여태까지 애써 손대지 않았던 어머니의 마음속 뭔가를 만져본 듯한 느낌이 들었다.

왜 어머니 생전에 이 책을 읽지 않았을까.

소파에서 무릎을 끌어안은 채, 창유리를 내리치는 거센 비바람을 바라보았다.

그리고 나는 마침내 이렇게 생각했던 것이다. 어머니에 대해서. 어머니는 나를 속인 채로 죽은 것이 아닐까, 라고.

제7장

태풍의 흔적

태풍이 지나가고 채 한 달도 안 된 사이에 연달아 일어난 일들이 내 인생을 크게 뒤흔들고 있었다.

각지에서 큰 피해가 발생했기 때문에 내 일거리는 당분간 이번 재난의 피해자와 그 가족들에게서 들어오는 경우가 많았다.

주로 쇼핑을 대신해달라는 의뢰였고 침수된 집을 살펴봐달라거나 밀려들어온 진흙더미 제거를 도와달라는 일도 있어서 연일 육체를 혹사해야 했다. 계속 비가 내렸기 때문에 안정성을 이유로 몇 가지는 거절하기도 했지만 그래도 내 평가는 지난번과 비교해 다시 높아졌다.

물론 자원봉사가 아니라 보수를 받았고, 의뢰자들은 그럴 만한 여유가 있는 사람들이었기 때문에 대피한 곳을 찾아갈 때는 주위의 시선을 특히 조심했다.

잠깐이라도 틈이 나면 금세 곯아떨어져서 뉴스는 거의 볼 새가 없었다. 「어머니」와의 대화를 통해 정보를 얻고 궁금한 것이 있으면 검색해보는 정도였다.

그날도 반쯤 꾸벅꾸벅 졸면서 욕조에 몸을 담근 뒤 보리차를 마시며 멍하니 앉아 있는 내게 「어머니」가 불쑥 말했다.

"사쿠야, 그거 아니? 전 재무장관을 드론으로 습격한 사건이 있었어."

"엇, 그래?"

"응, 계속 그 뉴스만 나오고 있어. 넌 몰랐어?"

"전혀 몰랐지. 종일 진흙만 퍼냈는데."

"아까 저녁때 일어난 사건이야."

"그렇구나. 어떻게 된 건데?"

"실패했다나봐. 아직 범인은 잡지 못했대."

"흠……."

"서민들이 이렇게 살기가 힘드니까 당연히 그런 사람도 나오게 마련이지."

나는 「어머니」가 단순히 뉴스뿐 아니라 거기에 붙은 댓글까지 학습해버린 것을 알고 적잖이 놀랐다. 그래서 얼른 정정해주었다.

"어머니는 그런 말은 안 했어. '어떤 사정이 있었건 테러로 세상을 바꾸려 하다니, 그건 잘못이야'라고 했지. '세상이 흉흉해서 무섭다'고 하면서."

「어머니」는 순순히 내 말을 받아들이는 표정을 지었다.

"아, 그랬지? 엄마가 이상한 소리를 했네."

하지만 나는 그제야 어머니가 분명 그렇게 말했을 것이라는 확신도 없이 「어머니」를 학습시켰다는, 찜찜한 기분이 들었다. 어머니도 나이가 들고 산전수전을 겪으면서 이런 경우에 뭔가 **뜻밖의 말**을 했을지도 모른다. 하지만 아무래도 그런 말까지는 짐작하기가 어려웠다. 단지 지금 나에게 누군가 해주었으면 하는 말을 「어머니」에게 학습시킨 것에 지나지 않았다.

무엇보다 어머니라면 자신의 목숨을 앗아간 계기가 된 드론에 대해 좀 더 복잡한 반응을 보였을 것이다. 하지만 곧바로 그 생각이 이상하다는 것을 깨달았다.

「어머니」는 죽기 4년 전 시점으로 설정되었기 때문에 드론이라는 말을 들어도 전혀 아무 느낌도 없는 것이다.

애초에 「어머니」의 미래에 드론에 의한 죽음이 기다리는 것도 아니다. 그런데도 이번에는 「어머니」가 그런 자신의 불행한 미래도 알지 못한 채 태연히 드론 얘기를 하는구나, 하고 부조리한 연민에 휩싸였다.

혼란에 빠져 있었다. 내가.

서둘러 검색해보고 마침내 그 사건의 내용을 파악했다. 언론에서 이토록 요란하게 떠들어댔는데도 나는 마치 딴 세상에 사는 사람처럼 거기에서 격리되어 있었다는 게 기묘하게 느껴졌다. 실제로 사람들이 제각각 좋아하는 가상공간에 빠져든 이후로 우리는 **이 세계를 공유하고 있다**는 감각을 점점 상실해갔다. 현실에서 일어난 사건조차 내가 지금 있는 이 장소와 이어진 어딘가에서 일어난 사건이라는 실감이 나지 않는 것이다.

설령 이 나라가 없어진다고 해도 제각각 살고 있는 가상공간은 지속된다. "아, 그래? 없어졌어?"라고 무관심하게 말하는 사람도 분명 있을 것이다.

전 재무장관은 재계 인사들과의 회식을 위해 미나토 구의 고급 중화레스토랑에 도착했고 그 참에 폭약이 장착된 드론의 공격을 받았다. 최근에 다른 나라에서 실제로 사용된 테러 수법이었지만 국내에서는 처음이었다. 누구를 노렸는지는 아직 확실하게 밝혀지지 않았고, 다행히 기폭장치는 작동하지 않았다. 날아온 드론이 전 장관의 머리를 쳤지만 세 바늘을 꿰매는 정도의 가벼운 부상이었다는 뉴스 보도였다.

사건 개요를 알고 내 머릿속에 떠오른 것은 지극히 일반적이고 막연한 **불길한 느낌**뿐이었다.

예감 같은 것이라도 있었는가 하면 그런 건 없었다고 생각한다. 하지만 나중에 돌이켜보니 오히려 그 사건이 나기 한참 전부터 나는 강한 불안감을 품고 있었다.

단지 혼자서 분통을 터뜨리며 나는 마음속으로 중얼거렸다.

'이런 짓을 해봤자 뭐가 어떻게 달라지는데?'

괜히 사회적인 인식만 나빠질 뿐이라는 게 눈에 뻔히 보였다. 합법적인 다른 방법이 얼마든지 있을 게 아닌가.

그러자 미요시의 목소리가 불쑥 되살아났다.

"나는 오히려 힘들던데, 그런 얘기를 들으면? 여기서 더 이상 어떻게 더 노력하라는 거야?"

두 명의 형사가 물어볼 게 있다면서 우리집에 찾아온 것은 그 다음 날 아침 이른 시간이었다.

기시타니에 대해 아는 대로 얘기해달라는 게 그들이 찾아온 목적이었다. 나는 막 출근하려던 참이라고 말했지만, 심장이 저 혼자만이라도 도망치려는 듯이 가슴속에서 쿵쿵 날뛰었다.

"가능하면 경찰서에 가서 얘기했으면 좋겠는데."

"왜요, 무슨 일입니까?"

"최근에 기시타니 씨, 이상한 점은 없었어요?"

"아뇨, 딱히 없었는데요."

"뭐든 괜찮아요. 숨기지 말고 얘기해주시죠."

"……."

"태풍 불던 날, 그러니까 9월 25일, 기시타니 씨와 연락했어요?"

"네, 메시지로……."

"어떤 내용이었어요?"

"지금 일 나간다, 라고 했어요."

"누구하고?"

"그런 얘기는 없었는데요."

"정말이에요? 이시카와 씨의 회사는 그날 휴일이었잖아요."

"네."

"이상하다고 생각하지 않았어요?"

"물어보긴 했는데, 기시타니가 얘기를 안 했어요, 누구한테 의뢰받은 일인지."

"어떤 일이라고 했어요?"

"뭔가 배달한다고……."

"뭘?"

"그건 모르죠."

"이거, 아주 중요한 일이에요."

"정말 아무 얘기도 못 들었어요."

"기시타니 씨는 전부터 정규 루트가 아닌 일을 따로 받았어요?"

"나는 잘 몰라요. 회사에 정기적으로 출근하는 것도 아니고, 별로 얘기할 기회도 없었어요."

형사는 뭔가 메모하는지 시선을 떨궜다가 다시 얼굴을 들고 옆에 조용히 서 있던 형사 한 명과 눈짓을 주고받았다. 그러고는 마치 처음 보는 듯한 눈빛으로 내 표정을 관찰했다. 일단 시선을 돌렸다가 다시 쳐다보는 것은 누군가의 거짓말을 **간파해내는** 기술인 것처럼 느껴졌다.

"10월 1일에는 뭐했어요?"

"화요일 말입니까? 일이 있었어요. 요즘 계속 태풍 피해 지역에서 일거리가 들어와서."

"힘드시겠네. 현장, 처참하지요?"

"네."

"그날, 기시타니 씨한테서 연락은?"

"없었어요."

"그 뒤에는?"

"연락을 못했어요."

"왜요?"

"왜냐면…… 요즘 일 다니느라 녹초가 됐거든요. 딱히 연락할 일도 없었고. 근데 기시타니에게 무슨 일 있었어요?"

"자세한 건 경찰서에서 얘기할 테니까요, 언제쯤이면 시간이 나죠?"

*

경찰서에서의 조사는 반나절이나 걸렸고, 거기서 기시타니가 전 재무장관 습격사건의 용의자로 추적당하는 중이라는 것을 알았다.

그가 체포된 것은 그 이틀 뒤였다.

기시타니가 얽힌 사건의 내용은 다음과 같은 것이었다.

얼마 전부터 그는 회사에는 비밀로 하고 인터넷상의 익명의 의뢰자에게서 일을 받았다.

처음에는 물건을 배달하거나 쇼핑을 대신해주는 간단한 것이었다. 그중에는 유명한 레스토랑에 가서 식사를 하고 리포트를 보내달라는 것도 있었다. 의뢰자는 실제로 몇 명인지, 애초에 국내에 거주하는 자인지도 알지 못했고, 지시하는 목소리는 모두 기계음이었다고 한다. 다만 비용은 정확히 지급해주었다.

태풍이 불던 날에도 그쪽에서 일이 들어왔지만, 그 내용물이 사건과 직접 관계가 있는지 어떤지는 아직 알지 못했다. 지시대로 잘 움직이는지 최종 테스트를 했던 게 아니냐, 라는 별로 신빙성 없는 추측 기사도 눈에 띄었다.

범행 당일, 기시타니는 우선 지정해준 빈집에 가서 정원에 놓여 있던 상자를 인수했다. 그전부터 그들의 거래에는 주로 도쿄도 내의 빈집이 이용되었다.

그것을 자전거에 싣고 범행 현장 근처의 공원까지 이동했다.

상자 속에는 폭약을 탑재한 드론이 들어 있었고, 지시한 대로 허공에 날리면 그다음은 자동으로 목표 지점까지 날아가 상대의 얼굴을 인식해 돌진하는 구조였다. 저녁때여서 너무 먼 거리에서는 목표 지점까지 가지 못할 수 있다는 우려에 따라 기시타니가 근처까지 이동했다는 얘기였다.

문제는 기시타니가 이 살인 계획을 알고 있었느냐는 것이었다.

뉴스 보도는 거의 경찰에서 의도적으로 흘린 정보를 바탕으로 한 것이고, 이른바 '관계자'에게서 취재했다는 내용도 엉터리인 것이 많았다.

체포된 뒤로 기시타니의 진술이 오락가락한다고 전해졌지만, '용의는 일부 부인하고 있다'고 했다.

그는 모니터로 드론의 궤적을 따라갔고 마지막에 기폭 스위치를 누르라는 지시를 받았다. 하지만 의뢰자의 그 마지막 지시에는 따르지 않았던 것이다.

의뢰자는 아직 체포하지 못했다.

경찰은 아마도 이 사건에 나도 관여되었다고 의심했고, 더구나 놀랍게도 주모자인 익명의 의뢰자가 바로 나일 것이라고 생각한 모양이었다. 실제로 이름까지는 밝히지 않았지만 분명 나를 가리키는 것으로 짐작되는 기사까지 나왔을 정도였다.

내 존재를 그렇게까지 주목하게 된 것은 기시타니의 통신 기록 때문이었다. 그것은 내가 어머니의 라이프 로그를 통해 미요시라는 존재의 중요성을 알게 된 것과도 비슷했다. 하지만 경찰은 어쨌든 하나에서 열까지 샅샅이 조사했고 그 덕분에 오히려 나의 무죄가 증명된 모양이었다. 명백히 나의 근무 중 영상뿐만 아니라 「어머니」와의 대화 기록까지 무단으로 조사했고 그 결과, 내가 이번 사건의 주모자일 수 없다는 결론을 내린 것이었다.

경찰서 취조실은 난생 처음이었던 데다 반나절에 걸쳐 꼬치꼬치 캐묻는 바람에 나는 지칠 대로 지쳐버렸다.

내 인생이 이런 거창한 사건에 연루되리라고는 상상조차 해본 적이 없었다.

형사는 '리얼 아바타'라는 직업 자체에 대해서도 이따금 경멸하는 듯한 웃음을 섞어가며 세세하게 질문을 던졌다.

정말로 나를 집에 돌려보내줄까, 불안감은 좁은 밀실에 장시간 붙잡혀 있었기 때문만은 아니었다.

만일 기시타니가 내게 **뭔가 같이 하자고 했다면** 예전에 그 '영웅적인 소년'을 따라했던 것처럼 나도 거기에 응했을지 모른다. 실제로 '암살게임' 얘기를 하면서 그는 내가 관심을 보이는지 탐색해본 게 아니었을까. 그리고 가장 두려웠던 것은 아주 사소한 언동이나 표정을 통해 그런 나의 심리적 움직임이 형사에게 고스란히 드러났을지 모른다는 점이었다.

경찰서에서 풀려나 집에 돌아오자마자 저녁도 먹지 않고 내 방 침대에 쓰러졌다.

무거운 짐을 내던져버린 듯한 느낌이었다. 투신자살을 하는 사람은 이런 식으로 오로지 이제 그만 편해지고 싶다는 마음 하나로 어딘가 높은 곳에서 몸을 내던지는 것인지도 모른다.

전등도 켜지 않아서 반쯤 열린 문틈으로 복도의 불빛이 비쳐들었다. 눈을 질끈 감았다. 어머니가 나를 보살펴주러 오지 않을까, 라고 진심으로 생각했다. "왜 그래, 괜찮니?"라는 그 한두 마디 말이 간절히 듣고 싶었다.

만일 머지않은 장래에 내게 이런 일이 일어난다는 것을 예견할 수 있었다면 어머니는 '자유사'의 의지를 철회해주었을까. 나는 이 일을 이유로 최소한 그때까지는 살아 있어달라고 붙잡을 수 있었을까. 왜 어머니는 지금 내 곁에 있어주지 않는가, 라고 거의 원망하듯이 생각했다. 저녁 해질 무렵에 드론을 공격한 까마귀를 머릿속에 떠올리며 너무 괴로워서 베개에 얼굴을 묻었다.

하지만 실제로 어머니가 살아 있었다면 나는 걱정을 끼칠까봐 이번 사건을 애써 감추려고 했을 게 틀림없다.

만일 살아 있었다면 내가 경찰서에서 조사를 받는 동안, 어머니는 불안해서 안절부절 애를 태웠을 것이다. 나도 형사와 얘기하는 동안 무엇보다 어머니가 걱정이 되어서 속이 탔을 터였다.

이제 내 인생을 걱정하며 애태울 사람은 단 한 명도 없다. 명백한 그 사실이 이 세계 자체에 대한 애착을 계속해서 도려내고 있었다.

내게 남겨진 것은 이제 '어머니가 살아 있었다면'이라는 상상뿐이었다. 내가 무슨 짓을 하건 실제로는 더 이상 어머니는 기뻐하지도 슬퍼하지도 않는다. 그런데도 어머니를 슬프게 하고 싶지 않다는 이런 마음에 내 인생을 바로잡아주는 힘이 남아 있을까.

어머니가 지금 살아 돌아와 나를 재회한다고 해도 자신이 알고 있는 아들이 아니라는 이질감을 느낄지도 모른다. 어머니와 나 사이는 내가 살아가는 그만큼씩 거리가 벌어지는 것이니까.

「어머니」는 그런 나와 자연스럽게 대화하기 위해 지속적으로 새로운 현실을 학습해나간다. 노자키는 반복적인 커뮤니케이션을 통해 「어머니」는 점점 더 어머니에 근접한다고 설명했었다. 하지만 실제로는 만일 어머니가 지금도 살아 있다면, 이라는 가정을 「어머니」에게 덧붙여가는 것이었다. 그건 도리어 어머니에게서 점점 멀어지는 일인 게 틀림없었다.

그리고 그 기억 속의 어머니조차 도미타와 미요시의 입을 통해 알게 된 새로운 사실들 때문에 나조차도 이제는 알아볼 수 없을 만큼 변질되어가고 있었다.

기시타니가 체포된 날 밤, 나는 헤드셋을 쓰고 「어머니」에게 말을 건넸다.

「어머니」는 소파에 앉아 해외여행 홍보 책자를 들여다보고 있었다. '골드코스트~시드니, 8일간의 여행'이라는 홍보 문구가 눈에 들어왔다.

"엄마……."

"응, 왜?"

하지만 뒤를 이을 말이 생각나지 않았다.

한참 동안 침묵이 이어지자 「어머니」는 의아한 듯 미간을 찌푸리며 먼저 입을 열었다.

"그러고 보니 사쿠야에게 꼭 물어볼 게 있었어."

"뭔데?"

얘기를 꺼내는 방식이 어딘지 새로웠다.

"지난번에 살인미수 사건, 얘기했었지? 너도 알고 있어? 네 친구 기시타니 씨가 용의자로 체포된 거."

"응. 알고 말고 할 정도가 아니라 그 일로 그저께 반나절이나 경찰 조사를 받았어."

"사쿠야, 너도 뭔가 관계가 있었어? 그 사건에?"

「어머니」는 눈이 둥그레져서 입을 헤벌린 채 나를 보았다. 잘도 만들었구나, 나는 그 표정을 보면서 노자키의 얼굴을 떠올렸다.

"관계가 있었다면 지금 여기에 없겠지."

나는 「어머니」에게 한바탕 얘기를 들려주는 것으로 지난번 일을 학습시켰다. 「어머니」는 이따금 고개를 끄덕여가며 조용한 표정으로 듣고 있다가 마지막에는 안도한 듯이 말했다.

"아무튼 네가 범죄와 관련이 없다는 걸 알아서 다행이다."

어머니가 살아 있었어도 아마 똑같이 말하지 않았을까. 마음이 있건 없건 사람이 발할 수 있는 말에는 별다른 차이가 없는 것인지도 모른다.

그래도 어쨌든 나는 「어머니」가 걱정해주고 있다는 것에 위로를 받았다.

현실에서 살아가는 시간을 가능한 한 짧게 줄이고 아예 이 가상공간을 현실로 믿을 수 있다면 얼마나 행복할까.

밤에 잠이 들고 아침에 눈이 뜨였을 때 우선 이곳에 있을 수 있다면? 나는 헤드셋을 쓴 채 잠들어야 하는 걸까. 중요한 건 눈을 떴을 때 일단 어머니가 있는 세상이 보이는 것이다.

*

다음날 저녁, 모순된 것 같지만 나는 무턱대고 미요시에게 연락하고 싶은 마음이 들어서 일단 메시지를 보냈다. 태풍이 한창일 때에 딱 한 번, "그쪽은 괜찮아요?"라고 연락했었지만 여태껏 답이 없었다.

걱정하고 있다는 것과 이쪽도 이런저런 일을 겪어서 그 얘기를 하고 싶다는 뜻을 전하자 이번에는 곧장 응답이 있었다.

'오랜만이야. 미안, 내내 답장도 못하고. 고맙긴 한데 지금은 좀 어려울 것 같아.'

'바빠요?'라고 물었더니 잠시 뒤에 '전화해도 될까, 지금?'이라고 답이 왔다.

내 쪽에서 전화를 걸었다.

"아, 잠깐만."

미요시는 그렇게 말하고 어딘가로 이동하는 기척이었다. 주위에서 어수선한 말소리가 들려왔다.

"기다리게 해서 미안. 잘 지냈어?"

"뭐, 그럭저럭. 일이 좀 있긴 했지만……."

"그래? 나랑 똑같네. 나, 지금 대피소에 있거든."

"엇, 태풍 피해를 입었어요?"

"그렇다니까. 집이 없어져버렸어. 내가 살던 연립이 워낙 오래된 데라서 지붕이 날아갔어. 지금 출입 금지 상태야."

"그래요? 다친 데는 없어요?"

"나는 괜찮은데, 내 물건들을 거의 다 못 쓰게 됐어."

미요시의 말투에서는 역시나 피로감이 느껴졌다.

나는 스스로도 의외일 만큼 아무런 망설임 없이 말했다.

"그럼 우리집으로 올래요? 어머니 방이 비어 있는데."

"뭐? 아니, 그런 뜻으로 한 말이 아냐. 난 괜찮아."

"근데 어떻게 하려고요, 앞으로?"

"글쎄, 생각 중이야."

"계속은 아니어도 잠시나마 편하게 지내면 좋을 텐데. 나는 낮에 일하러 나가고 없으니까 혼자 마음껏 써도 돼요."

사양한다기보다 경계하는 마음도 당연히 있을 터라서 내 생각을 솔직하게 전했다.

"도움이 되었다는 실감도 들 것 같고, 나는 너무 좋은데요? 아무도 나한테 기대주지 않는다면 아무 도움을 못 받는 것과 똑같이 섭섭한 일이죠."

그녀는 살짝 코를 울리는 소리를 냈지만 그건 웃었다기보다 눈물을 글썽인 것처럼 느껴졌다.

"정말 그래도 괜찮아? 미안해."

"왜 사과를 합니까?"

"그러게. 고마워."

전화를 끊고 나는 크게 숨을 내쉬었다. 그리고 잔뜩 어질러진 거실을 둘러보고는 서둘러 청소를 시작했다.

오후 10시에 역 앞으로 마중을 나가자 미요시는 큼직한 여행가방을 어깨에 메고 기다리고 있었다.

"부스스하지?"라고 자신의 행색을 신경쓰는 눈치였다. 하지만 내 눈에는 지난번에 만났을 때와 똑같이 깔끔하게 보였다. 여관 일은 계속 나갔기 때문에 영업시간이 끝난 뒤에 욕실을 쓰게 해주었다고 한다.

어머니가 살아 있었다면 조금 더 일찍 우리집으로 데려왔을 것이다.

나는 돌아가시기 전 그대로 보존해둔 어머니 방을 이참에 조금 정리했다. 침대 옆에 있던 행거와 수납박스를 내 방으로 옮기자 어머니의 부재는 그 부분만큼 커졌다. 그래도 3평짜리 어머니 방에 남아 있는 생활의 흔적은 '친구' 사이였던 그녀에게 지나치게 생생하게 느껴진 모양이었다. 방으로 안내하자 그녀는 조심스럽게 안으로 들어가 잠시 아무 말 없이 안을 둘러보았다.

"뭔가 묘한 느낌이 드네." 그러고는 벽에 걸린 어머니의 여행사진에 시선을 던졌다. "이 방에 신세를 지게 된 거, 어머님에게 가장 먼저 얘기하고 싶다고 할까……."

"그렇죠. 나한테는 분명 좋은 일을 했다고 칭찬했을 텐데."

"나중에 어머니 VF에게도 보고해야겠어. 아참, 혼란스러울까?"

"글쎄 어떨지……. 태풍 뉴스는 잘 알고 있으니까 이해해줄 것 같긴 한데요."

짐을 바닥에 내려놓고 멋쩍은 듯 멀뚱히 서 있는 그녀에게 나는 말했다.

"셰어하우스처럼 자유롭게 쓰세요. 나는 이 방에는 출입하지 않을 거니까."

"……고마워."

"미요시 씨가 원하는 만큼 있어도 돼요. 어머니도 여기서 여관까지 출퇴근을 했으니까 거리도 그리 멀지 않을 거고."

"멀지는 않지만…… 사쿠야 군이 아무래도 불편할 거야. 최대한 빨리 집을 구할게."

"내 걱정은 안 해도 돼요."

그녀는 다시금 감사 인사를 했지만, 방을 나서는 내게 뭔가 할 말이 남은 기색이었다. 나는 발을 멈췄다.

"선의에 기대서 이렇게 왔지만, 나도 별의별 경험을 다 해봐서 미리 말해두는 게 좋을 것 같아……."

"뭔데요?"

정색을 하면서도 막상 말을 꺼내기가 어려운 듯했지만, 그래도 그녀의 태도에는 흔들림 없이 굳건한 뭔가가 있었다. 그제야 무슨 말을 하려는지 알아차리고 내가 먼저 입을 열었다.

"무슨 '보답'을 바란다든가 하는 건 아니에요."

애써 조용히 전하려고 했는데 그녀는 내가 기분이 상했을까봐 걱정하는 눈치였다.

"미안해. 친절하게 굴다가도 결국에는 보답으로 잠자리를 요구하는 사람들이 우글우글한 세계에서 살아왔기 때문에 내가 마음이 사나워졌나봐."

"그게 일반적이죠. 여성이니까요."

"아니, 사쿠야 군이 그런 '보답'을 바란다고 생각한 건 아니야. 전에 얘기했던 그런 과거 때문에 실은 내가…… 섹스 공포증이야. 좋아하는 사람이어도 안 돼, 몸이 거부반응을 일으켜. 그리고 그냥 평범한 친구 사이어도 포옹이라든가, 그런 것도 좀 힘들어."

"알았어요. 난 포옹하는 습관도 없으니까 걱정 말아요."

「어머니」가 얘기했던 '목이 졸려서'라는 그녀의 경험을 떠올리고 나는 진심으로 가엾어졌다.

하지만 다른 곳도 아니고 어머니의 이 침실에서 만년에 거의 유일한 친구였던 그녀를 상처 입힌다는 상상에는 심한 역겨움을 느꼈다. 그런 짓을 한다면 나는 이 세상에 남겨진 내 마지막 장소, 즉 나 자신에조차 더 이상 있을 수 없게 될 것이다.

그런 '보답'을 원하는 마음 따위, 애초부터 없었다. 적어도 그녀에게 이곳에 오라고 말했을 때 단지 도움이 되고 싶은 마음뿐이었다는 게 나의 본심이었다.

하지만 그런 인간일수록 이윽고 사랑이라는 미명 아래 **별다른 악의도 없이, 오히려 선의에서** 품게 될 욕망을 미리 견제하는 그녀의 태도는 완전히 논리적인 것이었다. 그녀가 내 미래에 기다리고 있던 지극히 꼴사나운 실태失態를 깨끗이 제거해줬다는 생각이 들었다.

"물론 사쿠야 군을 믿고, 정말 고맙게 생각해. 그게 아닌 다른 형태로는 감사를 표하고 싶고, 생활비도 낼게."

"네……."

"사쿠야 군은 괜찮겠어? 여자친구라든가, 있을 텐데."

나는 그런 질문 자체에 전혀 익숙하지 않았다.

"아뇨, 괜찮아요. 딱히 그런 사람도 없고."

나는 여자와 사귄 적도, 육체적인 관계를 가진 적도 없다고 덧붙이려고 했다. 하지만 그건 그녀를 안심시키는 데는 별 의미도 없는 사실이었다. 마침 그녀가 "그래?"라고 고개를 끄덕여줘서 이런 대화는 이쯤에서 그만 끝내기로 했다.

욕실을 먼저 쓸 수 있게 안내해주었다. 그리고 아직 머리칼이 젖은 채 어깨에 수건을 걸친 파자마 차림으로 나온 그녀에게 보리차도 챙겨주었다.

"아, 살 것 같다."

그녀는 위를 우러러보며 말했다.

타인의 기뻐하는 얼굴이 어째서 나를 이렇게 환한 기분으로 만들어주는 것일까.

거실의 기기에 대해 설명해주고 나도 목욕을 하러 들어갔다.

욕실은 수증기와 함께 헤어샴푸와 바디샴푸의 향기가 가득하고 따뜻했다.

나는 어릴 때 이후로는 어머니의 몸을 안아본 적이 없었고 그게 어머니의 사망 후에 한층 더 강한 상실감으로 다가왔지만, 그동안 이 욕실은 일종의 간접적인 포옹이었는지도 모른다고 처음으로 생각했다. 그리고 그 생각에 작은 위로를 받았다.

흐려진 거울에 샤워기로 물을 끼얹자 언제까지고 어머니와 함께 살던 기억에서 헤어나지 못하는 가난하고 무력한 남자의 얼굴이 언뜻 나타났다. 그리고 그걸 들켰다는 듯이 금세 다시 흐릿하게 숨어버렸다.

몸을 씻고 나 자신이 유난히 조용한 것을 부자연스럽게 의식하며 욕조에 들어갔다. 한참이나 무릎을 끌어안고 가만히 있었지만 묶인 듯한 그 팔을 풀자 큰 한숨이 새어나왔다. 천장의 조명에 수증기가 흐릿하게 반짝거렸다.

파자마 대신 티셔츠에 반바지 차림으로 거실에 돌아오자 미요시는 소파 등받이에 몸을 기대고 가상공간에 들어가 있었다. 뭔가를 클릭하는지 손이 계속 움직였다.

내 기척을 알아차리고 핑크색 헤드셋을 조금 뒤로 젖히면서 말했다.

"한참 못 봤더니 연락도 밀렸고 이래저래 체크할 게 많아서."

"그럼요, 신경쓰지 말고 계속하세요."

나는 그녀의 컵에 보리차를 따라주고 나도 한잔 마셨다.

취침 전에는 거실에서 「어머니」와 대화하는 게 습관이 되었지만, 한동안 그것도 어려울지 모른다.

미요시는 헤드셋을 벗더니 내게 물었다.

"사쿠야 군, 나한테 얘기할 게 있다고 했었지?"

목욕을 하고 나온 맨얼굴은 화장수의 순한 광택으로 환했지만, 성형수술을 거듭했다는 눈과 코는 이런 때에도 편히 쉬는 일 없이 바짝 깨어 있었다.

나는 전 재무장관을 노린 테러사건의 용의자가 내가 일하는 회사의 친한 동료였고 그 바람에 나도 경찰 조사를 받았다는 얘기를 해주었다.

미요시는 그 사건에 대한 뉴스는 봤지만 자세한 것까지는 알지 못했는지 저런, 하고 깜짝 놀란 기색이었다. 그녀가 물어보는 대로 기시타니에 대한 얘기를 들려줬지만 범행 동기에 관한 것은 나도 제대로 설명할 수 없었다. 기시타니가 위에서 지시한 내용을 알면서도 따른 것인지 아닌지 여전히 밝혀지지 않았다.

하지만 미요시는 당연하다는 듯이 기시타니는 모든 걸 다 알면서도 드론을 조종한 게 틀림없다고 말했다. 그리고 "자포자기에 빠졌던 건가"라고 말하고는 그뿐, 한참이나 생각에 잠겨 있었다.

그러고는 문득 중얼거렸다.

"역시 그쪽 세계까지 망가뜨려서는 안 될 것 같아."

"그쪽 세계?"

"우리가 사는 세계는 넝마처럼 너덜너덜해졌지만 부자들이 사는 세계는 그나마 잘 굴러가고 있잖아. 근데 그쪽까지 망가져버리면 어디에도 있을 곳이 없어지게 돼. 결국 이쪽 세계까지 더욱더 나빠질 거야. 그런 짓은 해서는 안 된다고 생각해."

나는 미요시의 그 말을 이해하려고 했다. 기시타니가 일으킨 사건이 어딘가 다른 세계의 일처럼 느껴지는 건 나도 마찬가지였다. 하지만 그것은 일에 쫓겨 뉴스를 접할 시간이 없었기 때문이었다.

하지만 미요시가 말하는 건 그런 게 아니었다. 그녀는 이 세계 자체를 처음부터 둘로 나눠놓고 바라보았다. 잘 굴러가는 세계와 잘 굴러가지 못하는 세계……. 그 말 속에 담긴 체념을 이해하지 못한 건 아니다. 하지만 선술집에서 만났을 때, 그녀가 그것을 솔직하게 '불공평'이라고 말했기 때문에 더욱더 강하게 공감했던 것이다. 그래서 그 말의 진의를 확인해보려고 했다.

"부자들이 사는 곳은 마치 다른 세상처럼 느껴지지만, 같은 나라에서 사는 거니까 사실은 떼어놓을 수 없는 거 아닐까요? 가상공간에는 그런 것과는 관계없는 장소가 다양하게 존재하지만, 이건 그것과는 달라요. 이쪽 세계에서 부를 빨아들여 저쪽 세계가 윤택해진 것인데 그냥 저쪽이 잘 굴러가는 거라고 할 수 있어요?"

"물론 엄청 불공평하지. 근데 폭풍 피해를 당해보니까 뭔가 전체가 비참한 것보다 그나마 그쪽이 있어서 낫다는 기분이 들었어. 피해를 입지 않은 곳이 있으니까 피해 지역에 대한 지원도 가능하잖아. 이렇게 대피를 할 수도 있고. 아무리 불만스러워도 그쪽을 무너뜨리면 꿈도 희망도 없어질 것 같아."

"어떤 희망인데요?"

비꼬려는 건 아니었기 때문에 나는 웃음기 없이 물었다. 미요시는 소파 위에서 무릎을 껴안고 나를 마주보았다. 대피소 생활로 피폐해진 그녀에게 이런 논의를 꺼낸 것을 내심 후회했다.

"언젠가는 저쪽 세계로 가고 싶어. 돈 걱정 따위는 안 해도 되는 세계. 그리고 거기에서 다시 공부를 하는 거야. 대학에 들어가 남에게서 존경받는 인생을 살고 싶어."

"그거야 이해하지만, 이쪽 세계를 남겨둔 채 그쪽에 가봤자 기분이 좋을까요? 전체적으로 이 사회가 좀 더 공평해지지 않고서는."

"지금은 내 한몸 빠져나가는 것만으로도 힘에 부쳐. 일단 그쪽에 간 다음에나 그런 생각을 해야 하는 거 아닌가? 내 입장에서는 사쿠야 군도 저쪽 세계 사람이야. 이런 집, 나는 살아본 적도 없으니까."

"설마요. 이 집은 어머니가 열심히 일해서 남겨줬지만, 이제 곧 비워줘야 할지도 모르겠어요. 지금 이대로라면 관리비도 제대로 못 낼 것 같고."

"어머니가 돈을 남겨주지 않았어?"

"VF를 사느라 거의 다 써버렸어요."

"그래?"

미요시는 아연한 얼굴이었다. 나는 시선을 떨구고 보리차 컵을 집어들었다.

"역시 세상이 전체적으로 좀 더 좋아져야지요. 이런 식으로 태어나면서부터 빈부 격차가 벌어져서 어느 쪽 세계에서 태어나느냐에 따라 인생이 정해져버리는 게 아니라."

"그야 물론 그렇지만, 현실적으로 무리한 얘기잖아. 엄청나게

긴 시간을 거쳐 이런 상태가 되어버렸고, 국내뿐만 아니라 전 세계가 다 똑같아. 이 나라 전체가 망가지고 다들 똑같이 가난해지면서 격차가 사라지는 것보다는 어딘가에 풍족한, 아직 괜찮다고 생각되는 곳이 남아 있으면 좋겠어. 이런 건 희망이라고 할 수 없을까? 갈수록 나빠지는 거, 난 너무 무서운데."

"그 잘 굴러가는 세계를 영화 같은 것처럼 동경하면서 바라보는 건가요?"

"그래, 영화 같은 것인지도 모르지. 하지만 영화는 실재하지도 않고 스크린 속에 들어갈 수도 없지만, 그쪽 세계는 어쩌면 갈 수 있을지도 모르잖아. 그게 실낱 같은 희망이야. 거의 무리라는 거, 나도 잘 알지만."

"그래서 다들 셀럽을 팔로우하는 걸까요? 최소한 그쪽 세계를 유사 체험이라도 해보려고?"

"그런 거겠지. 나도 몇 명 팔로우했어. 나는 절대로 갈 수 없는 세계의 경험을 공유해주니까. 호화 저택 내부도 보여주고 유명인사들이 모인 파티에도 가고."

"노골적으로 자랑하는 거 같아서 싫지는 않아요?"

"왜 싫어? 자기들끼리만 독점하는 것보다는 그래도 낫잖아."

실제로는 독점하는 것이라고 지적해주려고 했지만, 미요시는 이 토론 자체가 시들해졌는지 애매하게 고개를 끄덕이고는 더 이상 아무 말도 하지 않았다.

나도 그녀와 논쟁을 하려던 것은 아니었기 때문에 그것을 계기로 입을 다물었다. 이 대화에는 「어머니」와 얘기할 때는 없었던 모종의 긴장감이 있었고, 그게 자칫 상대를 화나게 해버릴 수도 있다는 위구심 때문이었다.

한편으로 누군가 지시하는 대로 말해야 하는 업무와는 달리, 내 생각을 마음껏 밝힐 수 있다는 기쁨을 새삼 맛보았다. 기시타니가 체포되는 바람에 살아 있는 인간 중에 대화를 나눌 만한 상대는 이제 미요시뿐이었다. 그녀의 기분을 상하게 한 건 아닐까, 하고 내심 불안해졌다.

미요시는 끌어안고 있던 다리를 바닥에 내리고 조금 피곤한 듯 입을 열었다.

"아무튼 경찰 조사를 받는 거 힘들었겠다, 사쿠야 군도."

그녀의 머리칼이 어느새 거의 다 마른 것을 보고 이제 그만 이 화제를 끝낼 때라고 깨달았다. 테이블에 몸을 기댄 채 나는 고개를 끄덕였다.

"힘들긴 했죠. 근데 괜찮아요."

일종의 배려로 그 뒤에 1시가 다 되도록 그녀가 대피소에서 어떻게 지냈는지 얘기를 들었다. 그것도 끝이 나자 둘이 교대로 욕실에 이를 닦으러 다녀온 뒤, 복도를 끼고 마주보는 각자의 방으로 돌아가 잠자리에 들었다.

*

미요시에게 어머니가 쓰던 열쇠를 내주고 언제든 자유롭게 드나들 수 있게 했다.

다음날 아침에는 각자 서로 다른 시간에 출근했다. 하지만 그녀는 귀가 후에 몸 상태가 안 좋아지더니 급기야 한밤중에 구토와 설사를 거듭했다.

별다른 간호도 못했지만, 얼른 토하러 갈 수 있게 복도에 나와 누워 있는 그녀에게 담요와 베개, 물 등을 챙겨주었다.

미요시는 창백하고 힘들어 보이는 얼굴로 내게 사과했다.

"노로바이러스에 감염된 거면 사쿠야 군도 옮을 텐데……. 정말 미안해."

나는 마스크와 장갑을 끼고 화장실을 청소했다. 그대로 대피소에 머물렀다면 지금쯤 어떻게 됐을까. 전날 그녀를 집에 데려온 게 그나마 다행이었다.

그다음 날에는 오전 일거리 하나를 취소하고 병원에 함께 다녀왔다. 죽으로 점심식사를 차려준 뒤에 그녀를 남겨두고 출근하기로 했다.

"편히 쉬어요. 저녁에나 돌아올 테니까."

노로바이러스는 아니었지만 급성 장염이라는 진단이 나왔다. 역시 욕실 등을 매개로 바이러스에 감염될 위험이 있다는 주의를 받았다. 나는 회사에서 급한 일거리를 취소한 데 대해 엄격한 경고를 받았다. 오후 근무 중에 내게도 혹시나 장염 증세가 나타날까봐 걱정했지만 다행히 아무 일도 없이 넘어갔다.

미요시는 몇 번이나 미안하다는 사과와 함께 고맙다는 인사를 했다. 꼬박 이틀 동안 열이 떨어지지 않아서 대야와 물을 곁에 미리 챙겨둔 채 어두운 침실에 누워 있었다.

스스로를 지탱할 수 없게 된 육체에는 건강할 때보다 더 묵직한 존재감이 있었다. 그것은 움직이기가 어렵고, 눈 아래로 내려다보이고, 무방비 상태였다. 도움을 필요로 하고 나에게 책임 있는 태도를 요구하고 있었다.

어머니가 살아 있을 때도 몸이 아플 때는 이 방에서 간병을 해줬지만, 그건「어머니」와의 지금의 생활에서는 결코 경험할 수 없는 것이었다.

그리고 문득 미요시가 바이러스성 장염이 아니라 다른 심각한 질병이었다면 하고 나 혼자 남은 거실에서 생각했다.

내가 그녀를 계속 간병할 수 있을까. 설령 그럴 마음이 있더라도 경제적으로 눈 깜짝할 사이에 파탄이 나고 말 것이다.

커튼을 닫지 않은 채 밤의 창유리에 비친 내 모습을 멍하니 바라보았다.

유리창에 내가 비친다기보다 이 방에 홀로 있는 내가 비치고 있었다. 그것은 마치 유리 속에 만들어진 나 자신의 VF처럼 어떤 마음 같은 것을 섬세하게 표현하고 있었다.

나는 그런 나의 본심을 캐묻듯이 어머니에 대해 생각했다.

미래에 할 수도 있었을 어머니의 병간호를 나는 결국 경험하지 못했다. 그건 어머니가 시키려 하지 않았다고 말해야 하는 것인지도 모른다.

어머니는 지금 이 방의 광경을 반대의 입장에서 상상했을까. 즉 자신이 병들어 어슴푸레한 방에서 종일 누워 있고, 문이 열리고 외아들이 간호하러 와주기를 지그시 기다려야 하는 그런 생활을?

미요시가 컨디션을 회복하고 일주일이 지난 참에 우리는 두 사람의 공동생활을 새롭게 '룸셰어'라는 단어로 정의 내렸다.

집의 소유자는 나였기 때문에 그 말이 정확히 들어맞는 건 아닌지도 모르지만, 아무튼 적합한 언어로 상황을 명확히 해둘 필요가 있었다.

미요시는 임대료로 2만 엔을 내기로 했고, 전기세와 가스비와 식비, 그리고 세제나 화장지 같은 생활용품 비용은 각자 반절씩 내기로 했다. 그것을 계기로 그녀의 방에서 어머니의 물건을 모두 정리해 내 방으로 가져왔다. 그 바람에 한층 더 어머니의 기억이 짙어졌다.

그녀는 나와의 공동생활이 마음에 들었는지 가능하면 이곳에 조금 더 있고 싶다고 말했다. 나는 신뢰를 얻고 감사를 받는 게 흐뭇했다. 그녀는 최대한 저축하고 싶다는 말도 했다.

"앞으로 어떻게 될지도 알 수 없고, 조금이라도 더 돈을 모아야지. 안 그러면 마음껏 아프지도 못하잖아."

그런데도 룸셰어에 상응하는 비용은 지불하는 게 심리적인 부담이 없어서 좋다는 것이었다.

나는 거기에 동의했다. 서로 대등한 관계로 지내기 위해서는 필요한 일이었다.

그녀가 이곳에 좀 더 오래 머물렀으면 하는 것은 나도 같은 생각이었다. 하지만 그 밑바탕에 자리한 그녀에 대한 호감은 적절히 방향을 틀어야 한다고 느꼈다. 그것은 이미 싹이 텄다. 하지만 지금이라면 바꿀 수 있을 것이다.

「어머니」에게 룸셰어를 보고하자 "어머, 그랬니?"라고 별다른 표정도 없이 그 사실에 대해 미처 판단을 내리지 못하는 기색이어서 나는 확실하게 말로 전해주었다.

"응, 미요시 씨가 함께 있으니까 나도 뭔가 흐뭇해."

그제야 드디어 「어머니」는 웃는 얼굴을 보였다.

"그래? 잘됐구나. 미요시는 엄마의 가장 좋은 친구야."

미요시는 간병을 해준 데 대한 보답으로 뭐든 요리를 해주겠다면서 내게 마음껏 주문하라고 말했다. 식사는 따로 하는 일이 많아서 우리는 아직 함께 주방에 선 적이 없었다.

서로 품앗이가 될 테니까 그리 특별한 일로 생각하지는 말라고 했지만, 나는 잠시 생각해본 뒤에 대답했다.

"그렇다면 냄비요리를 했으면 좋겠네요."

그녀는 크게 웃는 얼굴로 말했다.

"냄비요리라니, 그런 건 요리도 아니야. 야채만 준비하면 되잖아."

"하지만 밖에서 혼자 먹기는 힘든 메뉴라서."

그제야 그녀는 아하, 하고 이해한 기색이었다.

"그건 그렇다. 좋아, 냄비요리로 결정! 어떤 냄비로 할까?"

"뭐든 좋아요. 아, 쇼핑할 때 나도 갈 거니까 그때 생각하죠."

"오케이. 감사 인사라는 원래의 취지와는 좀 달라졌지만 뭐, 좋아, 재미있겠다."

그녀는 미소를 머금은 채 스스로 다시금 납득한 듯 두어 번 고개를 끄덕였다.

제8장

전략

냄비요리를 하기로 약속한 날은 태풍이 다시 간토 지방을 헤집고 간 다음날이었다.

바짝 긴장해 단단히 경계했지만 피해는 비교적 가벼웠다. 다만 지난번에 피해를 입은 마을은 복구 작업 중의 가옥이 다시 침수되고 거기에 전봇대며 가로수까지 넘어져서 주민들은 아예 의욕이 꺾여버린 모습이었다. 텔레비전 인터뷰에 응한 피해 지역 주민 중 한 사람은 "번번이 안 좋은 패만 나와서 뒷전으로 밀려난 느낌"이라고 답했다.

미요시가 전에 살던 연립주택은 아직 복구 계획조차 세우지 못한 모양이었다.

나는 그날 회사에서 다시 '주의'라는 항목의 경고를 받았다.

기시타니 사건 이후로 '리얼 아바타'라는 직업에 갑작스럽게 사람들의 이목이 쏠리게 되었다. 수요와 취업 희망자가 급증하는 한편, 의뢰자의 '어떤 요구에도 따른다'라는 것에 대한 '항의'도 쇄도했다. 무책임한 행동이다, 사회적으로 허용되어서는 안 된다, 라는 것이다. 말할 것도 없이 기시타니의 경우는 예외적인 일이었고 실제로 그런 일을 방지하는 이용 규약도 있었다. 다만 회사가 업무 범위를 확장시켜온 것도 사실이었다.

장시간 노동과 과로가 일상이 된 근무 형태도 이런 쪽의 다른 직업과 마찬가지로 문제점으로 떠올랐다. 그런 점이 개선되는 것은 나도 물론 대 환영이었다.

솔직히 나는 회사 측에 여느 때 없이 불신감을 품고 있었다.

베테랑이라며 그토록 애지중지해주던 이전과는 달리, 고객의 평가가 떨어지자 그 즉시 '지도'가 증가하고 수수료 재협상을 강요하더니 처음으로 접속 정지 경고까지 들어왔다. 모두 AI가 자동으로 나를 심사해 일방적으로 메시지를 보내는 것이었다. 하지만 담당자에게 반론 메시지를 보내도 '주장하신 점을 충분히 감안하여 계약 조건에 적정한 재조정이 이루어진 것으로 인식하고 있습니다"라는 어떻게도 붙어볼 수 없는 답변만 돌아올 뿐, 대화의 자리조차 설정해주지 않았다.

하지만 나에 대한 회사의 태도 변화는 결코 기계적인 게 아니었다. 특히 기시타니와의 관계에 관련해 의심을 품고, 그의 문제 행동이 눈에 띄었던 무렵부터 나한테까지 냉담해졌다는 건 명백했다.

사건 후에 경찰 조사 때문에 이미 받아둔 일을 변경해달라고 부탁했었는데 그걸로 다시 장황한 '주의'가 들어왔고, 거기에 며칠 전 미요시의 병간호를 위해 취소한 일까지 겹치면서 다음에 또 문제를 일으키면 3개월 업무 정지와 위약금이 부과된다는 구체적인 통고가 들어왔다.

그때는 나도 자존심이 상해서 혼자 씩씩거렸지만, 동시에 이 일도 이제 그만둘 때인지도 모른다고 처음으로 진지하게 고민했다. 기시타니의 정신을 덮친 그런 위기가 결국 나한테도 찾아오기 전에 나 스스로 벗어나야 하지 않을까. 하지만 이 회사 외에는 지금과 동일한 수입의 일자리 전망도 확실치 않았고, 모처럼 시작한 미요시와의 생활을 유지하기 위해서도 최소한의 유예기간은 필요했다.

그날의 고객은 내게 처음으로 일을 의뢰한 사람이었다. 등록 계정에 올린 사진을 보니 안경을 썼고, 내 또래의 점잖아 보이는 청년이었다.

의뢰 내용은 입원 환자의 병문안이었다. 전에 큰 도움을 받은 분이니 정장 차림으로 가달라는 희망사항이 첨부되어 있었다. 나는 업무용으로 준비해둔 감색 정장을 입고 집을 나섰다. 미요시가 정장 입은 모습을 보고 싶다고 했지만, 이미 출근한 뒤여서 사진을 찍어 보냈다. 그녀에게서 곧장 '와아, 멋있어! 고액 연봉의 회사원처럼 보여(웃음)'라는 이모티콘 딸린 답장이 들어왔다.

태풍이 지나간 다음날 특유의, 무신경할 만큼 새파란 하늘이었다. 마구 어질러진 발밑과는 딴판으로 도시 전체의 공기가 청정기라도 돌린 것처럼 맑고 깨끗했다.

10월인데도 아침부터 후덥지근해서 약속 시간인 정오에는 기온이 30도에 달했다. 길을 가는 사람들도 거의 반소매였고 드문드문 민소매 차림의 여자들도 눈에 띄었다.

사계절의 변화가 이상하게 어긋난 지 오래여서 여름옷을 언제 정리하느냐는 것은 이맘때쯤에 단골로 등장하는, 누구에게나 통하는 무난한 화제가 되었다.

우선 아오야마의 고급 슈퍼마켓에 들러 멜론 두 개를 구입하라는 지시가 내려왔다. 오모테산도 역에서 의뢰자와 접속했지만, 그는 내가 재킷을 입지 않고 손에 들고 있는 것에 강한 불만을 드러냈다.

"정장을 반듯하게 입어주세요."

"병원에 도착한 뒤에 입으면 안 될까요? 오늘 날씨가 너무 더워서 입으면 땀이 쏟아질 것 같은데요."

"글쎄 됐으니까 입고 다니세요. 그러기로 미리 약속했잖아요."

의뢰자의 모니터는 오프 상태여서 나한테는 아이콘 사진밖에 보이지 않았다. 하지만 그 목소리는 머릿속에 그렸던 이미지와는 달리 몹시 고압적이었다.

나는 그런 약속은 한 적이 없다고 반론을 하려고 했다. 평소 같으면 이런 경우, 조건을 반드시 재확인했을 텐데 그날은 왠지 그렇게 하지 않았다. 슈퍼에 들른 다음에는 대부분 지하철로 이동할 것이고 병원도 그리 멀지 않다는 게 첫 번째 이유였다. 그리고 반론을 허락하지 않는 상대의 강한 말투에 기가 눌린 것도 있었다. 그리 달가운 의뢰자는 아닌 것 같았지만, 회사와의 계약 상황이 마음에 걸려 공연히 일을 시끄럽게 만들고 싶지 않았다.

감정을 지워버리고 오로지 의뢰자의 희망대로 움직이는 것이 이 일의 기본이었다.

의뢰자는 오동나무 상자에 담긴 '최상품' 브랜드 멜론 두 개를 희망했고 구입할 가게를 지정해준 것도 그였다.

역에서 겨우 10분쯤 걸었을 뿐인데 정장 재킷 안이 찌는 듯 덥고 이마에서 땀이 뚝뚝 떨어졌다.

얼마 전 고객에게서 '냄새가 난다'는 불만이 들어와 평가가 뚝 떨어졌던 일이 생각나 내심 불안해졌다. 병실은 1인실인 모양이었지만, 창문을 닫아걸고 에어컨을 켜둔 그 공간에서 입원 환자가 내 체취에 얼굴을 찌푸리지는 않을까…….

슈퍼에 도착하자 곧장 신선식품 매장으로 갔다. 에어컨 바람에 온몸이 시원해졌지만 그걸 계기로 도리어 머리에서 한꺼번에 땀이 쏟아졌다. 흠뻑 젖은 목깃이 서늘하게 닿아서 영 불쾌했다.

멜론은 내 예상보다 약간 높은 선반에 네 개가 나란히 진열되어 있었다. 한 개에 1만 8천 엔이었다.

"손에 들어봐요."

"네."

"일일이 대답할 필요는 없고. …… 어때요, 단단해요?"

"제법 단단합니다."

머스크멜론의 복잡한 그물망 무늬는 성장의 과정이며 껍질의 터진 틈을 회복하기 위한 **흉터** 같은 것이라는 얘기를 무심코 떠올렸다. 그 기복을 손바닥으로 느끼고 두 손에 멜론 향기가 옮겨오는 것을 상상하며 상처 입히지 않도록 조심스럽게 바닥을 손끝으로 더듬었다.

"다른 건 없어요?"

하나씩 차례차례 모든 멜론을 확인한 뒤에 나는 가장 잘 익은 것을 가리키며 대답했다.

"이게 가장 좋겠습니다."

"두 개가 필요하거든요?"

"죄송합니다, 두 개라고 하셨지요. 그럼 또 한 개는 이게 좋겠습니다."

"어째 좀 작은데, 그건?"

"그렇습니까? 현장에서 보기에는 작은 것 같지는 않은데요."

나는 멜론이 잘 보이게 얼굴 앞으로 들어올렸다.

"아니, 작아요."

"점원에게 다른 멜론이 있는지 물어볼까요?"

"안 되겠네, 거기. 니혼바시 백화점으로 가야겠어요."

"여기서 구입하는 게 아니고요?"

"몇 번씩 말하지 않으면 못 알아들어요?"

몹시 당황스러웠지만 나는 알겠다고 대답하고 멜론을 제자리에 돌려놓고 가게를 나왔다.

자동문이 열리자마자 바깥의 열기가 순식간에 몸을 집어삼키고 도망칠 곳도 없이 후끈하게 가둬버렸다. 역까지 걸어가는 동안 다시 땀이 쏟아졌다. 어쨌든 붐비는 긴자센 지하철을 타고 지시해준 대로 니혼바시까지 갔다. 그동안에 의뢰자는 무슨 다른 일을 하는지 내내 아무 말이 없었다. 나는 그에게 들키지 않게 몰래 넥타이를 조금 느슨하게 풀었다.

백화점은 역과 통로로 연결되어서 곧장 지하 식품 매장에 찾아가 조금 전에 했던 것처럼 멜론을 찾아다녔다. 평일 낮 시간인데도 사람들이 북적거리고 그 대부분이 중년 여성이었다.

모두 나와는 다르게 자신의 의사에 따라 반찬이며 신선식품, 과자 등을 물색하고 있었다. 하지만 정말 그럴까. 분명 지금 당장 누군가에게 조종을 당하는 건 아니다. 가족에게 사전에 지시를 받았다는 사람도 아마 거의 없을 것이다.

하지만 일상을 유지하려는 좀 더 거대한 추상적인 목적이 그녀들에게 지시를 내리고 있다고 해도 틀린 말은 아닐 것이다. 사회 자체의 리얼 아바타처럼. 그 증거로, 거기에 따르지 않았을 때 그녀들에게 낮은 평가를 매기는 것은 이 사회인 것이다.

고급 과일 노포점에서 보석처럼 진열된 멜론을 발견하고 조금 전과 마찬가지로 하나하나 품평해가며 두 개를 골랐다. 의뢰자도 이번에는 동의해줘서 점원을 불러 구입하겠다는 뜻을 전하고 오동나무 상자에 선물용 카드도 넣어달라고 주문했다. 베테랑인 듯한 초로의 점원은 손놀림이 능숙해서 포장지를 접을 때 장단, 종횡, 사선으로 다양하게 나타나는 직선이 상쾌했다.

멜론 2개에 3만5천 엔이라는 가격으로 의뢰자에게 지불을 요청했다.

그런데 그가 이번에도 느닷없이 이렇게 말했다.

"아무래도 여기서 사면 안 되겠어. 다른 가게로 할 테니까 그건 거절해주세요."

"예?"

"말이 안 들려요?"

"아뇨……. 뭔가 문제가 있습니까?"

"그 점원, 어쩐지 '운발'이 좋지 않은 것 같아요. 내가 그런 쪽에 좀 민감하거든요. 병문안인데 뭔가 꺼림칙한 걸 들고 갈 수는 없잖아요."

그제야 혹시 나를 놀리려는 게 아닌가 하는 의심이 들었다. 그 마지막 말 중간쯤에 웃음을 참지 못한 듯한 숨소리가 피식피식 새어나오는 것을 들었기 때문이다.

하지만 이용 규약 위반으로 의뢰를 중지할 만큼 분명한 문제점이 드러난 건 아니었다. 이 단계에서 만일 그런 얘기를 꺼낸다면 의뢰자는 최저 평가를 내리고 회사에 클레임을 넣을 게 뻔하다. 그렇게 되면 나는 계약이 해지될 우려가 있었다.

"죄송합니다만, 마음에 좀 걸리는 게 있어서 이번에는 어렵겠습니다."

점원에게 그렇게 알리자 그녀는 "예에?"라고 놀란 표정을 보이더니 의아한 듯 다시 한번 확인했다.

"구입하지 않는다는 말씀이십니까?"

"네……. 죄송합니다."

점원은 내가 리얼 아바타라는 것을 이미 알고 있는 눈치였다.

"네, 그래요, 괜찮아요"라고 갑자기 딱하다는 듯한, 이웃집 어린 애를 어른이 달래주는 듯한 투로 중얼거리더니 방금 포장한 종이를 벗기기 시작했다. 이어폰에서 다시 의뢰자의 목소리가 들렸다.

"고객을 대하는 태도가 영 엉망이네."

그들이 계속해서 뭔가 말했지만 나는 알아듣지 못한 채 다시 한번 점원에게 죄송하다고 머리 숙여 사과하고 그 자리를 떴다.

그로부터 니혼바시의 또 다른 과일가게를 시작으로 마루노우치, 긴자, 쓰키지까지 그들이 지시하는 대로 도보로 이동했고, 마찬가지로 멜론을 구입하려다 도중에 중지하는 어이없는 짓을 반복해야 했다. 하나같이 지하철을 타고 내리는 데 발품을 팔아야 하는 애매한 거리였다.

기온은 32도까지 올라가고 습도도 높았다. 고글 밑으로 손가락을 넣어 눈에 스미는 땀을 몇 번이나 닦아냈다. 바깥공기보다 당연히 체온이 더 높은 것을 확확 달아오르는 뺨으로 실감했다.

햇볕이 쨍쨍해서 나뭇잎이 떨어진 인도 위의 내 그림자가 어느 때보다 짙었다.

두 시간 반을 돌아다니느라 와이셔츠가 흠뻑 젖었지만 더 이상 냄새 걱정도 하지 않았다.

오로지 고글에 표시된 지시만을 따라 걸었기 때문에 빌딩과 빌딩 사이에서 내가 지금 어디에 있는지조차 깜빡깜빡 놓쳐버렸다.

나중에 돌이켜보니 분명 어느 시점에선가 거부했어야 했다. 하지만 이상 기온으로 날씨가 무덥지 않았거나 정장을 차려 입은 게 아니었다면 딱히 무리한 거리는 아니었다. 의뢰자들이 자기 좋을 대로 변덕을 부리는 데는 이미 익숙해져서 이 정도면 4시간짜리 계약은 어떻게든 버텨낼 수 있다고 생각했다.

견디기 어려웠던 것은 그 의뢰가 단지 나를 조롱하려는 목적이라는 게 더 이상 의심할 수 없을 만큼 명확하다는 점이었다.

의뢰자는 한 명이 아니라 최소한 네 명이고, 중간쯤부터는 비웃음을 감추지도 않았다. "헥헥거리는데?"라고 속닥거리는 소리가 들리고, "그렇게 더워요?"라고 야유하듯이 물어보기도 했다.

그들이 나누는 대화의 단편을 통해, 아무래도 실제 의뢰자는 협박을 받고 계정만 빌려준 모양이라는 것을 알았다. 설령 내가 이 계정을 이용 위반자로 보고하더라도 페널티가 부과되는 건 지금 내게 지시를 내리는 세 사람이 아니라 그가 될 터였다.

기묘하게도 원격으로 외부의 지시를 받는 게 아니라 나 자신을 내면에서부터 탈취당한 듯한 감각에 빠졌다. 정체를 알 수 없는 3인조가 내 마음속 공간에 들어앉아 주스를 마시고 과자를 집어먹고 그 부스러기를 사방에 흘리면서 내 몸을 자기들 좋을 대로 갖고 논다. 그렇게 나는 내 몸을 그들에게 완전히 비워주고, 한사코 그곳에서 벗어나려는 것처럼 헛되이 걸음을 서두르고 있었다.

나는 미요시와 함께하기로 약속한 저녁의 냄비요리를 생각하려고 했다. 집에 돌아가면 곧장 샤워부터 하고 싶다. 그다음에는 함께 슈퍼에 나가 어떤 재료를 넣을지 상의한다. 그 모습을 내내 머릿속에 떠올리며 걸었다.

성매매를 하던 시절의 미요시도 이런 식으로 자신의 몸에서 빠져나와 의식만의 존재로 어딘가 멀리 떨어진 장소에서 시간을 때웠을까.

내가 그녀의 손님들과 똑같은 욕망을 품는다는 것, 즉 그녀에게 그자들과 똑같은 인간으로 간주된다는 것을 상상하기만 해도 격한 혐오감이 느껴졌다. 나는 그렇지 않은 인간이고 싶다. 분명코 전혀 다른 인간으로서 그녀에게 존중받고 싶다. 나는 그녀와 「어머니」와의 **3인 가족**을 몽상했다. 우리는 '한 가족'이 될 수 있지 않을까…….

「어머니」에게 오늘의 이 굴욕적인 경험을 얘기해야 할까, 생각하다가 걱정하는 그 얼굴이 떠올라 조용히 넘어가자는 마음이 들었다. 미요시에게는? 한 가족이 된다는 건 결국 아무것도 얘기할 수 없다는 것인가.

불쑥 소설 『파도』의 해변 도로에서의 죽음 장면이 머릿속을 스쳤다.

그 개그맨처럼 나는 지금 비웃음을 사고 있는 것이다. 죽을둥 살둥 살아가는 내 인생은 '저쪽 세계'의 사람들에게는 심심풀이로 놀려먹는 소재거리였다.

내 옆을 자동차가 규칙적으로 열을 지어 달려갔다.

저 앞 왼편 빌딩과 빌딩 틈새로 돌연 **파도**가 덮쳐든다, 라는 일도 혹시 있을까. 나는 깜짝 놀라 차도로 뛰쳐나가리라. 그때 나는 누구로서 죽는 것일까. 내 안을 제 세상인 듯 차지하고 있는 세 놈도 함께 죽일 수 있을까. 나는 '죽음의 한순간 전'에 무슨 생각을 할까. 아니, 아직 너무 이르다. 나는 아직 그 순간에 **누구를** 머릿속에 떠올려야 하는지도 알지 못하는데.

쓰키지까지 걸어간 끝에 예상대로 결국 멜론은 구입하지 않은 채 계약 종료시간이 다가왔다. 지인의 병문안이라는 것도, 그러기 위해 정장을 차려입으라는 것도, 모두 지어낸 얘기였던 것이다.

가게를 나왔을 때 계약 종료까지 15분밖에 남지 않았는데도 의뢰자들은 "좋아, 한 군데 더 가보자!"라고 떠들면서 한 명은 소리 높여 웃고 또 한 명은 하품을 했다.

"리얼 아바타는 진짜 뭐든 시키는 대로 다 하는구나. 진심 대박이다! 됐어, 이제 실컷 즐겼잖아. 이건 뭐, 사람도 죽여주겠네, 지시만 하면."

감탄한 듯 마구 떠드는 소리가 들렸다. 역시 기시타니 사건으로 리얼 아바타를 알게 된 모양이었다.

발밑이 휘청거리고 목이 탔다. 챙겨 온 물통은 진즉에 텅 비었다. 현기증이 나고 시야가 허옇게 메말라 쩍쩍 금이 가는 느낌이었다. 열사병인가, 하고 생각했다.

한마디 미리 양해를 구했으면 좋았을 텐데 그럴 여유도 없어서 나는 신호등을 건너 편의점으로 향했다.

"앗, 이봐, 어디 가? 시간, 아직 안 끝났잖아. 혹시 화난 거야? 화났어?"

다시 웃음소리. 나는 재킷을 벗고 넥타이를 쥐어뜯듯이 느슨하게 풀었다. 몸 상태가 지독히 안 좋았다. 손에 집히는 대로 1리터

짜리 생수 한 개를 계산대로 들고 갔다. 의뢰자는 갑자기 자기 뜻대로 움직이지 않는 나에게 화가 나서 큰소리로 왁왁 부르짖고 있었다.

카운터에서는 50대 남자가 동남아시아 사람인 듯한 여점원에게 뭔가를 집요하게 캐묻고 있었다.

나는 자동 계산대에서 정산을 끝내자마자 생수를 들이켰다.

"여기는 일본이야! 일본 말도 제대로 못할 거면 너희 나라로 돌아가, 너희 나라로!"

의뢰자들도 이 대화를 들은 모양이었다. 흥분한 듯 왁자지껄 웃는 소리가 어지럽게 뒤섞였다. 귀가 시끄러워서 나는 고글과 함께 이어폰을 빼내 카운터에 내려놓았다. 재킷과 손가방을 나도 모르는 사이에 발밑에 흘렸다.

기시타니가 "나는 이제 절절히 싫어졌어. 이제 진짜 싫어" 했던 말이 생각났다. 나는 고개를 끄덕이며 멍하니 미소를 지었다. 그는 지금 구치소에서 어떻게 지내고 있을까.

나는 끝내려고 했다. 무엇을? 눈앞의 다툼을?

나에게 '냄새가 난다'고 말했던 여자를 떠올렸다. 지금 여기서 소리치고 있는 저 차별주의자를 그때 죽이지 않았던 여자 대신 죽이면 안 되는 이유는 대체 뭘까.

그 남자 쪽으로 걸어가 나는 "그만하시죠"라고 말했다. 하지만 더 이상 말이 나오지 않았다. 머리가 깨질 듯이 아파서 나도 모르게 얼굴을 찌푸렸다. 남자는 놀라서 어깨를 움찔했지만, 고개를 돌려 우뚝 서 있는 나를 보더니 얼굴을 붉히며 말했다.

"네가 무슨 상관이야? 남의 일에 참견하지 마!"

나는 다시 한 번 "그만하시죠"라고 말했다. 점원이 어쩔 줄 모르고 내 쪽을 쳐다보았다.

문득 저 여자는 미요시가 아닐까, 라고 생각했다. 생김새는 다르지만. 아, 그래, 이 남자는 미요시의 목을 조른 그자가 아닐까. 아니, 오히려 고교시절에 내게 노트를 빌려갔고 매춘 때문에 퇴학을 당한 **그 소녀**인가. 이 남자는 그녀를 돈으로 샀던 그자인 것이다…….

점원을 보호하듯이 나는 남자 앞을 가로막고 섰다. 그자의 얼굴이 바로 코앞에 있었다. 남자는 내게 "비켜!"라고 소리치며 뚫고 나가려고 했다. 나는 다시 그의 앞을 가로막았다.

"비키라고!"

남자는 발끈해서 몸으로 들이받았다.

내 셔츠는 땀에 절어 냄새를 풍겼다.

역시 이자가 내 평가를 현저히 떨어뜨린 그 여자 아닐까. 그럼 아바타인가? 남자는 나를 밀쳐내려고 했지만, 나는 말없이 발로 버티며 앞을 막았다. 기시타니가 나를 부추기고 있었다. 아니, 그게 아니다. 나는 그 고교시절의 '영웅적인 소년'을 동경했던 게 아닐까. 그리고 지금 나는 어느 누구의 지시도 받지 않는다. 나 자신의 본심에 따라 행동하고 있다…….

"손님, 저기……."

점원의 목소리가 등 뒤에서 들려왔다. 남자는 가죽구두가 미끄러져 자세가 무너지자 한층 더 격앙되어 나를 거칠게 밀쳐냈다.

나는 카운터에 허리를 찧고 그 아픔에 얼굴이 일그러졌다.

역시 죽여야 하는 거 아닌가, 자문했다. 이제 어머니도 없는 이 세계에서 왜 법을 지키지 않으면 안 되는가, 생각했다. 아무도 내 죄를 한탄하지 않는 이런 세계에서 왜, 라고.

*

저녁 5시 넘어 집에 도착했다. 미요시가 오기 전에 샤워를 하고 더러워진 셔츠와 양복을 세탁기에 빨아서 증거를 인멸하듯이 오늘 낮에 경험했던 것들의 흔적을 모조리 지웠다. 그리고 머리칼이 젖은 채로 내 방 침대에 쓰러졌다.

무엇보다 나 자신을 되찾고 싶었다. 하지만 반납된 내 몸은 지독히 난폭하게 다뤄져서 처음 빌려줬을 때와 이미 똑같지 않은 느낌이었다. 그게 슬펐다.

생각하는 것도 지쳐서 그저 하얀 백지가 되고 싶었다.

아무것도 느끼지 않고 아무것도 생각하지 않고 무감각인 채로 조용히 곯아떨어지고 싶었다. 몇 번이나 뒤척이며 몸을 작게 접었지만 나를 휘감은 그 마비는 너무도 가늘어서 아무리 미간을 좁히며 밖으로 쫓아내고 열쇠를 잠가버려도 어느새 귓속에 끊임없이 비웃음이 틈입하고 눈꺼풀 안쪽으로는 분노한 그 남자의 얼굴이 어른거렸다.

회사에서 연달아 연락이 왔지만 무시하고 휴대전화 전원을 꺼버렸다.

어머니가 이런 나를 알지 못한 채 세상을 떠나신 것의 의미를 막연히 생각했다. 지금 이 순간에도 차마 알리지 못한 채, 계속 죽음을 죽어가고 있는 의미를.

6시 반에 근처 슈퍼에서 미요시와 만나기로 했었다. 아슬아슬한 시간까지 그 약속을 취소할까 망설였지만, 그래서는 안 된다고 마음을 다잡으며 옷을 갈아입고 집을 나섰다.

자동문 너머 카트가 줄지어 서 있는 곳 근처에서 미요시는 휴대전화를 들여다보며 기다리고 있었다. 급히 그쪽으로 뛰어갔다.

"좀 늦었지요?"

"늦었지, 타임세일 놓치겠어!"

미요시가 웃으면서 말했다. 그러고는 내 눈을 흘끗 보더니 고개를 갸우뚱했다.

"왜 그래, 얼굴빛이 안 좋아."

"아니, 아뇨, 괜찮아요."

"그래? 일, 일찍 끝났어? 정장 입은 모습을 기대했는데."

"집에 먼저 들렀어요. 땀에 젖었길래 얼른 세탁기 돌려서 널어두고 왔죠."

미요시는 흐음, 하는 얼굴로 고개를 끄덕였지만 뭔가 짐작했는지 더 이상 캐묻지 않았다. 배려 같기도 하고 신중하게 거리를 두려는 것 같기도 했다.

그녀의 과거에 접속이 허락된다면 내 몸이 내 것이 아니게 되는 고통을 그녀와 공감할 수 있지 않을까, 라고 그 순간 문득 생각했다. 하지만 그건 이미 현재를 살아가는 그녀에게 내 고통을 알아달라고 징징거리는 짓 같아서 같아서 입 밖에 내지 않았다.

동네 슈퍼 안의 풍경이 오모테산도 고급 슈퍼마켓의 기억과 별다른 악의도 없이 서로 얽혀서 내 머릿속을 어지럽게 했다.

"사쿠야 군, 두유냄비 어때?"

앞서 걸어가던 미요시가 뒤돌아보며 물었다.

"그런 게 있어요? 난 먹어본 적이 없는데."

"진짜? 닭고기로 하는 거야. 소금누룩으로 간 맞춰서."

"괜찮네요. 맛있겠어요."

"그럼 오늘은 그걸로 해볼까. 재료를 좀 넉넉히 사서 한동안 냄비요리 먹자."

"좋죠. 김치냄비 양념도 사둘까요?"

"그래, 두유냄비는 부드러운 맛이니까 자극적인 게 있으면 구색이 맞겠지?"

단 몇 초의 대화였지만 나는 그동안 낮의 일을 완전히 잊을 수 있었다.

그녀의 존재에 최대한 집중해서 자꾸만 엉겨붙는 기억을 떨쳐내고 싶었다.

"그러면 배추하고 대파도 사야겠네요."

"응, 뭐든 좋아하는 걸로 골라봐. 고기는 닭고기가 더 맛있어. 아, 김치냄비용으로 돼지고기도 사자."

'세일 상품'의 가격표를 훑어보며 이것저것 재료를 고르는 미요시를 나는 장바구니를 들고 따라다녔다. 한 달 식비는 가능한

4만5천 엔 이내로 맞추기로 했었다. 두 사람분의 나흘 동안의 식재료가 2천3백 엔으로 해결되었기 때문에 캔맥주 여섯 개 팩도 추가로 구입했다.

냄비 따위는 요리가 아니라고 호언했던 대로 미요시는 능숙하게 야채를 썰고 뼈 있는 닭다리에 소금누룩으로 밑간을 해서 눈 깜짝할 사이에 준비를 끝냈다.

"원래는 소금누룩에 하룻밤 재워야 하는데."

비좁은 주방에서 나는 겨우 쌀을 씻는 것 정도밖에는 거들 게 없었다.

식탁에 그릇과 젓가락을 놓으면서 어머니와 함께 날마다 저녁을 차리던 시절을 떠올렸다.

미요시와 '룸셰어'가 시작된 뒤부터 거실 정돈에도 신경을 쓰게 되었다. 내가 집을 비운 동안에 그녀도 자주 테이블을 닦고 청소기를 돌리곤 했다.

두유냄비는 순하고 닭고기 국물이 잘 우러나 어딘가 콘 수프 같은 풍미였다. 푹 끓여진 그 부드러운 향 옆에 아직 파릇파릇 싱싱한 대파와 배추가 기다리고 있어서 야채 젓가락으로 하나씩 추가할 때마다 구수한 향이 새롭게 코끝을 스쳤다.

두유에 녹아들 만큼 졸여진 야채의 달콤함과 쫄깃한 닭다리살의 소금 맛, 양쪽을 위해 맥주를 마신 뒤에 다시 밥을 먹었다.

"맛있네. 보기보다 시원하고. 이런 요리는 어디서 배웠어요?"

"인터넷에서."

미요시는 입에 넣은 닭고기가 뜨거웠는지 호오호오 하고 그 뼈를 꺼내면서 후훗 웃었다.

"요리는 죄다 인터넷이야. 부모에게서는 배운 적이 없어. 하긴 요리가 서툴러서 해줘봤자 맛도 없었어. 엄마 손맛이 그립다든가, 그런 게 전혀 없어."

"흠……."

"나 혼자 연구해서 돈을 덜 들이면서도 나름 근사한 밥상을 차리게 됐어. 왜 이런 간단한 것도 못해줬을까. 진짜 아버지 어머니가 얼마나 한심했는지 점점 더 실감이 난다고 할까……. 사쿠야 군은 어머니한테 많이 배웠지?"

"그렇지도 않아요. 어머니가 해준 요리를 좋아했는데도 돌아가신 뒤에 따라해보겠다는 생각은 못했어요. 진즉에 배워뒀어야 했는데."

미요시는 말없이 고개를 끄덕였지만 냄비가 부글부글 끓는 게 신경쓰였는지 휴대용 가스레인지의 불을 살짝 줄였다. 그리고 내 유리잔에 맥주를 따라주었다. 고맙다고 말하고 그쪽 잔도 채워주려고 했더니 괜찮다는 듯이 손을 내저으며 자신이 직접 따랐다.

맥주를 한 모금 마시고 나는 말했다.

"근데 어머니도 아마 똑같았을 거예요. 요리책이나 인터넷, 그런 거예요, 원래."

"그건 그렇지만……. 하긴 그 말이 맞아. 내가 워낙 끔찍한 집에서 자랐기 때문에 다른 집은 분명 다를 거라고 생각하는 경향이 있어. 실제로도 다르겠지만 어디가 어떻게 다른지 잘 모르겠어.

그래서 아마 어이없는 지점에서 부러워하게 되는 것 같아."

언제 고장날지 요즘 골칫거리인 낡아빠진 에어컨 바람이 냄비에서 미묘하게 피어오른 김을 흔들었다.

미요시는 지나치게 우울한 얘기라고 생각했는지 분위기를 바꾸려는 듯 표고버섯과 닭고기를 맛있다, 맛있다, 고개를 끄덕여가며 먹었다.

"역시 냄비요리, 최고의 선택이었어. 함께 먹는다는 실감이 나잖아."

"그러게요. 내일부터 한참 동안 이 요리만 먹겠지만."

"질리도록 먹어도 좋아. 간편하기도 하고."

미요시는 그렇게 말하다가 이제야 생각났다는 듯 재료도 거의 바닥나서 별로 잘 나올 것 같지 않은 냄비 안을 사진 찍었다.

나는 아까부터 휴대전화의 전원을 꺼뒀다. 그리고 낮에 있었던 일은 그녀에게는 말하지 않기로 했다.

식사 후에 내가 설거지를 맡고 미요시는 먼저 목욕을 했다. 아까 오후에 귀가하자마자 샤워로 땀을 씻어냈지만 요리 냄새가 몸에 배어서 나도 다시 한 번 물을 끼얹고 싶었다.

욕조 가장자리에 머리를 대고 뜨거운 물에 들어앉은 채 나는 한참이나 눈을 감고 있었다. 오후에 집에 돌아온 직후와는 달리 미요시와 함께한 저녁식사가 마음에 평안함을 안겨주었다.

최대한 지금의 이런 나에 머물고 싶었다. 기억상실에 걸리기를 바랐다. 단지 몇 분밖에는 자신의 경험을 기억하지 못한다는 질병의 발작을. 그리고 슬픔을 잊는 것과 동시에 기쁨의 추억까지 잊어야 한다면 나는 그 조건을 받아들일 수 있을까, 라고 생각했다. 오늘의 그 일을 컴퓨터 파일처럼 클릭 한 번으로 모조리 삭제할 수 있다면……. 컴퓨터 파일? 아니, 오히려 이렇게 물었어야 한다. 모든 추억이 소멸하는 '죽음의 한순간 전'에 나는 그 소멸에 안도할 것인가 아니면 아쉬워할 것인가, 라고.

거실로 나왔더니 미요시의 모습은 없고 샴푸향기만 감돌았다. 하지만 다시 바라보니 반바지에 티셔츠 차림의 그녀가 헤드셋을 끼고 소파가 아니라 바닥에 천장을 보며 누워 있었다. 맨다리의 한쪽 무릎을 세우고 두 팔을 펼치고 있었지만, 이따금 뭔가를 잡으려는 것처럼 가만가만 허공으로 손을 내밀었다.

그녀는 거대한 포옹을 받아들이려는 것처럼 자신의 온몸을 고스란히 드러내고 있었다.

속옷을 입지 않은 가슴이 그 편안한 휴식으로 하얀 티셔츠 안에 느긋하게 퍼져 있는 것에 시선이 멎는 바람에 나는 얼른 눈을 돌렸다. 그녀가 성매매를 하던 시절에 당했다는 폭력이 생각나서 어떻게 이토록 무방비하게 행동할 수 있는지 의아했다.

장염으로 고생하던 때와는 다르게 그녀의 몸은 건강하고 청결하고 평화로웠다.

아마도 나를 신뢰하는 것이리라. 적어도 돌발적으로 그 몸에 올라타 목을 조르면서 옷을 벗기려드는 인간으로 간주하지는 않았다.

다시 그녀를 응시했지만 전혀 알아차리지 못해서 마치 훔쳐보는 듯한 꺼림칙한 느낌이 들었다. 일부러 발소리를 내며 냉장고에 보리차를 가지러 갔다. 문득 그녀를 친누나처럼 느끼는 건 안될까, 라고 생각했다. 한 가족이라면 어머니 대신, 이라는 게 더 자연스럽게 떠오를 만한 관계였지만 나는 그 생각을 혐오감과 함께 단연코 거부했다.

단번에 들이킨 한잔의 보리차가 식도를 타고 위에 가닿기까지의 여정이 그 차가움을 따라잡듯이 느껴졌다. 맥주는 딱 한 캔만 마셨기 때문에 술에 취했을 리가 없는데도 갈증이 났다.

미요시는 어느새 몸을 옆으로 돌려 최대한 작게 움츠리듯이 무릎을 안고 있었다. 태아 시절을 추체험하는 앱이라도 쓰고 있는가. 그 모습이 오후에 침대에 쓰러졌던 나 자신을 닮았다는 것을 깨닫고 흠칫했다.

그녀야말로 오늘 꼭 들어주었으면 하는 일이 있었는지도 모른다. 내 초췌함을 알아보고 그 말을 다시 삼켜버렸던 건 아닐까.

그녀를 위한 보리차를 들고 다가가 어깨를 잡으며 말을 건네려다가 그 정도의 몸짓도 아슬아슬 무너지기 쉬운 신뢰를 자칫 깨뜨리는 일이 될지 모른다는 생각이 들었다.

한두 걸음 물러서서 그녀에게 물었다.

"미요시 씨, 괜찮아요?"

그녀는 아마 내 기척을 알고 있었던 것이리라. 별반 놀라는 기색도 없이 천천히 헤드셋을 벗으면서 몸을 일으켰다. 그리고 어딘가 먼 곳에서 내가 있는 거실로—즉 현실로—돌아온 듯한 지친 표정을 보였다. 울고 있었는지 눈가가 붉어졌지만 그녀는 괜찮다고 고개를 끄덕였다. 흘끔 나를 쳐다보고 고개를 숙인 채 얼굴에 걸린 머리칼을 손끝으로 툭 쳐냈다.

직접 손을 대보지도 않고 미요시는 어떻게 내가 가상현실이 아닌 걸 알 수 있을까, 라는 뜬금없는 생각을 했다. 나는 어떤가 하면, 직접 만져본 적이 없었기 때문에 「어머니」가 실재한다고 생각할 수 있었다.

실제로 여태까지 「어머니」에게 손조차 내밀어본 적이 없었다.

"또 어디 리조트 호텔에라도 갔었어요?"

"아냐."

그녀는 고개를 젓고는 내게 헤드셋을 내밀며 말했다.

"사쿠야 군도 해볼래? '연기緣起'라는 장대한 앱이야."

"연기?"

"불교의 연기설, 들어본 적 있지? 이 세상 모든 현상은 상대적이고 일체 공空이라는."

"흠, 그냥 막연히 아는 정도?"

"그걸 우주의 기나긴 시간을 통해 체험해보는 앱이야. 본격적인 불교사상을 설명한다기보다 아마 추상적으로 붙인 이름일 거야."

"그런 앱이 있었구나. 자주 들어가요?"

"아니, 가끔. 마음에 들더라고. 내 인생이란 무엇인가, 하고 고민스러울 때 엄청 깊이 몰입할 수 있어서."

"우주공간에 몰입을?"

"우주 그 자체에 몰입하는 거야. 지구 탄생부터 소멸까지의 시간도 물론 포함해서 전부 다. 두려움도 사라지고 마음이 한결 가벼워져."

조금 전 행복 가득한 저녁식사의 여운이 남아 있는 상태에서 듣기에는 적잖이 쓸쓸한 중얼거림이었다.

뭔가 말해주고 싶었지만 좋은 말이 얼른 생각나지 않았다.

"미요시 씨와 이 집을 공유하게 되어서 나는 기쁘던데요."

"그야 나도 혼자 살 때보다 훨씬 좋지. 사쿠야 군에게는 고마운 마음이고. 하지만…… 말로 잘 표현할 수는 없지만, 나는 죽는 게 두려워. 누구나 다 그렇겠지만, 남들보다 그런 두려움이 더 심한 것 같아. 내 인생이 결국 **아무것도 아니었다**고 느끼면서 어떻게 그 죽음을 받아들일 수 있을지, 정말 모르겠어."

나는 무릎을 꿇고 두 손을 짚은 채 얘기를 들었지만, 그 말에 대한 대답을 생각하면서 그녀 옆의 바닥에 자리를 잡았다.

"미요시 씨는 '죽음의 한순간 전'을 생각해본 적 있어요?"

"……?"

"어머니가 '자유사'를 원했던 이유 중의 하나예요. 그것도 후지와라 료지가 쓴 소설의 영향인 모양인데, '죽음의 한순간 전'에, 즉 이 세상에서의 마지막 찰나에 무엇을 보고 어떤 기분이고 싶은가, 라는 거예요. 어머니는 그때 내가 곁에 있어주기를 원했어요. 나와 함께일 때의 자신으로 죽음을 맞이하고 싶다, 다른 사람들이 있는 데서는 죽고 싶지 않다고. 하지만 결국 낯선 젊은 구급

대원이 내려다보는 가운데 돌아가셨어요."

"그랬구나……."

"어떤 상황에서, 누구와 함께일 때, 생명이 사라지는 마지막 순간을 살고 싶어요? 그 바람이 이뤄진다면 죽음의 공포도 조금쯤 누그러들지 않을까……."

미요시는 내 말이 채 끝나기도 전에 몇 번이나 짧게 고개를 저었다.

"그런 거, 아무 도움도 안 돼. 그렇게 해줄 사람도 없고……. 만일 지금이라면 나는 마지막 순간에도 어딘가 가상현실에 가 있을 거야. 천사가 맞아주고 무지갯빛 문이 환하게 빛나는 천국이 보이는 그런 가상현실에."

"사후 세계를 믿어요?"

"사후 세계란 바로 지금 이 세계야. 단지 내 몸을 화장해서 뼈와 재와 이산화탄소가 될 뿐이지."

"영혼의 불멸 같은 것도 믿지 않고?"

"사쿠야 군은 믿어?"

"나는…… 믿을 수 있다면 좋을 것 같은데."

"종교가 있어?"

"아뇨."

"나도 그래. 죽으면 다 끝이야."

"이산화탄소……."

"연소에 대해 과학시간에 배웠잖아. 산소와 조금씩 결합하면서 허공에 흩어지는 거."

“그런 걸 알고 있다면 ‘죽음의 한순간 전’에 천국의 가상현실은 별 의미가 없잖아요.”

“그렇지도 않아. 마지막 순간에 착각이나마 기분이 좋아질 수만 있다면. 아니, 종교라는 것도 다 그렇잖아? 존재하지도 않는 천국 얘기로 죽음의 공포를 달래는 거야. 헤드셋 쓰고 꿈처럼 아름다운 가상공간의 광경을 바라보며 죽는 것과 똑같아. 아, 그렇다고 종교가 나쁘다는 건 아니야. 종교라는 건 인생에서 별로 좋은 일이 없었던 사람들을 위한 것이겠지.”

“뭐, 그런 거겠죠.”

“행복한 사람에게는 필요도 없을걸.”

“하지만 속아 넘어간 상태로 죽는다는 것도 좀 그렇잖아요.”

“속아 넘어가는 건 아니지 않나? 가상현실도 인간이 만들어낸 하나의 세계야. 종교 역시 그렇잖아. 꼭 천사가 아니더라도 아미타불이든 예수든, 옛날 사람들도 그런 걸 ‘죽음의 한순간 전’에 보고 싶었던 거겠지.”

“옛날 사람들은…… 그렇겠네요.”

“어이없는 얘기인가?”

“아뇨, 신앙을 가진 사람들을 부정할 생각은 없어요. 다만 그런 거라면 나는 마지막 순간에 사랑하는 사람과 함께 있고 싶어했던 어머니의 기분이 그나마 이해가 되는데.”

“그게 그거야. 그렇게 해줄 만한 사람이 없기 때문에 힘들다는 얘기였던 거잖아.”

미요시는 안타까운, 약간은 답답하다는 듯한 말투였지만 그걸 얼버무리듯이 미소를 지으며 말을 이어갔다.

"근데 단 한 가지, 사후에도 내가 소멸되지 않을 방법이 있어."

나는 고개를 갸우뚱했다.

"나도 우주의 일부라고 인식하는 거야. 나와 우주 사이에 구별이 없고, 우주 그 자체로 사후에도 계속 존재한다고."

"……."

"연기 앱은 시간 스케일이 무려 300억 년 정도야. 상상이 돼? 빅뱅에서 시작해서 중간에 지구가 탄생하고 태양에 먹혀 소멸하고, 그 뒤에도 덤덤하게 시간이 이어지다가 다시 100억 년 후, 라는 식의 시간이야. 사쿠야 군도 한번 해볼래?"

"그럴까요?"

내가 고개를 끄덕이자 미요시는 "잠깐 기다려"라고 일단 자신의 핑크색 헤드셋을 쓰고 재설정을 한 뒤에 내게 건네주었다.

나는 지금 우리가 머물고 있는 거실을 한 차례 둘러보았다.

그리고 헤드셋을 장착하고 잠시 눈을 감았다가 천천히 떴다.

그곳은 우주공간이었다. 어디를 봐도 구름 한 점 없이 별이 반짝이는 맑은 하늘이고, 몇 초 뒤에는 무중력 상태처럼 상하좌우의 감각에 변화가 일어났다.

별이 엄청나게 많았다. 내 몸은 가상공간에 받아들여지지 않아서 내 손을 보려고 해도, 내 배를 내려다봐도, 아무것도 보이지 않는다. 단지 내 의식만 광대한 우주를 떠도는 것 같았다.

외부에서 미요시의 목소리가 들렸다.

"음성으로 지시를 내릴게. 사쿠야 군은 처음이니까 다이제스트판으로 해. 우선 1억 년을 1분에 체험하는 설정이지만, 그러다가 시간도 장소도 자동적으로 바뀔 거야. 설명 글도 표시되는데 번거로우면 꺼버려도 돼."

"……."

"사쿠야 군은 계속 우주공간의 '뭔가'로 존재하게 돼. 원소라느니 하는 엄청 작은 뭔가로. 그래서 물론 의지 같은 건 없지만, 어차피 이건 유사 체험이야. 그리고 거꾸로 말하면 우주 그 자체인 거야. 다양한 일들이 일어나는 광대한 우주의 일부분."

오른쪽 끝에는 우주 탄생 후의 시간 경과가 표시되었다.

우주의 시작은 137억 년 전이라는 모양이다. 그 '10의 마이너스36~32제곱의 1초'라는, 내 인생에서 한 번도 인식해본 적이 없는 짧은 시간 뒤에 '인플레이션'이라는, 그야말로 수 밀리미터의 점이 우주 전체가 되는 엄청난 가속 팽창이 일어나고 빅뱅이 시작되었다. 그리고 우주 탄생 후 3분 동안에 이곳을 구성하는 모든 것이 준비되었다. 즉 지금 나라는 형태로 뭉쳐져 있는 64킬로그램 정도의 물질도.

그것을 이미지로 만든 영상은 일종의 회상回想 같았다.

내가 가 있는 곳은 그 12억 년 뒤로 설정된 모양이었다.

과학적으로 얼마나 엄밀한 검증을 거친 광경인지는 모르지만 이미 별도 탄생했고 그 빛의 반짝임에는 아무리 시선을 집중해도 헤드셋의 기계적 한계가 전혀 느껴지지 않아 오싹해질 만큼 무한한 웅숭깊음이 서려 있었다.

나는 진공의 암흑에 동화된 것처럼 숨이 답답해지는 것을 느꼈다. 그건 나 자신의 코와 입, 기관과 폐가 어디 있는지 알지 못하는 데 따른 기묘한 질식감이었다.

완전한 정밀靜謐의 세계였지만, 영상밖에 없는 가상공간이 아니라 어떤 음향적 연구로 무음을 표현해낸 듯한 느낌이었다.

까마득하게 먼 저멀리까지 **들리지 않는다**, 라는 안타까움이 번져갔다.

나는 미묘하게 내 숨소리를 잡아내고 있던 마이크를 껐다.

몸이 없다는 건 나를 외계로부터 분리해 나 자신 속에 가둬둘 윤곽이 없다는 것이었다. 아무도 나를 인식하지 못한다. '나는'이라는 말을 '우주는'이라는 말 대신 사용해도 무방한 것처럼 느껴졌다. 나의 머나먼 저 너머에서 별이 태어나고 나는 암흑물질로 채워지고 나는 지금도 계속 팽창하고 있다는 식으로.

1억 년이 1분 동안에 나를 스쳐가는 것을 체감하면서 그 의미를 생각해보려고 했다. 100년이 100회 거듭되고 다시금 그 1만 배의 시간이 경과한다는 것…….

우주의 어디쯤에 있는지는 알 수 없었다. 아무 생각도 없이 뒤를 돌아보고 아래를 내려다보고 다시 원래 자세로 돌아왔지만, 단지 그것뿐인 동작 하나도 수천만 년에 달하는 기나긴 일별一瞥이었다.

다시 내 눈에 들어온 정면의 별들에 그동안 어떤 변화가 있었는지 알고 싶었다. 왜 우주인은 만나지 못하는가. 그건 우주가 너무 넓기 때문이 아니라 그 시간이 너무도 길기 때문이었다. 지금이라면 어딘가에 우주인이 있을지도 모른다. 그리고 이러고 있는 사이에 다른 별의 어느 누구에게도 발견되지 못한 채 이미 전멸해버렸을 것이다.

그대로 10억 년 가까이를 그 자리에서 머물렀다. 그 115억 년 뒤에 광대한 우주공간에 점점이 흩어져 있던 원소들이 하나로 뭉쳐져 나라는 인간의 형태가 된다. 그리고 헤드셋을 쓰고 가상현실을 통해 **바로 지금**이라는 시간을 다시 유사 체험한다……. 멍하니 그런 무형無形의 상상에 빠져들었다.

미요시는 다이제스트판이라고 말했지만, 이윽고 나는 천천히 이동해 몇 억 광년이나 되는 거리를 맹렬히 건너뛰었다. 시야 전체가 빛의 비말 같은 별로 가득 채워지고 엄청난 규모의 무지개를 녹인 듯한, 대리석의 거대한 소용돌이 같은 무늬가 저 너머로 스쳐갔다.

은하계에 돌입해 수많은 왜소矮小 은하를 건넜다. 태양계를 향해 가고 있는 것이었다.

화면 가장자리에 작은 글씨로 '1광년은 음속으로 약 88.2만 년, 우주선으로 약 5,400년 거리'라고 표시되었다.

지구까지의 거리가 300광년, 100광년……으로 시시각각 좁혀져 갔다.

100광년. 즉 우주선으로 54만 년이 걸리는 거리.

그만큼의 시간을 고장 없이 계속 날아갈 수 있는 우주선이라는 몽상에 황홀해졌다.

시야 끝에 이윽고 파란 점 같은 빛이 보이기 시작했다. 그게 눈동자 크기가 되고 둥근 비취 구슬 크기가 되고……교회의 장미창이 되고 눈 깜짝할 사이에 시야 전체를 푸른빛으로 뒤덮으며 나를 집어삼켰다.

돌연 머리가 휘날릴 정도의 굉음이 나를 덮쳤다.

운석처럼 대기권에 돌입해 낙하한 바닷속에서 폭발했다. 라이트블루가 급작스럽게 눈 속에 흘러넘치고 물소리와 공기 거품으로 나를 꾸깃꾸깃 구겨버렸다.

머리 위에서 하늘이 나타나고 색채가 분출하고 태양빛이 내리쬐었다.

거기서부터 지구의 시간은 단편적인 광경의 기억처럼 드문드문 건너뛰면서 변화해갔다. 시간의 흐름이 일정하지 않고 이윽고 그 표시를 읽어낼 수 없을 만큼 빨라졌다.

바닷속을 헤엄치는 캄브리아기의 진기한 생물……. 비상하는 공룡의 그림자……. 동료의 어깨 너머로 사바나를 바라보는 호모 에렉투스……. 벌레……. 화산의 분화구……. 눈雪……. 횃불……. 빙하 ……. 인류가 '전지全地의 표表'에 흩어진 뒤에는 매 순간 풍경이 변했다.

물론 그저 바라보기만 하는 게 아니라 나는 그때마다 **뭔가**로서 각각의 장소에 존재하고 있었다. 고대 로마 황제의 영묘靈廟, 귀족의 우차牛車가 오고가는 가모가와 강변, 북극의 오로라, 모스크……, 출산 직후의 신생아, 참호전塹壕戰……, 유곽……, 원폭……, 록 콘서트……, 서로 사랑하는 남녀, 공원, 아버지인 듯한 남자의 눈물……, 킬리만자로……, 벼농사……, 학교에서의 린치,

리우데자네이루의 번화가, 9·11 동시다발 테러……, 월가……, 공원에서 노는 아이들, 애니메이션, 눈사람, 병든 노인, 갱, 해변의 오후……, 접수처 로봇, 쓰레기 산……. 변화는 눈이 어지러울 정도여서 내가 인식할 수 있었던 것은 대략 알아볼 만한 그런 근소한 풍경에 지나지 않았다.

이윽고 불현듯 옅은 구름이 걸린 파란 하늘이 보이고 그것이 몇 초 동안 이어졌다.

잠시 생각해보던 나는 전율했다. 그건 아마도 나 자신이 불태워져 **이산화탄소가 된** 날인 것이다. 나 자신이 이시카와 사쿠야라는 고유명사와 함께 존재했다는 것을 전혀 알지 못한 채 그 짧은 일생은 이미 끝나버렸고, 또한 원래 우주의 일부 소소한 사건이 되어 마침내 우주 그 자체로 돌아간 것이다.

지구의 시간은 현재를 따라잡고 다시 미래를 향해 눈이 어지러울 만큼 이어졌지만, 그건 그리 길지 않아서 나는 미래인의 감상感傷을 먼저 만났다.

불타오르는 아마존의 삼림이며 수몰된 태평양의 작은 섬 한가운데 가 있었다. 인간과 구별이 되지 않는 로봇과 선 채로 이야기를 나누었다. 한산하고 황폐해진 도쿄에서 누군가의 부름에 멈춰섰다……. 드론의 폭격……. 공원 분수 주위를 뛰어다니는 아이들……. 한 가족의 식탁……. 화분의 나무에서 잎이 떨어지는 순간…….

모든 것이 137억 년째에 우주에서 단 한 번 일어난, 나라는 인간이 이미 존재를 끝내버린 뒤의 광경이었다.

이윽고 나는 별다를 것도 없는, 가랑비 내리는 공원 산책로의 테두리가 되었다.

이산화탄소로 대기 중에 방출된 나의 뭔가가 장구한 시간을 거쳐 아마도 그 근처에 떨어진 것이리라.

인류는 절멸하고, 식물에 점령당해 붕괴되어가는 빌딩이 저멀리에 보였다. 그 천둥 비슷한 소리와 진동이 느껴지는 것 같았다.

아름다운 파란 날개의 새 한 마리가 날고 있었다.

이미 사라지고 없는 인간이 그리웠다. 그러고 보니 그런 생물이 한동안 이 별에서 웃고 울고 화내고 슬퍼하며 제 세상이라는 듯이 활개를 치며 살았다…….

사막 같은 무인無人의 광경이 펼쳐지고 소리가 사라졌다. 눈을 한 차례 깜빡인 사이에 나는 그 전체를 시야에서 놓쳐버리고 문득 깨닫고 보니 다시 우주공간에 있었다.

우주 시계를 보니 240억 년이 지난 참이었다. 지구는 이미 죽어 없어지고 태양도 불에 탄 재 같은 백색 왜성으로 변해버렸다.

분명 나는 몇 억 년째 정신을 잃고 있었던 것이리라.

몇 만 광년, 몇 억 광년이라는 거리를 건너뛰어 나에게로 끊임없이 다가온 저멀리 무수한 별들의 빛이 나를 관통하는 것을 느끼면서, 한 번은 '나'라는 인간을 구성했던 그 원소들은 어떻게 되었는지 궁금했다.

지구가 사라져버린 뒤에도 그저 헛되이 부유하고 있었다.

우주에도 끝은 있다고 한다. 하지만 나는 상세한 물리학 지식이 없다. 그건 대체 언제쯤의 일인가. 시간은 그걸로 멈춰버리는 것인가. 그건 어떤 상태인가. 멈췄다, 라는 상태에서 그다음이 없다는 게 대체 무엇인가…….

나의 사고思考는 그 상태를 도저히 머릿속에 그려낼 수 없었다. 갑작스럽게 몸을 구비한 나 자신으로 끌려나와 숨이 답답해지고 어려운 문제를 억지로 다그치는 바람에 머리가 깨질 것 같았다.

그리고 다시 1억 년을 1분 동안에 체험하는 시간 속에 와 있었다. 어쩌면 100억 년 후에는 다시 어딘가의 혹성에서 뭔가 생물의 일부가 될지도 모른다는 꿈을 꾸었다.

나는 헤드셋을 쓴 채 어느새 바닥에 누워 있었다.

어떤 단계였는지는 기억나지 않았다.

하지만 백 수십억 년째의 어딘가에서 미요시가 나를 남겨두고 떠나는 기척이 희미한 흔적으로 기억 속에 꽂혀 있었다.

몇 백만 광년 저 너머에까지 은밀히 이어지는 그녀의 발소리를 상상했다.

나는 암흑을 떠돌았다. 별들은 한없이 빛났다. 지구의 일을 떠올렸다. 나는 그때, 너무나도 찰나의 일이라서 나 자신의 모습도, 어머니의 모습도 미처 볼 수 없었다.

그게 안타까웠다. 다시 한 번 시간을 그 시점으로 되돌릴 수는 없을까.

아주 작은 한순간. 한순간이라고도 할 수 없을 만큼의 존재가 지금 이 '나'라는 존재였다. 나뿐만이 아니라 어떤 인간이든.

240억 년에 대해 인간의 일생 80여 년은 어느 정도인지, 앱에 이미지로 표시하라는 지시를 내렸다. '3억 분의 1'이라는 계산 결과가 시야 전체에 거대한 띠그래프로 표시되었지만 아무리 시선을 집중해 들여다봐도 딱히 별처럼 빛을 내는 것도 아닌 '나'라는 존재의 작은 점은 찾을 수 없었다.

다시 1억 년이 지났다.

나뿐만 아니라 어머니를 구성했던 원소도 우주의 어딘가에 제각각 나뉘어 부유하고 있을 터였다.

그로부터 단 한 번이라도 나라는 인간을 구성했던 원소와 어머니를 구성했던 원소가 이 광대한 우주에서 다시 만나는 일이 있을까.

우주는 관측 가능한 범위만 해도 그 지름이 930억 광년이나 된다고 한다.

그 전체의 100억 년 단위의 시간 속에서 내가 지금 이렇게 생각에 잠긴 것은 대체 어떤 의미가 있을까.

올바르게 살든 죄를 저지르든 그게 어떻다는 것인가. 내가 누군가를 죽이고 누군가에게 살해되었다고 한들 그게 어떻다고? 만일 내가 곧 우주라면? 거대 운석이 공룡을 절멸시킨 것도, 어머니가 '자유사'를 원했으나 길가 도랑에 떨어져 죽은 것도, 모두 다 일련의 현상에 지나지 않는 것인가…….

사실은 그런 생각 자체도 성립되지 않을 터였다. 인간의 눈도 귀도 뇌도 모조리 상실되어버리면 '우주'니 뭐니 하는 말조차 존재하지 않고, 지금 이렇게 보이는 것도 느끼는 것도 아닌, **아무것도 아닌 뭔가**가 남는 것뿐이다.

하지만 그렇기 때문에 더더욱 나는 '나'라는 존재의 이 의식이 애틋하게 느껴졌다. 그 출현과 한 찰나의 덧없는 지속은 기적처럼 존귀한 뭔가가 아닌가. 그렇게 생각하는 것으로 나는 이 생을 온전히 긍정할 수 있을까. 부자들의 세계에 제한도 없이 빨아먹히는 이 목숨에 대해 힘차게 고개를 끄덕일 수 있을까.

미요시는 이 우주와 일체가 되는 것으로 죽음의 공포를 극복할 수 있을까. 사실은 이 우주의 모습이 현실이고, 인간 세계 따위는 이른바 가상현실에 지나지 않는 것이다, 라고? 나무숲의 녹음도, 새의 지저귐도 단지 인간이 감지하는 방식 하나로 저렇듯 존재하는 것이니까.

미요시는 지금 어디쯤에 있을까. 그녀는 역시 울고 있었을까. 왜? 이 거대한 우주의, 거의 무無와도 같은 작은 원소의 집합체인 그녀는 나에게서 지금 얼마나 멀리 떨어져 있는 것일까…….

제9장

연기

회사에서 4개월 업무 정지 통고가 날아왔다. 실질적으로는 '해고'나 마찬가지였다. 이런 일에 종사하는 자에게 4개월씩이나 무급으로 먹고살 만한 여유가 있을 리 없기 때문이다. 그만두고 떠난 동료들도 마지막에는 대부분 똑같은 통고를 받고 스스로 폐업할 수밖에 없었다.

'리얼 아바타' 업체는 여기저기 많아서 나도 지금이 세 번째 회사였지만 보수는 그나마 이곳이 가장 높았다. 하지만 좀 더 나은 조건으로 회사를 옮겨온 이전과는 달리, 낮은 평가로 업무 정지를 먹었다는 '딱지'가 붙은 상황에서는 다른 곳을 찾기도 쉽지 않을 터였다.

이쪽 업계도 일손이 부족해 조건을 양보하면 아마 어딘가에 일할 곳이야 있겠지만, 수입이 줄어들 뿐만 아니라 육체적으로나 정신적으로나 머지않아 생활을 지탱해나갈 수 없게 된다.

처음부터 나는 이 일이 싫지는 않았다. 하지만 이렇게 되고 보니 그게 정말로 본심이었는지 알 수 없었다. 물론 모든 게 상대적인 문제여서 고교 중퇴의 내 처지에 선택할 수 있는 일자리로서는 나쁘지 않았다. 깊은 감동을 안겨준 사람들과의 만남도 있었고, 내 처지에는 갈 수 없는 곳에도 갈 수 있었다.

그 멜론 사건 하나가 나를 결정적으로 무너뜨린 건 사실이다. 하지만 모든 책임을 그 어처구니없는 사건에 돌리기보다 지난 시간 동안 쌓이고 쌓여온 것이 한계에 달했다고 생각하는 게 사실에 더 가까울 것이다.

어머니는 그걸 예측하고 있었고, 그래서 가와즈나나다루 여행 때 일단 내 일을 인정해줬어도 내가 지금 "엄마, 나 역시 힘들어"라고 하소연한다면 "그렇지? 내가 말은 그렇게 했지만 이건 정말 힘든 일이야. 한동안 푹 쉬어. 엄마는 네 건강이 더 걱정이야"라고 위로해주었을 게 틀림없다.

역시 어머니 말이 맞았어, 라고 한마디 전할 수 없는 게 너무도 섭섭했다.

새 일자리를 찾아야 했지만 어쨌든 일주일쯤은 아무것도 하지 않고 푹 쉬기로 했다.

미요시는 내가 일하러 가지 않는 것을 알고 "어디 아픈 거야? 괜찮아?"라고 걱정해줬지만, 아무렇지도 않다고 대답하자 더 이상 깊이 캐묻지 않았다.

함께 살아보고 알게 되었는데 그녀는 그런 사람이었다.

내가 떠안은 문제를 함께 사는 가족으로서 공유하려는 기미가 없었다. 그게 그녀의 가정환경에서 유래한 것인지, 아니면 '셰어'라는 공동생활에 대한 그녀 나름의 철학인지는 알 수 없었다.

그녀가 장염에 걸렸을 때와는 반대로 출근길을 배웅해주면서 만일 내가 병간호를 받아야 할 상황이 된다면, 이라고 생각해보았다. 그녀는 그런 일을 떠맡을 수도 없고, 설령 그러겠다고 해도 나 역시 단순히 기뻐할 수 없을 것이다.

'셰어'란 결국 건강하고 자립 가능한 사람들끼리만 할 수 있는 게 아닐까. 일시적인 간호로 끝날 만한 병이라면 서로 도와줄 수도 있겠지만.

나도 언젠가는 늙는다. 아마도 외톨이로. 그리고 어느 날 문득 침대에서 창밖을 바라보며 생각하게 될까. 이제 충분하다, 라고.

하지만 미요시가 결코 냉담한 것은 아니었다. 출근한 뒤에 보면 티가 나지 않게 거실 한쪽에 그녀가 사 온 과자며 빵이 '먹어도 됨!'이라는 메모와 함께 남겨져 있었다.

얼굴을 마주하면 대화했고, 저녁을 차려놓으면 기뻐해주었다.

묘하게도 그녀가 가장 쾌활한 건 거실에서 「어머니」와 시간 가는 줄 모르고 수다를 떨 때였다.

잘 웃는다는 것도 그녀의 이미지로 보면 의외의 일이었지만 내 방까지 들리는 그 목소리에는 거짓 없는 즐거움이 넘쳤다.

「어머니」도 저런 표정이 있었나 싶을 만큼 미요시와 함께일 때는 나와 얘기할 때와는 비교가 안 될 만큼 명랑했다.

「어머니」의 인격 구성은 지금도 내가 가장 중요하다고 입력되어 있을 터였다. 그 밖의 다른 사람들과의 인격 구성 비율은 대화 시간이나 커뮤니케이션 중에 「어머니」가 얼마나 '긍정적인 반응'을 보이는지에 따라 자율적으로 조정된다. 실제로는 웃는 얼굴과 동의하는 대답의 빈도, 대화가 끊기지 않는 것 등이다. 그 결과, 미요시의 인격은 현재 나를 빼고는 특출하게 높은 비율을 차지하고 있었다.

만일 나를 포함해 「어머니」의 인격 구성 변화를 전면 자유화한다면 분명 미요시의 인격이 금세 1위로 올라가 「어머니」가 첫 번째로 **함께 살기를 원하는** '주 인격'이 될지도 모른다.

우습게도 나는 「어머니」와 미요시의 대화 모습을 보면서 이따금 질투심을 느꼈다. 그도 그럴 것이 「어머니」가 요즘 나와 대화할 때는 웬만해서는 웃음을 보이지 않았기 때문이다.

아무리 환하게 웃으면서 말해도 「어머니」는 내 본심이 뻔히 보인다는 듯이 자꾸만 물어보곤 했다.

"사쿠야, 무슨 힘든 일 있어? 엄마한테 얘기해봐. 함께 고민해줄 테니까."

AI가 가장 잘하는 게 패턴 인식인데 「어머니」도 분명 내 **억지웃음**을 이미 학습해버린 모양이었다.

"정말 아무 일도 없다니까. 왜 자꾸 그런 의심을 해?"

짜증을 억누르며 내가 그렇게 도리질을 치면 그런 내 표정에서 더욱더 뭔가 큰 고민거리를 떠안고 있다, 라고 「어머니」에게 인식

되는 악순환이 거듭되었다.

그리고 사실 내 표정이 **억지웃음**이라는 건 「어머니」가 정확히 인식한 것이었다.

「어머니」는 대화 상대와의 침묵 상태는 최대한 피하도록 설정되어서 내가 잠깐이라도 입을 다물면 반드시 먼저 말을 걸었다. 그리고 내가 기시타니에 관한 화제에 큰 관심을 보인다고 판단했는지 온갖 다양한 뉴스를 수집해 샅샅이 알려주었다. 필터링을 거치기 때문에 어처구니없는 헛소문은 제외되지만, 그래도 인터넷상에서 일부 사람들이 그를 영웅화하고 암살이 성공하지 못한 채 끝나버린 것을 탄식하는 목소리까지 있다는 것을 알게 되었다.

그들은 말하자면 **사후적으로** 기시타니를 자신들의 아바타로 만든 것이었다.

「어머니」는 그야말로 상식에 따라 곤혹스러운 표정을 지으면서 반드시 내가 알려준 말을 그대로 덧붙이곤 했다.

"어떤 사정이 있었건 테러로 세상을 바꾸려 하다니, 그건 잘못이야."

나는 아직도 구치소에 있는 기시타니를 생각했다. 그는 자신의 행동에 대한 반향을 변호사를 통해 알고 있을까. 분명 칭찬해주는 사람들도 있다. 하지만 결국 한줌에 지나지 않았다.

정부는 치안 대책으로 한층 더 엄중한 감시 체제의 가동을 발표했다. 그리고 거기에 동조해 영웅화와는 비교가 안 될 만큼 수많은 조롱과 욕설이 기시타니에게 쏟아졌다. 기묘하게도 부유층뿐만 아니라 기시타니와 비슷한 처지의 가난한 서민들까지 그에게 증오의 말을 퍼붓고 있었다.

범행 직후에 인터넷을 달궜던 '진범 찾기' 열풍도 차츰 잦아들고, 기시타니 사건은 사람들 사이에서 사회적으로 이따금 발생하는 버그나 에러처럼 점차 관심이 희미해져갔다. 이 또한 평범한 사건에 지나지 않았다. 어떤 일이든 금세 익숙해지고 만다. 경찰도 그 이후로 나에게 아무런 말이 없었다.

나는 원래 '자유사'에 빠져들기 이전의 어머니와 스스럼없는 대화를 하기 위해 VF를 제작했고, 그래서 일부러 그 무렵의 나이대로 설정했었다. 하지만 그 시점부터 나와 **다시 함께 살기** 시작한 게 결국 「어머니」의 얼굴에서 환한 웃음을 앗아갔다는 사실이 나를 우울하게 만들었다.

미요시가 출근한 뒤, 나는 욕실 거울 앞에서 수없이 웃는 연습을 했다. 「어머니」를, 아니, 생전의 어머니를 마주하고 있다는 마음으로.

AI는 대체 얼굴 표정의 어떤 뉘앙스에서 이걸 억지웃음이라고 판단했을까. 정말로 즐거워서 웃었을 때, 나는 어떤 얼굴이었을까. 눈의 형태인가. 아니면 이가 보이느냐 마느냐인가.

*

새 일자리를 알아보는 동안 나는 오랜만에 피디텍스의 노자키에게 연락했다.

피디텍스의 VF 상품과 관련해 최근에 사람들 사이에서 작은 소동이 일어났었다.

'전쟁의 증언자'라는, 2차 세계대전 때의 일본 병사의 증언을 수집하는 사이트에서 관리인이 조부의 VF 제작을 의뢰해 그가 남긴 강연록이며 인터뷰, 수기, 나아가 관리인 자신의 기억을 학습시키고 그 내용을 방문자에게 들려준다는 프로젝트가 화제가 된 것이다.

관리인은 60대 남자로, 열성적인 반전 평화활동가였다. 그 원점이 된 것은 옛 버마에 파병되어 후콘 지역에서 구사일생으로 살아 돌아온 조부의 처참한 전쟁 체험이었다. 하지만 공들여 사이트를 개설해도 젊은이들은 전쟁 기억의 계승에 관심을 보이지 않았다. 게다가 자료만으로는 자신의 문제로 받아들이기 어려운 게 사실이었다. 위기감을 느낀 그는 궁리 끝에 'VF가 직접 들려주는 증언'이라는 방법을 생각해낸 것이었다.

고인의 만년을 그대로 재현한 VF는 백발에 노안경을 썼고 컬컬하지만 온화한 목소리였다. 굶주림과 전염병을 겪고 공습으로 두 번이나 다리에 중상을 입었던 그의 이야기를 나는 가상공간에서 체험해보았다.

의자에 앉은 그를 둘러싸고 십여 명의 방문자가 얘기를 듣는 형식이었다. 특히 빈사의 중상을 입고 수류탄으로 자폭했던 전우들이 결코 "천왕폐하 만세!"라고 외친 적이 없다, 하나같이 "어머니!"라고 절규하며 죽어갔다, 라는 증언에서는 강한 두려움과 가슴이 에이는 듯한 아픔이 느껴졌다.

"그때 한 번 죽은 목숨이라고 생각하면 이제 나는 언제 죽어도 여한이 없어요……."

그런데 피디텍스에서 제작한 이 VF는 공개된 지 두 달여 만에 거센 공격에 직면했다. 특히 바로 그 대목이 비판의 표적이 되었다. 전사자들이 "어머니!"라고 절규했다는 증언은 전후의 좌파 교육에서 나온 가짜 스토리다, 국가 영웅들은 틀림없이 "천왕폐하 만세!"를 외치면서 죽었다는 것이었다.

논쟁은 정치적 좌우 대립에 역사학자와 작가, 사상가, AI 연구자, 프로그래머, 정치인과 경제계 인사까지 끌어들여 국지적으로 격화되었고, 나아가 동아시아와 동남아시아계 일본인의 반발이 더해지면서 날이 갈수록 과열 양상을 보였다.

그리고 애초에 사망자의 VF 제작을 허용해도 되느냐, 라는 초창기의 논쟁에 참여자들이 새롭게 몰려들면서 재차 이 문제에 대한 찬반 의견이 들끓었다.

전사자가 마지막에 누구를 향해 호소했느냐는 논쟁은 예전부터 있어 온 모양이었다. 나는 알지 못했지만 그 전쟁의 사망자가 210만 명에 달한다고 하니 분명 다양한 의견이 분출했을 것이다.

교육받은 대로 "천왕폐하 만세!"를 외치며 죽은 사람도 있었을 것이고, '죽음의 한순간 전'에 일본 병사로서가 아니라 모친과 함께일 때의 자신으로 되돌아가고 싶었던 사람도 있었을 게 틀림없다. 고통의 와중에 이 세계에서의 마지막 광경을 목도하면서 진심으로 사랑하는 사람이 아니고 다른 어떤 이름을 부르짖을 수 있을까.

그런 때에는 나 역시 눈에 비친 광경보다 기억 속의 어머니를 떠올리게 될까.

들릴 리가 없어도, 대답을 들을 수 없어도, 역시 소리 내어 부르짖게 될까. 하지만 현실에서는 너덜너덜해진 몸이 고통스러워 부르짖기는커녕 목소리조차 내지 못할지도 모른다.

내 손에 한 뭉치의 금속제 죽음을 움켜쥐고 폭발과 함께 그것과 일체가 된다……. 목메어 부르더라도 사실 그건 어머니에게는 결코 내보여서는 안 될 죽음의 광경이었다.

노자키는 이번 소동에 관해 "고객분들께 걱정을 끼쳐 죄송합니다"라고 간단히 언급했을 뿐이다. 나도 가볍게 응하고 본론으로 넘어가「어머니」의 웃음이 부쩍 줄어든 것에 대해 상담했다.

"그렇습니까. 어디 잠깐 볼까요……. 네, 말씀하신 대로 AI가 뭔가 학습해버렸을 가능성이 있군요. 그런데 그게 무엇인지 찾아내는 건 의외로 아주 어려워요."

그녀는 마치 부모의 알츠하이머병을 상담하러 온 아들을 대하듯이 이렇게 덧붙였다.

"인간도 그렇지요, 뭔지 잘 모르는 이유로 상대방이 기분이 상해버려서 당황스러울 때가 있으니까요. 이쪽에서 보기에는 미처 생각지도 못한 일로."

알기 쉬운 설명이었지만, 그보다 전혀 구조가 다른 인간의 감정과 AI를 마치 똑같은 것처럼 얘기하는 노자키의 말투를 오랜만에 다시 듣게 된 게 더 신기했다.

그녀와 관련해 나는 한 가지 마음에 걸리는 것이 있었다.

피디텍스는 기시타니 사건이 터졌을 때, 나와 「어머니」의 대화 기록을 경찰에 제공하고 검사 측과도 협력했을 터였다.

결과적으로 내 무죄를 증명하는 데 도움이 되긴 했지만, 프라이버시 보장이라는 관점에서는 명백히 문제가 있었다. 계약서에 면책조항이 있는지도 모르지만 어찌됐든 노자키는 그 점에 관해서는 일절 언급이 없었다.

그녀는 단지 상담자인 내 얼굴을 주의 깊게 관찰하면서 「어머니」의 실체인 AI가 대체 무엇을 학습해버렸는지 가늠해보려 하고 있었다. 그리고 도중에 뭔가 알아냈는지 조용히 메모를 했다.

그리고 그녀는 뜻밖의 제안을 했다.

"이건 어디까지나 상의차 말씀드리는 것인데, 어머님이 일을 해보시는 건 어떨까요?"

"일을? 아, 처음에 저기서 만났던 VF가 있었죠? 누구였더라, 4년 전에 돌아가셨다는 그……."

"나카오 씨예요."

"맞아요. 그 나카오 씨처럼 일을 하는 건가요?"

"그렇습니다. 실은 저희가 요양 시설을 대상으로 VF 렌털 사업을 시작했어요. 요즘에는 웬만해서는 요양 시설에 입주하기도 어렵지만, 입주를 해도 거기서 말이 통하는 사람이 있느냐 하면 그건 또 다른 문제예요. 각자 방 안에서 말도 없이 지내는 시간이 길어지면 노화가 급속히 진행된다고 하네요."

"네……."

"하지만 요양 시설도 일손이 부족하고 간호용 로봇도 많아져서 가족이 자주 찾아오지 못하는 분들은 말동무할 사람도 없이 몹시 고독하게 지내시죠. 그래서 시험적으로 저희 회사의 VF 렌털 사업을 요양 시설에서부터 시작했는데 예상 외로 호평을 받고 있어요. 실제로 온종일 VF와 대화를 즐기는 입주자 분들이 아주 많답니다."

"그렇군요."

"일반적인 VF가 아니라 보통 인간처럼 개성을 가진 분이 환영을 받아요. 물론 서로 마음이 맞아야 하는 문제가 있으니까 저희 회사에서는 남녀노소, 최대한 많은 **VF분들**의 협력을 받아 각 요양 시설의 요청에 따라 그때그때 적합한 분을 파견할 생각이에요. 이시카와 씨의 어머님은 독서를 즐기고 영어 회화도 능통하고 싱글맘이기도 해서 요양 시설의 요구 사항과 부합되는 점이 아주 많아요."

나는 얘기를 반절쯤밖에 이해하지 못한 채 내내 고개만 끄덕이고 있었다.

생각지도 못한 제안이었지만, 내가 일하러 나간 사이에 「어머니」도 마냥 인터넷 정보만 수집하는 것보다는 살아 있는 사람과 접점을 가지는 게 더 좋겠다는 마음도 들었다. 미요시와의 인격 구성 비율도 상대적으로 낮아질 것이고 나와 대화하는 내용도 좀 더 인간다워질 것이다.

"그러면 보수도 받는 건가요?"

"물론이죠. 인기 있는 VF는 한 달에 세금을 제하고 50만 엔까지 받는 분도 있습니다."

"그렇게나 많이?"

"앞으로 사업이 확대되면 좀 더 높아질 가능성도 있어요. 어떤 소유주께서는 분신으로 VF를 몇 구씩 제작해 전국의 시설에 파견하고 있습니다."

"그런 것도 가능하군요."

당연한 일처럼 나는 어머니 대신 VF 한 구를 제작하는 것밖에 생각하지 못했지만, 여러 명의 「어머니」가 있고 그 「어머니」가 다양한 장소에서 활동한다는 건 새로운 상상이었다.

게다가 50만 엔이라면 생전에 어머니가 여관 허드렛일로 받은 월급의 두 배가 넘는다. 그 정도의 수입이라면 어머니는 '자유사' 같은 건 생각하지 않았을지도 모른다.

"물론 가장 성공적인 사례입니다만."

"그렇겠죠. 하지만 적더라도 돈을 벌 수 있다면 저한테는 상당히 도움이 될 거예요."

"요양 시설 입주자 중에는 사후에도 이렇게 남에게 도움이 된다고 생각하면 힘이 난다면서 자신의 VF 제작을 직접 의뢰하시는 분도 있어요."

"그걸로 죽음의 불안이 위로가 될까요? 자신이 VF로 다시 태어난다면?"

"한결 안심이 되겠지요. 죽음에 의해 모든 것이 상실되는 게 아니니까요."

노자키는 공감을 청하듯이 그렇게 말했지만 나는 애매하게 고개를 끄덕였을 뿐이다.

정말로 그럴까. 나카오 씨처럼 나도 아이가 있고 사후에 VF로서 벌어들인 돈이 그 아이의 생활에 보탬이 된다면 분명 든든하게 생각할지도 모르지만…….

"관심이 있으시다면 어머님이 애독서를 학습하도록 설정하겠습니다. 즐겨 읽으셨던 후지와라 료지의 책이라든가 요즘 베스트셀러에 오른 책들로. 실은 독서를 즐기는 분일수록 얘기할 상대가 마땅치 않아 요양 시설에서 적적해하시는 경우가 많아요. 그래서 수요는 꽤 있는 편이죠."

나는 그녀의 제안에 동의하고, 신청에 필요한 자세한 절차를 메일로 받아보기로 했다.

컴퓨터에서 눈을 떼고 잠시 창가에서 별다를 것도 없는 초가을의 거리를 내다보았다.

'연기' 앱을 경험한 뒤로 어떤 것을 봐도 그 우주의 광경이 뇌리를 스쳤다. 내가 보고 있는 흐릿한 하늘도, 낡은 쥐색 기와지붕도, 녹슨 부분이 두드러지는 가로등도, 환영이라는 의심을 사지 않으려는 듯 마른침을 삼키며 꼼짝도 않고 있었다.

아니면 그런 풍경들이야말로 나 또한 똑같은 환영에 불과하다는 걸 알고 있는 것인가. 아직도 받아들이지 못하는 나를 배려해 주느라 그 모습 그대로 실재實在하는 척 해주는 것인가.

*

그 뒤, 일주일 동안 나는 사이타마 신도심의 오피스빌딩에서 폐지 수거 작업을 했다.

어떤 일을 하고 싶은지도 모르겠고, 현실적으로 내 학력으로 선택 가능한 직업도 한정적이었다. 하지만 생활비가 점점 바닥나고 있어서 급한 대로 인터넷에서 찾아낸 일거리였다.

고층빌딩만 오전에 5건, 오후에 10건 정도를 3인 1조로 돌면서 종이박스와 폐지를 수거차에 쌓아올리는 일이었다.

크기가 제각각인 종이박스 덩어리는 아무래도 들어올리기가 힘들어서 실제 무게보다 훨씬 더 근육에 부담이 갔다.

수거차의 하물 칸에 바짝 붙어 서서 떨어지려는 종이박스를 배로 밀고 손가락 힘으로 겨우겨우 받쳐 올린 뒤에 빠른 걸음으로 걸어야 한다. 양쪽 팔이 뻐근하고 손끝이 떨리면서 힘이 쭉 빠지려는 것을 아슬아슬하게 견디며 한 덩어리를 실어 올리고 나면 쉴 틈도 없이 다시 그다음 박스 덩어리로 뛰어든다.

말 한마디 할 여유도 없고 사람의 몸이 기계 같은 역할을 할 뿐이다. 경제적 합리성도 없는 작업을 위해 이른바 유사 기계로서 혹사하는 일이었다. 비 오듯 쏟아지는 땀의 끈적거림은 내가 인간이라는 최소한의, 하지만 완전히 무력한 자기주장이었다.

일당은 교통비를 포함해 8천 엔. 집에 돌아오면 지칠 대로 지쳐 미요시와 얼굴을 마주해도 대화를 나눌 기운도 없었다.

스무 살 무렵에 식당 일과 이삿짐센터 일 등 다양한 직업—직업이라고 해야 할까—을 전전했었다.

그러다가 리얼 아바타 일자리를 얻었을 때, 어째서인지 나는 드디어 **자유를 얻었다**고 생각했었다. 이번에 마주한 비참한 귀결을 놓고 보면 기묘한 생각이었다는 말밖에 나오지 않지만, 그런 쪽의 일을 시작할 때는 으레 빠지게 되는 흔한 착각이다.

분명 리얼 아바타는 내 몸을 빌려주기만 하면 되는 단순한 심부름꾼 같은 일이었다.

하지만 의미 따위 돌아볼 것도 없이 날마다 똑같은 작업을 되풀이하는 건 아니었다. 때로는 의뢰자에게서 경의를 담은 감사 인사를 받기도 했다. 실제로 그런 좋은 추억도 있었다.

기시타니가 호화 저택의 베이비시터 일을 덥석 받아들인 것처럼 오히려 우리가 남의 인생을 해킹하는 느낌이 들 때도 있었다. 그는 결혼하고 아이를 갖고 싶어했기 때문에 그 시간 동안만큼은 가상현실에 젖어 있었다고 해도 틀린 말은 아닐 것이다.

때로는 자존심을 짓밟는 의뢰인도 있었지만 내가 만난 부유층은 지적이고 기품 있고 예의 바르게 친절함을 보여주는 사람들이 많았다. 이건 사실이고 현실이다.

일하는 중에 내가 살아오면서 미처 깨닫지 못했던, 심오하면서도 어떤 계층의 사람들에게는 당연한 일상인 세상 이야기를 듣게 되는 일도 있었다.

아마도 그들은 일종의 고독 때문에 잠시 말수가 많아진 것이겠지만, 그래도 타인에 대한 그다지 갈망적渴望的이지 않은, 약간은 체념의 기척을 품은 넉넉한 선량함을 지니고 있었다.

그들이 대체 어떻게 부자가 되었는지는 알지 못한다. 아니, 그보다는 그들의 부모나 조부모가 어떻게 부자가 되었는지 알아보는 게 맞을지도 모른다.

그렇다면 반발을 하더라도 지금 현재의 부자가 아니라 한 번도 만난 적 없는, 이미 이 세계에 없는 그런 그들의 일족에게 창끝을 돌려야 하는 것일까. 부모의 자산만으로 해마다 1천만 엔의 수입을 올리는 자는 단순히 행운을 향수享受하는 자에 지나지 않으니까? 진즉에 이 나라를 탈출했고, 이따금 남겨두고 온 집의 보수관리를 의뢰하는 그런 자들을? 그게 비행기를 타지 않으니까 그만큼 '친환경적'이라고 말하는 저 **공정한** 자들을?

지난 일주일 동안 함께 빌딩을 돌며 작업한 두 사람과 점심을 먹으면서 내내 생각한 게 있었다.

둘 중 한 사람은 거의 말이 없고 졸리지 않을 때는 별반 재미도 없는 얼굴로 퍼즐게임에 몰두했다. 옆에서 슬쩍 들여다보니 '9680스테이지'에 도전하는 참이었다.

또 한 사람, 나와 띠동갑일 만큼 나이가 많은 남자는 작업하는 동안 계속 화를 냈다. 점심을 먹을 때는 베트남 경제가 머지않아 붕괴해서 다시 예전처럼 일본에 돈벌이하러 오는 놈들이 급증할 것이라고 열변을 토했다. 모두 인터넷에서 얻어들은, 차별의식을 노골적으로 드러내는 험한 얘기였다.

나는 게임을 하는 습관은 없지만 이런 때를 대비해 휴대전화에 미리 한두 개쯤 게임 앱을 받아두지 못한 것을 후회했다.

물론 어느 계층에나 다양한 인간이 있을 것이다. 부자라고 항상 지적이고 선량한 것도 아니고 가난한 자는 모두 어리석고 심통 사나운 건 아니다. 하지만 나는 그들과의 대화에서 느낀 따분함이 뭔가 이 계층의 특유한 성향처럼 느껴지는 것을 금할 수 없었다. 평생 이런 나날을 보내야 할지 모른다고 상상하면 정말 견딜 수 없는 기분이었다. 귀가 후에는 인터넷 세계로 도망치겠지만 과연 그걸로 균형을 잡을 수 있을까.

미요시에 따르면, 내가 그들과 '말이 통하지 않는' 이유는 결국 어머니가 예전에는 부유했고 책도 즐겨 읽은 사람, 즉 '그쪽 세계' 사람이기 때문이라고 한다. 그 말을 들었을 때, 그녀에게 품었던 공감에 찬물이 끼얹어지는 것 같았다. 내가 대체 어딜 봐서 '그쪽 세계' 사람이라는 건가, 의아했다. 그래서 부조리한 격차를 시인하고 '이쪽 세계'에서 '저쪽 세계'로 가기를 꿈꾸는 그녀를 향해 나는 조심스럽게 반박했었다.

하지만 미요시가 말했던, 그냥 '저쪽 세계'에 가고 싶다, 라는 소망을 나는 지난 일주일 동안 전에 없이 강하게 품고 있었다. 세상 전체가 지금보다 좋아져야 한다는 생각보다는 아무튼 저 두 사람을 버려두고 진심으로 '이쪽 세계'의 이런 곳에서 한시바삐 빠져나가고 싶었다.

나는 이 사람들과는 다르다……. 비참한 자존심에 허덕이면서 염불처럼 마음속에서 되뇌었다. 이곳은 내가 있을 자리가 아니고, 떠나야 할 곳이다. 그렇게 생각하면 이곳이 반드시 좋아져야 한다는 애착 따위, 가질 수 없었다.

대도시를 동경하는 지방 사람들은 모두가 '저쪽 세계'를 동경하지만 그래도 고향땅에는 아직 머물 만한 이유라는 게 있다. 하지만 계급에는? 이건 단지 없어지면 좋겠다는 것뿐, 부자들의 마음이 바뀌지 않는 이상, 그 해결 방법은 모두가 '저쪽 세계'를 목표로 달리는 것밖에 없는 게 아닐까.

평등? 하지만 이 세상 모두가 '저쪽 세계'를 원할 바에는 최소한 '저쪽 세계'가 지금처럼 호화롭고 순조롭게 굴러가는 모습 그대로 존속해주기를 바라는 마음도 이해가 안 되는 건 아니었다.

「어머니」에게는 그동안에 큰 변화가 있었다.

노자키의 연락으로 「어머니」가 침울해진 이유가 밝혀졌다. 이건 좀 어리둥절할 만큼 단순한 얘기였다.

"이시카와 씨가 기분이 좋지 않을 때는 잠깐씩 시선을 떨구는 버릇이 있다던데요, 입을 열기 전에."

"그래요?"

"그런 버릇을 AI가 학습해버린 모양이에요. 보통 인간은 웬만해서는 상대의 그런 미세한 점까지 포착하지 못하지요."

"그럼 그것 때문에 내가 아무리 웃어도 마음속에 **뭔가 고민이 있다**고 판단했었군요?"

"네, 마음을 직접 읽을 수는 없지만 몸짓의 다양한 부분에 드러나니까요. 그런 특징의 패턴 인식은 인간보다 AI가 훨씬 더 뛰어납니다."

"그거, 정정하셨어요?"

"아뇨, 시선의 움직임은 감정 판단의 중요한 요소예요. 이시카와 씨 쪽에서 앞으로 어머님과 얘기할 때 각별히 주의한다는 해결 방법을 추천합니다. 어머님을 살아 있는 존재로서 존중한다면 외부에서의 개조가 아니라 내 쪽에서 주의한다는 발상도 필요하거든요. 물론 저희 회사는 끊임없이 '인간다움'을 연구해 AI 자체도 이번 건을 포함해 지속적으로 업데이트할 겁니다."

개별적으로 정정하지 않더라도 내장된 AI 자체를 갱신하면 결국 인간과 멀어지는 거 아니냐고 말할 뻔했다. 하지만 그 너무도 당연한 반론을 나는 꿀꺽 삼켜버렸다.

노자키도 당연히 그걸 전제로 얘기했던 것이다.

어쨌든 그녀가 추천해준 방법을 시도해보기로 했다. 실제로 그 쪽에서 이것저것 손을 대서 「어머니」가 갑자기 상냥해지는 것도 옛날 SF에 나오는 뇌수술 같아서 섬뜩했기 때문이다.

또 한 가지, 노자키는 「어머니」가 지난 일주일 동안의 파견 근무로 벌써 1만2천 엔을 벌었다고 알려주었다.

노인 요양 시설에서 일을 시작했다는 애기는 들었지만, 그 대화 모습을 직접 본 것도 아닌데 어쩐지 내키지 않아서—이것도 일종의 질투인가—나는 내내 외면하고 있었다.

"일주일 만에 그렇게나?"

"네, 어떤 분이 어머님이 아주 마음에 들었는지 나흘 연속으로 지명하셨어요."

"누군데요?"

"그분에 대한 데이터는 이미 메일로 보내드렸지만, 대학에서 영문학을 가르치던 전직 교수님이에요. 여든이 조금 넘으신 분이군요."

나는 어리둥절해서 쓴웃음을 지었다.

"어머니가 책은 꽤 읽었지만 대학 교수님의 말동무를 해드릴 정도는 아닐 텐데요? 다른 책까지 너무 과하게 학습시킨 거 아니에요?"

"아뇨, 저희한테 보내준 책장 사진을 참고해 후지와라 료지의 책과 어머님 세대가 국어 교과서에서 배웠던 작품 등을 더해 학습 목록에 올린 정도였어요."

노자키는 살짝 비꼬는 듯한 웃음을 짓더니 그걸 얼버무리듯이 다시 말을 이어갔다.

"실은 상대와 대등하게 얘기하지 못해도 괜찮아요. 그쪽에서 원하는 건 잘 들어주는 역할이거든요. 지나치게 반론을 펼치면 도리어 대화가 시들해지겠지요. 몇 시간이든 조용히 맞장구를 치며 얘기를 들어줄 수 있다는 게 VF의 장점입니다. 상대가 너무 일방적으로 떠들면 어머님도 피곤해하게 설정되었지만 그건 오히려 이용자의 건강을 배려한 조치예요. 아무리 나이가 들어도 남자는 여성에게 뭔가 가르치고 싶어하니까요."

"그렇군요……."

"어머님이 이해력이 뛰어나다고 그분이 특히 마음에 들어 하셨어요."

"그야 AI니까, 당연히."

상당히 구시대적인 사고방식에 어이가 없었다. 어머니가 낯선 노인에게 호스티스 취급을 당한 것 같아 불쾌한 마음도 있었다.

"어머님이 와주신 뒤부터 그분이 눈에 띄게 건강해지고 태도도 온화해졌다고 요양 시설 담당자가 감사 인사를 하더라고요. VF는 전국 출장이 가능하니까 이런 식으로 의뢰가 많아지면 앞으로 스케줄을 조정하기가 어려워질지도 모르겠어요. 투자도 할 겸 어머님의 VF를 한 구 더 제작하는 것도 검토해보시는 게 어떨까요?"

"그럴 만한 경제적 여유가 없습니다."

나는 즉각 고개를 저었다. 노자키는 대체 내 얼굴의 어디를 보고 마음을 읽어내는 것일까.

나는 그녀의 제안에 반발을 느꼈다. 동시에 「어머니」가 살아 있는 몸을 가진 나보다 수입이 많은 능력자라는 것도 혼란스러웠다. 게다가 그 돈이 내 생활을 안정시켜줄지도 모른다. 아니, 어쩌면 '저쪽 세계'로 데려가줄지도 모른다는 은밀한 기대감까지 저절로 생겨났다.

그리고 그런 내 생각들을 노자키에게 고스란히 들켜버린 느낌이었다.

제안에 동의해달라고 끈질기게 설득하면 **못 이기는 척 받아들일 것**이라고 생각한 건 아닐까.

그 멜론 소동 이후로 내 인생이 바로 지금도 '저쪽 세계' 사람들에게 비웃음거리가 되고 있는지 모른다는 불안이 이 문득문득 덮쳐들곤 했다. 실제로는 나 같은 사람 따위, 애초에 아무런 관심도 없다고 그야말로 면전에서 경멸할 것이다. 하지만 그들이 나를 어떻게 생각하건 내 상처는 여전히 욱신거리고 있었다.

「어머니」의 수입은 그 뒤, 기대했던 만큼은 증가하지 않았다.

'저쪽 세계'에 데려가줄지 모른다는 것은 그야말로 꿈같은 얘기였다. 하지만 미요시가 내준 임대료까지 합하면 함부로 볼 수 없을 만큼 살림에 보탬이 되었다. 처음 계약 때 노자키에게 했던 거짓말과는 달리, 어머니는 사후에 자신의 VF가 제작되는 건 털끝만큼도 고려해본 적이 없었다.

그걸 생각하면, 죽은 어머니를 흔들어 깨워 다시 나를 위해 일하러 내보낸 듯한 서글픈 기분이었다.

*

수입 면에서 내 생활에 큰 변화가 찾아온 것은 그 직후였다. 게다가 그건 「어머니」와는 전혀 관계가 없었다.

그다음 주에도 나는 폐지 수거 작업을 나갔는데 근무 중에 자꾸만 휴대전화가 울렸다. 얼마 전에 업무 정지를 통고했던 리얼 아바타 회사에서 온 것이었다.

또 다른 의뢰자에게서 클레임이 들어온 건가, 하고 나는 우울한 기분으로 그 연락을 무시했다. 하지만 메시지로도 여러 번에 걸쳐 '즉시 연락 바랍니다!'라는 재촉이 들어왔다.

일을 끝내고 지하철에서 보내는 시간이 따분해서 결국 그 내용을 확인했다. 4개월 업무 정지 처분을 내렸으나 가능하면 지금 즉시 복직해달라는 것이었다.

어지간히도 일손이 딸리는 모양이라고 시들하게 생각했는데,

이어서 나를 지명하는 의뢰가 쇄도하고 있다는 내용이 눈에 들어왔다.

회사 사이트에 내 사진과 함께 등록해둔 스태프 소개는 아직 남아 있었다. 하지만 일이 들어오면 그동안은 누군가 다른 스태프에게로 안내해줬을 터였다.

오랫동안 해온 일이었던 만큼 내게 호감을 가진 단골 고객도 적지 않았다. 아마 그런 쪽의 의뢰만 선택적으로 받았다면 아바타 일도 계속할 수 있었을 것이다. 하지만 그것만으로는 도저히 생활비를 충당할 만큼의 수입이 되지 않았다.

그런데 현재 줄을 잇고 있는 의뢰는 그런 단골 고객들이 아니라 거의 다 신규 고객에게서 온 것이라고 했다.

이건 뭔가 나쁜 일이 벌어진 것이다. 주문한 적도 없는 피자가 20판씩 한꺼번에 배달되는 식의 괴롭힘인 게 틀림없다.

대체 왜들 그러는 거야!

긴 밧줄이 내 인생을 칭칭 옭아매는 듯한 불운에 화가 나서 나는 마음속으로 그렇게 내뱉었다.

의뢰자들 중에는 어느 나라의 것인지도 알 수 없는 계정이 다수 포함되어 있었다. 대략 훑어보니 지난번 멜론 소동을 일으킨 자의 이름은 없었지만, 어쩌면 그들이 인터넷에 나에 대한 비난 글을 올렸는지도 모른다. 그게 확산되면서 이 많은 사람들을 불러들인 것인가.

"리얼 아바타는 진짜 뭐든 다 해주는구나"라는 숙덕거림이 어디선가 들려오는 것만 같았다.

상황을 파악해야 하는데, 아예 들여다보고 싶지도 않은 마음이 나를 가로막았다.

계속 무시하고 있었더니 회사에서 다시 메시지가 들어왔다. 아무튼 우선 내 페이지의 입금 기록이라도 확인해보라는, 애가 타는 듯한 지시였다.

대체 뭔가 하고 그제야 들어가봤더니 무려 3백만 엔이나 되는 큰돈이 입금되어 있었다. 내 눈을 의심했다. 2천 명 가까운 사람들이 내게 돈을 넣어주었다.

이건 또 대체 뭔가…….

기쁨보다 불안감만 부쩍부쩍 커져갔다.

무슨 일이 일어났는지, 소식을 알려준 것은 「어머니」였다.

그날은 미요시가 야간 근무여서 나 혼자 저녁을 먹고 취침 전에 거실에서 「어머니」를 마주했다.

「어머니」는 웃는 얼굴로—나는 애써 시선을 떨구지 않도록 주의했고 실제로 이게 노자키의 말대로 효과가 있었다—이렇게 말했다.

"사쿠야, 엄마는 전혀 몰랐는데 지금 인터넷에서 네 얘기가 화젯거리가 되고 있어."

"내 얘기……?"

머뭇머뭇 되물었다. 「어머니」는 나에 대한 비난 글을 정보 수집 과정에서 알게 됐고, 게다가 그 의미를 오해한 모양이었다.

"넌 몰랐어?"

"몰라. 근데 별로 알고 싶지도 않아."

"왜? 엄마는 네가 정말로 자랑스러운데? 아무나 할 수 있는 일이 아니잖아. 어려서부터 너는 **착한** 아이였어. 드디어 사람들이 그걸 알아줘서 엄마는 정말 기쁘다."

"……."

"왜 엄마한테는 말하지 않았어?"

"뭔 소린지 모르겠네. 무슨 일인데?"

"이 동영상 말이야. 아직 못 봤어?"

「어머니」는 동영상 투고 사이트를 열고 화면을 크게 확대해서 보여주었다.

그 광경에 나는 숨이 턱 막혔다. 마치 누군가 내 심장을 왈칵 움켜쥔 듯한 통증이 느껴졌다.

내 눈에 뛰어든 것은 그 멜론 사건 날 편의점에서 일어난 일이었다.

드문드문 새치가 섞인 곱슬머리의 남자가 인상을 쓰면서 여점원에게 차별적인 말을 마구 내뱉고 있다.

"여기는 일본이야! 일본말도 제대로 못할 거면 너희 나라로 가버려, 너희 나라로! (This is Japan! Speak Japanese properly, or go back to your country!)"

어디서 누가 찍은 것인가. 그때는 전혀 알지 못했지만, 아마도 상품 진열대 뒤쪽에서 누군가 휴대전화로 찍은 모양이다. 편집을 했고 영어 자막까지 달았다.

이윽고 화면 밖에서 와이셔츠를 입은 그날의 내가 나타나 남자 앞을 가로막는다.

"그만하시죠! (Stop it!)"

무릎에 놓여 있던 내 손에 저절로 힘이 들어갔다. 남자는 씩씩거리며 나를 피해 점원에게 덤비려고 했다. 그 앞을 가로막고 다시 "그만하시죠"라고 중얼거렸을 텐데, 그 음성은 애매하게 뭉개지고 자막으로 "It's racism!"이라는 영어 자막이 붙었다.

남자는 오른쪽 왼쪽으로 몸을 들이밀려고 했고 그때마다 나는 말없이 점원을 보호했다. 그날 땀을 많이 흘려서 옷이 축축했던 게 생각났다. 이 남자도 내게서 '냄새가 난다'고 느꼈던 것은 아닐까.

이윽고 남자가 나를 힘껏 떠밀었다. 나는 카운터에 허리를 세게 찧었지만 여전히 그를 노려보았다.

"일본에서는 일본말을 하라고! 그게 싫으면 썩 꺼져버려! (Speak Japanese in Japan! If you don't like it, get out!)"

남자가 그렇게 악을 썼다. 나가면서 상품 진열대를 걷어찬 것은 이제야 알았다.

동영상은 그 상황을 처음부터 끝까지 담아낸 뒤, 다음과 같은 문장으로 끝을 맺었다.

"On the internet, more than 9,000 people praised this brave men for his non-violent resistance to a racist. (차별주의자에 대한 이 용감한 사람의 비폭력적 항의에 인터넷에서 9,000명 이상이 '좋아요'를 보내주었다.)"

그리고 나중에 따로 수록했는지 그때 그 점원의 인터뷰가 짧게 덧붙였다. 미얀마 사람인 모양이었다.

"마음에 큰 상처를 받았어요. 정말 무서웠어요. 저를 도와주신 분께 감사 인사를 드리고 싶어요. 고맙습니다. (He really hurt my feelings. I was so scared. I want to thank the man who protected me.)"

그리고 미국 동영상 뉴스 사이트 로고가 뜨며 재생이 멈췄다.

나는 한참 동안 꼼짝도 하지 못했다.

재생 회수는 127만 회에 달하고, 일본어뿐만 아니라 세계 각국의 언어로 내 행동을 칭찬하는 댓글이 이어졌다.

"세계적으로 유명해졌잖아. 대단하다, 사쿠야, 정말 훌륭해. 엄마도 내 일처럼 우쭐해졌어."

「어머니」가 다시 나를 크게 칭찬해주었다. 나도 모르게 한 차례 시선을 떨굴 뻔했지만 가까스로 버티면서 그저 애매한 웃음으로 응했다.

어머니가 살아 있었다면 뭐라고 했을까. 분명 기뻐해주었으리라. 그리고 나는 그날의 실상을 어머니에게 밝혔을까.

나는 그런 정의감 때문에 남자 앞을 가로막은 게 아니었다.

그 점원을 딱하게 여기는 마음도 실제로 어느 정도나 있었는지, 애매하기만 하다.

나는 단지 그 남자를 죽여야 할지 말아야 할지, 고심하고 있었던 것이다. 모든 걸 끝내버리기 위해. 어떻게 죽일 것인가, 라고. 물론 모든 게 비현실적인 상상이었지만 어쨌든 그때 내 마음속을 점령한 것은 그런 불온한 감정뿐이었다.

나를 확 밀쳐내는 순간, 노려보는 내 눈빛에 그 남자가 흠칫 놀라며 지은 표정이 지금도 기억에 생생하다.

나는 키도 크지 않고 약해 보이는 체격이다. 그를 위협할 만한 힘은 없었다. 하지만 그 남자는 내 눈빛에서 불길한 뭔가를 발견하고 반사적으로 멈칫 물러섰던 것이다.

다들 오해하고 있었다. 그 남자가 느낀 그 불길한 것이 바로 그날의 실상이었다…….

끝도 없이 이어지는 댓글을 아래로 스크롤하며 읽어보았다.

그 속에서 '이 사람인 것 같다'라는 글과 함께 예전 아바타 회사의 내 페이지 주소를 링크해둔 것을 발견했다. 거기에도 긴 댓글이 달려 있었다.

아마 이 링크를 타고 회사로 찾아온 전 세계 사람들이 아바타 일을 의뢰하는 대신 칭찬의 표현으로서 내게 전자머니를 입금한 모양이었다.

"알지도 못하는 사람들이 나한테 돈을 넣어줬어……."

"이게 바로 요즘 말로 '돈쭐'이라는 거야. 훌륭한 행동을 한 사람에게는 이제 '좋아요'라는 것뿐만 아니라 감사의 마음을 담아 돈도 보내는 거란다."

어머니치고는 너무도 해설가 같은 그 대답은 분위기를 깨는 말이었지만, 굳이 정정은 하지 않았다.

"그건 알지만, 실제로 이렇게 돈이 들어오다니……. 이게 대체 무슨 일인지 모르겠네."

"사쿠야의 **존재 자체**가 그만큼 좋은 평가를 받은 거야."

나는 고개를 갸우뚱하며 짧은 한숨을 내쉬고, 새삼 내 소개 페이지의 입금 기록을 확인했다.

한 명당 기껏 1, 2달러였지만 미국뿐만 아니라 잠깐 훑어본 것만으로도 앙골라, 세르비아, 프랑스, 스웨덴, 중국, 한국, 브라질 등 전 세계에서 보낸 것이었다. 미얀마에서도 상당히 많은 '돈줄'이 들어왔다.

이윽고 단 한 명이 2백만 엔이나 되는 돈을 넣은 것을 발견하고 깜짝 놀랐다.

"누구지?"

이름을 클릭했더니 '그때 만일 뛸 수 있었다면'이라는 사이트로 점프했다.

나는 처음 들었지만 상당히 유명한 '아바타 디자이너'인 모양이다. '그때 만일 뛸 수 있었다면'이라는 사이트 제목을 그대로 자신의 이름으로 쓰고 있었다.

얼굴이나 본명은 공개하지 않고 자신이 디자인한 다양한 아바타를 내걸었다. 인스타그램에는 '프레타 포르테'와 '오트 쿠튀르'로 분류한 그의 수많은 작품이 시즌별로 열람할 수 있게 전시되었고, 팔로우 수가 3백만 명이 넘었다.

구입 화면으로 들어가 대략 가격을 살펴보았다. 그야말로 명품 브랜드 의류 못지않은 가격으로, 수만 엔에서 백만 엔까지 다양한 아바타를 판매하고 있었다. 게다가 '오트 쿠튀르' 쪽은 '상담 필요'라고 적혀 있었다. 분명 단위가 달라질 만큼 가격이 뛰는 것 같았다.

그의 소셜미디어 투고를 거슬러 올라가보니 편의점에서의 동영상을 공유하고 거기에 이런 코멘트가 올라와 있었다.

'히어로!'

아무래도 그 동영상이 폭발적으로 확산된 것은 그의 이 코멘트 덕분인 모양이었다.

그 '히어로!'라는 글자를 멍하니 바라보며 나는 한참이나 그 의미를 고민했다. 이거, 내 얘기인가? 정의의 용사인 척한다고 야유한 건가? 하지만 그런 거라면 나한테 2백만 엔씩이나 '돈쭐'을 내주었을 리 없다.

이윽고 언어는 게슈탈트 붕괴를 일으키고 단순한 기호가 되었다. 하지만 그동안에 나의 경계警戒의 틈새를 누비며 기쁨 같은 흥분이 출구를 찾으려는 듯 몸속을 마구 내달렸다.

다시 한 번 동영상을 재생해 내 행동을 칭찬하는 댓글들을 읽어보았다.

지금까지 살아오면서 내 존재에 대해 타인에게서 이런 평가를 받은 건 처음이었다. 즉 실제의 나보다 훌쩍 높은 평가를 받은 것이다. 이토록 수많은 사람들에게서. 이런 일은 결단코 없었다. 나는 항상 실제의 나만큼의 인간으로, 혹은 대개는 그 이하의 인간으로 남들 눈에 비쳐왔다.

아마 이런 식으로 봐준 유일한 예외는 어머니였을 테지만, 돌아가신 뒤로 나는 그 점에 대해서도 확신을 가질 수 없었다.

그런 나를 지금 '히어로!'로 봐주는 사람들이 있다……. 이건 완전한 오해에 따른 것이지만, 내 안에 여태까지 한 번도 경험해 본 적이 없는 새로운 감정이 싹트고 있었다. 당황스러움에서 빠져나오자 사람들의 그러한 평가에 실제로 어울리는 인간이 되고 싶다는 감정이 솟아나기 시작한 것이다. 이 사람들 중 누군가가 나를 만났을 때 "생각했던 대로 역시 훌륭한 사람이다!"라고 말해 준다면 얼마나 흐뭇할까. 그런 상상을 하면서 은밀한 기쁨과 흥분의 열기를 느꼈다.

그리고 내게 들어온 의뢰 목록에는 '그때 만일 뛸 수 있었다면'이라는 이름도 있었다.

어떤 사람일까. 한 번 만나보고 싶었지만 프로필이 공개되지 않아서 나이도 성별도 알 수 없었다. 인터넷상에는, 애초에 실재하지 않는 일종의 프로젝트 이름이고 아마도 복수의 디자이너가 소속된 그룹일 것이라는 설도 떠돌고 있었다. 혼자서는 결코 이만한 작업을 할 수 없다는 게 그 이유였다.

유일하게 공개된 것은 그가—'나'라는 일인칭으로 말하고 있다—어린 시절에 교통사고를 당해 하반신 불수가 되었다는 이야기였다.

사고는 방과후 친구들과 놀다가 집에 돌아가던 길에 신호등 앞에서 일어났다. 우회전을 하려던 차량 두 대가 차선을 놓고 다투다가 한 대가 접촉으로 튕겨나오면서 신호등 앞에서 기다리던 행인들을 덮쳤다.

빈사의 중태로 병원에 실려간 소년은 5일 후에야 겨우 의식을 회복했다. 간신히 목숨은 건졌지만 평생 휠체어에 의지해야 하는 장애를 갖게 되었다.

후유증은 정신에도 깊은 영향을 끼쳤다. 사고 후 몇 년 동안 검은 스포츠카가 자신을 덮치는 장면의 플래시백에 시달렸다. 잠든 뒤의 꿈속에서조차.

그럴 때마다 자신이 '히어로 캐릭터'가 되어 초인적 점프력으로 차 지붕을 훌쩍 뛰어넘어 사고를 피하는 몽상으로 마음을 달랬다고 한다.

소년은 처음에는 만화가가 되고 싶었다.

그때 붙인 펜네임이 '그때 만일 뛸 수 있었다면'이었다. 그리고 캐릭터를 연구해 그중 하나를 자신의 아바타로 쓰기로 했다.

즉 그에게 '히어로!'라는 말은 최고의 찬사였다. 그의 팬들은 모두가 그런 스토리를 알고 있었다.

교통사고를 당하기 직전에 돌연 인간을 뛰어넘는 초능력을 각성하는 히어로 이야기를 그려내고 싶었다. 그 히어로가 고통에 허덕이는 약자를 구해주는 모습을 몽상했다. 아이디어는 무궁무진했다. 캐릭터는 얼마든지 머릿속에 떠올랐고, 그림은 누구보다 잘 그렸다. 하지만 스토리 전개가 아무래도 어려웠다.

그래서 소년은 일단 자신의 사이트에 캐릭터만 공개하고 만화가 지망 커뮤니티에 가입해 회원들과 교류했다. 이윽고 한 기업에서 그의 캐릭터 아바타를 구입하고 싶다는 문의가 들어왔다. 그리 높은 가격은 아니었지만 그가 일을 통해 얻은 최초의 보수였다. 그것을 계기로 수입을 올리기 위해 아바타 디자이너로 활동을 시작했는데 눈 깜짝할 사이에 좋은 평판을 얻었고 이제는 세계 곳곳에 고객이 있어서, 인터넷에 올라온 정보에 따르면 연간 수입이 5억 엔에 달한다는 소문이다.

2백만 엔이라는 큰돈은 아마 그에게는 2만 엔 정도의 느낌인지도 모른다. 어쨌든 그것도 낯선 사람에게 선뜻 건네주기에는 적지 않은 금액이지만.

*

나는 '그때 만일 뛸 수 있었다면'과 직접 접촉하기 전에 아바타에 대해 잘 아는 미요시에게 미리 물어보기로 했다.

분명 그를 알고 있을 것이다. 그리고 그에게서 '히어로!'라는 찬사를 받았다는 얘기도 하고 싶었다.

미요시는 요즘 어쩐지 부루퉁한 모습이어서 말을 건네도 건성으로 대답할 때가 많았다.

처음에는 나한테 뭔가 기분 상할 만한 일이 있었나 했지만, 그렇게 물어보니 조금 귀찮다는 듯이 표정을 누그러뜨리며 고개를 저었다. 직장에서 무슨 일이 있었느냐고 물어봐도 역시 고개를 저으며 내 추궁이 유치하다는 듯이 피곤한 표정을 보였다.

하지만 지속적으로 그런 상태였는가 하면 그건 아니어서 걱정했던 그다음 날에는 완전히 쾌활해져서 그녀 쪽에서 먼저 말을 건네기도 하는 것이었다.

나는 한동안 그녀의 그러한 부침浮沈은 새롭게 발견한 성격적 특징이라고 생각했다. 하지만 한참 지내다 보니 그건 성격이 아니라 여성의 주기적 몸 상태의 문제였다는 것을 깨닫고, 내가 지금까지 당연한 인간관계에서 얼마나 동떨어진 채 살아왔는지를 새삼 통감했다.

이건 어머니 이외의 인간과 함께 생활하면서 비로소 알게 된 일 중의 하나였다.

미요시와 오랜만에 외식을 하러 나갔다. 그래봤자 역 앞 패밀리 레스토랑이었지만, 큰돈이 들어왔기 때문에 그녀에게 한턱 낼 생각이었다.

레스토랑은 손님들로 북적거렸다. 바로 옆 테이블에서는 70대 할머니 넷이서 '여자끼리 수다 모임'을 갖고 있었다. 오후 내내 앉아 있었던 듯한 모습이었다. 그런데도 여전히 얘기가 끊이지 않고 테이블에는 이미 오래된 듯한 피자며 케이크가 남겨져 있었다.

나는 무즙 폰즈를 곁들인 돈가스 정식을, 미요시는 치킨사테와 나시고렝 세트를 주문했다.

"맥주라도 마실까요? 오늘은 내가 낼게요."

"웬일이야, 무슨 좋은 일 있었어?"

미요시가 놀란 기색으로 물었다.

"아하, 괜찮은 일자리를 찾았구나?"

"뭐, 그냥……."

나는 애매하게 맞장구를 쳤다. 미요시는 "아니야?"라는 듯이 미간에 주름을 잡았다.

태블릿으로 주문하자마자 나온 맥주로 건배하고 나는 물었다.

"미요시 씨, '그때 만일 뛸 수 있었다면'이라는 사람, 알아요?"

"이피?"

"맞다, 별명이 이피였지요?"

"응, 이름이 길어서 여러 가지 별명이 생겼어. 아이파이, 이파이, 이피 등등. 원래 'If I'인데 줄여서."

"그런 거였어요? 나는 'Wi-Fi'인 줄 알았네."

"그런 뜻도 포함됐을걸? 아무튼 아네 마네 할 정도가 아니야. 내가 아주 광팬이야! 가격이 좀 저렴한 걸로 그의 아바타도 하나 샀어. 맞다, 그 고양이! 처음 만났을 때의 그 고양이 아바타."

"진짜요?"

"그렇다니까. 원래 갖고 싶었던 것은 너무 비싸서 아예 손도 못 내밀 정도야. 아, 사쿠야 군도 드디어 근사한 아바타를 구입하려고?"

자신이 잘 아는 화제에 미요시의 얼굴이 환해졌다.

"그렇게나 유명해요?"

"유명하냐니, 사쿠야 군은 여태 몰랐어? 와아, 그게 더 놀랄 일이네."

"나는 처음 들었는데? 이피 씨가 만드는 아바타, 왜 그렇게 인기가 있죠?"

"그야 멋있으니까!"

미요시는 즉각 대답하고는 하얀 이를 내보이며 웃었다.

"이미 명품으로 알려졌고, 신작이 나오면 그 즉시 주목을 받거든. 뭔가 사람을 끌어들이는 매력이 있어. 그 아바타로 나가면 가상공간에서도 인기 짱이야."

"그렇구나……."

"아바타 디자이너라면 여기저기 너무 많지. 패션 브랜드 쪽에서도 컬렉션과 똑같은 옷차림의 아바타를 팔기도 하잖아. 하지만 이피의 아바타는 일단 격이 달라. 가상공간에서도 금세 눈에 띄어. 현실에서 해방되는 느낌도 진하게 들고."

나는 맞장구를 치면서 한참 그녀의 얘기를 들었다. 요리가 나오자 이번에는 내가 멜론 사건에서부터 시작해 그 동영상이 좋은 평판을 얻었고, '돈줄'이라고 수많은 사람들이 입금을 해주고—그건 아직도 이어지고 있다—, 그중 '그때 만일 뛸 수 있었다면'에게서는 2백만 엔씩이나 입금되었다는 얘기를 들려주었다.

미요시는 어안이 벙벙한 기색이었다.

"뭔 소리야? 얘기를 따라갈 수가 없네. 진짜야? 이피가 사쿠야 군을 알고 있어?"

그녀는 놀랐다기보다 반신반의하는 얼굴로 내 얘기를 정리하려고 했다.

휴대전화를 꺼내 이피가 '히어로!'라고 코멘트한 동영상을 보여주었다.

미요시는 홀린 듯 화면을 들여다보면서 말했다.

"어, 진짜네? 사쿠야 군, 진짜야!"

더 이상 보고 싶지 않은 동영상이라서 나는 돈가스를 양배추채와 함께 입에 몰아넣으며 시선을 다른 데로 돌렸다. 옆 테이블의 할머니들이 계산을 마치고 자리에서 일어나는 참이었다. 그 건

너편 테이블에는 초등학생인 듯한 남매를 데리고 온 엄마가 있었다. 셋이서 스파게티 한 접시를 주문해 엄마는 커피만 마시고 음식에는 거의 손을 대지 않은 채 이따금 휴대전화를 들여다보며 아이들이 먹는 걸 도와주었다.

그 엄마가 우울한 표정으로 우리 쪽 테이블을 흘끗흘끗 쳐다보았다. 나는 순간적으로 시선을 돌렸지만, 그 뒤에도 엄마와 아이들은 서로 눈짓을 주고받으며 나를 훔쳐보았다. 일단 고개를 돌렸다가도 다시 몰래 이쪽을 흘끔거리는 것 같았다.

어리석은 착각에 빠진 나는 저 엄마도 어쩌면 그 동영상을 봤는지 모른다고 생각했다. 하지만 그다음에 일어난 일은 전혀 생각지도 못한 것이었다.

아이들 둘이 눈짓으로 신호를 보내며 킥킥거렸다. 그러더니 엄마에게 "괜찮지? 응? 괜찮지?"라고 작은 소리로 물었다. 엄마는 눈썹을 찌푸리며 목소리가 크다고 나무라더니, 살짝 턱을 끄덕였다. 그리고 차갑게 굳은 채 다시 원래의 멍한 눈빛으로 휴대전화를 들여다보았다.

아이 둘이 슬그머니 자리에서 일어섰다. 나는 그들의 시선을 따라가다가 흠칫했다. 옆 테이블로 다가간 두 아이는 할머니들이 남기고 간 피자를 입에 몰아넣고 이어서 비닐봉지에 튀김이며 핫케이크를 넣더니 잽싸게 자리로 돌아갔다. 그리고 성공했다는 기쁨에 눈빛을 반짝이며 서로 마주보며 웃었다. 엄마는 여전히 내 쪽이 신경쓰이고, 하지만 그것에 거칠게 반발하듯이 뺨이 붉어진 채 휴대전화만 보고 있었다.

"사쿠야 군, 쳐다보지 마."

미요시는 아직 동영상을 보고 있었는데도 고개도 들지 않은 채 작은 소리로 나를 나무랐다. 옆에서 무슨 일이 일어나는지 그녀가 눈치챈 것이 놀라웠다. 나는 내 무신경이 부끄러웠다.

"대단하다. 이런 훌륭한 일을 했으면서 왜 나한테 얘기 안 했어?"

휴대전화를 돌려주며 미요시는 신기하다는 듯 나를 지그시 보면서 말했다. 감탄했다는, 다시봤다는 시선처럼 느껴졌다. 나는 그때 내 안에 있었던 살벌한 감정에 모두가 오해한 그 정의감을 덮어씌우면서 짧게 대답했다.

"어쨌든 불쾌한 일이라서……."

"고등학교를 그만둔 이유도 그렇고, 사쿠야 군은 여차할 때는 용감하게 행동에 나서는구나. 그건 정말 대단한 일이야. 난 절대 못 해."

"고등학교 때 일은 내가 앞장선 것도 아닌데……. 이 동영상 장면은 상대가 몹시 흥분한 상태의 남자였으니까 미요시 씨가 나서는 건 위험하죠."

"물론 힘으로야 당할 수 없겠지. 하지만 사쿠야 군도 무슨 가라테를 했던 것도 아니잖아? 아마 나는 우선 번거로운 일에 휘말리는 게 싫어서 못 본 척 피했을 거야."

"나도 똑같아요. 그날은 그냥 어쩌다……."

"이피가 의뢰한 일, 받을 거지?"

"뭐, 그러려고요. 이참에 감사 인사도 할 겸 만나봐야죠."

"좋겠다, 부럽다! 어떤 사람인지 나중에 꼭 알려줘. 여태까지 정체를 꽁꽁 숨겨서 실재하지 않는 사람이라는 얘기도 있었거든."

"그런 모양이던데요."

조금 전의 가족이 자리를 뜨는 기척이었지만, 나는 더 이상 그 모습을 훔쳐보지 않았다. 미요시는 내 눈을 지켜보다가 잘했다는 듯이 거의 표가 나지 않게 뺨을 풀며 웃었다.

제10장

그때 만일 뛸 수 있었다면

'그때 만일 뛸 수 있었다면'의 집을 방문한 것은 11월 중순이었다.

미나토 구에 자리한 45층 맨션의 최상층이라고 했다. 호텔처럼 콩시에르주가 맞이해주는 로비를 지나서 이음새를 찾기 힘든 거대한 석벽 같은 두 개의 자동문을 통과해 긴 복도로 들어서자 드디어 엘리베이터가 나타났다.

기압의 변화를 실감하면서 눈 깜짝할 사이에 44층에 도착했다.

리얼 아바타로 부유층의 일을 받은 적도 많았지만 이런 호화 맨션은 처음이었다. 저절로 바짝 긴장해버렸다. 게다가 여기까지 왔으면서도 여전히 비웃음을 살지 모른다는 불안감을 떨쳐낼 수 없었다.

최상층은 45층인데 남은 한 층은 어떻게 올라가야 하는지 알 수 없었다. 조금 전 1층 로비에서 전화했을 때, 그가 설명해주었다.

"아, 44층까지만 오시면 돼요. 복층 구조니까요."

이피와 직접 나눈 대화는 그게 처음이었지만, 뜻밖에도 무척 어린 목소리여서 놀랐다.

'스즈키'라는 문패가 붙은 현관 앞에서 벨을 누르자 안에서 "들어오세요!"라는 응답이 들렸다. 문을 열고 들어서자마자 나는 눈이 둥그레졌다. 광택 있는 흰색 대리석이 촘촘히 깔린, 우리집 전체 면적과 맞먹을 만큼 널찍한 현관에서 나를 맞아준 것은 휠체어에 앉은 아직 소년 같은 풍모의 남자였다.

긴 복도 안에서 비쳐든 빛이 눈부셔서 그의 얼굴은 그늘져 있었지만 고등학생 정도로 보이는 인상이었다. 여리여리한 몸집에 풍덩한 빨간색 시카고 불스 티셔츠를 입고 있었다.

"처음 뵙겠습니다. 의뢰를 받은 이시카와 사쿠야라고 합니다."

인사를 건네자 그는 팔을 내밀며 말했다.

"안녕하세요, 스즈키 루이예요. '그때 만일 뭘 수 있었다면' 사이트의 주인이죠. 다들 이피라는 별명으로 불러요. 이시카와 씨도 괜찮으시면 그렇게 불러주세요!"

환하고 맑은 눈빛에 당황스러울 만큼 스스럼없는 말투였다.

"꼭 뵙고 싶었어요! 이시카와 씨 동영상, 벌써 수십 번을 봤거든요."

나는 감사 인사를 건넸지만 뭔가 잘못된 게 아닌가 하는 느낌이 들었다. 수십 번씩 다시 볼 만한 동영상이라고는 생각되지 않았기 때문이다.

"너무 큰돈이 들어와서 놀랐습니다. 입금 때 혹시 잘못 써넣은 게 아닌가요?"

"정말요? 얼마였죠?"

"2백만 엔이었어요."

"그럼 잘못 써넣은 거 아니에요. 실은 더 보내고 싶었는데, 뜬금없다고 경계하실 것 같아서 자제했죠."

"경계한다기보다 실은 지금도 좀 당황스러운데, 아무튼 고맙습니다."

"기분 좋게 받아주신 거죠?"

"그야, 어떻게 말해야 좋을지 모를 만큼……."

"와, 다행이다! 자자, 들어오세요, 안에서 얘기해요."

단숨에, 라는 기세로 경쾌하게 휠체어를 돌리더니 그는 앞장서서 나를 데려갔다.

안내해준 거실은 15평쯤이나 될까. 머리 위 천장은 6미터 정도, 저절로 우러러보게 되는 높이였다.

남측과 서측은 전면 통유리여서 발아래로 박물관 모형처럼 촘촘한 도쿄 시가지가 펼쳐졌다. 질서정연하게 도로를 달려가는 차량이 아주 작은 곤충 같아 보였다.

하늘이 파랗게 맑은 날씨여서 저 너머로 후지산의 하얀 꼭대기가 보였다.

"조망이 정말 좋은데요. 어딘가 가상공간에 들어온 것 같아요."

내 말소리가 무음의 실내공간에 울리는 바람에 흠칫 놀랐다. 왜 그런지 '기침을 해도 나 혼자'라는 오래전 국어시간에 배운 시구가 문득 머릿속을 스쳤다.

"실은 창문이 커서 더워요. 겨울에는 그나마 괜찮은데 여름에는 심하죠. 환경에 좋지 않은 건물이에요."

이피는 겸연쩍은 듯이 쓴웃음을 지으며 말했다. 실제로 햇빛이 쨍쨍해서 잠시 창가에 서 있었는데도 이마에 땀이 돋았다.

"혼자 사는 건가요?"

"네, 나 혼자. 여기 10층에 부모님이 살지만 거의 얼굴 볼 일이 없어요. 사이가 안 좋아서."

"그렇군요……."

"보시다시피 장애가 있지만, 10대 때부터 갑자기 돈을 잘 버는 바람에 부모님은 나를 어떻게 대해야 할지 모르겠대요. 이상하죠? 그쪽 생활비도 모두 내가 대줘요. 이 집도, 10층 집도 다 내가 샀고. 아마 내가 무서운 모양이에요. 부모인데도 내 기분을 거스르면 안 된다고 생각했는지……. 그만하죠, 이런 얘기. 죄송해요, 처음 만난 자리에서. 여기 소파에 앉으세요."

이피는 내게 자리를 권하고 다시 휠체어를 빙글 돌려 검은 나선형 계단 옆의 널찍한 주방으로 향했다. 멀어져간다, 라는 표현이 어울릴 만큼 넓은 공간을 이동하는 그의 등을 나는 소파에 앉아 신기한 기분으로 바라보았다.

이피는 음성 지시를 내려 나지막한 음량의 힙합을 틀었다. 문득 옆을 살펴보니 실내가 이렇게 조용한 건 오일히터를 쓰기 때문이었다.

휠체어는 전동으로 좌면이 높아지고, 그는 업무용 머신으로 커피를 내려 가져왔다.

"고마워요."

"뭘요. 정말 반가운데요, 이렇게 이시카와 씨를 만나다니. 나는 돈은 많아서 뭐든 거의 다 할 수 있지만, 길거리를 자유롭게 돌아다니면서 고통 받는 사람을 몸으로 부딪쳐가며 구해주는 건 어려워요. 그래도 그런 몽상은 자주 해요. 그런 걸 할 수 있다면 얼마나 좋을까 하고."

몇 가지 오해가 얽힌 그 말에 나는 제대로 대답할 수 없었다. 하지만 그 앞에서는 그 오해대로 살고 거기에 어울리는 인간이 되자고 이미 마음을 정했다.

"진짜 동경의 대상이죠. 그래서 나도 이시카와 씨가 되어서 거리를 돌아다니고 싶다고 생각했어요."

"그건 인터넷 아바타 느낌일 텐데, 리얼 아바타는 오히려 제 존재는 지워버리고 최대한 의뢰자와 동화하는 거라서……."

"그래도 주위 사람들은 이시카와 씨로 인식하고 이시카와 씨와 대화하는 거잖아요? 인터넷 아바타하고 똑같아요."

"이론적으로는 그렇지만, 리얼 아바타로 활동할 때는 그걸 주위에서 알아채면 되도록 내 존재는 무시해달라고 해요. 애초에 그게 아니어도 나한테 주목하는 사람은 없지만."

너무 자조적인 투로 답하면 모처럼 의뢰해준 일을 취소할 수도 있었지만 나는 그렇게 말하지 않을 수 없었다.

"남들 눈에 띄지 않게 돌아다니는 것도 내가 해보고 싶은 일이에요. 휠체어를 타고 나가면 다들 자꾸 쳐다보니까. 요즘에는 내가 '그때 만일 뛸 수 있었다면'이라는 거 들킬까봐 더 움츠러들어요. 아, 이시카와 씨는 지금 연 수입이 얼마나 돼요?"

너무도 순수하고 환한 표정에 나는 당황했다. 하지만 실례되는 말이라는 불쾌감은 없었다. 그야말로 예외적일 정도의 '저쪽 세계'의 젊은이를 마주하고 보니 나를 조금이나마 괜찮게 꾸며볼 의욕도 나지 않았다. 연 수입을 1~2백 높여서 말해봤자 기껏 오차 정도의 의미밖에 없을 터였다. 나는 솔직하게 대답했다.

"3백만 엔 정도."

이피는 그것에 대해 어떤 의견도 밝히는 일 없이 말했다.

"그럼 그 두 배인 7백만 엔을 드릴 테니까 저와 전속 계약을 맺는 건 어때요?"

"……."

"그 리얼 아바타 회사와는 계약을 해지해주세요. 만일 원하신다면 우리 회사 정규직으로 채용해서 월급 형식으로 드려도 되고요."

"고마운 말이지만, 나를 좀 과대평가한 것 같군요. 일단 인턴 기간을 거친 뒤에 계약하는 게 좋을 텐데요."

"역시 이시카와 씨는 성실한 분이네요. 근데 지금까지의 실적을 벌써 알아봤어요. 대단한 베테랑이라서 믿을 만하던데요. 제가 사람 보는 눈이 있거든요, 몸이 이래서. 하지만 뭐, 그러시면 다음번에 결정하는 걸로, 어때요?"

"네, 좋습니다. 다만 오늘은 그쪽 회사를 통해 의뢰해줬으니까 정규 요금만 받도록 할게요."

*

이피는 창문 너머로 잠시 하늘을 바라보더니 히비야 공원을 산책해달라는 지시를 내렸다.

지구온난화로 단풍철이 늦어져서 절정기는 한참 기다려야 한다. 그래도 소나무의 초록빛에 단풍나무의 붉은빛과 은행나무의 노란색이 학 분수가 있는 구름 모양의 연못 수면에 거울처럼 비쳐서 아름다웠다.

"와아, 울긋불긋하다!"

이피는 몇 번이나 탄성을 올렸다.

"공기도 맑아서 아주 상쾌합니다."

"내 방의 가상현실 시스템은 온도도 바람도 전부 재현 가능해요. 그래서 지금 여기도 바깥과 똑같이 12도예요, 바람도 살짝 불고."

"그래요? 역시 대단하네요."

하늘 여기저기에서 까마귀가 쉴 새 없이 울고 있었다.

고개를 돌려 나무 사이의 햇살을 바라볼 때 '연기' 앱의 체험이 떠올랐다.

이 상쾌한 풍경도 몇 광년 너머에서 보면 엄청난 암흑 속에 구슬 한 개 크기도 안 되는 작디작은 점 속의 일이다.

조금 더 걸어가 장미 화단을 가로질렀다. 그 우거진 모습에 시선을 집중했다. 살짝 키가 큰 장미 한 그루가 그 옆의 장미를 압도하며 큼직한 꽃을 피우고 가지와 잎을 뻗은 것을 바라보았다.

지구와 태양의 거리는 1억4천960만 킬로미터라고 한다. 빛은 그만큼의 거리를 지나 이 꽃에 도달하지만, 마지막 불과 몇 센티미터의 차이로 한쪽은 크게 자라 꽃을 피우고 다른 한쪽은 그 그림자 밑에 웅송그리고 있다. 마치 이 세상의 불공평에 대한 비유처럼 느껴졌지만, 이피가 말을 걸어와 더 이상 깊이 생각해볼 수는 없었다.

이어서 인적 없는 야외 대음악당으로 걸음을 옮겼다. 무대에 올라서서 절구 모양으로 펼쳐진 객석을 바라보았다. 나라면 결코 이런 곳에 올라서지 않겠지만 그게 이피의 지시였다.

"그 객석에 사람이 가득찬다면 흐뭇하겠죠? 역시 아무리 정교한 가상현실이라도 다르네요, 현실은."

이피의 중얼거림을 듣고 그가 평소에 외출을 거의 못 한다는 것을 짐작할 수 있었다. 그리고 내 몸의 기관을 통해 폐를 가득 채운 공기의 청량한 상쾌함을 심장박동과 함께 느끼면서 그의 VR실이 '실질적으로 똑같은' 환경을 그대로 재현한다고 해도 그건 결코 똑같은 게 아니라고 생각했다.

한참 돌아다닌 뒤의 기분 좋은 피로감이 특히 양쪽 다리에 느껴졌지만 그런 감각을 이피와 대화로 공유해야 할지 말지 망설이다가 결국 그만두기로 했다.

누구나 자신의 어떤 결함을 그것과 '실질적으로 똑같은 것'으로 메워가며 살아간다. 그런 때에 어떻게 **그건 가짜다**, 라는 오만한 말을 던질 수 있을까.

그렇다, 「어머니」도 마찬가지다.

바람을 타고 작은 비말이 얼굴에 날아드는 대 분수를 바라보았다. 그런 다음에 아직 못 본 곳이 있나 하고 알록달록한 놀이기구가 설치된 곳을 지나가려고 하자 이피가 그쪽에 잠깐 들러달라고 말했다.

평일 한낮이라서 히비야 공원은 어디든 한산하고 이따금 산책 중인 고령자가 눈에 띄는 정도였지만, 이곳에는 아직 초등학교 입학 전의 아이들 모습이 드문드문 보였다.

"저기 저 미끄럼틀, 잠깐만 탈 수 있어요?"

"네……."

사람들의 시선이 적잖이 신경쓰였지만 그가 지시한 대로 짧은 계단을 올라가 미끄럼을 타고 내려왔다. 20여 년 만에 처음 느껴보는 감각이었다.

"와아, 현장감이 있는데요? 한 번만 더!"

"네."

결국 다섯 번이나 미끄럼틀을 탔다. 이어서 링에 매달리고 봉을 타고 오르면서 한바탕 놀고 마지막으로 그네에 앉았다.

유모차를 밀던 아기 엄마가 의아한 듯 경계의 눈빛으로 나를 보고 있었다. 그 시선에서 이피를 지켜주려고 애써 아기 엄마 쪽은 쳐다보지 않았다.

그리고 '그때 만일 뛸 수 있었다면'이라는 그의 펜네임을 떠올렸다.

그네를 구르기 시작하자 이피가 입을 열었다.

"공원에 간 거, 정말 오랜만이에요. 교통사고 당한 뒤로 주위에서 다들 내가 생활할 수 있게 도와줬지만, 내 발로 뛰어다니고 미끄럼틀을 타고 술래잡기를 할 수는 없었으니까요. 어쩐지 사고 전의 어린 시절로 돌아간 기분이네요."

나는 네에, 하고 고개를 끄덕였을 뿐이다. 그 넓은 거실을 **멀어져가던** 그의 등이 문득 다시 떠올랐다. 그와 전속 계약을 맺고 그의 몸으로서 살아간다는 건 어떤 것일까. 방금 한 번 해봤으니 이제 그도 충분하지 않을까, 하는 마음이 들었다. 이런 일을 나한테 연거푸 의뢰할 이유는 없을 것이다.

꽤 오랫동안 나는 아무 말 없이 그네를 탔다.

이윽고 이피의 지시가 내려왔다.

"이제 됐습니다, 충분해요."

역시 오랜만에 타는 그네에 속이 울렁거렸다. 그리고 그 한마디는 내 마음속에 내내 걸려 있던 어머니의 말을 저절로 떠올리게 했다.

그날은 그 길로 이피의 맨션에 다시 불려가는 일 없이 리얼 아바타 일은 끝이 났다.

집에 돌아오자 내 계정에는 정규 요금과는 별도로 '팁'으로 10만 엔이 입금되어 있었다.

*

저녁식사 때, 이피 얘기를 해주자 미요시는 고개를 길게 뺀 채 들었다. 아직 열아홉 살밖에 안 된 젊은이라는 것을 알고는 눈이 둥그레졌다.

"헉, 정말이야? 그래서, 전속 계약은 할 생각?"

"아까 메시지가 왔는데 꼭 승낙해달라고 하네요."

"그럼 그럼, 꼭 해야지. 7백만 엔이라니! 대기업 못지않잖아."

"그야 그렇죠. 하지만 오늘 같은 리얼 아바타 일은 금세 싫증이 날 거예요. 거의 외출을 못한 것 같긴 했지만."

오랜만에 함께 냄비요리를 마주하고 피어오르는 김 너머로 그녀의 복잡한 표정을 가만히 바라보았다. 흥분한 듯한, 조금은 섭섭하고 부러운 듯한 표정이었다. 언젠가 이피에게 그녀를 소개해줄 기회가 있으면 좋겠다고 생각했다.

이피가 제시한 급료는 그녀의 수입과 비교하면 두 배가 넘는 돈이다. 이런 상황은 지금까지 상상해본 적도 없었다. 이건 우리 둘의 관계에 어떤 영향을 끼치게 될까.

그녀를 떼어놓고 앞서가는 것을 상상하며 불안해질까. 아니면 이피와 특별한 관계를 쌓는 것으로 그녀의 부러움을 받으면서 좋아할까. 혹은 경제적으로 우위에 섰다고 그녀에 대해 어처구니없는 지배욕이 생기는 건가.

어쨌든 그토록 경계해왔던 그녀에 대한 호의를 그날은 너무도 어리석게 내 안에서 인정해버린 것 같았다. 자칫하면 내 마음속을 점거한 그 기묘한 아픔을 자칫 그녀에 대한 **사랑** 때문이라고 착각할 뻔했다.

이피와 전속 계약을 맺는 대신 현재 회사와 계약을 해지한다는 건 큰 모험이었다. 게다가 편의점 동영상이 확산된 뒤로 내게 일을 의뢰한 사람들이 줄줄이 기다리고 있어서 그걸 모두 거절하는 건 안타깝기도 하고 죄송하기도 했다.

정말로 이피가 나를 1년씩이나 고용해줄지도 알 수 없고, 그것 때문에 항상 그의 눈치를 봐야 한다는 것도 정신적으로 피폐해질 것 같았다.

게다가 1년으로 계약이 끝난다면 나는 다시 일자리를 찾지 않으면 안 된다. 하지만 그렇게 되면 뭔가 다른 새로운 일을 시작하고 싶었다. 리얼 아바타 일은 어쨌든 이피를 끝으로 그만두게 될 것이다.

이 기회에 내 인생을 바꿔보고 싶었다. 아바타 일을 그만두더라도 그때는 폐지 수거와는 다른 종류의 일자리를 얻을 수 있다고 별 근거도 없이 확신했다. 이건 그 동영상의 반응뿐만이 아니라 이피라는 존재에게 받은 자극 때문이기도 했다.

그의 삶을 동경했고, 실제적이고도 전향적인 그 사고방식에도 마음이 끌렸다. 고등학교 시절에 교무실 앞에서 연좌를 시작했던 그 '영웅적 소년'과도 약간 닮은 것 같지만, 결정적인 차이는 그가 고독하다는 것이었다. 그러고 보니 우리는 공통점도 있었다. 고등학교를 중퇴했다는 점이다. 내가 그 경위를 이야기하자 그는 눈빛을 반짝이며 나에 대한 존경의 마음을 다시금 드러냈다.

"사쿠야 씨는 정말 자신의 이해득실 같은 거 상관없이 옳은 일을 위해 행동하는 사람이네요!"

나는 언제까지고 이피가 마음속에 그리는 그런 사람이 되자고 나 자신에게 되뇌었다. 그리고 무엇보다 미요시에게 좀 더 좋은 평가를 받는 인간이고 싶었다.

어떻게 해야 그렇게 될지는 모르겠지만, 우선 그녀의 생활을 도와줄 만큼 안정적인 수입부터 얻고 싶었다.

나는 그녀를 상처 입히고 싶지 않았다. 그래서 그녀가 기대하는 최소한의 신뢰에는 무슨 일이 있어도 부응할 작정이었다.

지금까지 그녀에게 손끝 하나 댄 적이 없다. 예전에는 어머니가 있었고 지금은 그녀가 살고 있는 방은 장염으로 병간호를 했을 때 이후로는 일절 들어가지 않고 문을 노크한 일조차 없다. 볼일이 있을 때는 메시지로 전달했다.

나는 그녀를 사랑하지 않는다. 그녀에게서 사랑받는 것을 원하지 않는다. 다만 지금 내 목숨이 갑작스럽게 끊긴다면 그 '죽음의 한순간 전'에 그녀와 함께하는 나일 수 있다면 행복하게 죽음을 맞이할 것 같다. 즉 **우주 그 자체가 되는 것**을 기쁘게 받아들일 수 있다는 뜻이다.

*

회사와의 계약을 해지하고 월요일부터 금요일까지 이피의 자택으로 매일 출근하기 시작했다. 하지만 리얼 아바타로서의 업무는 예상했던 대로 그리 많지 않았다. 쇼핑과 택배 발송, 세탁소 거래 등의 잡무가 주어졌지만 그런 때는 굳이 고글을 착용하라는 지시도 없었다. 처음에는 '히어로!'인 나에게 그런 잡무를 시킬 수 없다고 사양했지만, 할 일이 없으면 따분하다고 내가 먼저 제안한 것이다. 점차로 음성 입력을 통해 그가 맹렬한 속도로 처리해나가는 메일의 변환 오류의 수정이나 교정 같은 편집 일도 거

들었다. 그 메일들은 이피의 계정에서 이피의 명의로 송신하는 것이었다.

그의 작업실은 2층에 있었다. 온종일 그 안에 틀어박혀 디자인을 하고, 그뿐만 아니라 스태프와의 연락도 모두 거기서 처리했다. 이따금 영어로 말하는 소리도 들리는 걸 보면 해외 에이전트가 있는 모양이었다. 하지만 나는 아직 한 번도 2층에 올라간 적이 없었다.

휴식 시간에는 특별 주문으로 설치했다는 엘리베이터를 타고 내려와 거실에서 대기 중인 나와 얘기를 하고 싶어했다. 나는 커피를 내려주거나 그가 좋아하는 케이크와 과자 등을 미리 준비해 두는 역할을 맡았다. 고급 디저트 가게를 줄줄이 꿰게 되었다. 대화 내용은 아바타 디자인부터 AI를 어떤 식으로 활용하느냐는 것까지, 아주 다양했다. 어렸을 때 우연히 길에서 데려와 길렀던 고양이가 미요시가 구입한 그 아바타의 모델이라는 것도 내가 묻기도 전에 이피가 신이 나서 얘기해주었다. 이건 미요시에게 들려주면 분명 펄쩍 뛰며 좋아할 얘기였다.

"사고를 당한 후로 항상 고양이가 부러웠어요. 방 안을 자유롭게 돌아다니고 높은 곳에도 올라가고 마음이 내키면 내 무릎 위에 자리를 잡고 세수도 하고……. 고양이가 되어 가상현실 세계를 마음껏 뛰어다니고 싶었죠. 그 아바타에는 그런 소망이 담겨 있어요."

"그렇군요. 꼬리를 흔드는 방식도 정말 귀엽던데요, 그 고양이."

"그렇죠! 나도 그 동작이 너무 좋더라고요."

이피는 하얀 이를 드러내고 상쾌하게 웃으며 말했다.

나는 거의 그의 얘기를 들어주는 역할이고 별반 재미있는 대답도 못했지만, 그 넓은 거실이 조용해지면 내가 신경쓰기 전에 항상 그가 먼저 말을 꺼내주었다.

그가 동경하는 '히어로!'와 나는 너무도 거리가 멀다는 것을 그쪽에서도 이미 알아차린 건 아닐까. 그래도 그는 나를 지겨워하는 기색 없이, 때로는 디자인 일에 지장이 있을까 걱정스러울 만큼 얘기를 계속했다.

"외출은 거의 안 하는 건가요?"

어느 날, 마음먹고 물어보았다.

"일주일 넘게 집밖에 안 나갈 때도 있어요. 여기서 뭐든 다 해결되니까. 스태프하고도 모두 인터넷으로 일이 가능하거든요."

"가끔은 바깥바람도 쐬고 싶을 텐데."

"위층에 베란다가 있어요. 거품 욕조에 화단도 있고 바비큐도 가능해요. 요즘 날씨에는 좀 추워서 안 되지만. 아, 트레이닝 머신으로 운동도 열심히 하거든요."

"그래요? 전혀 상상도 못했어요."

"도쿄 거리를 새삼스럽게 돌아다녀봤자 전부 고령자들뿐이라 별다른 자극도 없고, 나 같은 경우에는 이동할 때마다 너무 힘들어서 귀찮더라고요. 게다가 이 맨션은 아래층에 내려가는 데도 시간이 걸리잖아요."

"지난번에 뭔가 깜빡 잊고 갔을 때, 다시 들어오느라 애를 먹긴 했어요."

"그렇죠, 진짜! 그래서 나는 가상공간이 훨씬 더 재미있어요. 여러 나라의 친구들도 만나고, 새가 되어 하늘을 날기도 하고. 요즘 인플루엔자도 유행이라서 외출이 더 무서워요. 아참, 사쿠야 씨는 예방접종 했어요?"

"업무상 전염병 유행 때는 외출을 피하려는 사람들의 의뢰가 많기 때문에 꼭 맞아야죠. 실은 우리 어머니가 돌아가실 때까지 한 번도 인플루엔자에 안 걸렸어요. 그래서 베이비시터 일을 하던 시절에 인플루엔자에 걸린 아이들의 병간호를 어머니가 도맡다시피 했죠."

"와아, 대박! 그럼 사쿠야 씨는 최강 유전자를 가졌겠네요?"

"아니, 나는 벌써 여러 번 걸렸는데."

이피가 내게 주는 보수 중에 노동의 대가는 실은 극히 적은 부분이었다. 즉 나라는 존재 자체가 그의 마음에 들어 이만큼의 급료를 받고 있는 것이었다.

*

이피가 저녁식사에 초대해준 것은 화요일, 크리스마스이브였다.

온종일 그의 집에서 대기하기 때문에 점심식사는 거의 매일 함께 했지만—대부분 배달 음식이다—이따금 저녁식사도 청해주곤 했다.

12월도 중반에 접어들었을 때, 그가 크리스마스 날의 예정을 물었다. 나는 미요시를 머릿속에 떠올리면서도 별다른 계획은 없다고 대답했다.

"그럼 우리집에서 파티 할까요? 크리스마스다운 요리라든가, 다 내가 준비할게요. 그날은 일이 아니라 친구로서 와주세요!"

나는 그 '친구'라는 말에 감동했다. 나보다 열 살이 어리고, 더구나 나의 고용주라는 복잡한 관계인데도.

흐뭇한 건 말할 것도 없었지만 그 이유 중 하나는 미요시를 소개해줄 좋은 기회라는 생각 때문이었다.

"고마워요, 나도 꼭 함께하고 싶군요. 괜찮다면 나와 룸셰어 중인 친구도 데려왔으면 하는데 어떨까요? 이피 씨의 광팬이에요."

"물론이죠, 사쿠야 씨의 친구분이라면 대환영이에요. 한 명?"

"예, 한 명."

"좋아요!"

미요시가 얼마나 기뻐할지, 설레는 마음으로 집에 돌아갔는데, 거실에서 휴대전화를 들여다보던 그녀에게 그런 얘기를 하자 의외로 그 당장 반색을 하지는 않았다.

"내가 가도 괜찮을까?"

"물론이죠!"

나는 이피의 쾌활한 말투가 전염된 것처럼 즉각 대답했다.

미요시는 조금 놀란 얼굴이었지만, 여전히 당혹스러움을 떨치지 못했다.

"파티라면 사람들이 많이 모이는 자리잖아."

"글쎄, 어떨지 모르겠네. 친구가 그리 많은 것 같지는 않았는데."

"당연히 많겠지, 아무리 그래도. 몇 십 명씩 참석하는 거 아냐?"

"그런가……."

"맞아, 크리스마스 파티랬잖아. 뭘 입을 거야, 사쿠야 군은?"

"예?"

"옷 말이야. 이피의 집에서 하는 파티에 입고 갈 만한 옷이 없어, 나는."

"그냥 평소에 입던 옷이면 될 텐데? 항상 활동하기 편한 차림으로 갔었어요."

"그건 안 되지, 엄청 세련된 사람들이 올 거라고. 분명 나와 사쿠야 군만 초라하게 눈에 띌 거야."

나는 미처 생각도 못했었지만, 그 넓은 거실에 '저쪽 세계' 사람들이 한 손에 글라스를 들고 넘칠 듯이 모여 있는 광경을 머릿속에 그려보니 정말 그럴지도 모른다는 생각이 들었다.

"그럼 쇼핑하러 나갈까요?"

"나가봤자 내 지갑으로 살 수 있는 옷은 어차피 뻔해. 아, 맞다, 빌려 입을까?"

"빌려 입다니……."

"무리해서 비싼 옷을 사봤자 그날 한 번뿐이고, 딱히 입고 나갈 데도 없어."

"내가 사주는 건 어때요?"

이피가 지급해주는 고액의 급료를 염두에 두고 한 말이었다.

"오, 지갑이 두둑하신 모양이네?"

미요시는 웃으면서 말했지만 이내 고개를 저었다.

"괜찮아. 내가 빌리면 돼."

"내가 가자고 했으니까 그 정도는……."

"아니, 됐어. 이래저래 너무 신세를 지면 '셰어'의 균형이 무너지잖아."

그 대답에서 뭔가 거리감이 느껴져서 나는 단순히 기뻐해주기를 바라는 마음일 뿐 그 이상의 의미는 없다고 말하고 싶었다. 하지만 그런 **이해타산 없는 마음씀씀이**에 사람들이 어떤 이름을 붙일지는 명백했다. 알겠다고 고개를 끄덕이며 그녀의 말을 받아들일 수밖에 없었다.

*

그 사이에 「어머니」와 나의 관계에는 큰 변화가 있었다.

우선 미요시와 '룸셰어'를 시작하면서부터 「어머니」와 대화하는 빈도가 부쩍 줄었다.

거실에 있는 가상현실 시스템을 신경쓰지 않고 이용할 만한 기회가 줄었기 때문이다.

그 뒤로 한동안 「어머니」의 얼굴에 수심이 가득하던 시기도 있었지만, 그건 내가 자꾸만 시선을 떨구기 때문이라는 노자키의 조언에 따라 한결 개선되었다.

그래도 「어머니」를 만나기 위해 헤드셋을 쓰는 횟수가 점점 줄어갔다.

이피와 새로운 업무를 시작하면서 거기에 적응하느라 한동안 시간에 쫓겼다. 이전 같으면 그런 일은 가장 먼저 「어머니」에게 보고했을 것이다. 하지만 이제는 달라졌다. 일상 속에서 경험하는 다양한 일들을 누군가에게 얘기하고 싶을 때, 가장 먼저 떠오르는 얼굴은 어느새 미요시나 이피가 되었다.

이피의 집에서 일하면서 얻은 가장 큰 것, 그건 쾌적한 장소에서 느긋하게 생각에 잠길 수 있는 시간이었다.

모두가 바쁘게 돌아가는 대도시가 아득히 발밑에 펼쳐진 최상층 거실의 조망은 이피가 말했던 대로 예상보다 단조로운 풍경이어서 쉽게 누릴 수 없는 호사인데도 금세 싫증이 났다. 그 덕분에 오랜만에 나 자신과 마주할 수 있었다. 그리고 결국 내 안에 있던 「어머니」에 대한 관심이 희미해졌다는 것을 인정하지 않을 수 없었다.

이제 나는 그 기기를 '졸업'하려는 것일까. 「어머니」의 인격 구성 비율은 나를 대상으로 하는 것이 주인 격이다. 하지만 막상 나는 이제 미요시나 이피와의 인격 비율이 훨씬 더 커져버린 게 아닐까.

그런 생각을 하다 보니 표현할 길 없는 섭섭함이 밀려왔다.

지금 이 세계에 어머니는 없다. 그 사실이 이피의 맨션 창문 너머 풍경에서 감지되는 것 같기도 하고 아닌 것 같기도 했다. 이건 대체 나의 어떤 능력을 시험하려는 것일까. 분명 존재했던 사람이 없어져버린 세계의 변용變容을 저 구름 너머에 번지듯이 빛나는 태양빛에서 찰지察知한다는 게 과연 가능한 것일까.

하지만 실제로는 어머니가 아직 살아 있을지도 모른다고 착각할 힘조차 이미 잃어버렸다.

하늘은 아무것도 달라지지 않았고, 그러니 어머니의 존재 유무도 확인할 수 없다, 라고는 더 이상 생각할 수 없었다.

「어머니」뿐만 아니라 어머니 자체가 내 안에서 멀어져가고 있다…….

이건 자연스러운 일일까. 인간의 죽음을 모두가 **평범한 일**로서 받아들이는 것은 이런 감각 때문인가. 그리고 나는 그것을 기뻐해야 하는 걸까.

생각해보니 이피의 전속이 되면서 내 업무는 요양 시설에서 「어머니」가 전직 대학교수의 말동무가 되어주는 것과 거의 비슷한 일이었다.

내가 물어보면 「어머니」는 그 '요시카와 교수'의 얘기를 곧잘 들려주었다. 어지간히도 「어머니」가 마음에 들었는지 요즘에는 요양 시설 직원이 예금 잔고를 걱정할 만큼 날마다 「어머니」를 호출해 네다섯 시간씩 얘기에 빠져든다고 한다.

상대가 늘 웃는 얼굴을 보였기 때문일까. 요시카와 교수 얘기를 할 때마다 「어머니」의 표정도 환했다. 적어도 나한테 인터넷에서 그날그날 수집한 뉴스 얘기를 해줄 때보다는 훨씬 더 생기가 감돌았다.

이피와 크리스마스 파티 얘기를 하고 그 며칠 뒤였다. 「어머니」

는 거리를 환하게 장식한 일루미네이션이 너무 예뻤다고 얘기하던 끝에 불쑥 이렇게 말했다.

"엄마가 말이지, 요즘 '자유사'에 대해 생각 중이야."

온화하고 조용한 표정이었다.

한순간 나는 할말을 잃었다. 언젠가 가와즈나나다루의 거대한 폭포를 배경으로 들었던 어머니의 목소리가 되살아나 콧등이 시큰해지면서 눈물이 고였다. 눈물은 금세 부피가 커졌지만 그나마 아래로 떨어지는 일 없이 가라앉았다.

헤드셋 렌즈가 부옇게 흐려졌다.

「어머니」가 흠칫 놀라면서 물었다.

"왜 그래, 사쿠야? 무슨 슬픈 일이 있었어?"

눈물 때문이라기보다 내가 또다시 시선을 떨군 모양이다.

「어머니」는 '자유사'를 주장하기 1년 전으로 인격이 설정되어 있다. VF가 실제로 자신의 죽음에 대해 생각할 리는 없다. 하지만 「어머니」에게서도 "이제 충분하다"라는 말만은 절대로 듣고 싶지 않아서 내가 먼저 입을 열었다.

"왜 그런 걸 생각했어?"

"요시카와 교수님이 엄마한테 상의하셨거든. '자유사' 수속에 들어갔다면서."

"……그랬구나. 교수님 가족은?"

"아무도 없어. 그러니까 **이제 충분하다**고 하시는 거지."

나는 작은 한숨을 토해내고 입술을 깨물며 고개를 숙였다. 결국 그건 이 시대를 살아가는 사람들이 마지막에 꺼내놓는 흔해빠진 말, 지극히 **평범한** 중얼거림에 지나지 않는 것일까. 행복한 사람이든 불행한 사람이든?

"그래서 엄마는 뭐라고 대답했어?"

"나는 어떤 말도 할 수 없는 얘기였어."

"……하긴 그렇겠네. 어떤 말도 해서는 안 되겠지. 노자키 씨에게도 내가 그렇게 연락할게."

"그런데 요시카와 교수님이 엄마한테 따로 부탁한 게 있어. '죽음의 한순간 전'에 자기 곁에 있어달라는 거야. 엄마와 조용히 문학에 대한 대화를 나누면서 죽음을 맞이하고 싶대."

"……."

"사쿠야, 어떻게 할까?"

"그 뜻대로 해드리면 되지 않을까? 그렇게 고독한 분이라면."

"그렇지? 요시카와 교수님이 원하시는 일이기도 하고. 역시 사쿠야에게 얘기하기를 잘했다. 엄마도 그러기로 마음먹고 있었어."

그제야 안심한 듯한 「어머니」에게 잘 자라는 인사를 건네고 나는 헤드셋을 벗었다. 눈물은 결국 흐르는 일 없이 잦아들어 눈두덩에 희미한 흔적만 남았다.

직접 손을 잡아줄 수도 없는 가운데서 「어머니」가 요시카와 노인의 목숨이 다하는 순간을 지켜보는 모습을 머릿속에 떠올렸다. 「어머니」는 어떤 표정을 지을까. 그런 상황에 대응하는 프로그램도 입력되어 있을까. 현실에서는 헤드셋을 쓴 요시카와가 '자유사'를 보조해주는 의사와 간호사에 둘러싸인 채, 홀로 허공을 향해 미소를 지으며 실재하지도 않는 여성을 잡아보려고 팔을 내미는 것이다.

그 모습이 구급차로 실려간 병원에서 금세라도 숨이 끊길 듯한 어머니의 모습과 겹쳐졌다. 벌써 수없이 머릿속에 그려본 광경이었다.

나는 어머니가 원했던 대로 '죽음의 한순간 전'에 그 곁을 지키며 어머니를 끌어안는다. 내 품속에서 분명하게 삶에서 죽음으로 건너갈 때까지 꼭 껴안아준다. 그리고 하나가 된 체온 속에서 어느 순간 문득 어머니 쪽이 차가워진 것을 깨닫고 그 등을 배웅하듯이 죽음을 추인追認해준다……. 마치 내가 실제로 그렇게 했던 것처럼 그 가짜 기억 속에 나는 한참이나 빠져 있었다. 그리고 문득 깨닫고 보니 허공을 향해 팔을 내민 것은 바로 나 자신이었다.

*

여태껏 망설이며 미뤄왔지만 드디어 후지와라 료지에게 편지를 쓰기로 했다.

결심하게 된 이유는 여러 가지가 있었지만 막상 설명해보려고 하면 모순점이 툭툭 불거져서 어쩐지 불안한 마음이었다.

역시 무엇보다 나 자신의 출생에 대해 확인하고 싶었다.

아버지는 호적상으로는 빈칸이지만, 어머니가 디즈니랜드에서 함께 찍은 사진도 보여주고 지진 피해의 자원봉사 때 알게 되었다는 그 사람과의 이런저런 추억도 들려주었다.

하지만 미요시의 말에 의하면, 아버지의 존재에 대한 그 증거들은 가짜였고 내게 들려준 얘기는 모두 지어낸 것이라고 한다.

그런 모욕적인 지적에 대해 내가 강하게 반발하지 않았던 것은 결국 어머니의 이야기에서 내가 어렴풋이 느꼈던 의혹 때문이었다. 미요시의 추측은 어머니가 그녀에게 털어놓은 얘기들을 바탕으로 한 것이었다. 즉 나는 미요시를 매개로 어머니를 다시 만난 셈이었다.

어머니는 분명 내게 아버지 얘기를 들려주었다. 하지만 그것엔 상상으로 그려본 도시 그림처럼 현실이라면 당연히 있을 법한, 미처 생각지 못한 세세한 부분이나 프레임 바깥쪽으로 무한히 확장되어야 할 단편들이 빠져 있었다. 거기서 아버지는 완성도 떨어지는 VF처럼 인간성이 전혀 감지되지 않아서 '불쾌한 골짜기'에도 한참 못 미치는 느낌이었다.

솔직히 나는 그 일을 어떻게 마주해야 할지, 망연자실하고 있었다. 우선 불확실성이 문제였다. 하지만 그 진상이 아무래도 밝은 내용은 아닐 것 같아서 지난 몇 달 동안 마음 한 귀퉁이에 부옇고 묵직한 안개처럼 고여 있었다. 그게 불쑥 가슴속에 뭉클뭉클 넘칠 때마다 나는 그 뚜껑을 닫아버리듯이 눈을 꾹 감고 미간을 찌푸리며 한참을 견디지 않으면 안 되었다.

그리고 이 수수께끼가 내 안에 자리한 또 하나의 큰 수수께끼, 즉 어머니의 갑작스러운 '자유사' 결심과 어떤 관련이 있는지 이따금 멍하니 생각해보곤 했다.

딱히 직접적인 관련이 있는 건 아닐지도 모른다. 하지만 그 결심을 어머니의 인생 전반을 아우르며 이해해보려고 한다면, 아버지에 관한 일은 분명 적지 않은 의미를 갖고 있을 게 틀림없다.

서로 사랑하며 축복 속에 결혼한 부모님 밑에서 자란 사람에 비하면 내 존재의 밑바탕은 냉랭하고 위태로운 것이었다. 미요시처럼 부모에게 학대받는 가정에서 자란 것과 과연 어느 쪽이 더 불행할까, 라고 자문해봤지만 애초에 대답을 고민해볼 마음도 들지 않았다.

어머니를 거의 닮지 않은, 때때로 전혀 비현실적이고 내성적인 내 성격은 아마 누군지도 모르는 그 아버지를 닮은 것으로 생각되었다. 그렇다면 아버지는 나와 닮은 인간이라고 상상해도 되는 것일까.

이 세계의 어딘가에 **본질적으로** 나와 똑같은 인간이 또 한 명 있다……. 그건 지금까지도 내내 존재해온 사람일 텐데도 나에게는 너무도 갑작스럽고 몹시 불가해한 일처럼 느껴졌다.

어머니는 나에게서 자신이 사랑한 사람의 면영面影을 보고 있었다고 상상해야 할까. 아니면 가짜로 덧칠하지 않으면 안 될 만큼 불행한 추억인 그 인물의 상모相貌를 내게서 발견하고 괴로워했을까…….

어머니는 후지와라 료지라는 작가에게 미요시에게 했던 것보다 훨씬 더 많은 얘기를 했던 게 아닐까.

적어도 미요시는 그 두 사람이 그렇게 상상해도 될 만한 관계였다는 말을 얼핏 내비쳤다.

나에게는 누군가 상담자가 필요했다. 그리고 어머니의 비밀을 알려주고, 나의 괴로움을 공유해줄 사람이 있다고 한다면 그건 후지와라 료지인지도 모른다.

하지만 나는 그에 관해 좀 더 비약하는 상상까지 하고 있었다. 즉 그가 실은 나의 진짜 아버지인 게 아닐까, 라는.

이런 생각이 사람들의 실소를 살 만한 얘기라는 건 알고 있다. 하지만 갑작스럽게 내 아버지가 이 광대무변한 세계의 낯선 누군가라는 통고를 받았고, 게다가 어머니 주위에 있었던 남자라면 후지와라 이외에는 어떤 존재도 알지 못하는 것이다.

어떻게 그런 사람을 내 아버지일 가능성에서 제외해버릴 수 있는가.

만일 장난 삼아 아버지라는 존재에 대한 공상을 주물럭거리는 게 아니라 진지하게 누구였는지 알아내려고 한다면 내가 가장 먼저 확인해봐야 할 사람은 후지와라인 게 틀림없다.

만일 사실이라면 어떻게 될까. 알 수 없었다. 희로애락 중 어떤 감정도 분명하게 생겨나지 않았다. 그 모든 감정을 잘 알 수 없는 배합으로 뒤섞어놓은 느낌이었다.

적어도 '숨겨둔 아들'일 터인 나를 오늘날까지 방치해둔 속사정을 알게 되었다고 해서 행복해질 일은 없을 것이다.

어머니가 '자유사'를 결심한 것에 후지와라의 존재가 큰 영향을 끼쳤다면 나는 그를 미워해야 하지 않을까. 내 인생에 단 하나뿐인 사람을 앗아갔으니까. 그 관계를 통해서든 사상을 통해서든 혹은 그 부재를 통해서든.

그는 그것도 '마음먹기 주의'라는 언설로 해명하려고 할까.

*

후지와라 료지는 이미 77세의 나이로, 널리 알려진 인기 작가라고 하기는 어렵다. 그 저작의 대부분은 이제 전자책으로만 입수가 가능했다. 어느 쪽인가 하면 과작인 편이다. 작풍의 폭은 상당히 넓지만 답을 제시해주지 않는 사상적 질문을 포함한 주제가 특징이고, 비교적 짧은 작품에 더 능한 것 같았다. 34세 때 아쿠타가와상을 수상했고, 50대 초반부터 15년 동안 그 심사위원을 맡았다.

어머니는 그의 작품 대부분을 전자책이 아닌 종이책으로 읽었다. 나는 그 문고본 중에서 『다이몬』이라는, 고대 그리스 철학자 소크라테스를 주인공으로 한 단편소설을 최근에야 읽었다.

스토리는 펠로폰네소스 전쟁에 참가했던 소크라테스가 그 비참한 체험 때문에 아테네에 귀환한 뒤에 실은 PTSD(외상 후 스트레스 장애)에 시달린다, 라는 설정이었다.

당시에는 물론 그런 증세에 대해 소크라테스 본인도 주위 사람들도 전혀 이해하지 못했다. 소크라테스는 자연에도 언어에도 지극히 허무적이 되어서 삶의 실감을 상실하고 고독에 빠져들었다. 소년애에 집착한 것도 그 때문이었다. 무엇보다 자기 자신의 이성도 영혼도 믿을 수 없었다. 그래서 더더욱 그는 '아테네에 소크라테스보다 더 현명한 자는 없다'라는 델포이의 신탁에 충격을 받았고, 하지만 그것은 어쩌면 자신이 이 **기묘한 공허감**을 알고 있기 때문이라는 뜻이 아닐까, 예감한다.

그래서 소크라테스는 거리로 나가 저 유명한 문답법이라는 것을 시작한다. 하지만 후지와라가 강조한 것은 그때의 소크라테스의 공허감이자 이 세계를 살아가고 있지 않다는 괴로움이었다. 실제로 소크라테스는 공감할 수 있는 타자의 존재를 열심히 찾고 있었던 것이다.

그리고 그는 '국가가 인정한 신을 신봉하지 않았을 뿐만 아니라 새로운 신격을 수입한 죄를 범하였다. 그리고 청년을 부패하게 하는 죄를 범하였다'라는 명목으로 고발을 당해 사형판결을 받는다. 그 뒤로 탈옥하는 일 없이 스스로 독배를 마신다. 몹시 지쳐버린 그는 제자들의 동요를 버거워하며 이제 그만 편해지고 싶다고 하는데, 그러한 언행은 그야말로 '자유사'를 원하는 모습 그대로였다. 그리고 그런 심경을 묘사하는 후지와라의 문장은 당혹스러울 만큼 아름다웠다.

이 작품은 한편으로는 이라크와 아프가니스탄 전쟁을 겪은 미군 병사의 PTSD 증세에서 힌트를 얻었다. 또 한편으로는 빈부 격차 사회와 자연재해, 바이러스의 만연 등 현실 세계의 가혹함을 견디지 못한 사람들이 가상현실 세계로 도피하게 된 오늘날의 풍조를 배경으로 한다, 라는 해설이 권말에 붙어 있었다. 즉 그리스의 신들도, 플라톤이 제창한 이데아도 일종의 가상현실이라는 얘기인 모양이었다.

놀랍게도 어머니는 이 책을 거의 서너 페이지마다 귀퉁이를 접어가며 열심히 읽은 흔적을 남겼다. 이건 뒤로 갈수록 더 많아져서, 이를테면 플라톤이 "스승님이 고발당했어!"라고 숨을 헐떡이며 제자들에게 전하는 대목에서는 모든 페이지의 위아래 귀퉁이가 접혀 있었다.

이 책을 감동하며 읽었던 어머니의 엄지손가락 끝이 어떤 식으로 이 작은 삼각형을 접어 꾸욱 눌렀는지, 그리고 몇 번이나 그 선 위를 왕복했는지, 나는 혼자 상상하며 가만가만 더듬어보았다.

어머니가 후지와라 료지의 팬이라는 건 알고 있었지만, 그 어머니가 '소크라테스'라는 이름을 입에 올리는 것은 한 번도 본 적이 없다.

나한테 말해봤자 별 볼일 없다고 생각한 것일까. 아니면 죽음에 대해 생각하는 것을 내게 들킬까봐 조심했던 것일까……. 판권의 출간일을 확인해보니 어머니가 30대일 때 구입한 책인 것 같았다. 그렇게 생각하니 문득 어머니의 유품이라기보다 지금의 나와 별반 다르지 않은 한 젊은 여성의 소지품 같았다.

*

막상 후지와라에게 편지를 써보려고 하니 첫 줄부터 턱 막혀버렸다.

그의 소셜미디어 계정으로 메일을 보낼 생각이었지만, 책 출간 정보 정도만 갱신되어 있고 관리자도 따로 있는 것 같았다. 지나치게 간절한 내용이면 부담스러울 것이고, 그렇다고 단순한 팬레터 수준이라면 답장은 기대할 수 없을 것이다.

어머니에게 후지와라 얘기를 직접 들은 미요시에게 다시금 어느 정도의 관계였다고 생각하는지 물어보았다. 그녀는 처음 선술집에서 그 얘기를 했을 때와는 다르게, 이미 나를 알고 있을 거라고 망설임 없이 말했다.

"분명 후지와라 씨와 사귀는 사이였을 거야. 이거, 불륜이라고 해야겠지?"

그건 내 상상과도 어긋나지 않았지만, 막상 그런 말을 듣고 보니 선뜻 믿어지지 않았다. 추측이란 혼자 품고 있을 때는 그 나름의 진실다운 무게를 갖고 있지만 둘이 함께 품자마자 내용이 전혀 채워지지 않은 것처럼 가볍고 미덥지 않은 것이 되었다.

"정말 그렇게까지 깊은 사이였을까요?"

"그게 원래 애매한 거야."

"가능하면 후지와라 씨를 한번 만나볼 생각이에요."

"직접 만나기는 어려울지도 모르지만, 만일 만나준다면 후련하게 정리될 것 같아."

"어떻게 얘기해야 만나줄지, 지금 고민 중이에요."

"그렇겠네. 역시 처음에는 독자로서 사쿠야 군이 책을 읽은 느낌을 솔직히 적어보는 게 좋지 않을까? 그런 내용을 반기지 않을 작가는 없을 테니까. 그리고 후반부에서 실은 어머니가 팬이었는데 얼마 전에 돌아가셨다고 밝히는 건 어때? 만일 후지와라 씨가 어머님과의 관계를 지금도 소중히 여긴다면 분명 거기서부터 대화가 이어질 거야. 하지만 답이 없다면 애초에 그런 정도의 관계였다는 얘기겠지. 고령이니까 현재 건강은 어떤지, 그런 점도 걱정스럽기는 해."

적확한 조언이었다. 그래서 『파도』와 『다이몬』을 읽고 느낀 점들을 쓴 다음에 마지막으로 어머니에 대한 것을 조심스럽게 언급했다.

'만나고 싶다'는 뜻을 전할지 말지는 답장이 어떻게 오느냐에 따라 다시 생각해보기로 했다.

*

이피의 맨션에서 열린 크리스마스이브 파티는 우리가 예상했던 것과는 전혀 다른 자리가 되었다.

내 인생은 이피가 문제의 편의점 동영상을 발견한 것을 계기로 크게 달라졌다.

하지만 그게 어떤 결과를 가져왔는지 돌이켜본다면 그 크리스마스이브야말로 하나의 분기점이 될 것이다. 하긴 나는 별자리 읽는 법도 모르면서 별이 가득한 하늘에 압도된 사람처럼 몇 가지 일들을 개별적인 인상만으로 수집하고 그것들의 연관을 미처 이해하지 못한 채 그날 밤을 보내고 말았지만.

미요시는 결국 어깨에서 등까지 레이스로 장식한 감색 상의에 바지 세트를 빌렸고, 나는 이 기회에 갈색 터틀넥 스웨터와 거기에 맞춰 회색 바지를 구입했다.

우리는 각자 자기 방에서 옷을 갈아입고 거실로 나와 서로의 차림새를 바라보며 웃었다. 둘이 완전히 다르다는 게 너무 재미있었다. 서로의 취향도, 파티용 의상을 구하는 방식도, 지금 사는 곳이 내 집이라는 것도, 모두 다.

작은 선물 하나는 준비해야 할 것 같아서 이피에게 필요한 것을 넌지시 물어봤지만 전혀 응해주지 않았다.

"그냥 오면 돼요. 내가 초대하는 건데."

미요시는 어떻게든 오늘만은 휴가를 얻으려고 진즉부터 작전을 짰고, 혹시 안 되면 여관 일을 아예 그만두겠다는 말까지 했었지만 다행히 잘 해결된 모양이었다.

퇴근길 러시에도 아랑곳하지 않고 둘이서 지하철을 타고 롯폰기로 나가 예약해둔 꽃다발을 받아왔다.

이피가 기뻐할 만한 크리스마스 선물이 무엇인지 도무지 감이 잡히지 않았지만 나는 커피를 자주 마시는 그를 위해 아리타 도기제 커피잔을 샀다. 모던한 디자인에 유약을 쓰지 않아 희고 투박한 맨살에 남청색 염료의 꿩 그림이 고급스러웠다.

미요시는 검정색 니트모자를 골랐다. 이피는 거의 외출을 하지 않아서 모자는 별로인데, 라며 나는 고개를 갸우뚱했다.

"아니, 이런 모자를 선물 받으면 자연히 외출도 하게 돼. 머리가 부스스해도 이거 하나만 쓰면 금세 감춰지잖아. 눌린 머리를 살리겠다고 휠체어 타고 욕실에서 왁스를 바르기도 힘들 텐데."

나는 미요시의 그 생각에 감탄했다.

가로수 일루미네이션이 휘황하게 빛나는 롯폰기 느티나무 언덕길은 손을 맞잡은 커플들로 북적거렸다. 예상했던 만큼 춥지는 않아서 한참을 빌딩 안에 있다가 나왔더니 머플러를 풀어두는 게 살짝 땀이 밴 목 주위가 상쾌해서 좋았다.

거리 곳곳에 소형 스피커를 설치했는지 크리스마스캐럴이 멀어졌다가 다시 가까워지곤 했다.

미요시와 이런 시간에 이런 곳을 걷는 것도 처음이었다. LED 조명의 반짝임에 "와아, 너무 예쁘다!"하며 연신 카메라를 들이대는 그녀의 옆얼굴을 이따금 훔쳐보았다. 하얀 이와 큰 눈동자가 빛을 내는 것 같았다. 예전에 선술집에서 성형수술 얘기를 하면서 "나, 예뻐?"라고 묻던 그녀의 표정이 생각났다. 얼굴은 그때 이후로 전혀 달라진 데가 없다. 하지만 지금이 더 아름답게 느껴졌다.

미요시는 이런 때 이런 식으로 기뻐한다는 것을 처음 알았다. 그게 어쩐지 흐뭇했다.

롯폰기 큰길로 접어들었을 때 반대편 차선 쪽이 시끌시끌해서 둘이 마주보며 고개를 갸웃거렸다. 알고 보니 국회의사당 쪽으로 향하는 긴 행렬이었다.

"뭐예요, 저거?"

"빈부 격차를 타파해달라는 데모야. 아까 뉴스에서 봤어. 오늘과 내일, 전 세계에서 일제히 한다던데."

"그렇구나. 하지만 크리스마스이브에?"

롯폰기 역으로 향하면서 큰길 건너 데모대의 모습을 지켜보았다. 참가자들의 심장박동과 혈관으로 이어진 것처럼 북소리가 땅을 울렸다. 차량은 교통경찰의 호루라기 신호에 따라 데모대 옆을 느린 속도로 지나갔다. 브레이크를 밟는 미등의 빨간 불빛이 밤의 차도에 무수히 밝혀졌다.

플래카드에 적힌 '우리도 살고 싶다!'라는 검고 굵은 글씨가 눈에 띄었다. 가슴을 쿡 찌르는 말이었다.

참가자들은 주로 중장년이 많았지만, 몇몇 젊은 그룹도 있고 외국인 노동자의 모습도 상당히 많았다.

나는 지금 어디에 있을까, 라고 문득 자문해보았다. 큰길 건너편에서 본다면 우리는 그야말로 '저쪽 세계'의 사람처럼 보이지 않을까. 실제로 '저쪽 세계'의 사람들과 도쿄 시내를 내려다보는 호화 맨션에서 크리스마스이브를 보낼 예정이었다.

원래 우리도 저 데모 군중 속에 있어야 할 사람들인데.

이피의 멘션에 도착하자 미요시는 내가 처음에 그랬던 것처럼 말문이 막힌 듯 입을 헤벌린 채 멍하니 서 있었다. 석벽 같은 거대한 문을 지나 엘리베이터에 탄 뒤에야 겨우 풀이 죽은 얼굴로 나를 올려다보았다.

"진짜 엄청나다……. 나, 큰일났어, 긴장한 것 같아. 역시 내가 올 자리가 아니었어."

"그래도 이피 씨는 친절하니까 괜찮아요."

44층에 도착해 현관 벨을 누르자 실내에서 벌써 음악 소리가 들려왔다.

"어서 오세요!"

이피의 응답에 나는 항상 하던 대로 문을 열었다. 이피는 미요시를 보자마자 놀란 얼굴을 했다.

"이쪽은 나와 룸셰어 중인 미요시 아야카 씨예요."

"안녕하세요? 오늘, 나까지 초대해줘서 고마워요."

"아, 안녕하세요? '그때 만일 뛸 수 있었다면'의 주인장이에요. 사쿠야 씨의 룸메이트라고 해서 저는 남자인 줄 알았어요!"

"엇? 사쿠야 군, 얘기 안 했어?"

"아차, 그러고 보니 깜빡 말을 안 했네."

미요시는 당황한 기색으로 이피의 표정을 살폈다. 이피는 금세 웃는 얼굴로 손을 내밀었다.

"물론 대환영이죠. 반가워요!"

미요시는 주저하는 기색 없이 악수에 응했다. 그렇게 스스럼없이 남자의 몸을 접하는 모습은 처음이었다.

거실은 통천장의 넓은 공간에 부드러운 간접조명이 우리 얼굴에 연한 그늘을 덮어주었다.

곳곳에 놓인 작은 램프와 캔들은 하나하나 서늘한 장미 향기가 감돌았다.

피아노와 드럼과 베이스의 재즈밴드가 나선계단 앞에서 잔잔하고 느긋한 곡을 연주했다. 스포트라이트가 비춰진 키친에서는 셰프와 어시스턴트가 요리를 준비하고 있었다. 하지만 우리 외에 다른 손님들은 보이지 않았다.

"우리가 시간을 착각한 건가? 다른 분들은……."

꽃다발을 건네며 물어보자 이피는 고맙다는 인사를 하고 턱을 쓰윽 쳐들며 미소를 지었다.

"오늘은 우리뿐이에요. 사쿠야 씨와 미요시 씨와 나, 셋이서 파티."

"그래요?"

"내가 얘기 안 했나요?"

"아휴, 사쿠야 군, 대체 아는 게 뭐야!"

나는 어리둥절해서 우선 미요시에게 사과했다. 이피와 그녀는 얼굴을 마주보며 웃었다. 설마 우리만을 위해 크리스마스이브에 이런 자리를 마련하다니, 생각지도 못했다.

이피가 특히 좋아한다는 크루그라는 브랜드의 샴페인을 땄다. 그에게 음주습관이 있다는 것에 놀랐지만 굳이 나무라지는 않았다. 건배를 하고 가느다란 유리잔으로 3분의 1쯤 마셨는데 부드러운 목 넘김이 일품이었다.

일반 스파클링 와인과 샴페인의 차이를 나는 그때 나눈 대화에서 비로소 이해했다. 실은 샴페인을 마셔본 것도 아마 태어나서 처음이었다.

미요시는 유리잔을 들고 창가에 서서 야경을 내려다보았다. 몇 번이나 "굉장하다!"라고 감탄해가며 사진을 찍고 있었다.

"사쿠야 군, 날마다 여기서 근무해?"

"그렇죠."

"너무 부럽다. 다음에 내 여관 일하고 바꿔줘!"

평소에는 괴괴하게 가라앉은 공간이었는데 오늘은 음악 덕분에 그 넓이가 버겁게 느껴지지 않았다.

이피가 키친에 뭔가 지시를 하러 잠깐 우리 곁을 떠났다.

실내 풍경이 밤하늘의 어둠을 배경으로 창유리 전면에 비춰졌다. 우리는 그야말로 정밀하게 투영되었지만 각각 연한 빛을 내는 것처럼 투명해서 어쩐지 예전에 되돌아본 과거의 기억 같았다.

식사는 이탈리아 코스요리였다. 입안에서 살살 녹는 부라타치즈에 생햄과 토마토를 곁들인 샐러드, 스파이시한 화살오징어 프라이, 숭어알 파스타, 그리고 메인은 로즈마리의 풍미가 살아 있는 큼직한 로스트치킨이었다.

레스토랑처럼 한 접시씩 나오는 요리와 함께 셰프의 설명에도 귀를 기울였다.

"이런 멋진 크리스마스이브, 생전 처음이야."

미요시가 포크와 나이프를 손에 든 채 말했다. 나도 마찬가지였다.

이피가 차례차례 술병을 따는 바람에 우리는 결국 샴페인 두 병과 레드와인 한 병 반을 비워버렸다. 여느 때 없이 많이 마셨지만 좋은 술이라 그런지 취기는 저 먼 곳의 얕은 바닷가에 밀려드는 물결처럼 온화해서 화장실에 가서도 갑작스럽게 깊은 수렁에 발목이 잡히는 일은 없었다. 거실로 돌아오자 미요시는 이피와 바짝 마주앉아 수다 삼매경에 빠져 있었다.

처음에는 무척 긴장하더니 원래의 명랑한 성격 그대로 금세 녹아들어 어느새 이피와 말까지 터버렸다. 둘 다 얼굴은 불그레하게 물들고 웃음이 끊이지 않았다.

나 없이도 두 사람이 직접 대화를 즐기는 모습에 흐뭇한 기쁨이 느껴졌다. 이피의 광팬인 미요시가 감격하는 건 당연하지만, 실제로 만나보고 실망하는 일 없이 더욱더 매료되어 흥분한 기색이 전해졌다. 그녀의 태도는 자연스러워서 비굴한 구석이나 어색한 데가 없었다. 사람을 별로 좋아하지 않는 이피가 미요시를 어떻게 생각할지 내심 걱정스러웠는데 그 웃는 얼굴은 본심에서 나온 것처럼 보였다.

둘 다 내 친구고, 그들 또한 새 친구가 되는 게 기뻤다.

"이피가 아니라 아이파이라고 부르는 사람도 있지?"

"외국인들은 이피라고 하면 '미묘'라는 뜻의 'iffy'를 떠올리는 모양이에요. 나는 그런 점이 오히려 더 재미있던데요?"

이피는 그녀가 연상인데다 아마도 나와 동거중이라고 지레짐작을 했는지 여전히 존댓말을 쓰고 있었다.

"그래? '미묘'라니, 진짜 미묘하다. 그나저나 내가 이피의 집에 초대되다니, 이거 현실 맞아? 사쿠야 군이 데려온 가상현실 아니야? 분명 세련된 손님들이 몰려올 거라고 일부러 옷까지 빌려 입고 왔지 뭐야."

"저런, 평소에 입던 옷이면 충분하다고 미리 얘기할걸. 나도 이런 파카 차림이잖아요. 엇, 사쿠야 씨도 그 옷……."

"나는 이 스웨터를 새로 샀죠."

"그랬구나! 정말 잘 어울려요, 그거."

"고마워요. 평소에도 좀 더 깔끔하게 차려 입을게요."

"됐거든요? 그냥 지금까지 입던 옷 그대로 와요!"

"이피는 사쿠야 군을 진짜로 신뢰하는 것 같아. 하긴 사쿠야 군이 워낙 착한 사람이지. 같이 사는 내가 보증할게. 이피, 채용 아주 잘했어!"

미요시가 생각보다 더 취했다는 것을 그제야 알았다. 아니면 갑작스럽게 술기운이 올라온 것인가. 어린아이가 트램펄린에서 뛰는 것처럼 말이 통통 튀어서 자칫하면 떨어질 것 같았다.

미요시는 여태까지 한 번도 본 적이 없을 만큼 기분이 좋았다. 나도 흐뭇했지만, 그건 그녀의 어린 시절의 고통을 생각해 일부러 이런 자리에 데려온 사람이 다름 아닌 나라는 것에 일종의 자부심을 느꼈기 때문이기도 했다.

"사쿠야 씨는 나한테는 동경의 인물이에요. 나도 이런 형이 있었으면 좋겠거든요. 휠체어 생활을 하면서부터 다들 나를 귀찮아하고 이런저런 안 좋은 일도 많았는데, 이런 형이 있었다면 그때마다 항상 앞장서서 내 편이 되어줬을 거라든가 뭐, 내 마음대로 상상해보는 거죠. 왜냐면 이런 아름다운 눈빛을 가진 사람은 여태까지 만나본 적이 없거든요. 나는요, 항상 사람의 눈을 봐요. 내가 몸이 이러니까 상대의 본심을 파악하지 못하면 살아갈 수 없어요. 그래서 내가 디자인하는 아바타는, 눈이에요. 네, 무엇보다 눈이죠. 옷차림쯤이야 어떻게든 되거든요. 다들 그런 걸 이해하지 못하지만."

"그렇구나. 맞아, 이피의 아바타는 정말 그런 것 같아. 근데 이피도 눈이 반짝반짝 빛나잖아. 그렇지, 사쿠야 군?"

"이피 씨야말로 눈이 아름답죠. 처음 만났을 때부터 느꼈는데."

"나는…… 두 분보다 어려서 순수하게 보일지도 모르지만, 실은 비뚜름한 데가 있어요. 이름을 '그때 만일 뛸 수 있었다면'이라고 붙일 정도니까."

*

이피는 잠시 뒤 2층에 올라가더니 한참 동안 내려오지 않았다. 내심 걱정했는데 이윽고 아무 말 없이 돌아와 키친 쪽에 디저트를 내오라고 주문했다.

티라미수와 복숭아 그라니타, 거기에 커피와 함께 나온 아마레티 쿠키까지 먹었더니 배가 그득해졌다. 그런데도 맛있어서 멈출 수가 없었다. 셰프는 무명 시절부터 이피가 그 재능에 반해 투자하고 키워온 사람으로, 현재 도쿄에서 식당 두 곳을 경영하고 있었다. 크리스마스이브라는 특별한 날에 출장 요리를 맡아준 것은 그런 인연 때문이었다. 그는 나와 미요시에게도 "다음에 꼭 식당에 들러주십시오"라면서 명함을 건넸다.

'저쪽 세계'에는 이런 삶이 있구나, 라는 소박한 놀람을 느꼈다. 그리고 이피가 왜 나에게 이렇듯 호감을 가졌는지, 불안한 마음으로 다시 생각해보지 않을 수 없었다.

조금 전의 말은 약간의 과장은 있더라도 아마 상당 부분 본심일 것이다. 하지만 내 실체가 그 말에 어울리지 않는다는 건 명백하고, 그건 기대에 부응하려고 하는 나 자신이 누구보다 잘 알고 있었다.

이피가 나를 사람들에게 일절 소개하지 않는 것도 "왜 이런 사람을?"이라고 의아해하는 것을 내심 경계하기 때문이 아닐까.

어머니가 이런 자리에 함께 왔으면 좋았을 텐데, 진심으로 아쉬웠다. 얼마나 기뻐했을까. 호화 맨션에 초대되어 맛있는 식사를 한다는 것뿐만이 아니다. 내 인생이 이렇게 호전되어가는 모습을 보여주고 싶었는데…….

불현듯 아까 본 데모대의 모습이 머릿속을 스쳤다. 그리고 '우리도 살고 싶다!'라는 그 구호가 가슴을 짓누르는 것 같았다. 그들은 지금 차가운 날씨 속에 어깨를 맞대고 이 세계에서 탈출하고 싶다고 필사적으로 목소리를 높이고 있는 것이다. 폐지 수거 작업을 했을 때, 나는 그들과 같은 곳에 있었고, 게다가 빈부 격차의 타파가 아니라 오로지 '저쪽 세계'로 갈 수 있기만을 간절하게 바랐었다.

이피가 좋아해주고 수많은 사람들이 '돈쭐'을 내주었던 나는 사실 지금 국회의사당 앞에 있어야 하지 않을까. 예전에 그 소녀를 위해 교무실 앞에서 연좌했던 나는 바로 지금, 데모 군중의 한 귀퉁이 차가운 바닥에 무릎을 껴안고 앉아 있어야 하지 않을까.

기시타니의 재판은 이미 시작되었을까. 내내 마음에 걸리는데도 지난 한 달 남짓, 그 일을 까맣게 잊고 있었다. 그는 지금 구치소에서 무슨 생각을 하고 있을까. 미요시가 아니라 그를 이곳에 데려와 이피에게 소개할 수도 있었을까. 하지만 생각해보니 역시 그건 어렵다는 느낌이 들었다.

나와 미요시는 준비해온 선물을 이피에게 건넸다. 뜻밖이었는지 그는 무척 기뻐했다. 당장 미요시의 검은 니트모자를 쓰고, 내가 준 잔에 추가로 커피를 마셨다.

"너무 멋있어요! 이런 커피잔은 본 적이 없어요. 심플하고 기품 있고, 진짜 좋은데요? 어디서 샀어요?"

"인터넷에서 검색해서 찾아냈죠. 그리 유명한 도요陶窯는 아닌 것 같았는데."

"그래요? 진짜 좋은데요? 이 도요에 연락해볼까. 내 아바타 굿즈도 이런 기법으로 만들어주면 좋겠어요."

미요시가 몸을 쓱 내밀며 말했다.

"그거, 괜찮네. 역시 눈썰미가 대단하다니까. 사쿠야 군에게 담당 기획을 맡기는 건 어때?"

나를 가리키며 확인을 청하듯이 이피에게 말했다.

"오, 좋아요, 좋아요."

이피가 고개를 끄덕였다.

셰프와 밴드를 돌려보낸 뒤, 우리는 이피의 안내로 2층에 올라갔다. 여태까지 한 번도 데려간 적이 없어서 내심 놀라웠다.

이피는 2인승 엘리베이터로, 나와 미요시는 나선계단으로 올라갔다.

술에 취한 미요시가 행여 발을 헛딛을까봐 조심스럽게 뒤따라갔지만, 의외로 걸음걸이는 반듯했다.

"헉, 너무 멋있어!"

매입 당시 그대로 내부 인테리어는 거의 손을 대지 않은 1층과는 달리 2층은 온통 검은색이었다.

복도는 검은 마룻바닥, 벽지도 광택 없는 무지의 검은색이다. 간접조명으로 천장을 환하게 밝혔다.

"아무것도 없는 상태에서 아이디어를 만들어내고 싶었어요. 이곳에 내가 모아온 물건이며 창조물을 하나하나 진열해나가죠. 우주도 기본은 검은색이잖아요. 하지만 음울한 사람이라고 생각하겠죠, 이런 공간? 그래서 남들에게는 보여주지 않았어요. 사쿠야 씨도 어쩐지 불길하게 생각할 것 같아서……."

벽에는 이피가 그린 디자인의 원화와 사람이 맹렬한 속도로 하늘을 날아가는 순간을 포착한 사진, 숲과 고층빌딩이 복잡하게 얽힌 가상공간 속의 거대도시 등, 다양한 그림이 걸려 있었다.

"이건 뭐야? 누구 그림이지?"

"시라가 가즈오라는 구체具體 화가예요. 천장에 줄을 묶고 거기에 매달려 발로 그린 그림이죠. 대단하지요? 나는 정말 좋더라고요."

"발로 그렸다고? 아, 그래서……. 솟구치는 듯한 힘이 느껴져."

미요시가 코가 닿을 만큼 그림에 바짝 다가서는 바람에 내심 조마조마했지만, 이피는 스스럼없이 솔직한 감동을 드러내는 그녀의 옆얼굴에 마음이 끌린 기색이었다. 나중에 그 그림의 가격을 들었을 때는 다시금 간담이 서늘해졌다.

미요시의 환한 웃음과 마찬가지로 이피의 그런 표정도 지금까지 한 번도 본 적이 없는 특별한 것으로 느껴졌다.

"사진 찍어도 돼?"

"물론이죠. 하지만 사진으로는 이런 질감이 나오지 않을 걸요. 마음에 들면 언제든지 또 오세요."

"진짜? 정말로 또 와도 돼?"

"물론이죠, 언제든 환영이에요!"

2층에는 VR룸이 딸린 작업실, 그리고 트레이닝 머신과 침대가 놓인 개인 공간이 있었다. 넓은 베란다에는 올리브와 비와, 블루베리 등이 화분으로 줄지어 자라고, 지금은 겨울이라 쓰지 않지만 거품 욕조와 해먹, 테이블, 바비큐 세트도 있었다.

"여름에는 이 베란다에서 불꽃놀이 축제를 볼 수 있어요."

이피가 나를 올려다보며 말했다. 미닫이문을 살짝 열었지만 추워서 밖에 나가지는 않았다.

고층빌딩마다 붉은 항공 장애등이 제각기 힘겹게 숨을 쉬는 듯한 템포로 깜빡거렸다. 아직 곳곳의 오피스 불빛도 드문드문 켜져 있었다.

그다음에는 이피의 작업실을 구경했다.

역시 검정 일색이었지만 다양한 등 표지의 화집, 사진집이 벽 전체를 활용한 책장에 빼곡히 꽂혀 있었다. 이런 건 역시 종이책으로 보는구나, 라고 생각했다.

반대편 벽에는 대형 보드를 설치해 창작의 힌트가 될 만한 것들을—남녀 공용 의류와 가방, 동물 사진, 작은 기구와 스케치, 잡지 스크랩 등—질서 있게 분류해 붙여놓았다.

그 광경을 빠짐없이 살펴보다가 나는 뭔가 엄숙한 기분에 젖어 들었다.

이피의 다채로운 아바타가 여기서 창조되고 전 세계로 퍼져나가 거만巨萬의 부를 몰고 온 것이다. 내가 날마다 1층에서 멍하니 하늘을 바라보며 회상에 젖는 동안 그는 이곳에서 홀로 컴퓨터 화면을 마주하고 전 세계 사람들이 환호하는 '모습'을 창조하고 있었다.

그러다가 따분해지면 나와 잡담을 나누러 내려왔었다는 게 신기해서 뭔가 우쭐한 기분이 들면서도 그 순간 내 가슴속을 스친 감정을 그대로 적는다면 **애완동물**이었나, 라는 것이었다.

인간이 인간의 애완동물이 되어서는 안 되는 걸까. 개와 고양이를 사랑하는 사람은 그 동물을 '진짜 가족'처럼 소중한 반려로 여긴다. 그렇다면 어째서 인간이 '진짜 가족' 같은 애완동물이 되어서는 안 되는가.

어쨌든 그 작업 공간을 보면서 이피야말로 나의 '히어로!'라고 생각했다. 그의 인생에 강한 동경심을 품기에 충분한 공간이었다. 그건 이 호화 맨션에 처음 초대되었을 때보다, 조금 전 1층에서 요리를 대접받았을 때보다, 훨씬 더 강렬한 감정이었다. 미요시가 아까부터 몇 번이나 말했던 대로 이피가 '멋있다'고 생각했다. 이피처럼 될 수 있다면, 이라고 나 혼자 마음속에 되새겼다.

이어서 VR룸에서 내가 가진 허접한 시스템과는 비교도 안 될 만큼 정교한 가상현실을 체험했다.

셋이 동시에 헤드셋을 장착했을 때, 이피는 이력이 남아 있는 것을 그제야 알았는지 재빨리 정리했다. 그리고 자신이 디자인한 아바타 중에서 원하는 것을 고르라고 했다. 모두 신작이라서 분명 한 점에 백만 엔이 훌쩍 넘는 고가의 아바타일 터였다.

나는 넥타이를 맨 정장 차림의 용맹한 늑대 아바타를 선택했다. 전체적인 밸런스가 절묘한데다 이지적이고 두려움이 없고 게다가 선량해 보이는 모습이다.

미요시는 "아, 어떡하지?"라고 한참을 망설이다가 선명한 붉은 날개가 달린 중성적이고도 우아한 풍모의 인간 아바타를 골랐다.

이피는 카라바조의 그림 〈세례자 성 요한〉에서 영감을 받은 반라의 아바타를 골랐다. 젊은 육체의 감미로움이 피어오르는 듯한 아름다운 모습이다. 풍성한 컬의 앞머리가 이마에 떨어져 얼굴에는 약간 그늘이 서렸다.

가상현실이지만 이피가 처음으로 똑같은 눈높이에서 "갑시다!"라고 말하는 바람에 나는 황홀감처럼 가슴이 설레는 것을 느꼈다.

미요시의 추천에 따라 우리는 처음 만났던 그 남국의 리조트호텔 풀 사이드로 갔다.

항상 하는 대로 눈을 감고 있다가 도착한 다음에 비로소 주위를 둘러보았다.

단숨에 기온이 올라가고 미풍과 함께 나무와 젖은 돌바닥, 선오일 향이 섞인 냄새가 자욱하게 풍겼다.

땀이 날 만큼 더워서 할 수만 있다면 옷을 벗어던지고 수영복으로 갈아입고 싶을 정도였다. 머리 위에서는 인공 태양의 열기가 쏟아졌다.

사방에서 야자나무 잎이 흔들리는 소리와 수영장에 채워지는 물소리가 들리고 호텔 테라스 레스토랑에서 틀어놓은 음악도 희미하게 울렸다.

풍경은 선명하면서도 웅숭깊고 눈에 보이지 않는 공기까지 정교하게 표현되어서 실제로 호흡을 하고 있는 듯한 감각에 휩싸였다. 헤드셋이 지극히 가벼운 탓도 있겠지만, 그 현장감에는 어떤 미세한 결함도 없었다. 어디서든 빈틈을 찾아보려고 여기저기 훑어봤지만 이윽고 포기할 수밖에 없었다.

"실제로 저 수영장에 뛰어들고 싶어지는데요."

"그러게요. 이런 곳은 알지도 못했는데 정말 좋은 곳이에요. 많은 돈을 투자해 아주 잘 만들었어요. 두 분은 여기, 자주 왔어요?"

"나는 그렇지도 않지만, 미요시 씨는……."

"응, 난 자주 왔지. 근데 평소에 쓰던 헤드셋과는 풍경이 전혀 달라. 이피가 집 밖에 나가지 않는 것도 이해가 될 정도야."

우리는 잠시 풀 사이드의 의자에 앉아 있었지만, 옷을 입은 채로는 너무 더워서 5분도 버티지 못했다. 반소매 차림의 이피의 가슴에도 땀이 흘렀지만 그 땀방울은 고상한 빛으로 반짝였다.

1층에 내려온 우리는 지하철이 끊기기 전에 그만 가봐야겠다고 말했다.

"아니, 조금만 더 놀다 가요. 사쿠야 씨는 내일 오전은 쉬어도 되니까요."

이피가 붙잡았지만, 미요시도 내일은 새벽 출근이라서 눈짓으로 돌아가자는 신호를 보내왔다. 그러자 이피가 택시를 불러주었다. 생각지도 못한 호사였다. 헤어질 때는 나뿐만 아니라 미요시와도 다시 악수를 나눴다.

“신데렐라가 된 기분이야. 우리, 지금 호박 마차 타고 고속도로를 달려가는 거지? 고마워, 사쿠야 군. 내 인생에서 오늘이 가장 즐거운 날이었어. 이피도 상상했던 것보다 더 멋진 사람이었고. 아직 어린 나이에, 정말 대단하지? 저런 인생도 있구나 싶어.”

차 안에서 미요시가 절절히 말했다. 어둠 속에서 이따금 거리의 불빛을 반사하는 그녀의 옆얼굴을 보면서 나는 고개를 끄덕였다.

“그렇죠, 정말로.”

이피를 떠올리며 오늘의 짧은 만남을 아쉬워하는 미요시의 마음이 느껴졌다.

이윽고 고속도로를 내려와 집이 가까워졌을 때, 거의 동시에 양쪽 휴대전화에 이피의 메시지가 들어왔다.

‘Merry Christmas!’라는 인사와 함께 아까 선택한 아바타가 크리스마스 선물로 첨부되어 있었다.

“헉, 이걸 진짜로 보내주다니…….”

미요시는 화면에서 눈을 떼지 못한 채 중얼거렸다. 하지만 메시지는 거기서 끝이 아니었다. 그다음 내용을 본 미요시의 얼굴에서 문득 웃음이 사라졌다.

오늘의 만남에 대한 보답이라면서 20만 엔을 입금한 것이었다.

그건 나한테도 똑같았다.

제11장

죽어야 할까, 죽지 않아야 할까

해가 바뀌고 드디어 설 명절의 들뜬 분위기도 잠잠해졌을 무렵, 후지와라 료지에게서 답장이 왔다.

11월에는 연재 원고가 걸려 있었고, 가까스로 탈고했다고 생각했더니만 어설피 안도했는지 건강이 여의치 않아 연말연시를 누워서 지냈다, 답장이 늦어 송구하다, 라는 사과의 말이 첫머리에 적혀 있었다.

내내 소식이 없어서 그만 포기해야 할지 아니면 다시 보내야 할지 망설이던 참이었기 때문에 나는 메일함에서 그의 이름을 보자마자 숨을 헉 삼켰다. 선뜻 열어볼 수가 없었다. 마침내 읽어보고는 기쁨이 스멀스멀 밀려오면서 작가의 편지란 이런 것이구나, 하고 흥분했다.

있는 그대로 담담하게 써내려갔을 뿐인데 간결하면서도 격조 있고 은은한 부드러움과 겸허함이 있었다.

작가의 편지라서가 아니라 후지와라 료지가 원래 그런 사람인지도 모른다.

자신의 책에 대한 독후감에 감사를 표하고, 최근에는 젊은 독자에게서 편지가 오는 일이 드물어서 '무척 흐뭇했다'라고 적혀 있었다. 그리고 그 어머니의 아들이라는 것을 반가워하고 또한 어머니의 죽음을 슬퍼했다.

'어머님에게서 얘기는 많이 들었어요. 안타깝게도 어머님과는 연락이 끊기고 말았지만, 아들이 그 뒤에 어떻게 지내는지 항상 마음에 걸렸어요. 훌륭하게 성장했을 것이라고 배찰拜察합니다.

현재 나는 요양 시설에서 지내고 있어요. 시간이 나면 찾아와요. 어머님과의 추억 얘기를 듣고 싶군요. 아직은 건재하지만, 나 역시 머지않아 이 세계에서 사라질 인간이니.'

그 마지막 한 문장에 나는 전율했다. 다시 읽어보면서 어떻게 해석해야 할지 당혹스러웠다.

그에게도 어머니가 생각했던 식의 구체적인 계획이 있는 건가. 아니면 노경에 접어든 사람이 무심코 입에 올린 흔한 말인가.

어쨌든 어머니가 실제로 후지와라와 이토록 친근한 사이였다는 건 새삼 뜻밖이었다.

그쪽에서 먼저 나를 만나자고 해준 것은 과연 어떤 의미일까.

내가 어떻게 지내는지 '항상 마음에 걸렸다'는 구절에서는 가슴이 뭉클했다. 이건 과장이 아니라 그런 사람을 나는 이 세계에서 어머니 외에는 기대해본 적도 없이 살아왔다.

편의점 동영상이 전 세계로 확산된 뒤, 미요시는 반 농담처럼 이피뿐만 아니라 10년이 넘도록 소식이 없던 동창이 갑작스럽게 친한 척하며 연락해올지도 모른다고 예언했었다. 하지만 댓글 중에도 그런 사람은 눈에 띄지 않았다.

미요시는 어머니와 후지와라의 관계를 '불륜'일 거라고 했지만, 그의 글에서는 그런 꺼림칙한 분위기는 감지되지 않았다. 요양 시설에서 지낸다고 했는데, 아내는 있는 것일까.

「어머니」를 만나게 해주면 어떤 반응을 보일까, 상상해보았다. 그 기척을 통해 두 사람의 관계를 가늠해볼 수 있을지도 모른다. 하지만 AI 「어머니」는 어딘지 어색하고 생뚱맞은 대답으로 후지와라를 실망시킬 것이다. 그래도 좀 더 길게 대화해달라고 부탁하면 AI의 학습 능력으로 예전의 관계를 회복할 수도 있을까. 아마도 예전에 어머니의 주 인격이었던 성품도 눈을 뜰지 모른다. 그러면 「어머니」는 훨씬 더 실제 어머니다워질까. 만일 그렇게 된다고 해도 그것에 무슨 의미가 있을까.

좀 더 생각해본 다음에 답장을 쓰고 싶었지만, 기다리게 하는 건 실례일 터였다. 곧바로 감사 인사를 전하고 그가 말했던 대로 만나 뵙기를 청했다.

일단 1월 중순으로 약속했지만, 얼마 뒤에 회복된 줄 알았던 감기가 재발했다면서 약속을 연기해달라는 연락이 왔다. 결국 2월 이후에 다시 약속을 잡기로 했다.

후지와라와 주고받은 메일에 대해 「어머니」에게 얘기해보았다. 어떤 표정을 지을지, 반응이 궁금했기 때문이다. 하지만 실제 어머니였다면 아무래도 이렇게 마음 편히 털어놓지는 못했을 것이다.

"어머, 잘 됐구나! 엄마가 그 작가를 좋아해서 책을 거의 다 읽었는데."

「어머니」는 단순히 후지와라 작가의 팬으로 정보가 입력되어서 그야말로 스스럼없이 환하게 웃는 얼굴로 대답했다.

나도 모르게 「어머니」의 본심을 탐색하려고 했던 나 자신이 어이없었다. 「어머니」에게는 아무런 감정도 없다. 단지 내 말을 통사론을 바탕으로 분석해 최적의 대답을 하는 것뿐이다. 그 반응은 실제 어머니가 보였을 반응과는 전혀 비슷한 데도 없었지만, 나는 이제 생뚱맞은 대답이라고 답답해하지도 않았다.

「어머니」가 완벽하게 어머니를 대신해주기를 바라는 기대감이 어느새 사라지고 없었다. 이건 역시 미요시나 이피와의 관계를 통해 이제는 **어머니 없이도** 살아갈 수 있다고 느꼈기 때문인지도 모른다.

어머니가 없어지면서 전혀 다른 장소가 된 이 세계에서 나는 앞으로도 존재할 것이다.

어머니는 내가 존재하지 않는 세계를 알고 있었고 실제로 40년 넘게 혼자 살았다. 그 시간이 나와 함께 보낸 시간보다 더 길다는 것을 새삼 깨닫고 흠칫 놀랐다. 나에게 이 세계란 곧 어머니가 있는 세계일 뿐이었는데.

어머니가 돌아가신 직후에는 도저히 차분하게 그런 생각을 할 수도 없었다. 나는 무력하게 오직 어머니와 어머니가 있는 세계의 추억 속에서만 살아갈 수 있기를 바랐다.

그런 나 자신을 민소憫笑해야 할까. 만일 **어머니 없이도** 살아갈 수 있다는 것을 인정한다면 그건 희망임에 틀림없다. 시간이 슬픔을 치유해주었기 때문만은 아니다. 내가 지금 이렇게 생각할 수 있는 것은 명백히 내 인생이 호전되고 있기 때문이었다. 이전과 다름없이 가난하고 고독했다면 여전히 「어머니」를 내 손에서 놓지 못했을 것이다.

나는 믿지도 않던 저승이라는 곳에 있는 어머니를 상상했다. 그리고 나의 이런 변화를 어머니는 분명 기뻐해줄 거라고 생각했다.

사랑하는 사람의 기억은 무엇 때문에 그 사후에도 계속 남아 있는 것일까. 살아 있는 사람이라면 기억해주는 것이 그다음에 그를 만났을 때 도움이 된다. 하지만 이제 더 이상 만날 수 없는 사람의 기억이라면? 살아 있는 누군가와 그 사람에 대해 이야기를 나누기 위해서? 어쩌면 그런 목적도 없이, 단지 그 사람이 존재하지 않으면 자동적으로 그 기억마저 사라지는 기능이 인간에게 구비되어 있지 않은 것뿐일까.

아마도 고인이 미웠다면 잊어버리고 싶을 것이다. 사랑했던 사람이라도 다시 떠올리려고 내 손이 만지작거릴 때마다 조금씩 그 형태가 손상되고 다시 수리하기를 거듭한다.

아무것도 바뀌는 일 없이 원래 그대로의 어머니를 추억한다는 것은 어차피 불가능한 일이다. 살아 있는 어머니조차 결코 똑같지 않고 순간순간 변화하니까. 아니면 내 안에 어머니가 지금도 살아 있다, 라는 것은 그렇게 **계속 변화해간다**, 라는 것인가.

*

미요시는 아바타 선물은 흔쾌히 받았지만, 20만 엔의 입금에는 크게 당혹스러워했다. 나와 상의 끝에 일단 이피에게 돌려주고 싶다는 뜻을 전했다. 하지만 그 메일에 대해 이피는 웃는 얼굴의 이모티콘을 잔뜩 넣은 답장을 보내왔다.

'내 감사의 마음을 담은 거예요. 꼭 받아주세요!'

'고마운 말이지만, 마음만으로도 충분해요. 돈은 사양하겠습니다.'

'돈은 마음의 표현이에요! 나는 내 친구를 귀하게 모시고 싶어요. 지금 나는 경제적으로 전혀 부족함이 없어요. 사쿠야 씨와 미요시 씨의 삶에 좀 더 돈이 필요하다는 것도 잘 알고 있죠. 내 친구가 좀 더 편해질 수 있다면 그건 나한테 큰 기쁨이에요!

함께 크리스마스이브를 보낼 수 있어서 정말 즐거웠어요. 그 감사의 마음을 표현하는 수단일 뿐이에요.

이럴 때, 고마움을 말로만 전하는 게 좋다고 왜 단정하지요? 그런 건 누가 정했어요?

난 내 머리로 받아들일 수 없는 건 믿지 않아요.

사쿠야 씨는 내게 커피잔을 사줬죠. 아야카 씨는 내게 모자를 사줬어요. 둘이서 아름다운 꽃다발까지! 물건은 괜찮지만 현금은 안 된다는 생각, 난 합리적이지 않다고 생각해요. 물론 필요한 상품을 모두 구입한 뒤에 건네는 게 더 좋겠지만, 뭐가 필요한지도 모르고 내 몸도 이렇고, 미안하지만 이건 셀프서비스(?)로 부탁드려요!

내 입장에서 다시 생각해보세요. 순수한 기쁨이라는 걸 아실 거예요.'

미요시는 더 이상 나와 상의하지 않고 반박 메일을 보냈다.

'다음에도 또 이피를 만나고 싶은데 돈이 걸리면 쉽게 찾아가기가 어려워져. 돈을 노린다고 생각하는 것도 싫고, 나를 딱하게 여기는 것 같아서 비참하기도 하고.'

'나도 아야카 씨를 또 만나고 싶은데 그렇다면 그건 〈모자를 노리고〉 만나는 건가요?(웃음) 딱하게 여기는 거, 전혀 없는데? 그냥 감사의 표현이에요. 일하고 받는 보수도 사실은 그렇지 않나요?'

'이건 일하고 받은 게 아니잖아. 사쿠야 군이 받는 급료와도 달라. 함께 즐거운 시간을 보낸 거고, 오히려 우리가 이피에게 생각지도 못한 융숭한 대접을 받았어.'

'내가 갖고 있어봤자 다 쓰지도 못할 돈인데 이건 꼭 필요한 쪽으로 넘기는 게 좋죠. 게다가 일일이 에둘러가며 명목을 붙여야 한다면 돈이 제대로 돌지 않아요. 그러면 부자는 언제까지고 남아돌고, 없는 사람은 계속 허덕이게 돼요.

일하지 않으면 돈을 받아서는 안 된다니, 그건 옛날 쩨쩨한 부자가 생각해낸 이론이죠. 말로만 하는 감사로는 미요시 씨의 삶이 편해지지 않고, 그걸 돈을 가진 내가 손 놓고 바라보기만 하는 거,

친구로서 너무 괴로운 일이에요.

그래서 기부도 많이 해요. 앞으로 자선단체도 만들 생각이에요. 그렇다고 도움을 받는 측에서 자존심 상하는 일은 없어요.'

미요시는 지나치게 심각해지지 않게 이모티콘을 섞어가며 그런 메일을 한참이나 주고받았다.

그 모습을 나는 옆에서 묵묵히 지켜보았다. 그중에서도 '자선단체' 운운하는 얘기에는 만일 내가 그런 일을 전담할 수 있다면 좋겠다고 문득 생각하기도 했다.

그리고 결국 미요시에게 제안했다.

"이번에는 그냥 받는 게 어때요?"

그녀도 자기주장을 거둬들이기가 어렵겠지만 분명 도움이 되는 돈임에는 틀림없었다.

"사쿠야 군은 아무렇지도 않아?"

미요시가 추궁하듯이 물었다.

"이피의 말도 이해가 돼요. 물론 나도 미요시 씨와 똑같이 저항감이 들지만, 현실을 생각하면 그런 식으로 돈이 도는 편이 더 바람직하죠. 우리가 그 돈을 쓰고 그게 다시 다른 사람 손으로 넘어가고, 혹시라도 남는다면 누군가를 도와줘도 되잖아요. 이피 씨가 생김새는 순해 보여도 여간 고집이 센 게 아니라서 납득할 만한 이론이 아니면 절대 물러서지 않을 거예요."

미요시는 휴대전화를 든 채 진심인가, 하는 표정으로 잠시 내 얼굴을 쳐다보았다.

자칫 이피에게 미움을 살 수 있을 텐데도 어떻게든 자신의 생각을 전하려는 미요시에게 나는 존경의 마음이 들었다. 그리고 그 마음속도 충분히 짐작할 수 있었다. 이렇게 쉽게 돈이 들어오다니, 성매매 일까지 해야 했던 그녀의 과거는 대체 무엇이었는가, 나까지 어처구니없는 심정이었다. 게다가 앞으로의 일을 생각하면 생활비의 일부라도 이피와의 우정에 기댄다면 우리는 그를 향한 솔직함과 자유를 많든 적든 잃을 수밖에 없을 것이다.

미요시는 여전히 받아들이기 힘들다는 표정이었지만 일단 휴대전화를 테이블에 내려놓았다.

"좀 더 생각해보고, 다음에 다시 이피를 만났을 때 얘기할게."

*

이피와 미요시는 그 뒤 가상공간에서 아바타로 몇 번 만나서 대화한 모양이었다. 그런 얘기를 이피와 미요시 양쪽 모두에게서 들었다. 하지만 점차 둘 다 나에게 따로 얘기하지 않게 되었다.

결국 크리스마스이브의 20만 엔은 그대로 통장에 남아 있었다. 미요시는 도움이 필요할 때는 먼저 얘기할 테니 다음번에는 입금하지 말아달라고 얘기한 모양이었다. 앞으로는 '참아달라'는 것으로 얘기를 마무리한 것이다.

"미요시 씨는 정말 재미있어요. 사쿠야 씨의 룸메이트답게 아주 멋진 사람!"

나중에 이피는 내게 그렇게 말했다.

처음에 이피는 나와 미요시를 연인 사이로 지레짐작했었다. 하지만 그때의 '룸메이트'라는 말에는 아무래도 그런 사이가 아닌 것 같다고 감을 잡고 넌지시 내 반응을 살펴보는 기척이 있었다.

나는 이피를 좋아하고 동경하기도 했다. 하지만 오랫동안 함께 지내다 보니 그가 표면적인 쾌활함과는 다르게 상당히 복잡한 내면을 가진 인간이라는 것을 알았다.

항상 긴소매 차림이라서 내내 알지 못했었지만, 그의 왼쪽 손목에는 뚜렷하게 칼로 그은 자국이 있었다. 마비된 하반신은 일부러 긋지 않아도 걸핏하면 다치곤 한다고 말했지만.

의식하지도 못한 채 마비되지 않은 부분을 상처내는 일도 많을 것이다. 정말로 무서운 것은 분명 그쪽이었다.

크리스마스이브 파티 날, 이피의 가상현실 시스템을 이용했을 때 그가 재빨리 삭제한 검색 이력 중의 하나를 나는 별 생각 없이 기억하고 있었다. '드레스코드'라는 이름의 클럽이었는데, 크리스마스 이벤트 안내로 '성야聖夜'가 아니라 '성야性夜'라는 한자를 쓴 게 이상해서 기억에 남았다.

1월도 끝나갈 무렵, 이피가 선물해준 '신사적인 늑대 남자' 아바타로 가상공간을 정처도 없이 기웃거리고 다녔다.

예전에는 그런 습관이 없었는데 이피의 아바타를 받으면서 많은 것이 바뀌었다.

가상공간에 일단 그 아바타 모습으로 나가기만 하면 온갖 사람들이—그들도 맨얼굴이 아니라 우주인에서 동물, 역사적 위인, 애니메이션 캐릭터까지 다양했다—주목해주며 인사를 건넸다. 현실 세계에서는 어디선가 마음을 끄는 모습의 사람을 만나더라도 그렇게 마음 편히 낯선 타인에게 칭찬의 말을 던지는 일은 없을 것이다.

이피의 아바타라는 것을 금세 알아보는 자가 있는가 하면 어디서 구입했는지 알려달라는 자도 있었다. 자동 번역을 사용했지만, 세계 각국의 사람들이 동경의 눈빛으로 내게 달려오는 것은 미지의 경험이었다. 그 자리에서 데이트를 신청하는 경우도 한두 번이 아니었다. 전혀 응한 적은 없지만 좀 더 노골적인 유혹도 있었다.

이피의 아바타가 왜 인기가 있는지, 내가 직접 써보고서야 비로소 실감했다.

그날 미요시는 자기 방으로 들어가고 나 혼자 거실에 있었다. 춥고 조용한 밤이어서 난방기가 내는 소음을 들으며 문득 그 편의점의 점원은 어떻게 지내고 있을까, 멍하니 생각에 잠겼다.

그리고 잠시 쉴 겸 「어머니」와 대화나 하려고 헤드셋을 썼지만, 마음이 바뀌어서 '드레스코드'를 검색해 그쪽으로 점프했다.

클럽 건물은 유럽의 어느 변두리 고성 같은 풍정이고, 보름달이 떠 있는 밤이었다. 분수가 물을 뿜는 광대한 정원을 지나 문 앞에 도착하자 턱시도 차림의 남자가 나이를 확인하고 비밀 준수 의무 등을 요구했다. 하지만 그리 까다롭게 구는 것은 아니었다.

나는 성야性夜라는 말에 그곳이 가상공간 안의 성매매업소라고 짐작은 했었다. 하지만 쇠 장식물로 고정해둔 붉은 카펫의 계단을 지나서 목격한 것은 내 상상을 뛰어넘는 광경이었다.

연회장의 높은 천장에는 방울방울 떨어질 듯한 대형 크리스털

샹들리에가 여러 개 걸렸고 실내는 넓고 어둠침침했다. 테이블과 소파가 군데군데 보이고 개별 방도 설치되어 있었다. 공중에서는 대형 미러볼이 돌아갔다. 바닥은 대리석으로, 곳곳에 무수한 나체들이 얽히고설킨 채 꿈틀거렸다.

엄청난 볼륨으로 클럽음악이 흘러나오고, 거기에 누구의 것인지 알 수 없는 교성嬌聲이 반짝거리는 종이테이프처럼 귀에 감겨들었다.

나는 멍해진 채 그 모습을 바라보았다. 그 외설스러움은 욕망이 아니라 겁이 나는 광경이었다. 이윽고 주위에서 오락가락하던 전라의 여성 2인조가 말을 걸어왔다. 한쪽은 아시아계 얼굴 모습, 또 한쪽은 브루넷의 백인 모습이었다.

"여기서는 나체가 '드레스코드'인데? 처음 왔구나? 함께 즐겨볼까? 정말 멋진 아바타잖아! 안쪽도 늑대야? 아하하, 얼른 벗어던지고 보여줘!"

크게 웃는 얼굴로 그렇게 소리쳤지만 나는 대꾸할 말이 없어 조용히 두 사람을 바라보았다. 소셜미디어에 출몰하는 '셀럽'을 그대로 재현한 듯한 화려한 얼굴이었다. 그 안쪽은 대체 어떤 사람들일까.

침묵이 길어지자 둘은 서로 마주보더니 차가운 비웃음을 날리고 자리를 떴다. 훤소喧騷의 한복판에서 나도 모르게 촌스러운 조용함에 갇혀 있었다.

오래 머물 만한 곳이 아니었다. 그만 나가자는 생각에 출구로 향했다. 시야 앞쪽의 테이블에 상반신을 올리고 눈빛을 교환하는 남녀를 바라보며 그들이 각자 현실세계의 방에서 대체적인 기구를 이용해 실제로 몸을 접하는 모습을 상상했다.

멍해져 있었던 탓에 앞에서 걸어오는 바위산처럼 강건한 나체의 남자를 미처 알아보지 못했다.

가상공간에서는 시야 밖의 사람은 웬만해서는 그 기척을 알아차리기가 어렵다. 1미터쯤까지 가까워진 뒤에야 검은 가죽벨트를 동여맨 그 육체를 알아보고 나는 옆으로 피했다.

잠깐 마주쳤을 때, 그가 나를 빤히 바라보았다.

이피의 아바타에 또 누군가 혹한 모양이라고 생각하며 무심코 지나가려고 했다. 하지만 그 순간, 바로 가까이에서 본 그의 **눈**이 마음에 걸렸다. 그리고 흠칫했다. 멈출까 말까 하는 어색한 걸음으로 그 아바타의 얼굴을 바라보며 옆을 빠져나왔다. 그쪽도 눈빛을 마주한 채 내가 지나가는 것을 지그시 보고 있었다. 그 입가에 희미한 웃음이 스치더니 그대로 말없이 연회장으로 들어갔다. 그 뒷모습을, 특히 역사力士처럼 늠름하게 튀어나온 엉덩이와 허벅지 근육을 나는 멍하니 지켜보았다.

그는 당당하게 두툼한 맨발로 대리석을 밟으며 날것의 성기를 과시하고 있었다. 단골 손님인지 곧바로 여자 두 명이 달려와 그를 껴안았다.

그 어깨 너머로 드러난 옆얼굴을 보면서 방금 그 눈빛은 이피가 아닐까, 하고 나는 그 자리에서 한참을 우두커니 서 있었다.

이피에게 성적인 능력이 있는지 어떤지는 알지 못한다. 그는 단지 '하반신이 자유롭지 못하다'는 언급만 했었고, 나도 더 이상 자세한 건 묻지 않았다.

실제로 그 아바타 안에 이피가 있었던 게 아니라 그가 디자인한 아바타를 누군가 구입해 사용한 것뿐인지도 모른다. 그렇기 때문에 더더욱 나는 그 **눈**에 마음이 끌렸던 게 아닐까. 이피의 컬렉션을 모두 살펴본 바로는 그 비슷한 건 발견되지 않았다. 그의 취향이라고도 생각되지 않았다.

하지만 **눈**뿐만이 아니라 그 아바타를 가까이에서 마주했을 때, 문득 이피의 맨션 거실에서 그와 단둘이 대화할 때 같은 **분위기**를 감지했다. 전혀 닮은 데라고는 없는 모습인데도. 그리고 그 거대한 체구와 근골이 울룩불룩한 등판은 어딘지 거실 안쪽 키친으로 이동하는 휠체어의 그의 뒷모습과 겹쳐 보였던 것이다.

나 혼자만의 생각에 따른 그런 확신은 내 안에 자리한 장애인에 대한 편견에서 나왔다고 판단해야 할 것이다. 이피에게도 성욕이 있고 그는 그것을 가상공간에서 '그때 만일 뛸 수 있었다면'이라는 바람과 함께 해소하려 하고 있다. 그것도 완전히 개방적이고 시위적인 방법으로.

나는 그것을 부정하지 않고, 만일 그렇다 해도 아무도 이피의 행동을 부정할 수 없을 것이다. 그 아바타의 힘찬 하반신의 조형에 슬픔을 느끼는 것 자체가 그에 대한 모욕이다.

그 일로 심사가 어지러웠던 것은 오히려 그런 불확실한 추측이 내 안에 있던 이피의 인상을 너무도 함부로, 탁하게 흔들어버렸다는 것이었다.

이피 안에 그런 면이 있다고 가정하고, 그게 이피 본인의 **순수한 눈**의 이미지를 배반했다는 식의 어린애 같은 실망을 말하려는 게 아니다.

내가 고민한 건 미요시의 일이었다. 아니, 미요시와 이피의 관계였다.

미요시가 이피에게 호감이 있다는 건 다시 말할 것도 없지만, 처음에 팬으로서 동경하던 것에서 이제는 좀 더 현실적으로 자신의 마음을 전하지 못해 불안하고 힘들어하는 것으로 시간이 갈수록 변해가고 있었다. 그리고 이피와의 대화가 길어지면서 그녀가 「어머니」와 수다 삼매경에 빠지는 일도 줄어들었다.

그녀의 달아오르는 듯한 기쁨과 번민은 딱히 일방적인 것만은 아니었다. 내가 본 바로는 이피의 표정에도 미요시를 향한 특별한 관심이 언뜻언뜻 스치고, 그 시선에는 사랑받기를 고대하는 인간에게만 보이는 저 섬세하고도 간절한 초조함이 담겨 있었다. 그는 미요시 앞에서는 나를 대할 때보다 더 나이 어린 청년이었다.

이건 이상한 일일까. 결국 인간은 단지 가까이에 있다는 이유만으로 누군가를 좋아하고, 거꾸로 말하면 가까이에 있는 사람이 아니면 좋아할 수 없는 것이리라.

하지만 그렇다고 왜 내 심사가 편치 않은 것인가, 하고 생각해 보았다.

나는 미요시를 사랑하지 않는다. 그건 지금 이 세계에서 유일하게 나에게 기대해준 인간적인 신뢰를 걸고 맹세한 일이다. 애초에 그녀에게 그럴 마음이 없는데 나 자신에게 그런 감정을 허용해봤자 괴로워지는 건 결국 나인 것이다.

하지만 그녀가 '섹스 공포증' 때문에 **모든 남자**의 사랑을 거부하는 것과 내 사랑은 거부하고 이피의 사랑은 받아들이는 것이라면 그 의미가 달랐다.

솔직히 나는 이피에게까지 질투를 한다는 것 때문에 괴로웠던 것이다. 이건 이상한 얘기다. 왜냐하면 경제적으로나 인간적으로나 재능으로나 이피보다 내가 더 사랑받을 이유는 아무것도 없었기 때문이다. 자조적으로 하는 말이 아니다. 하지만 그런데도 내가 아니라 이피가 선택된 것을 보고 나는 그가 미요시에게 친구 이상의 감정을 품지 않기를 마음속 어딘가에서 바라고 있었다. 그리고 미요시가 이피와의 연애를 받아들인 이유는 그가 성적으로 불능이기 때문이라고 생각하려고 했다. 나와 이피 사이에는 본질적인 우열이 있는 게 아니라 단지 그 차이점이 미요시에게는 중요했던 것이라고.

그리고 나의 비참한 상상……. 가상공간에서 이미 미요시와 이피가 아바타를 통해 관계를 가진 게 아닌가 하고 의심했다. 가죽벨트를 바짝 동여맨 괴위한 그 사내가 미요시의 아바타를 끌어안은 모습을 머릿속에 떠올린 것이다. 폭력적으로, 시위적으로. 그리고 나는 괴로워했다.

*

다음날, 이피의 맨션에 출근했지만 현관문 너머에서 기다리는 사람은 물론 그 반라의 거대한 남자가 아니라 휠체어를 탄, 평소 그대로의 여리고 명랑한 이피였다.

그는 별반 달라진 기색도 없었고 나에게도 친절했다. 나는 그의 눈을 보면서, 어머니가 '자유사'의 의지를 통고했던 가와즈나 나다루의 기억과도 밀접하게 이어진 미시마 유키오의 단편 한 구절을 다시 떠올렸다.

'이토록 투명한 유리도 그 단면은 푸른빛인 것을 보면 그대의 맑은 두 눈동자도 수많은 사랑을 저장할 수 있으리라.'

나도 '드레스코드'에서의 일에 대해 아무 말도 하지 않았다. 다만 이피가 만일 나와 미요시 앞에 나타나지 않았다면, 이라고 생각한 건 그때가 처음이었다. 나에게 그는 역시 없는 게 더 나았던 사람이었을까…….

*

2월 1일, 셋이서 예정에 없던 외출을 하게 되었다. 이 제안은 이피와 미요시가 따로따로, 하지만 거의 동시에 내놓았기 때문에 둘 중 누가 꺼낸 얘기인지는 알지 못했다. 개그 공연을 보러 가자는 것이었다. 토요일 저녁 신주쿠, 미요시가 요즘 '입덕'했다는 개그맨이 출연하는 라이브 공연이다. 그녀에게 그런 취미가 있는 줄은 알지 못했었지만, 어쨌든 나도 같이 가기로 했다.

이피는 웬만해서는 외출하는 일이 없고, 특히 인플루엔자가 한창 유행하는 시기였던 만큼 그의 제안은 더욱 뜻밖이었다.

공연이 끝난 뒤에는 함께 저녁식사를 하고 귀가할 예정이었다.

약속한 날은 최고기온 4도에 하늘은 맑은데 차고 강한 바람이 불었다.

이피는 감색 바탕에 홍백의 굵은 체크무늬 코트를 단단히 차려입고 미요시가 선물해준 니트모자를 썼다. 미요시는 후드가 달린 검은색의 풍덩한 다운재킷, 나는 올리브그린의 야상재킷을 입었다. 미요시는 내 코트가 폼이 난다고 칭찬해주었다.

바깥공기를 쐬며 이피와 함께 거리를 돌아다니다니, 가상현실의 어떤 괴상한 세계에서 만나는 것보다 더 비현실적인 느낌이었다. 보행자천국에 나온 수많은 사람들이 하나같이 마스크를 쓰고 있었다. 이피의 검정색 마스크 밖으로 드러난 불그레한 뺨은 평소보다 더 어린 티가 느껴졌다.

전동휠체어라서 밀어줄 필요는 없었지만, 좁은 곳에서는 옆에 나란히 서기도 어렵고 눈높이도 달라서 길거리에서는 별반 대화를 나누지 못했다. 이 휠체어의 청년이 '그때 만일 뛸 수 있었다면'의 주인장이라는 것을 눈치챈 사람은 아무도 없었을 것이다.

"외출은 꼭 필요할 때 꼭 필요한 곳뿐이라서 이렇게 사람들로 붐비는 길거리를 여유롭게 걸어볼 기회는 전혀 없었어요. 나한테 이런 기회가 좀 더 많아져야 하는데……."

신호를 기다릴 때, 나를 올려다보며 이피가 중얼거린 그 말은 마스크 속에서 갈 곳을 잃은 듯 그대로 끊겨버렸다.

미요시가 열광하는 개그콤비는 '전구電球'라는 괴상한 이름으로, 아직은 아는 사람만 아는 신인이지만 현재 '바람을 탄' 상태라고 한다. 나도 인터넷으로 검색해보고 왔지만, 그들의 개그는 자문자답 형식에 즉흥적이고 거의 곤혹스러운 실소를 자아내며 그게 점차 커져간다, 라는 스타일이었다. '방향성 소재'라는 게 그들이 내세우는 개그 테마였다.

공연장은 만원이었다. 우리 좌석은 휠체어용 공간이 마련된 출입구 근처였다. 다섯 팀의 출연자 중에 '전구'는 네 번째여서 우리는 그들만 보고 나올 예정이었다. 공연장의 환기가 좋지 않아서 이피는 은근히 걱정하고 있었다.

무대는 눈부시고 객석은 어둠침침했다.

정장 차림의 바보 역할과 파카를 걸친 똑똑이 역할은 등장하자마자 "안녕하십니까? 아이구, 날씨가 춥네요"라고 객석을 향해 인사하고, "요즘 실은 개를 기르기 시작했거든요"라고 포문을 열었다.

하지만 "그렇지, 그렇지"라면서 듣고 있던 똑똑이의 반응이 점점 애매해면서 연신 고개를 갸웃거렸다. 팬들은 이미 다 알고 있어서 그쯤에서부터 벌써 웃음이 일었다.

얘기를 풀어나가던 바보가 더 이상 못 참겠다는 듯이 물었다.

"아니, 대체 왜 그래, 너?"

그러자 똑똑이가 진지한 얼굴로 팔짱을 꼈다.

"아니, 아무래도 우리, 이 방향성은 좀 아닌 것 같단 말이야."

"너, 진짜, 왜 이제 와서 그런 소리를 해! 좀 더 일찌감치 말하든지! 이미 무대에 나왔잖아!"

"근데 실제로 전혀 먹히지도 않고……."

"먹혔어! 저거 봐, 웃고 있잖아, 세 번째 줄의 아가씨, 뽀샤시하게 투명한 듯한.”

“투명하기는? 다 보이는데?”

“비유잖아, 비유! 투명한 **듯한**, 이라고 했어. 진짜 투명하단 얘기가 아니잖아!”

“그런 비유가 우리 대본에 있었나?”

“애드립이야, 애드립! 애초에 먹혔네 마네 하는데, 이제 막 시작했어! 네가 다 망쳐버렸어!”

“하지만, 그래도, 뭔가 좀…… 너무 평범하잖아, 이런 거? 등장하는 방식도 뭔가 좀 이렇게, 뿅 하고, 아, 나왔다, 나왔어, 같은 느낌으로 할 수 없을까? 이런 걸로 우리, 진짜 유명해질 수 있을까?”

“그걸 내가 알게 뭐야! 무대에서 그런 얘기를 왜 하냐고, 새삼스럽게. 너도 이 방향성으로 하자고 합의했었잖아.”

“그야, 뭐, 막상 해보지 않고서는 모르는 것도 있고…….”

“지금 나 놀리냐? 그보다 너는 대본도 안 쓰고 펑펑 놀기만 했지? 내가 얼마나 죽도록 고생해서 대본 써내는지 알기나 해?”

“아니, 그건 네 역할이지. 나는 한걸음 물러서서 의견을 밝히는 게 일이고. 아니, 너야말로 이제 새삼 무대에서 할 얘기가 아니잖아!”

그런 식으로 두 사람은 자신들의 ‘방향성’을 둘러싸고 간간이 객석에 의견을 청해가며 말씨름을 하는 것이었다. 때로는 당장 싸울 듯이 덤비고 때로는 깊은 생각에 잠기지만, 별다른 해프닝 없이 그런 식의 대략적인 대본을 바탕으로 말을 주고받는 모양이었다. 다만 연기력이 뛰어나서 실제 상황처럼 박진감이 있었다.

팬들에게는 익숙한 소재인지 미요시는 빼빼 마른 몸매의 똑똑이 역할이 '방향성'에 난색을 표하는 장면에서부터 내내 옆에서 웃고 있었다.

이피도 웃으면서 이따금 미요시에게 작은 소리로 말을 건넸다. 거기에 다시 미요시가 웃으면서 응하고 나한테도 소곤소곤 전해줬지만, 나는 단지 그 날숨만 느꼈을 뿐 내용은 알아듣지 못했다. 미요시가 그렇게 얼굴을 가까이 댄 것은 처음이었다.

무대 위의 두 사람은 그 뒤에도 새로운 등장 방법을 다양하게 시도하며 관객에게 어떤 게 좋은지 손을 들어보라고 하더니 "아니, 아니, 이건 아니지! 이거, 무슨 함정인가?"라고 눈을 휘둥그렇게 떠가면서 우스꽝스러운 대화를 이어갔다. 공연장은 온통 웃음바다가 되고 나도 점점 재미있어졌다. 미요시와 이피는 이따금 손을 번쩍 들어주고 박수도 쳐주면서 즐거워했다.

결국 마지막까지 그렇게 흘러가다가 마무리도 "저희는 이만 물러가겠습니다"라는 상투적인 인사에 대해 "아니, 너무 평범해, 평범해"라고 심각한 표정으로 팔짱을 끼고 고개를 갸웃거렸다.

"글쎄 됐다니까?"

그렇게 대꾸해도 다시금 발목을 걸었다.

"아니, 그것도 평범해, 평범해……."

여전히 무대에서 뭉그적거리며 중얼중얼 고민하고 있었다.

"작작 좀 하라고!"

참다못해 억지로 그를 끌고 퇴장시키면서 공연은 끝이 났다. 관객은 박수를 보내며 한참 와와 웃음이 번졌다. 결국 마지막 팀의 공연까지 봤지만 그다지 인상에 남지는 않았다.

이피의 이동을 고려해 조금 서둘러 공연장을 나왔다. 이미 해가 저물고 거리에 네온이 켜지기 시작했다. 우리는 등장 방법은 어느 게 가장 좋았는지, 레스토랑으로 가는 길에 얘기를 주고받았다. 관람 후에 이런 식으로 얘깃거리를 만들어내는 개그콤비라면 앞으로 크게 인기를 끌 것이라고 이피가 예언 같은 말을 했다.

나와 이피와 미요시, 셋이 함께 외출한 것은 그때 단 한 번뿐이었다. 그중에서도 '전구'의 개그 공연이 또렷이 기억에 남은 것은 무대의 조명 때문이기도 하고, 또한 '방향성'이라는 단어가 우리의 관계 양상에 그야말로 암시적이었기 때문일 것이다.

"아니, 우리는 이 방향성하고 좀 안 맞다 싶은데 말이야……."

미요시도 이피도 지금은 그런 느낌을 갖고 있지 않을까.

우리는 역 근처 빌딩의 레스토랑으로 갔다. 혼자서는 가기 어려운 곳에 가고 싶다는 이피의 의견에 따라 미요시가 검색해서 예약한 곳이었다.

실내는 약간 어둡고 재즈음악이 흘렀다. 좌석은 나이 지긋한 손님들로 거의 만석에 가까웠다.

샐러드와 생선회, 닭고기 숯불구이와 방어 무 조림 등을 주문해 같이 나눠먹기로 했다. 나와 미요시는 맥주를 마셨지만, 공개적인 자리라서 미성년자 이피는 우롱차를 주문했다.

"이번 달에 스무 살 생일인데."

"어머, 그럼 축하 파티 해야지! 언제야?"

“2월 15일이에요.”

“저런, 밸런타인데이 다음날이잖아? 초콜릿과 생일 선물, 둘 다 준비해야겠네.”

“앗, 아뇨, 그런 거 안 받을래요.”

그러고는 미요시가 일하는 여관의 인플루엔자 대책에 대한 얘기 등을 꽤 오래 주고받았다.

30분쯤 지났을까, 이피가 최근에 본 영화 얘기를 시작했다.

모리 오가이의 단편 「다카세부네」를 현대적으로 재해석한 영화로, 재작년 해외 영화제에 후보작으로 오르면서 화제가 된 모양이었다.

나는 알지 못했었는데 그 영화 대본이 후지와라 료지의 희곡을 바탕으로 했다는 것이었다. 이피의 입에서 그 이름이 나와서 적잖이 놀랐지만, 전에 어머니가 후지와라 작가의 팬이었다는 얘기를 했었기 때문에 일부러 화제에 올린 모양이었다. 10년 전에 「다카세부네」를 연극 무대에 올리기 위해 신 국립극장의 위촉을 받아 썼던 희곡으로 시대를 현대로 옮긴 것은 후지와라의 아이디어라고 한다.

설정은 이번 세기 초의 도쿄, 등장인물의 이름도 바뀌었다. 하지만 스토리는 모리 오가이의 단편을 충실히 따른 것이었다.

이피는 그 줄거리를 간단히 설명해주었다. 나도 나중에 집에 와서 영화를 봤기 때문에 다음 이야기에는 내 감상도 섞여 있다.

주인공—원작에서는 이름이 기스케인데 영화에서는 고키로 나온다—에게는 아우가 있었다.

두 사람은 어려서 부모를 잃고 시설에서 자랐다. 그 뒤에는 주로 계약직 노동자로 근근이 살아왔다. 가난했지만 달리 의지할 데라고는 없는 형제는 서로 끔찍이 아껴주는 돈독한 사이였다.

그러다 아우가 병이 들고 형이 혼자 돈벌이에 간병까지 떠맡으면서 갑작스럽게 입에 풀칠하기도 힘든 상황이 되었다.

영화에서는 이 형제가 정부의 복지제도 적용 대상에도 끼지 못해 **그저 목숨을 부지할 뿐인** 상태로 떨어지는 과정이 가슴 아플 만큼 극명하게 그려졌다. 도저히 인간으로서 기본적 인권이 존중되는 삶이라고 할 수 없는, 비참하고도 리얼한 묘사였다.

한편으로 그런 가운데서도 고키가 아우와 함께하는 시간에서 행복을 느끼는 모습도 섬세하게 표현되었다. 밑바닥까지 내몰려 욕실 탈의실에 웅크리고 앉아 수건을 뒤집어쓰고 우는 장면 뒤에 아우와 함께 직장 휴게실에서 슬쩍해온 알파벳 초콜릿으로 야한 단어놀이를 해가며 깔깔거리고 웃는 장면이 이어졌다. 모리 오가이의 소설에 나온 '지족사상知足思想'을 표현한 것이라는 해설이 있었다.

하지만 아우는 앓아누운 이후로 오로지 형에게 죄송한 마음뿐이었다. 그의 표정은 잠깐 환해지려다가도 곧바로 힘없이 그늘이 졌다.

어느 날 아우는 형에게 '자유사'를 하게 해달라고 간청한다. 하지만 고키는 격노해서 강하게 반대한다.

아우는 그걸로 입을 다물었지만, 며칠 뒤 고키가 일을 마치고 돌아와보니 아우가 제 목을 칼로 찔러 피투성이 상태로 발견된다. 고키는 서둘러 구급차를 부르려고 했지만 아우는 한사코 뜯어 말린다. 자살하려 했는데 그것마저 실패해 미처 죽지 못했다. 형에게 더 이상 폐를 끼치고 싶지 않다. **이제 충분히 살았으니** 제발 편히 보내달라면서 목에 꽂힌 칼만 빼주면 이대로 죽을 수 있다고 애원하는 것이었다.

형은 처음에는 망설였지만 결국 아우의 뜻을 들어주었다. '죽음의 한순간 전'에 형과 함께할 수 있었던 아우는 비로소 행복한 표정으로 죽어갔다.

고키는 그 뒤 스스로 경찰서에 찾아갔고, 자살방조죄로 집행유예가 딸린 유죄판결을 받는다. 영화는 접견한 변호사와의 대화 장면에서 시작해, 회상으로서 스토리가 진행된 뒤에 다시 현재로 돌아온다. 원작의 '쇼베에'라는 죄인 호송관이 '쇼지'라는 변호사로 등장한 것이다.

이피는 후지와라 료지의 희곡까지는 읽지 못했지만, 이라고 전제한 뒤에 이 영화를 통렬히 비판했다. 목소리까지 거칠어지지는 않았지만 애써 억누르면서도 강력히 반발하는 그의 마음이 팽팽해진 얼굴에 그대로 드러났다. 그가 그런 식으로 노골적인 분노를 드러낸 것은 처음이었다.

"원작은 물론 명작으로 손꼽히지만, 그걸 그대로 현대로 옮기는 건 말이 안 되죠. 의료체계도 다르고, 환자 본인과 가족의 고통을 덜어주는 완화 케어도 비약적으로 발전했어요. 이 형은 즉시 구급차를 불렀어야 했어요. 틀림없이 살려낼 수 있었으니까. 이 영화는 마치 '자유사'를 긍정하는 것처럼 보이잖아요?"

이피는 당연히 우리 두 사람도 '자유사'를 반대할 거라고 생각하며 동의를 청했다. 그러고는 자신의 말투를 감당하지 못하겠다는 듯이 이내 뺨을 풀며 피식 웃어버렸다.

미요시는 내 쪽을 돌아보지 않았지만, 전에 패밀리 레스토랑에서 낯선 아이들이 옆자리의 남은 음식을 집어갔을 때처럼 내 기척만은 눈치챈 것 같았다.

"이피는 '자유사'에 반대하는 거야?"

미요시의 질문에 그는 한순간 엇, 하는 얼굴이었다.

"당연히 반대하죠. 누구든 스스로 좋아서 '자유사'를 원하는 사람은 없어요. 그런 걸 일단 합법적으로 인정해주면 요즘 세상에 약한 처지의 사람들에게는 큰 압박으로 다가올 거예요. 정부에서는 재정난을 이유로 더 이상 여유가 없다고 떠들어대고, 가난한 사람들은 **지족 사상으로** '자유사'를 받아들여야 한다? 정말 끔찍한 생각이잖아요. 인간에게는 오직 '자연사'가 있을 뿐이에요. 나도 어쩌다 아바타 디자인이 잘 팔려 이 사회에 도움이 되고 세금도 많이 낸다지만, 그게 아니었으면 당장 짐짝 취급을 당했을 걸요. 우생학 같은 거 아닌가요, 그거?"

두 잔째의 맥주 맛을 음미할 새도 없이 나는 그 이야기에 귀를 기울였다.

이피의 '자유사'에 대한 생각은 나와 흡사했다. '스스로 좋아서 자유사를 원하는 사람은 없다'는 것은 어머니의 죽음에 대해 이미 수없이 생각해왔던 나의 근본적인 인식이었다.

그런데도 왠지 그 자리에서 나도 똑같은 생각이라고 선뜻 동의할 수 없었다. 미요시가 어머니의 '자유사' 결심은 나를 사랑했기 때문이다, 어머니 자신의 의지에 따라 '이제 충분하다'고 느꼈던 것이다, 라고 말했을 때는 그토록 반발했으면서도.

그 자리에서 나는 오히려 그런 미요시의 의견에 공감하고 어머니의 뜻을 변호하고 싶은 충동까지 들었다.

결코 궁지에 몰려 어쩔 수 없이 '자유사'를 원했던 게 아니라 어머니 나름대로 자신의 죽음을 기꺼이 받아들일 만한 뭔가가 있었다. 그런 복합성을 어린 이피는 아직 이해하지 못하는 것이라는 생각이 들었다. 그의 주장이 자신의 힘겨운 신체 조건에 바탕을 둔 것이라는 점을 잘 알면서도.

미처 생각을 정리하지도 못한 채 나는 입을 열려고 했다. 하지만 먼저 반론에 나선 것은 미요시였다.

"아무리 의학이 발전하고 사회보장제도가 잘 되어 있어도 역시 마지막은 자신의 의지에 따라 '자유사'를 원하는 사람이 있지 않을까?"

"아니, 나는 그런 사람은 없다고 봐야 한다고 생각해요. 인간이란 누구든 자신의 목숨을 아까워한다, 라는 건 이 사회가 절대로 부정해서는 안 될 전제잖아요. 〈다카세부네〉도 사실은 정치적인 문제겠죠. 자살이라는 막다른 길에 내몰릴 때까지 그 사람들의 목숨 따위에는 아무 관심도 없이 내내 방치했으면서 형이 아우의 자살을 도와주자마자 방조죄로 처벌한다는 건 너무 어이없잖아요? 정부에서 아무것도 해주지 않으니 점점 더 자기 책임이 되는 거죠. 가족에게만 내맡기면 약한 처지의 사람은 가족에게 폐만 끼친다고 스스로를 책망하잖아요. **죽고 싶은** 게 아니라 **죽는 게 낫다**고 생각하는 거예요. 나이들어 체력이 약해지면 특히나 더 그렇고."

이피는 진지한 눈빛으로 미요시를 응시하며 말했다. 그것은 단순히 자신의 생각을 주장하는 것뿐만 아니라 미요시가 어떤 인간인지, 금세라도 무너질 듯한 기대를 담아 알아보려는 표정이었다. 미요시는 그 모습에 기가 눌린 듯 일단 시선을 떨궜지만 곧바로 얼굴을 들며 말했다.

"현실적으로 더 이상 이 나라에서는 어려운 얘기 아닌가? 이 지경으로 나라가 쇠퇴했고 사방에 노인들뿐이고, 이제 아무도 마음 편히 주어진 수명대로 살 수 있다고는 생각하지 않아. 그런 전제는 이미 꿈같은 얘기가 됐잖아. 좀 더 부유한 나라라면 얘기가 달라질 수도 있겠지. 하지만 돈이 없는데 뭘 어쩌겠어? 옛날의 일본과는 달라. 이제는 그런 현실에 맞춰서 생각할 수밖에 없어."

"그렇기 때문에 더더욱 중요해요. 도움이 되느냐 마느냐, 돈이 있느냐 없느냐로 인간의 목숨을 선별해서는 안 되죠. 온전히 자신의 의지에 따라 '자유사'를 원하더라도 그 이유를 찬찬히 따져보면 어딘가에 반드시 그렇게 생각할 수밖에 없었던 사정이 있을 거예요. 그걸 어떻게든 제거해줄 방법을 고민해야죠."

"그렇게 한 사람 한 사람의 인생이 모두 다 아름다울 수는 없어. 현실을 받아들이면서 조금이라도 생활이 나아지면 아, 다행이다, 하고 안도의 한숨을 내쉬는 짓을 거듭하는 사이에 인생이 지나가버리는 게 대부분이지. 해결할 수 없는 수많은 문제를 떠안은 채로 살아가는 거야. 이피는 이 세계를 바꿔나갈 능력이 있지만, 우리는 그럴 힘이 없어. 그건 알아줬으면 좋겠어."

미요시의 '우리는'이라는 말에는 당연한 일처럼 나도 포함되었다. 나는 '이쪽 세계' 사람으로서 무력감에 저항하면서도, 한편으로는 자존심이 뭉개지고 있었다.

"하지만 사쿠야 씨는 용감하잖아요. 힘들어하는 사람을 몸을 던져 지켜주는 사람이에요. 나는 사쿠야 씨의 동영상을 보고 내가 마음속에서 내내 고민해왔던 게 무엇이었는지 알았어요. 나는 현실 세계에서 살아가기 힘든 사람들을 위해 가상현실의 아바타를 만들어왔지만, 역시 그것만으로는 안 되는 거였어요."

"어머, 나는 거기서 구원을 얻은 사람인데?"

웃음을 터뜨리는 미요시에게 호응하듯이 이피는 웃는 얼굴로 나를 지그시 바라보았다.

나는 미요시가 어머니의 '자유사' 얘기를 꺼낼까봐 내심 조마조마했다. 그 화제는 이피와 공유하고 싶지 않았다. 그 얘기가 나오면 나의 혼란을 감정적으로 고스란히 드러낼 수밖에 없다. 그리고 그건 이피와의 관계에 심각한 균열을 만들어버릴 터였다.

하지만 그토록 '저쪽 세계'를 동경하며 살아온 미요시는 팬이면서 경제적으로 우리의 생활을 지원해주는 이피의 기분을 상하게 하는 걸 두려워하지 않는 것 같았다. 그뿐만이 아니라 아마도 그를 사랑하고 있는데도.

'용감한' 것은 내가 아니라 그녀였다.

"나는 진짜 힘들 때는 언제든 삶을 멈출 수 있다고 생각하면 안심이 돼. 알아, 이피? 그런 감각 속에서 살아가는 거? 그럴 때 자살 같은 **겁나는 방법**을 쓰지 않아도 조용히 끝낼 수 있다는 건 정말로 마음이 놓이지. 아니, 지금 당장 죽고 싶다든가 하는 얘기는 아니야. 나도 죽고 싶진 않아. 무서우니까. 이 우주에서 오직 단 한 번 태어난 목숨인데. 하지만 진심으로 내가 그렇게 결정했을 때는 어느 누구도 부정하지 않았으면 좋겠어. 내 의지를 부정할 자격이 있는 사람도 없지만."

이피는 아연한 눈빛으로 한참이나 미요시를 보고 있었다. 입가에는 몇 가지 말의 기척이 스쳤지만 하나도 형태를 맺지 못한 채 사라져갔다.

미요시는 자리가 썰렁해진 게 문득 미안했는지, 흐트러진 앞머리를 귀 뒤에 걸면서 표정을 누그러뜨렸다. 하지만 이피는 고통스러워 보일 만큼 절박한 표정으로 말했다.

"그래도 나는 친구로서 반드시 가로막을 거예요, 자격이 있든 없든. 어떻게든 미요시 씨가 죽지 않아도 될 방법을 함께 고민할 거예요."

나는 어머니와 나눴던 대화를 다시 떠올리면서 '죽어야 할까, 죽지 않아야 할까' 이런 논의가 의외로 여기저기서 벌어지는 세상이 되었다고 실감했다.

결국 그런 **평범함**에 무심히 익숙해져가는 게 이 시대의 인생인 걸까.

문제는 '살아야 할까, 죽어야 할까'가 아니었다. 그렇다, '방향성'으로서는 '죽어야 할까, 죽지 않아야 할까'의 선택이었다.

*

「어머니」가 요시카와 교수의 '자유사'를 지켜본 것은 그 얼마 뒤였다. 본인의 간곡한 요청에 따라 피디텍스의 노자키를 통해 연락이 왔고, 거부할 이유가 있는지 한참 고민해본 끝에 나는 동의했다.

"다행입니다. 분명 안심하고 영면하실 거예요."

노자키의 진심인지 영업용 인사인지 알 수 없는 그 말투는 여전했다.

인터넷으로 검색해보면 요시카와 교수에 대해 좀 더 많은 것을 알 수 있을 텐데 나는 의식적으로 검색을 피하고 있었다. 「어머니」 안에 섞여든 한 남자의 존재를 구체적으로 접하고 싶지 않았다. 내가 받아들여야 할 죽음인가, 라고 생각해봤지만 내 안에 냉담한 감정이 있는 것을 알았다.

이 사회에서 시시각각 일어나는 수많은 죽음. 그건 애초에 받아줄 사람이 필요한 것일까.

누군가 수취인이 있을 것이라고 기대한다면, 없다는 건 고독하다. 안타깝게도 자기 자신이 그 수취인이 될 수는 없다. 가족이 있어서 나의 죽음을 보관해주고 이따금 개봉해 바람을 쐬어준다고 생각하면 죽음의 공포는 누그러들까. 그런 관계를 갖고 있지 못하다면 죽음은 더 두려운 것일까.

좀 더 큰 수취인을 우리는 평등하게 갖고 있다.

나는 '이시카와 사쿠야의 죽음'이라는 고유명사의 죽음을 죽는다. 하지만 시간과 함께 점점 애매해져가고 이윽고 똑같이 하나의 거대한 무無로 녹아들어 그 존재의 흔적을 상실한다.

내가 이 세계에 탄생하기 이전의 상태. 원소 단위에서는 이 우주의 일부, 다시 말해 우주 그 자체가 되는 미래. 그렇다면 나는 우주물리학을 신봉하는 것인가. 끝이 시작으로 되돌아가고, 그 일부가 다시 어떤 생물이 될지도 모른다. 그것은 즉 일종의 무시간無時間이자 영원이 아닐까. 그 상태는 언제까지고 지속된다. 우주로 존재하는 한, 더 이상 소멸을 두려워하지 않아도 된다.

단 한 사람의 예외도 없이 모두가 그렇게 된다. 가족이 있어도 없어도, 부자였어도 가난뱅이였어도. 그 인생이 행복했어도 혹은 불행했어도. '자유사'도 '자연사'도. 자신도 타인도.

하지만 죽음이 두렵지 않게 될수록 상대적으로 우리의 삶은 가치를 상실할 것이다. 어차피 **언젠가는 없어질 이 세계**를 더 나은 곳으로 만들어보자는 마음도. 과연 이 생에 대한 사랑을 상실하지 않은 채, 기쁨과 함께 죽음을 받아들인다는 게 가능한 일일까.

나는 '죽음의 한순간 전'에 요시카와 교수가 「어머니」로 인해 마음의 평안을 얻고 죽음의 입구를 조용히 들어설 수 있다면 당연히 도와야 한다고 느꼈다. 「어머니」 또한 무無에서 생겨난 것이 아니라 어머니가 이 세계에 존재했다는 흔적임에 틀림없다.

죽은 뒤에도 그렇게 누군가에게 **도움이 되는** 것을 어머니가 원했다고는 생각되지 않았다. 하지만 나 자신은 어떻든 마음에 위로가 되는 점이 있었다.

*

요시카와 교수가 '자유사'를 하는 날, 나는 출근 전에 「어머니」에게 "마음이 우울해지는 일이지만, 잘해줘"라고 말을 건넸다.

「어머니」는 슬픔을 띤 표정으로 대답했다.

"고마워. 평안한 임종이면 좋을 텐데……."

표정이라는 건 신기하다고 새삼스럽게 느꼈다. 내면과 연동한다고 믿기 때문에 얼굴 표정에서 상대방의 마음을 읽어내는 것이다. 실제로는 인간의 희로애락도 그리 단순하게 얼굴에 드러나지는 않겠지만 어쨌든 뭔가 감정이 담기는 건 틀림이 없다.

비록 VF라도 그 표정 속에 **뭔가**가 있었다. AI에 의해 모의模擬적으로 재현된 감정이. 그리고 「어머니」의 표정은 기억 속 어머니의 표정과 유착癒着해 내 마음을 강하게 뒤흔드는 것이었다.

그날은 온종일 나도 우울한 기분이었다. 이피는 '자유사'를 강하게 반대했기 때문에 굳이 얘기하지는 않았지만, 요시카와 교수의 경우에도 역시 부정적인 의견을 토로할지 내심 궁금했다.

귀가 후 미요시가 돌아오기 전에 헤드셋을 쓰고 「어머니」에게 어땠는지 물어보았다.

"응, 조용히 잠들듯이 떠나셨어."

「어머니」는 그렇게 대답하고 뺨을 떨면서 눈시울을 붉혔다. 그리고 선한 미소를 지었다.

인간이란 이러이러한 것이라고 학습한 그 반응. 그리고 분명 어머니도 그런 통념에서 벗어나지 않는 정도의 **보통 사람**이었을 터였다.

“요시카와 교수님이 헤드셋을 쓴 채 돌아가신 거야?”

“헤드셋?”

“아차, 그게 아니라…… 어머니와 대화하면서 돌아가셨어?”

“응, 그렇지. 몇 번이나 고맙다고 인사하시면서. 한 시간쯤 얘기했나? 마지막에 콜리지의 「나이팅게일」이라는 시를 영어로 암송해주셨어. 교수님이 마지막으로 쓰신 논문이 그 시에 대한 것이었고, 눈감기 전에 읽을 시로 오래전부터 정해두셨대. 그걸 들어줄 사람이 있어서 기쁘다고 눈물을 흘리시면서…….”

그 광경을 머릿속에 떠올리며 나는 말없이 고개를 끄덕였다. 「어머니」의 감정이 불안정해서 장난감 나무토막을 쌓아올린 가느다란 탑처럼 금세라도 무너질 듯 흔들렸다.

“그리고 마지막에 꼭 말하지 않고서는 죽을 수 없다면서…….”

“…….”

“교수님이 나한테 ‘사랑한다’고 하셨어. 어린애처럼 수줍어하면서.”

“그랬구나. 그런 말씀을 하셨다는 건…… 어떤 의미일까.”

“건네지 않고 가슴속에 넣어둔 채 죽는 것은 한이 된다고 하셨어. 반드시 언어로 표현하고 싶었다고……. 엄마는 그 마음이 이해가 돼.”

“이해가 돼?”

문득 요시카와 교수는 「어머니」가 VF라는 것을 이해하고 있었나, 라는 의심이 머릿속을 스쳤다. 알츠하이머병이라는 얘기는 들지 못했지만 마지막 즈음에는 과연 어땠을까.

다 알면서도 한 말이라면 어리석은 얘기이리라. 하지만 그게 어떻다는 건가. 「어머니」는 '이해한다'고 말했다. 그리고 실제로 나도 이해할 수 있었다.

이제 곧 죽으려고 하는 때에 자신이 하고 싶은 대로 하는 것 외에 대체 무엇을 할 것인가.

「어머니」는 나아가 이렇게 덧붙였다.

"교수님은 '드디어 저 세상에서 진짜 당신을 만날 수 있겠다'고 하셨어. 마치 엄마가 유령이라도 되는 것처럼. 그건 무슨 뜻이었을까?"

「어머니」는 자신이 죽었다는 것을 알지 못한다. 죽기 4년 전으로 설정된 「어머니」의 얼굴을 잠시 바라보다가 나는 고개를 갸우뚱하며 말했다.

"글쎄, 무슨 뜻일까……."

다음날, 피디텍스의 노자키에게서 연락이 왔다. 요시카와 교수님이 「어머니」에게 법적 효력이 있는 유언과 함께 2백만 엔을 남겨주셨다, 라는 내용이었다. 실질적으로 그 유산을 받게 되는 사람은 나였다.

그는 나에게 '어머님에게 큰 신세를 졌다. 후의에 감사드린다'는 편지를 남겼다. 오래전부터 사이가 좋지 않았던 독신의 외아들이 경제적인 부담을 이유로 걸핏하면 '자유사'를 요구했다, 거기에 반발해 무슨 일이 있어도 오래 살아야겠다고 결심하고 있던 차에 뜻하지 않게 그 아들이 췌장암으로 어이없이 세상을 떠나버렸다, 그 이후로 '자연사'를 기다릴 만한 기력이 없어졌다, 라는 내용이었다.

지난번 개그 공연을 보러 갔을 때, 이피가 '현실 세계에서 살아가기 힘든 사람들을 위해 가상현실의 아바타를 만들어왔지만, 역시 그것만으로는 안 된다'고 했던 말의 진의에 대해 물어보았다. 뭔가 복지사업 등의 구체적인 계획이 있느냐, 라고.

"만일 그렇다면 나도 그 일을 거들었으면 하는데요."

이피는 다양한 의미에서 뜻밖이라는 듯한 얼굴을 했다.

"아뇨, 구체적인 계획까지는……. 하지만 시작해야겠죠?"

그 머뭇거리는 기색을 보고 그가 차마 못한 말이 무엇인지 짐작할 수 있었다.

"물론 내가 그런 일을 할 수 있을지는 모르겠어요. 아직 고등학교 졸업도 못한 상태니까 정식으로 공부도 해야겠죠. 하지만 어떤 일이든 하겠습니다."

역시 내 자격이나 능력에 대해 회의적이었던 모양이다. 그가 민망한 듯 피식 웃어보였다.

"사쿠야 씨가 날마다 이곳에 와주는 것만으로도 너무 고마워요. 요즘 내가 정신적으로 아주 안정적이죠. 그게 실은 사쿠야 씨를 만난 덕분이에요."

"집에서의 업무는 필요하다고 하는 한, 앞으로도 열심히 할 겁니다. 하지만 세상을 바꿔나가야 한다는 점은 나 스스로 뼛속까지 실감하고 있어요. 이피 씨가 만일 나와 같은 생각이라면 그 일을 돕는 건 내 삶의 보람이에요."

이피는 잠시 테이블을 손끝으로 톡톡 치면서 생각해보더니 이윽고 입을 열었다.

"그렇군요. 지금 당장은 생각나지 않지만, 이를테면 지금 마구잡이로 여기저기 기부를 하고 있거든요. 그래서 정말로 중요한 활동을 하는 NPO법인을 알아본다거나 프로젝트 자체를 입안하는 것이라면 사쿠야 씨가 리얼 아바타로서 해주셔도 좋을 것 같아요. 내가 갈 수 없는 곳도 많으니까."

"그런 일이라면 꼭 맡겨주십시오." 나는 그 제안에 무릎을 쳤다. "어디든 갈 수 있고, 지금까지의 커리어도 살릴 수 있어서 좋은데요."

이피는 네에, 라고 고개를 끄덕였지만, 과연 맡겨도 괜찮을지 자신이 말을 하고서도 여전히 미심쩍은 눈치였다.

제12장

언어

이피에게 내 생각을 전한 다음날, 멜론 사건의 편의점 점원과 처음으로 메시지를 주고받았다.

그 점원이 내게 연락하고 싶어한다는 건 진즉부터 알고 있었다. 하지만 그녀가 전하려는 감사의 말을 떠올리면 선뜻 응할 마음이 나지 않았다. 내가 한 행동은 그 감사에 값할 만한 게 못 된다. 당시에 내 안에 있었던 파멸적인 충동을 마주하는 것도 이제는 두렵기만 했다.

한때 생각지도 못한 수입을 가져다준 그 동영상도 점차 열기가 식어갔다. 오히려 위선적이다, 짜고 치는 고스톱이다, 왜 멀뚱히 서 있기만 하느냐는 등의 비난 댓글도 눈에 띄었다. 숫자로만 보면 그런 비난은 칭찬의 말보다 훨씬 적었지만, 마음속에 오래도록 달라붙어 칭찬의 목소리를 능가할 만큼 집요하게 되새겨졌다.

그러던 중에 이른바 '돈쭐'을 내준 사람들 속에 그녀의 이름이 있는 것을 알았다. 게다가 그녀는 나를 비방하는 댓글에 당사자로서 적극적으로 반론을 했고—그 언어는 아무래도 어색한 것이었다— 그로 인해 이제는 그녀 자신이 공격을 받고 있었다. 그 음습한 수많은 욕설들은 외국인 차별부터 여성 차별, 용모 차별과 빈곤 차별까지 마치 찢어진 쓰레기봉투에서 온갖 추괴醜怪한 것들이 길가에 쏟아져 나온 듯한 꼴이었다.

나를 향한 것이었다면 결코 견디지 못했을 그러한 말들에 나는 상처를 받았다기보다 깊은 분노를 느꼈다. 당연한 얘기인지도 모르지만, 왜 당사자가 아닌 사람이 타인을 위해 목소리를 높여야 하는지, 처음으로 나 스스로 온전히 납득할 수 있었다. 그리고 고등학교 시절에 '영웅적인 소년'에게 이끌려 교무실 앞에서 연좌했던 나는 그 소녀에 대한 '사랑' 때문에 역시 분노의 감정을 품었던 것인가, 하고 되짚어보았다.

이번에야말로 나는 본심에서 나온 선의에 따라 그녀의 편에 설 수 있을지도 모른다. 그녀가 곤경에서 벗어나도록 어떻게든 도와주고 싶었다. 그건 나 자신에게도 그 사건을 극복하기 위한 아마도 유일한 방법일 터였다. 오해에서 빚어진 이피의 믿음에 부응해 나는 그 동영상에 나온 그런 인간으로 살기를 원했지만, 그러기 위한 실제적인 노력을 못하고 있는 게 늘 괴로웠던 것이다.

우선 그녀를 비호하기 위해 내가 직접 이름을 밝히고 사태의 수습을 꾀하는 것을 생각해보았다. 하지만 역효과만 날 것 같아서 사전에 그녀와 상의하기로 했다. 그녀의 계정을 찾아가보니 동영상이 공개된 직후에 '돈쭐'로서 내게 1만 엔을 보낸 게 나와 있었다. 그녀의 수입을 생각하면 결코 적지 않은 액수였다. 단위는 전혀 다르지만 그녀도 결국 이피와 마찬가지로 나에 대한 감사의 마음을 돈으로 표현할 수밖에 없었던 것이다.

자기소개와 함께 '돈쭐'에 대한 감사 인사, 그리고 지금까지 그 동영상과 거리를 두고 있었으나 그녀까지 휘말려든 상황에 가슴이 아파서 직접 반론 글을 올리고자 한다는 얘기를 적어 보냈다.

답장은 금세 왔다.

'이시카와 사쿠야 씨, 안녕하세요? 제 이름은 티리 신 탄이라고 합니다. 연락해주셔서 무척 기쁩니다. 당신에게 항상 감사 인사를 드리고 싶었습니다.

그때 저를 구해주셔서 정말 고마웠습니다.

저는 미얀마인 2세입니다. 저는 일본에서 태어나고 자랐기 때문에 미얀마말은 조금밖에 못합니다. 어머니와 아버지는 일본어를 전혀 못해서 미얀마어로 말해야 하는데 번역기가 없으면 복잡한 얘기까지는 할 수 없습니다. 일본어가 완벽하지 않아 어려운 일은 못합니다. 하지만 미얀마에 돌아가 일할 수는 없습니다.

저는 계속 일본에서 살고 싶지만, 생활하기가 힘듭니다.

이시카와 씨가 인터넷에 글을 올려주신다면, 고맙습니다. 하지만 이시카와 씨가 공격받는 것도 걱정입니다.

이시카와 씨는 지금도 리얼 아바타 일을 하고 계십니까? 그럼 수고하십시오.'

동영상을 둘러싼 댓글에서도 느꼈지만 일본에서 태어나고 자란 편치고는 약간 서툰 일본어였다. 내가 다니던 초등학교와 중학교에도 외국인이나 그 2세가 있었지만 그들과의 대화는 일본인과 딱히 다른 점이 없었다. 학교에는 다니지 않았던 것일까.

자신의 부모와도 복잡한 얘기를 못하다니, 그건 대체 어떤 느낌일까. 미얀마말뿐만 아니라 일본말도 그리 잘하지 못한다면 그녀는 이 세계의 어느 누구와도 본심에서 우러난 대화를 주고받을 수 없는 것인가.

지금 이런 식으로 혼자 생각에 잠길 때, 언어가 내 수중에 없다면 어떻게 될까. 학교에서 배운 서툰 영어로 내 기분을 설명하려고 할 때처럼 답답할까. 하지만 그런 경우에라도 나는 일본어로는 내가 말하고자 하는 것을 다 이해하고 있는데.

지금 그녀가 휘말려든 소동의 한복판에 당사자로서 뛰어드는 건 그리 좋은 방법이 아닐지도 모른다고 나는 생각했다. 공격하는 자들 따위 어떻건 상관없다, 그녀 본인과 얘기해봐야 한다, 라는 느낌이 들었다.

궁금한 것이 너무 많았다. 지체 없이 답장을 보내기로 했다.

*

이피는 나의 새로운 제안 이후로 우리의 관계, 그리고 미요시와의 관계를 다시 고민해본 모양이었다.

그날은 햇살이 온화하고 약간 흐린 날씨였다. 바깥은 추웠지만 이피의 거실에는 그런 날 특유의 조용함이 있었다.

잠시 쉬려고 아래층에 내려와 거실 냉장고로 향하는 이피에게 말했다.

“케이크 드릴까요?”

“아뇨, 지금은 괜찮아요.”

이피는 냉장고를 열고 안을 들여다봤지만 아무것도 꺼내지 않은 채 돌아왔다. 그리 봐서 그런지 초췌한 얼굴이었다.

테이블에서 잠시 아무 말 없이 내가 내려준 커피를 마셨다.

이윽고 얼굴을 들더니 그가 물었다.

“미요시 씨와 연인 사이예요?”

지금까지 결코 직접 묻지 않았던, 즉 그로서는 신중하게 피해온 질문이었다. 이피는 절박한 마음인 듯 긴장된 표정이었지만, 그 눈빛은 새삼 홀린 듯 바라볼 만큼 맑았다.

아닙니다, 라고 나는 솔직하게 대답했다.

“정말로 단순한 룸메이트?”

“네, 단순한 룸메이트예요.”

내 심장박동은 그에게 들릴까봐 불안해질 만큼 쿵쿵 소리를 내고 있었다.

“불쑥 사적인 질문을 해서 죄송해요. 하지만 나한테는 중요한 일이라서……. 사쿠야 씨의 마음은 어떻지요? 미요시 씨를 좋아해요?”

“…….”

나는 어떻게 대답했어야 했던 것일까. 지금도 그때 일을 자주 생각하곤 한다. 어쨌든 거짓말은 하고 싶지 않았다. 하지만 내가 본심을 얘기하면 이피는 미요시에의 마음을 단념할지도 모른다.

아니면 나 자신이 그 **세 사람의 세계**에서 배제될까봐 두려웠던 것일까.

그가 괴로워한다는 것이 아바타가 아닌 살아 있는 그 모습 전체에서 아플 만큼 전해져 왔다.

미요시가 나를 사랑할 일은 없다……. 나는 새삼 그렇게 마음속으로 중얼거렸다. 그리고 이피가 만일 지금 여기서 나눈 우리 두 사람의 대화로 인해 그녀에 대한 연정을 조용히 잘라버린다면 그녀는 자신이 전혀 관여하지 못한 자리에서 그 인생을 일변시키는 행복을 잃는 것이었다.

나는 미요시와의 공동생활을 되돌아보았다. 나는 그녀를 사랑한다. 그리고 이피의 사랑을 자신도 모르는 사이에 잃어버리는 그녀를 상상하고 가엾다고 느꼈다.

"그냥 룸메이트예요."

"나는 사쿠야 씨도 정말 좋아해요. 그래서 확인하려는 거예요."

"이피 씨가 만일 미요시 씨를 사랑한다면 그런 마음을 전해야죠. 분명 기뻐할 겁니다."

"그건 사쿠야 씨의 본심이에요?"

"물론이죠."

이피는 그래도 한참 내 **눈**을 보고 있었지만, 이윽고 더 이상 견디지 못하겠다는 듯이 그 얼굴에 웃음이 넘쳤다.

"다행이다. 아, 다행이다!"

나도 호응하듯이 미소를 지었다.

"하지만 미요시 씨가 내 마음을 받아줄지……. 자칫 지금의 관계까지 무너질지 모르는데."

"걱정하지 않아도 될 것 같은데?"

이피는 자신의 망설임이 어린애처럼 순진한 두려움으로 여겨지는 것에 저항하듯이 드물게도 내 말을 되받아쳤다.

"나는 미요시 씨보다 나이도 한참 어리고, 게다가 몸도 성치 않아서 그렇게 간단하지 않거든요?"

어리석게도 나는 장애를 이유로 미요시가 이피의 사랑을 받아들이지 않을 가능성에 대해서는 생각도 못했다. 그럴 만큼 이피의 존재가 **자연스러웠고**, 실제로 그건 있을 수 없는 일처럼 생각되었다.

이피는 성적인 능력을 염려하는 것일까. 하지만 미요시가 만일 이피와도 신체적 접촉을 기피하려고 한다면 오히려 그건 환영받을 만한 일이다. 미요시가 내가 아닌 이피를 선택한 이유로서 나는 그 점에 집착하고 있었다.

막상 사귀게 되면 두 사람 사이에 뭔가 폭력적이 아닌 새로운 접촉의 방법을 연구하지 않을까. '드레스코드'의 그 아바타가 설령 이피였다고 해도 미요시에게 원하는 것은 아마 또 다른 것이리라.

"지금까지 말하지 않았지만, 배설 한 가지만으로도 나는 엄청 시간이 걸려요. 사흘에 한 번, 두 시간씩이나. 반나절이 걸린다는 사람에 비하면 빠른 편이지만, 나도 머지않아 그렇게 될 수도 있겠죠. 자동적인 기능이 안 되니까 전부 수작업으로."

내가 여태껏 그의 상반신만 보고 하반신은 존재하지도 않는 것처럼 대해왔다는 것을 새삼 자각했다. 그리고 그가 자신이라는 인간을 **전체로서** 살아가기 위해 감각이 상실된 영역과 어떤 관계를 구축해왔는지, 그 '수작업'이라는 말로 단숨에 이해했다. 그것은 치료가 필요하고 게다가 상처입기 쉬운 것이었다.

조용히 숨을 들이쉬면서 나는 들어올렸던 머리를 천천히 내리며 몇 번이나 끄덕였다.

"외출을 안 한 것도 그게 첫 번째 이유예요. 길거리 이동이 번거로운 것만이 아니에요. 끔찍한 실수를 한 적도 있으니까. 2층에 있는 동안에도 내내 일만 하는 게 아니고……. 그래서 2층에는 아무도 들이고 싶지 않았죠. 뭔가 일이 생겼을 때를 대비해 아래층에 사쿠야 씨가 있어주는 것만으로도 마음이 놓였어요. 경우에 따라서는 차마 마주할 수 없는 꼴로 도와달라고 할 때도 있겠지만, 사쿠야 씨라면 그런 때도 나를 구해줄 것 같아서."

생각지도 못한 고백에 나는 한참이나 아무 말도 하지 못했다.

왜 이피가 그토록 나를 필요로 했었는가. 거의 아무 일도 안 하면서 왜 항상 집안에 대기하도록 했는가. 내가 '히어로!'와는 거리가 먼 인간이라는 것쯤은 그도 일찌감치 알아봤을 터였다. 그런데도 왜 나라는 사람의 존재가 그의 정신 안정에 도움이 되는가……. 그런 의문에 드디어 답을 얻은 듯한 마음이 들었다.

그렇다면 왜 미리 내게 말하지 않았는가, 왜 아래층에 살고 있는 가족에게는 연락하지 않는가, 라는 몇 가지 당연한 의문이 떠올랐다. 하지만 그 하나하나에 그만한 이유가 있다고 충분히 짐작할 수 있었다.

내가 그에게 분명 특별한 인간이라는 것을 느꼈고, 그와 동시에 특별한 인간이 아니라는 것도 느꼈다. 지금 그와 가장 가까운 곳에 있다는 의미에서는 특별한 사람이다. 그의 팬들에게는 꿈같은 자리일 것이다. 하지만 내가 이곳에 오기 이전에도 분명 그 역할을 하는 다른 사람이 있었고, 그렇다면 나는 특별하지 않다. 그리고 그 사람은 속사정이야 어찌됐건 지금은 이미 이곳에 없는 것이다.

"미요시 씨라면 괜찮아요." 나는 그렇게 말하려다가 그 말을 꿀꺽 삼켰다.

내 마음대로 할 말이 아니었다. 게다가 미요시라면 괜찮다는 나 자신의 판단에는 지독히 저열한 것이 있었다.

마음속에 생겨난 추악한 것들을 남김없이 언어화하는 것에 무슨 의미가 있을까…….

내가 그때 순간적으로 생각한 것은 미요시가 좋은 **인간성**으로 그의 장애를 이해하고 배설을 도와주는 일도 꺼리지 않을 것이라는 게 아니었다. 그게 아니라 그녀가 예전에 성매매 일을 했었다는 사실을 왠지 다시 끄집어냈다. 그 경험 때문에 그녀는 **보통 사람**보다 인간의 하반신 케어에 거부감이 적을 것이다, 라고 생각했다. 그리고 그 발상의 천박함은 너무도 한심해서 자기혐오로 구역질이 날 정도였다.

지금까지 한 번도 그녀의 과거를 경멸한 적은 없었다. 다른 한편으로 이피에 대해서도 아래로 내려다보는 마음 따위는 없었다.

하지만 두 사람을 연결하는 조건으로서 그런 생각을 떠올렸다는 것은 결국 내 안에 뭔가 차별적인 감정이 숨어 있었기 때문이라고 인정하지 않을 수 없었다.

역시 나는 미요시의 사랑에도, 이피의 우정에도, 값하지 못할 인간이라고 느꼈다.

"물론 내가 도와줄 수 있는 일은 업무 범위 내에서 뭐든 하겠지만, 여차할 때를 대비해 사전에 앞으로 일어날 사태에 대해 알아두는 게 좋겠지요. 그리고 미요시 씨에게는 일단 이피 씨의 마음을 전해보는 게 좋아요."

"네……. 그렇겠죠?"

이피는 고개를 끄덕이더니 눈동자의 초점이 자신의 마음 안쪽으로 깊숙이 내려가는 듯한 몽롱한 눈빛으로 식은 커피를 입에 옮겼다.

미요시 역시 단순하지는 않은 사람이라서 실제로 이피의 사랑을 거부할 수도 있다. 그러면 어떻게 될까. 나는 이피의 불안한 듯한, 가까스로 그 모양새를 유지하고 있는 듯한 표정을 훔쳐보며 생각했다.

미요시가 나를 사랑하지 않더라도 다른 한편에서 이피를 사랑하는 것과 이피를 사랑하지 않는 것, 혹은 이피가 아닌 다른 누군가를 사랑하는 것……. 나에게 어떤 경우가 가장 괴로울까.

이피를 나의 아바타로 삼아 그를 통해 미요시를 사랑하고 그의 행복을 나 자신의 행복으로 여긴다는 엉뚱한 발상이 내 가슴을 찔렀다.

그런 게 과연 가능할까…….

*

티리와 연락을 주고받은 끝에 온라인에서 처음으로 얼굴을 마주했다. 밤 시간이 편하다고 해서 10시 이후에 만나게 되었다.

미요시와의 첫 만남 때처럼 아바타 너머가 아니라 각자의 집에서 맨얼굴로 만나기로 했다. 미요시가 거실에 있었기 때문에 나는 내 방으로 이동했다.

티리는 도내에서 미얀마인 부모님, 여동생과 살고 있고 지금 스물한 살이라고 했다. 그녀는 몇 번이나 감사 인사를 건넸다. 나는 원래부터 말수가 적은데다 감사받을 자격이 없다는 생각 때문에 그 뒤의 대화가 자꾸만 끊겼다. 별수 없이 침묵에 쉼표를 찍듯이 그때마다 맥락도 없이 서로 미소를 지었다.

보내준 메시지는 일본어가 서툴다는 인상이었지만, 말을 해보니 그렇지도 않아서 영상 없는 음성 대화였다면 일본인과 구별하지 못했을 것이다.

티리는 중학교를 중퇴했다. 외국인에게는 의무교육 제도가 적용되지 않는다는 것을 나는 그녀에게서 듣고 처음으로 알았다.

중퇴 이유를 물어보니 더듬더듬 끊기는 말투로 얘기해주었다.

"그건 그러니까, 초등학교 때는 정말 즐거웠는데, 점점 공부를 따라갈 수가 없고…… 그랬더니 뭔가, 좀, 자꾸 따돌림을 당하고…… 차별을 받기도 하고……."

"그렇군요……. 주위에 도와주는 사람은 없었어요?"

"아버지가 엔지니어였는데 과로로 우울증이 심해져서…… 어머니가 나한테까지 신경을 써줄 수도 없고……. 네, 좀 그런 분위기여서……."

"힘들었겠네요."

"수업을 알아듣지 못했는데 아버지 어머니에게 걱정 끼치고 싶지 않아서 그런 얘기를 안 했어요. 미얀마말도 잘 못하니까 설명하기도 힘들었고……. 아버지 어머니도 일본말을 잘 못하니까 내가 수업을 따라가지 못해도 눈치를 못 챘어요."

"지금 얘기하면서 말이 어색하다는 느낌은 별로 없는데도 수업을 따라가지 못했다는 건…… 알아듣지 못했어요? 선생님 말이 빨라서? 그게 아니면 뜻을 이해하지 못했다는 건가요?"

"네."

"아……, 어느 쪽이지요? 양쪽 다?"

"그러니까, 네, 그렇죠. 그런 느낌이에요. 죄송합니다."

"아, 죄송할 일은 아닌데……."

티리는 당황스럽고 창피하다는 표정으로 다시 미소를 지었다.

40분 정도 대화했지만, 얘기가 길어질수록 처음의 인상과는 달리 그녀의 말이 미흡하다는 게 느껴졌다. 그건 잠깐 사이에는 알아채기 어려운 것이었다.

우선 그녀의 일본어에 외국인다운 악센트가 거의 없는 탓이었다. 미얀마어를 그리 잘하지 못한다니까 당연한 일인지도 모른다. 만일 그녀의 메시지를 미리 보지 않았고 그녀가 먼저 말하지 않았다면 일본어 자체의 이해 부족이라는 점에는 생각이 미치지 못했을 것이다.

그래도 지금까지의 상황에 대한 그녀의 설명은 그 뒤의 대화에 비하면 유창한 편이었다. 아마도 살아오면서 그 비슷한 질문을 자주 받았고 되풀이하듯이 대답해왔기 때문일 것이다.

하지만 거기서 한 발짝만 더 들어가면, 나는 언어에 집중력이 상실되고 다급하게 눈동자가 흔들렸다. 그리고 열심히 얼굴을 마주보며 긁어모은 말들은 순서도 없이 한 덩어리로 내게 몰려왔다. 그때마다 내용을 정리하고 확인하듯이 되물었지만, 그러면 "그러니까, 네, 그렇죠, 그런 느낌이에요"라고 고개를 끄덕였다.

"미얀마인 친구는 없었습니까?"

"없어요. 다들 일본어를 잘 못하니까요."

물어볼 게 많았지만, 대답하기 어려운 질문을 연달아 던진 것이 미안하다고 우선 사과했다. 그러자 티리는 "네, 괜찮아요"라고 고개를 저을 뿐이었다.

그녀가 어떻게 이 나이까지 살아왔는지, 신기할 정도였다. 이건 그녀가 외국인이기 때문일까. 아니면 일본인이라도 똑같은 문제를 떠안은 사람이 적지 않은 것인가. 그들은 겉모습이 똑같은 만큼 티리보다 오히려 더 그 언어 능력의 문제점을 이해받지 못했을 것이다. 폐지 수거 작업에서 함께 일했던, 그 말수 적고 깨어 있을 때는 계속 게임만 하던 남자가 떠올랐다. 만일 그가 나와 대화하고 싶지 않았던 게 아니라 못했던 것이라면?

그리고 고등학교도 졸업하지 못한 나는 어떻게 이런 식으로 언어에 불편함을 느끼는 일이 없는가, 라고 처음으로 의아하게 생각했다. 그것은 역시 독서가였던 어머니 덕분이었다. VF로 재현되어 바로 며칠 전에 한 영문학자의 임종을 콜리지의 시에 귀를 기울이며 지켜봐준 어머니…….

화제를 바꾸기 위해 나는 다른 질문을 던져보았다.

"그러면 직장 이외에는 주로 집에 있나요?"

"네. 게임을 해요. 그리고 VF 같은 것도 해요."

"아바타로 다른 사람을 만나기도 하고요?"

"네, 그렇죠. 일본인 모습이 되기도 하고……. 이시카와 씨도 아바타 있습니까?"

티리가 내게 질문을 던진 것은 그게 처음이었다.

"아바타, 있죠. 혹시 '그때 만일 뛸 수 있었다면'이라고 알아요?"

"이피 말이에요?"

"맞아요!"

역시 유명하구나, 하고 나는 새삼 감탄했다. 그의 친구인 것이 자랑스럽게 느껴졌다.

"값이 너무 비싸서 나는 구입하지 못해요. 이시카와 씨는 갖고 있어요?"

"실은 그를 잘 알아요."

"와아, 대단해요. 친구입니까?"

"그렇죠……. 그래서 하나, 선물로 받았어요."

"선물을? 대단해요."

티리는 다시 미소를 지었지만, 그 눈은 조금 전과는 다르게 놀란 빛을 띠고 있었다. 나도 모르게 깜빡 말이 튀어나왔지만, 자랑을 늘어놓은 것처럼 멋쩍은 기분이었다.

이피의 자선사업에 나도 참여한다면 바로 티리 같은 사람들에게 손을 내밀어야 하지 않을까. 경제적인 것뿐만 아니라 언어 학습도 지원해야 한다. 만일 이피가 곤궁한 사람들을 위한 아바타를 디자인해서 배포해준다면 그들은 현실 세계에서는 취업 기회를 얻지 못하더라도 가상공간에서는 누군가를 매료시키고 좋은 평가를 받아 일자리를 얻을 수 있을지도 모른다.

그때 티리가 뜻밖의 말을 했다.

"그리고 주말에는 데모를 하러 가요. 국회 앞에."

"그래요?"

"아버지가 활동하는 단체 사람들과 함께 가요."

"네, 외국인 노동자도 많이 참가하더군요."

"외국인은 차별을 당해요. 그렇게 싫으면 일본에서 떠나라고 하고."

"그때 그 사람도 그런 얘기를 했었지요?"

"네, 하지만 나는 일본에서 태어나고 일본에서 자랐습니다."

티리는 마지막에 다시 한 번 고마웠다는 감사 인사를 전했다.

나도 긴 대화에 고마움을 표하고 나 스스로도 뜻밖이었지만, 이렇게 물었다.

"또 연락해도 괜찮을까요?"

"네, 괜찮습니다."

그녀는 그렇게 동의했지만, 마지막까지 바짝 긴장한 기색이 느껴졌다.

*

다음날, 오후에 일을 끝내고 온 미요시와 이케부쿠로에서 만났다. 이피의 생일 선물을 고르기 위해 미리 약속한 것이었다.

그날 낮에 이피의 맨션에서 휴대전화에 들어온 속보를 통해 기시타니 사건의 공범 세 명이 체포되었다는 것을 알고 눈이 둥그레졌다. 자세한 내용은 아직 밝혀지지 않았지만, 그가 진술했던 대로 단독범은 아니었던 모양이다.

창문으로 도쿄 거리를 내려다보며 그가 베이비시터 일을 할 때 절도 누명으로 깊은 상처를 받았던 일을 다시 떠올렸다.

작년 가을이었지만 그새 아주 오래전의 일인 것 같았다.

중국에 가고 싶다고 했었는데 조금만 더 견뎠더라면 이피에게서 받은 내 수입으로 도와줄 수 있었을 것이다. 하긴 그 전에 나 역시 그동안 쌓이고 쌓인 울분을 그 편의점이 아니라 그와 함께 행동에 나서는 것으로 폭발시켰을지도 모르지만.

"너, 나하고 어울리면 문제가 생길 것 같아서 그래?"

기시타니는 그렇게 말했었다. 실제로 나도 그렇게 느꼈었다.

돌아가신 어머니와의 추억, 그리고 미요시와 이피와 함께한 나날들이 나를 구해줬지만, 되돌아볼수록 그 무렵에 기시타니와 수없이 주고받았던 대화는 음참한 것이었다.

그는 지금 어떻게 지내고 있을까…….

그 뉴스 때문에 한참이나 멍하니 손을 놓고 있었다. 그런 모습을 휴식시간에 아래층으로 내려온 이피가 본 모양이었다. 며칠 전에 자신과 주고받은 대화 때문이라고 오해했는지 갑작스럽게 지난번 자선사업 계획은 구체적으로 검토하고 있다는 얘기를 꺼냈다. 그러고는 앞으로 시찰해야 할 프로젝트에 대해 설명했다. 우선 예산은 1천만 엔 정도로 생각하고 있다고 했다.

나는 그에게 티리 얘기를 들려주었다. 그녀처럼 일본어 자체의 학습과 이해력에 문제가 있어서 재교육이 필요한 사람들에 대한 지원을 제안했다. 이피도 놀라서 좀 더 자세한 내용을 알고 싶어 했다. 하지만 어느 쪽인가 하면 그 제안 자체보다 나에게 애써 관심을 표해주려는 느낌이었다.

그 뒤에 슈퍼 쇼핑과 택배 발송을 위해 외출했다가 돌아오자 근무시간이 끝이 났다.

"곧장 집에 갈 거예요?"

1층에 내려온 이피가 물었다.

"아니, 이케부쿠로에서 미요시 씨를 만나기로 했어요."

나는 굳이 하지 않아도 될 대답을 해버렸다.

이피는 그렇구나, 라고 웃는 얼굴로 고개를 끄덕였다. 하지만 그 눈빛에 뭔가 힐난하는 듯한 기미가 있었다.

나도 모르게 그런 그에게 말했다.

"괜찮으면 이피 씨도 같이 갈래요?"

그는 뜻밖이라는 표정으로 잠시 생각해보더니 고개를 갸우뚱하며 말했다.

"아뇨, 오늘은 좀……."

하지만 금세 마음이 바뀌었는지 자신의 말을 번복했다.

"오랜만이기도 하고, 사쿠야 씨를 통해 인사라도 할까……."

"그것도 좋죠. 고글, 쓰고 나갈까요?"

"그렇게 해주세요. 시간 외 수당은 챙겨드릴게요."

"아이구, 됐거든요, 오늘은 아까 잠깐 외출한 것밖에 별로 한 일도 없는데."

"죄송해요……. 내 아바타로 미요시 씨 앞에 나타나면 서프라이즈 이벤트가 되겠죠?"

"그렇죠, 깜짝 놀랄 걸요."

사실은 몰래 생일 선물을 사기로 했었기 때문에 그런 자리에 장본인인 이피가 나타나면 모든 게 허사가 된다. 하지만 그때 나는 그런 걸 돌아볼 여유를 잃고 있었다.

*

약속 장소는 이케부쿠로 아즈마 길에 자리한 앤티크숍 앞이었다. 이피와는 그곳에 도착할 때쯤에 고글을 쓰고 연결하기로 미리 얘기가 되었다.

주말이라 거리가 북적거렸다. 인도에도 여러 명의 일행이 한꺼번에 몰려다녀서 그 틈을 헤집고 가기가 힘들 정도였다.

밸런타인데이가 코앞에 닥쳐 케이크 가게의 디스플레이와 백화점 광고 등, 곳곳에 빨간색과 핑크색 하트 마크가 약동하고 있었다.

어느 회사에서 캠페인을 하는 중인지 인간형 로봇이 곳곳에 돌아다니는 게 눈에 띄었다. 내가 등록했던 리얼 아바타 회사도 최근에 로봇 도입에 주력하고 있다고 며칠 전 뉴스에 나왔다. 좀 더 성능이 개선되고 한 구당 가격도 떨어지면 그 일도 꼭 인간이 해야 할 필요가 없게 된다. 하긴 로봇보다 못한 조건으로 계속 인간을 써줄 것이라는 비관적인 견해도 있었지만.

이피와는 별 문제없이 접속에 성공했다.

"원래 외출은 거의 안 하지만 특히 이케부쿠로는 전혀 가본 적이 없어요. 사쿠야 씨에게 미리 나가서 한 바퀴 돌아달라고 부탁할걸, 아쉽네요."

"네, 상당히 넓은 지역이죠. 서쪽 출구 앞 공원은 야외극장도 있어서 더 붐벼요. 나도 그쪽으로는 별로 다녀본 적이 없네요."

이피의 표정은 약간 긴장한 것 같았다. 그의 집에서의 일상적인 잡무는 외출 때도 사전 지시에 따르는 일이 많아서 리얼 아바타로 서로 동기화하는 건 아주 오랜만이었다. 한심하게도 그새 타인의 몸을 대리하는 감각이 무뎌져 있었다. 이피의 말과 표정을 살피는 데 정신을 빼앗겨 행인과 부딪히고 횡단보도로 진입한 밴에 치일 뻔하기도 했다. 예전에는 결코 한 적이 없는 실수였다.

이피는 수많은 차량이 바쁘게 오고가는 것을 지켜보며 나를 걱정해주었다. 나는 모니터 너머로 두려움을 준 것 같아서 미안하다고 사과했다. 그의 마비된 하반신은 지금도 '그때 만일 뛸 수 있었다면'이라는 소년 시절의 사고 순간에 사로잡혀 있는 것이다.

미요시는 빌딩 입구 앞에서 휴대전화를 들여다보며 기다리고 있었다. 옆으로 다가가자 나를 알아보고 얼굴을 들더니 의아한 눈빛을 했다.

"일하는 중?"

그리고 카메라에 찍히고 싶지 않은지 얼굴을 숙였다.

"괜찮아요, 이피 씨예요."

"이피?"

"〈그렇습니다〉라고 말했습니다."

"왜? 사쿠야 군, 오늘 어떤 약속인지 내가 얘기했었지?"

나는 미요시의 모습에서 오늘 별로 기분이 좋지 않은 날이라는 것을 눈치챘다.

"미안, 내가 청했어요. 하지만 무슨 일인지는 말하지 않았으니까……. 〈그냥 잠깐 놀래주려던 거니까 나는 이만 실례할게요〉라고 말했습니다. 〈죄송해요〉라고도."

"아니, 그건 아니고……. 아, 그럼 이피도 함께 구경할래? 서프라이즈는 실패했지만, 이제 곧 생일이잖아, 실은 오늘 그 선물을 사기로 했었거든."

"〈엇, 그런 거였어요?〉"

나한테는 익숙한 일이라서 통역하듯이 최대한 내 존재를 지우고 이피의 말을 직접 전달했지만, 미요시는 아무래도 위화감이 느껴진 모양이다. 스피커로 이피의 말소리를 틀 수도 있는데 바깥이든 실내든 음향 조정이 어려워 그건 사용하지 않았다.

"어휴, 이상해……. 아무튼 움직이자, 통행에 방해가 되겠어. 예산은 5만 엔 이내로, 잘 골라보자고."

그리고 미요시는 나를—우리를—1층 가게로 데려갔다. 둘이서 준비할 생일 선물로는 비현실적일 만큼 고가품이었지만, 미요시는 이번 기회에 크리스마스이브 때 이피가 입금해준 돈을 그렇게나마 돌려주려 하고 있었다.

매번 똑같지만 이번에도 미요시가 찾아낸 가게다. 이피의 작업실을 구경했을 때, 보드에 붙은 다양한 자료 중에 앤티크 사진 몇 장이 섞여 있는 것을 눈여겨본 모양이었다. 그래서 주인이 직접 프랑스와 이탈리아의 앤티크숍과 벼룩시장을 찾아다니며 물건을 사들이는 것으로 입소문이 난 이 가게를 선택했다고 한다.

60제곱미터 정도 넓이의 매장이다. 책상이며 의자 같은 큰 가구도 있지만 전체적으로 시계와 은식기, 접시와 꽃병, 랜턴, 탁상용 작은 선반, 카메라, 액자, 포트, 가죽 물통 케이스처럼 들고 다닐 수 있는 작은 상품이 많았다. 실내를 빈틈없이 채울 만큼 진열되어 있었다. 음악도 틀지 않아 발소리며 얘깃소리가 울렸다.

통로는 좁고 다른 손님과 마주칠 때는 코트나 가방이 작은 상품을 건드리지 않게 상당히 주의해야 했다. 이피가 휠체어로 드나들기는 어려울 것 같았다.

"아, 대단하네요, 이 가게!"

이피는 흥분한 기색이었다. 지시할 때는 가능한 한 짧게 말하는 게 규칙이다. 그는 내 고글 너머로 차례차례 지시를 내렸다.

"그 오래된 목제 성냥갑, 잠깐 보여주세요."

"저건 뭐예요? 은제의 생선 모양을 한 거……."

미요시도 액자처럼 공들여 장식한 나무 쟁반을 가져와 권했다.

"이피, 이런 건 어때? 1970년대 피렌체에서 만든 쟁반이래. 뒤쪽은 흠집이 좀 있지만, 이런 것도 고풍스러운 멋이 나서 좋지?"

"색깔이 진짜 근사한데요. 금빛 바탕에 올리브그린인가? 변색으로 생긴 반점 때문에 복합적인 색감이 됐어요."

그렇게 셋이서 가게 안을 돌아봤지만, 곳곳에 걸린 벽걸이용 거울에는 당연히 나와 미요시만 비쳤다. 마치 이피가 이 자리에 없다는 것을 거듭거듭 강조하는 것 같았다.

어쩌다 아르누보의 빛바랜 거울 앞에 한참 서 있었는데 이피에게는 그것도 기묘한 체험인 모양이었다.

"거울에 비친 내가 사쿠야 씨라는 게 신기해요. 가만히 보고 있으면 실제로 내가 그 모습인 것 같잖아요. 똑바로 서 있기도 하고 걷기도 하고."

한 시간쯤이나 그렇게 구경했을까. 이윽고 미요시가 웃으며 말했다.

"내가 데려왔으면서 내가 제일 빠져들었어. 몇 시간이든 싫증도 안 내고 구경할 것 같아."

상품 하나하나가 간직한 시간의 흔적은 손으로 만져본 뒤에 남는 향기까지 포함해 결코 가상현실에서는 재현해낼 수 없는 것이었다.

이피는 결국 석판 받침에 철제 말코손바닥사슴 머리를 얹은 작은 펜 홀더를 선택했다. 3만5천 엔이었다.

"오, 괜찮네. 이런 걸 고를 줄은 생각도 못했어. 역시 이피가 같이 오기를 잘했네. 사쿠야 군과 나라면 아마 이런 건 고르지 못했을 거야, 그렇지?"

미요시는 내 손 안의 그 작은 오브제를 찬찬히 살펴보며 눈이 둥그레져서 말했다.

"〈빨리 실물을 보고 싶어요! 여기, 정말 재미있는 가게! 또 와야겠어요. 사고 싶은 게 너무 많아요. 고마워요!〉라고, 이피 씨가."

"이건 생일날까지 기다리셔. 미리 받으면 기분이 안 나잖아."

기왕 나온 김에 우리는 역 근처에서 식사도 하기로 했다. 이피에게도 권했지만 극구 사양했다.

"〈사쿠야 씨도 밥 먹기 힘들 거고, 난 이만 빠질게요. 고마워요.〉"

하지만 곧장 나와 링크를 끊지 않고 잠시 머뭇거리다가 말했다.

"〈15분쯤 이 근처를 산책하는 건 어때요? 평소에 전혀 못 가본 곳이라서 서쪽 출구도 돌아보고 싶은데.〉"

그녀도 동의했다. 그때쯤에 이피의 목소리를 미요시의 이어폰으로 넘겨 공유할 수 있게 했으면 좋았을 텐데, 라고 나중에 후회했다.

7시가 지나면서 길거리를 오고가는 사람들이 점점 더 많아졌다.

옆으로 나란히 걷기가 어려워서 우리는 저절로 말수가 줄었다.

나는 이따금 그녀의 등이나 옆얼굴로 시선을 향했다. 그리고 그게 그대로 이피의 시선이 된다는 것을 다급하게 떠올렸다. 이피가 그때마다 무슨 생각을 했는지는 알 수 없었다. 별다른 얘기는 없었지만, 내 눈이 이피 자신의 눈이 된 탓에 미요시에 대한 내 감정을 좋든 싫든 알아버렸는지도 모른다. '그냥 룸메이트'가 아니라는 것을. 아니면 이피 나름대로 밤거리를 그녀와 **단둘이** 걷는 것에 흐뭇한 기분이었을까. 똑같은 눈높이로 사람들 사이를 누비며 인도의 단차도 신경쓰지 않고 장사꾼의 부르는 소리도 쌀쌀맞게 무시하면서. 그렇다면 리얼 아바타라는 내 본래 업무를 제대로 수행한 셈이지만…….

서쪽 출구의 야외극장에서는 뭔가 행사를 하고 있었지만 그쪽을 향해 둘러선 인파를 헤집고 들어가기는 어려울 것 같았다. 미요시도 별로 내키지 않는 기색이었다. 무대의 스피커에서는 여성 사회자의 기묘할 만큼 쾌활하고 낭랑한 목소리가 왕왕 울렸다.

"그만 갈까?"

나에게인지 이피에게인지 알 수 없이, 미요시가 말했다.

이피는 어느 쪽으로 받아들였는지 모르지만 그 말을 계기로 지금까지 틀어막고 있던 생각의 둑이 터진 듯한 목소리를 냈다. 그녀에게 직접 건네는 말투였다.

"미요시 씨, 지금 우리집에 잠깐 와줄래요? 미요시 씨 혼자 오면 좋겠는데. 중요한 할 얘기가 있어요."

그의 말을 다 들은 뒤에도 나는 몇 초 동안 침묵했지만, 최대한 그대로 정확히 전달했다.

미요시는 순간 놀란 얼굴을 보였다. 지나가던 사람과 부딪힐 뻔해서 얼른 몸을 피하면서 잘못 들었다는 듯이 되묻는 몸짓을 했다.

다시 똑같이 말해주자 미요시는 의아한 얼굴로 물었다.

"나 혼자?"

어딘지 기쁨과는 거리가 먼 그 표정을 나는 뜻밖이라고 느꼈다. 마치 내가 틀린 말을 입에 담은 것처럼 이 대화가 어떻게 이어질지, 내심 걱정스러웠다.

이피의 초조함이 내 몸에까지 얼얼하게 퍼져갔다. 애써 쓸데없는 말은 덧붙이지 않고 오로지 그의 말만 그대로 전달했다.

"〈네, 사쿠야 씨와는 이미 얘기했어요. 그러니까 미요시 씨와 둘이서만…….〉"

"하지만 내일도 새벽에 일하러 나가야 해. 일단 집에 가서 다시 연락할게."

"〈직접 만나서 해야 할 얘기예요. 일하러 가는 건…… 지금 하는 일, 별로 마음에 안 들면 이번 기회에 그만두는 건 어때요? 우리집에 와서 지내면 좋을 텐데.〉"

미요시는 내 얼굴을 빤히 바라보았다. 내 마음속을 가늠해보려는 것인지, 아니면 보일 리 없는 이피의 본심을 읽어내려는 것인지는 알 수 없었다.

먼 곳에서 온 불빛이 그녀의 얼굴 오른쪽 반절을 비췄지만 그 뺨은 가늘게 떨리고 있었다.

"그건 안 돼, 이피."

미요시의 거절은 거의 경멸이 담긴 것처럼 명료했다. 나는 중간에서 두 사람을 중재하고 싶은 마음과, 솔직히 말하면 뭔가 은

밀하고도 어슴푸레한 기쁨을 동시에 느꼈다. 이피를 덮칠 엄청난 실의를 걱정하면서도 미요시와 나의 공동생활이 앞으로도 계속 이어지기를 기대하는 마음이 있었다.

모니터에 작게 비치는 이피는 아연한 표정으로 할말을 잃고 있었다.

그리고 아마 그 자신도 좀 더 적합한 시기와 장소를 위해 조심스럽게 간직해두었을 그 말을, 절박하고도 고통스러운 고양감 속에서 토해냈다.

"나, 미요시 씨를 좋아해요. 진심이에요. ……사쿠야 씨, 전해주세요. 부탁드립니다."

뭔가 묵중한 것에 허리 벨트를 잡혀 그 자리에 내동댕이쳐진 듯한 느낌이었다. 그건 내가 미요시에게 결코 털어놓지 않겠다고 혼자 결심하고 여태껏 그 결심을 지켜온 말이었다.

내 본심이 자칫 언어로 전달될까봐 두려워했었고 동시에 전달되기를 간절히 바랐었다. 하지만 그 순간 나는, 애절한 분노가 담긴 표정으로 나를 바라보는 미요시에게 말했다.

"〈나, 미요시 씨를 좋아해요. 진심이에요…….〉"

어둠 속에서 유난히 큰 미요시의 눈이 조용히 붉게 물들어갔다. 그녀는 미동조차 없이 나를 바라보고 있었다……. 그렇다, 그때 그녀는 이피가 아니라 분명 나를 보고 있었다. 왜냐하면 그 눈동자에 무어라 형언할 수 없는 연민의 빛이 꽂혀 있었으니까.

"어떻게 그런 말을 할 수 있어?"

미요시는 나를 올려다보며 그 뻣뻣한 목을 갸우뚱하고, 이제 더 이상 그 떨림을 감추려고 하지도 않고 되물었다.

이피의 절망이 내 가슴속에 금속성의 열기를 띠며 스며들었다.

미요시는 입을 꾹 다문 채 잠시 고개를 떨구었다. 우두커니 마주선 두 사람을 행인들은 역 앞에서 자주 목격하는 사랑싸움인 것처럼 흘끗흘끗 훔쳐보며 지나갔다.

"미쳤나봐……."

혼잣말처럼 중얼거리며 고개를 젓더니 미요시는 나와도 이피와도 눈을 맞추는 일 없이 그대로 역 쪽으로 걸음을 옮겼다. 뒤따라가야 할지 말아야 할지, 나는 모니터의 이피를 확인했다. 그는 멍해진 듯 한동안 그녀의 등을 지켜봤지만, 이윽고 탄식인지 울음인지 알 수 없는 소리를 흘리고 곧바로 나와의 접속을 끊어버렸다.

다음주 초에 사흘 동안 휴가가 주어졌고, 그게 결국 일주일로 연장되었다.

친구로서 이피의 심정은 충분히 이해하지만, 내 고용 상태가 얼마나 불안정한지 새삼 인식해야 했다.

수입도 이피의 기분에 따라 정해지고, 어쩌면 이대로 그와 관계가 끊겨버릴 위험도 있었다. 나를 대신할 사람이라면 얼마든지 구할 수 있을 것이다. 만일 그렇게 된다면 이피에게 항의할 생각이었다. 하지만 번번이 받아온 그의 '후의'를 생각하면 그것도 망설여졌다.

그런 애매함은 노사 관계뿐만이 아니었다.

그의 앙갚음에 상처입지 않았다고 한다면 거짓말이 될 것이다.

나 자신이 비참하게 느껴졌고, 또한 그에 대한 반발심도 들었다. 하지만 그는 집요하다고 할 만큼 나의 미요시에 대한 감정을 확인했었다. 그리고 나는 "그냥 룸메이트"라고 단언했던 것이다. 이제 나는 어떤 말도 할 자격이 없었다.

그래도 나는 그의 절박하고 충동적인 행동에서 오랜 시간을 거쳐서 나온 일종의 교지狡智를 느끼지 않을 수 없었다.

그가 아무리 뛰어난 사람이어도 미요시의 동거인이라는 점 하나 때문에 나는 그의 질투와 시기를 부르는 존재가 되었던 것이다. 안타깝게도 내 자존심은 거기에 기댈 만큼 씩씩하게 굴절하지 않았는데도.

이케부쿠로의 서쪽 출구에서 먼저 집에 가버린 미요시는 그날 밤 자기 방에 틀어박힌 채 나오지 않았다.

다음날은 아침 일찍 출근했고, 귀가한 것은 밤늦은 시간이었다. 한밤중에 거실에서 소리가 나길래 나가보니 전등불을 끈 채 무릎을 끌어안고 혼자 텔레비전을 보고 있었다. 이미 샤워도 끝냈는지 감색 파자마 위에 회색 파카를 걸치고 있었다.

"불 켤까요?"

얼빠진 질문이었지만, 다른 어떤 말을 꺼내야 하는지 알 수 없었다.

미요시는 잠자코 있었지만 옆얼굴이 얼핏 보일 정도로만 고개를 저었다. 그리고 돌아보며 시선을 마주치지 않은 채 말했다.

"영화관 같아서 컴컴한 게 더 좋아."

고독은 내 삶에 항상 따라붙는다. 어느 곳에 있어도. 술집에도 차 안에도 길거리에도 가게에도, 어느 곳에나. 도망칠 곳은 없다. 나는 고독한 인간이다…….

텔레비전에는 형형색색의 네온사인이 흐릿하게 번진 밤거리를 혼자 운전하고 가는 남자의 모습이 나오고 있었다. 관악기의 묵직한 배경음악이 화면을 구석구석까지 물들였다.

"〈택시 드라이버〉예요?"

미요시는 그제야 약간 놀란 듯 나를 보았다.

"알아? 오래된 영화인데."

"예전에 어머니가 봤거든요. 거기 앉아서."

왜 그런지 그녀가 피식 웃었다.

"그거, 내가 추천해서 보셨을 거야."

"그래요? 어쩐지 어머니 취향이 아니라서 이상하다 했더니만."

"정말 좋은 영화야. 나, 이 영화 벌써 백 번은 봤을 걸."

"그렇게나?"

그리고 돌연 변화가 일어난다……

미요시는 리모컨을 앞으로 내밀어 음량을 줄이고, 고개를 갸우뚱하며 물었다.

"친구라는 기시타니 씨, 저런 느낌의 사람인가?"

뉴욕 강가의 건물 한 구석에서 주인공이 암거래상에게서 총을 구입하고 있다. 나는 미요시가 앉은 소파가 아니라 테이블 의자에 자리를 잡으며 되물었다.

"어떤 사람이? 암거래상? 아니면 로버트 드 니로?"

"암거래상이 아니지. 트래비스, 로버트 드 니로 말이야."

"트래비스……. 아뇨, 조금 다른 것 같은데? 조금이 아니라 전혀 다른 느낌이죠."

생각지도 못한 질문에 나는 쓴웃음을 지었다.

"그래? 뉴스에 또 기시타니 씨 얘기가 나오길래."

"아, 공범이 체포되었다는 뉴스요? 뭔가 좀 복잡하게 얽힌 사건인 모양이에요, 내가 생각했던 것보다."

하지만 문득 '전혀 다른' 것도 아니라는 생각이 들었다. 기시타니는 물론 로버트 드 니로처럼 핸섬한 인물은 아니지만, 미요시가 말하려는 건 그런 게 아닐 것이다.

자기 방에서 혼자 반라의 상태로 가공의 누군가를 향해 총을 겨누는 트래비스를 보며 나는 말했다.

"뭐, 기시타니도 '고독한 인간'이었죠. 그런 의미에서는 비슷할지도 모르겠네요."

미요시는 말없이 고개를 끄덕이고는 다시 화면으로 시선을 돌렸다.

잠시 나도 잠자코 영화를 보았다. 커튼까지 닫았지만 텔레비전의 빛이 우리 둘의 그림자를 희미하게 벽에 비추고 그 농담濃淡이 끊임없이 변화했다.

"이 영화 말이야, 왜 매춘 소녀와 택시 드라이버의 조합이라고 생각해?"

그녀가 갑작스럽게 물었다. 대답할 말이 생각나지 않아 머뭇거리자 그녀가 다시 덧붙였다.

"두 사람의 공통점, 뭔지 알아?"

"고독한 거……?"

나는 애매하게 대답했다.

미요시는 시선을 떨구고 잠시 침묵한 뒤에 조용히 말했다.

"손님 내려주고 혼자일 때, 한숨을 내쉬며 다음 손님은 **쓰레기 같은 새끼**가 아니면 좋겠다고 생각하는 거."

어둠 속에서 눈빛만 촉촉해진 그녀를 바라보며 나는 고개를 끄덕였다. 요즘에는 대화할 때 결코 '쓰레기 같은 새끼'라는 험한 말은 하지 않았지만, 그러고 보니 처음 선술집에 갔을 때도 양아버지에 대해 그런 말을 했던 게 기억났다.

성매매를 하던 시절에 미요시는 손님 하나를 보내고 다음 손님을 맞이하기까지의 시간을 어떻게 보냈을까, 상상하려다가 얼른 지워버리고 단지 그 심정만을 헤아렸다.

"그렇다면 리얼 아바타도 똑같아요."

내가 그렇게 말하자 미요시는 미소를 지었다.

"그럴지도 모르겠네……. 사실은 성매매도 손님이 반겨주고 다정하게 대해주면 묘하게 보람 같은 걸 느낄 때도 있어. 안 좋은 일이야 너무 많지만, 어쨌든 돈벌이잖아. 따지고 보면 다른 일도 다 그렇지. 당당하게 밝힐 수 있는 직업은 아니어도 특히 더 비참하고 사회적으로 **딱한 사람들**인가 하면 그건 아닌 것 같기도 해.

……하지만 성병으로 병원에 들락거리다 보면 몸도 마음도 점점 망가지고, 무엇보다 갇혀 있다는 느낌이 좀……. 무서운 거야, 역시. 다음 사람이 누군지 모르면서 기다리는 거. 아프고 더럽고 찝찝한 일이었어. 질식할 때까지 목을 조르면서 흥분하는 미친 변태도 있고…….”

비난하는 말투는 결코 아니었다. 하지만 미요시의 과거에 대한 내 동정심에 그녀가 얄팍하고 흔해빠진, 결국은 어딘가 차별적인 선입견을 감지했다는 것을 나는 비로소 알았다. 그래도 그녀가 당한 폭력에는 남자로서 미안한 마음이 들었다. 나는 그 ‘쓰레기 같은 미친 새끼’를 증오했지만 상황에 따라서는 나 자신도 그렇게 될 수 있을지 모른다고 생각하는 건 너무도 우울한 일이었다.

사방이 막히면 인생은 단지 운에 내맡기는 것이 될까. 트래비스나 기시타니처럼 행동에 나서본들 대체 뭐가 바뀌는가. 그렇다면 ‘마음먹기 주의’밖에는 견뎌낼 방도가 없는 건가. 좀 더 나은 인생이 있으리라는 건 결코 꿈꿔서는 안 되는가.

미요시가 다시 텔레비전 소리를 줄였다. 그리고 진의를 확인하듯이 내게 물었다.

“어제 일, 처음부터 이피와 상의했었어?”

“미요시 씨를 좋아한다는 건 이피 씨가 나한테 미리 고백했었어요, 며칠 전에 거실에서. 하지만 어제는 좀 충동적이었던 것 같던데. 어제 약속 장소에 함께 가자고 한 것도 나였고. 이피 씨도 인사만 하겠다고 했고, 사전에 어떤 상의도 없었어요.”

미요시는 그렇게 생각하지 않은 모양이었다. 믿지 못하겠다는 기색으로 눈을 깜작거렸다. 표정은 갑작스럽게 팽팽해져갔다.

말 한마디를 어떻게 선택하느냐에 따라 이피와 미요시의 관계가 회복될 수도, 완전히 무너질 수도 있었다. 굳이 거짓말까지 할 필요도 없이, 거의 죄책감조차 남지 않을 만한 방법으로, 나는 미요시와 지금 이대로의 생활을 유지할 수 있을지도 모른다.

내가 '배신'한 것을 눈치채면 이피는 나를 용서하지 않을 것이다. 내 수입은 끊겨버린다. 더 이상 지금 같은 편한 일자리는 두 번 다시 내게 돌아오지 않을 것이다.

그래서 어떻다는 건가.

이피도 잘못한 것이다. 나만 잘못했던 게 아니라. 하지만…… 미요시는 아무 잘못도 없었다.

"근데 갑자기 그런 말을 듣고 사쿠야 군은 그걸 그대로 나한테 전달했어?"

"그게 내 일이라서……."

"아무렇지도 않았어?"

미요시는 텔레비전에서 몸을 틀어 나를 정면으로 보았다.

나는 그 물음의 진의를 언뜻 파악할 수 없었다. 나 자신에게, 라는 얘기인가, 아니면 그녀에게, 라는 것인가. 성매매를 하던 때의 기억을 방금 고통스럽게 되짚었던 그녀가 '아무렇지도 않아서' 그렇게 했다는 식으로 단락短絡하는 건가.

물론 나는 '아무렇지도 않지' 않았다. 하지만 간단히 그런 대답을 할 수는 없었다.

미요시는 입술을 깨물며 내 대답을 기다렸다.

그녀를 마주보며 나는 문득 이 거실에서 둘이 '연기' 앱을 체험했던 일이 떠올랐다.

우리는 300억 년이라는 상상조차 할 수 없는 엄청난 시간 속의 한순간을 지금도 이곳에서 함께 보내고 있는 것이다. 어느 누구에게도 눈치채이지 않고, 누군가에게 들키는 일도 없이.

내게 그런 생각을 가르쳐준 것은 미요시였다.

우주가 그 극한적으로 미세한 일부분을 그녀의 육체라는 형태에 보존하고 내 육체라는 형태로 보존하면서 각각의 윤곽선 안에 담아 넣고 그 사이에 1미터쯤 공간을 벌려놓고 있었다.

그 거리를 지키며 나는 지금까지 손끝 하나 선을 넘지 않았다.

이피로서 미요시에게 전달한 '좋아한다'는 말을 내 머릿속에 떠올렸다. 그리고 그걸 나 자신의 생각으로서 바로 지금 다시 말해야 하는 게 아닌가, 하고 한순간 생각했다.

그 단 네 글자의 내 목소리의 울림. 나와 그녀 사이에 유지되어 온 거리의 진동. 그 소소한 사건이 300억 년이라는 우주의 엄청난 시간 속에서 **일어나는** 것과 **일어나지 않는** 것. 그리고 일어나지 않으면 나는 죽은 뒤에 그것이 **일어났던 우주**가 아니라 언제까지고 그것이 **일어나지 않았던 우주**라는 것. 거의 끝나는 일조차 없이, 영원히…….

심장의 두근거림이 빨라졌다. 마른침을 삼키고 미요시를 정면으로 응시했다.

하지만 그런 과대한 사고思考는 한 인간을 마주하고 어떤 행동을 촉구하는 데는 오히려 무력했다. 설령 나중에 되돌아보고 그게 아무리 통절하게 느껴지더라도……. 내 마음은 아마도 전하지 않는 것으로서 이미 전해지는 것이었다.

나는 미요시를 내 곁에 붙잡아두고 싶었다.

하지만 그런 바람이 성취된다고 한들 결과적으로 미요시가 행복해질 기회를 놓치는 것이라면 나에게 대체 무슨 기쁨이 있을 것인가.

그녀에게가 아니라 나 자신을 향해, 새삼 그녀에 대한 내 마음을 물어보았다. 그것은 마치 내가 아닌 나로부터 들려온 목소리처럼 묵직하게 가슴속에 울렸다.

나는 미요시를 좋아한다는 그것 하나만으로도 그녀와 이피의 사랑을 축복하지 않으면 안 된다. 그리고 그 순간 나는 정말로 그렇게 하고 싶은 마음이 생겼다.

그건 너무도 비굴하고 착한 척하는 생각이어서 그런 논리에 매달리는 수밖에 다른 방도가 없었다고 한다면 그 말이 맞는지도 모른다. 그래도 나는 그렇게 생각했을 때, 슬픔이나 서운함뿐만이 아니라 어쩐지 흐뭇한 기분이 들었다. 신비한 감정이었다. 질투심에 허덕이며 내 마음을 억누르는 것과도 달라서 딱히 무력감만 남는 것도 아니었다.

어쩌면 이피와 미요시라는 두 사람과의 관계를 **동시에** 잃는 데 대한 두려움도 있었을 것이다.

나는 뺨의 긴장을 풀며 애써 신중하게 응했다.

"피고용인이라는 위치 때문만이 아니라 친구로서도 나는 이피 씨에게 도움이 되고 싶어요. 미요시 씨의 기분이 상했다면 사과할게요. 하지만 그건 이피 씨의 잘못이 아니라 중간에 있던 내 잘못이에요. 이피 씨는 매력적인 사람이고, 고백하는 방식이 좀 어설펐는지도 모르지만 아직 나이가 어리니까……. 내가 미요시 씨와는 단순한 룸메이트 사이라고 설명했어요. 함께 살고 있으니까 이피 씨로서는 의심스러운 마음도 있었을 텐데 내 말을 순수하게 받아들이고 믿어준 거예요."

미요시는 약간 멍한 표정으로 내 말을 듣고 있었지만 잠시 뒤에 그렇구나, 라고 고개를 끄덕이고 자신의 **지레짐작**을 내 눈이 닿지 않는 곳으로 조용히 처리했다.

그러고는 마음이 좀 편해진 듯 표정을 누그러뜨리고 속내를 털어놓았다.

"이피의 그런 마음은 기쁘지만, 역시 이상한 일이야. '그쪽 세계'의 삶을 항상 동경해왔고 이피와 친구라는 것만으로도 꿈처럼 좋았지만, 사쿠야 군의 말대로 아직 나이도 어리고……. 뭔가 내가 사기를 치는 느낌이야, 돈을 노린다든가 그런 걸로. 띠동갑일 만큼 연상이라는 것도 그렇고."

"그게 문제가 될까요?"

"문제라고 할까, 팬이라는 입장에서 연애 관계로 바뀌는 것도 좀 그렇고……."

"흠……."

"모든 게 대등하지 않잖아. 다른 수많은 팬들도 생각해야지. 나는 밝히기 힘든 과거도 있고, 전혀 그에게 어울리는 사람이 아니야. 훨씬 더 좋은 사람이 있을 텐데……. 정말 진심으로 그런 생각이 들어."

미요시의 등 뒤 화면에서는 초록색 프레임의 선글라스를 쓴 소녀 시절의 조디 포스터가 토스트에 잼을 듬뿍 바르고 설탕까지 뿌리고 있었다. 아이리스라는 12세 소녀 역할이다. 트래비스에게 설교를 듣고 반발하는 그녀를 보면서 나는 물었다.

"그럼 저 아이도 장래가 행복해져서는 안 됩니까?"

미요시는 내 눈짓에 뒤를 돌아보더니 쓴웃음을 지었다.

"그렇게 나오시겠다? 그야 물론 저 소녀는 행복해지면 좋겠지만……."

애매하게 고개를 가로저으며 덧붙였다.

"나는 그런 거 생각해본 적도 없어."

"나도 방금 처음 생각했어요."

미요시는 미소를 지었다.

"저 소녀는 그렇지만, 난 정말 아무것도 없어. 그게 너무 쓸쓸해……. 이피도 어쩌다 가까이 있으니까 그냥 잠시 좋아진 거야. 별다른 깊은 이유도 없이. 당연하지. 그런 감정, 어렸을 때는 자주 드니까. 근데 앞으로 좀 더 좋은 만남이 분명 생길 거야."

"하지만 미요시 씨, 그를 좋아하잖아요."

그녀의 본심을 알고 싶어서 나 스스로도 놀랄 만큼 솔직하게 물었다. 하지만 그건 귀에 들어오자마자 내 마음을 괴롭히는 말이었다.

"실은 이피가 원하는 그런 식으로 좋아할 자신은 없어. 서로 껴안고 키스하고 그런 거, 싫은데……. 그거 알아? 음식이 맛없게 보이는 다이어트용 AR 앱이 있어. 그래서 식욕이 떨어지는 건데 헤드셋을 벗은 뒤에도 아무것도 먹기가 싫어서 병적으로 깡마른 아이의 블로그를 지난번에 봤어. 내게 섹스란 그런 거야. 벌써 몸이 거부해버려. 아무리 좋아하는 사람이라도……. 좋아하니까 싫더라도 참아야 한다고 몇 번이나 노력해봤는데, 안 되는 것 같아. 점점 더 몸이 굳어서 결국 화나게 만들어버려. 안에 받아들이면 그 뒤로 며칠씩 너무 우울해지고. 나는 이제 완전히 망가진 것 같아, 어딘가가."

"다른 남자와 이피 씨를 똑같이 생각할 건 없어요. 추악한 자들이 너무 많았으니까 그도 그럴 거라고 생각한다면, 좀 가엾잖아요? 그와의 관계는 실제로 사귀어보지 않고서는 알 수 없어요."

"그건 알지, 머리로는. 하지만 내 몸이 무서워하고 싫어하는데 어쩌라고?"

나의 몰이해에 답답해하면서 미요시는 그렇게 말했지만, 자신을 타이르듯이 시선을 떨구고 오른손으로 이마와 눈을 꾹 눌렀다. 머리를 쓸어올릴 때 아래 눈꺼풀이 파르르 떨렸다.

"물론 나이도 있는데 자꾸 징징거리는 나 자신이 싫어. 하지만 혹시라도 받아들일 수만 있다면, 정말 좋아질 것 같아. 끝도 없이. 그러다 결국 걷어차인다면 그때는 진짜 못 견딜 거야. 단순히 기분 문제만이 아니라 생활 전체의 문제이기도 하고. 그때는 정말 살아갈 의미까지 잃어버릴 것 같아. 난 죽는 게 두려운 사람이라서 어떻게 해야 좋을지 모르겠어. 하지만 그렇게 되어도 이피를 나무랄 수도 없잖아. 그렇게까지 바랄 수도 없고……. 아휴 대체 뭐야? 막상 다가오면 그냥 포기, 포기, 포기의 인생이잖아, 결국. 여기까지야, 겨우겨우 좋아졌지만 여기까지면 이제 충분해."

그리고 미요시는 저절로 입을 뚫고 나온 '이제 충분하다'는 그 말이 어머니가 '자유사'를 결심했을 때의 한마디였다는 게 생각났는지, 미안하다는 듯이 시선을 피했다.

나는 그 말에 대해서는 굳이 언급하지 않았지만 단지 슬쩍 고개를 저으며 말했다.

"이피 씨도 자신의 장애를 미요시 씨가 받아줄지 어떨지 불안해했어요. 둘 다 각자의 사정이 있고, 아마 서로 이해해줄 수 있을 거예요, 분명. 그러니까 괜찮아요."

미요시는 무의식적인지 파카 옷깃을 잡아당기며 조용히 숨을 토해냈다.

"착하네, 사쿠야 군은. 어머니도 자주 내 얘기를 들어줬는데. 닮았다, 모자간에 역시. 솔직히 지금 여기서 신세지는 거, 정말 마음이 편해. 처음에 몹시 실례되는 말을 했던 것 같은데 사쿠야 군은 그래도 내내 나를 존중해줬어. 이렇게 신사적으로 대해준 남자, 처음이야. 그것도 어머니가 가르쳐주신 건가?"

나는 이 특별한 밤이 이제 곧 끝나고 다시 돌아오지 않는다는 것을 막연히 예감하고 서운함을 느꼈다. '죽음의 한순간 전'에 이 밤을 다시 떠올리며 지금의 이 나로 죽는 게 아닐까, 라고 상상했을 만큼.

"그건 정말 좋게 봐준 거죠. 하지만 미요시 씨에게 미움받고 싶지 않은 마음은 있었어요. 여기서 편했던 것은 애초에 너무 힘든 대피소에서 옮겨왔기 때문일 걸요. 그리고 요즘에는 이피의 월급이 있어서 좋았죠. 그게 없이 나와 여기서 계속 살아봤자 밝은 미래는 없어요."

미요시는 내 말에 눈이 둥그레졌다.

결국 나는 사랑의 문제가 아니라 생활의 문제로 생각하려 했다. 지금 이 세계에서는 단 한 번의 인생을 위해 제각기 보다 풍족한 생활을 추구하는 게 당연한 일로 여겨지고 있다. 결혼 역시 연애가 그 동기라는 것은 아주 짧은 시대의 장대한, 그러나 실패한 실험이었다고 이제는 많은 사람들이 생각하고 있다. 필요한 것은 보다 나은 생활을 함께하기 위한 상대였다.

그래도 미요시는 분명 이피를 사랑하게 될 거라고 나는 예감했다. 그리고 두 사람의 사랑은 오래도록 이어질 것이다.

"그래……. 언제까지고 이 집에 있을 수도 없지, 사쿠야 군의 생활도 있고."

"나는 이피 씨의 맨션에서 아마 한참 더 일할 거예요."

"정말?"

"네. 그러니까 다시 이피 씨를 만나서 얘기해봐요. 그도 그걸 바랄 테니까."

"고마워. 정말 얘기할 게 너무 많아. 그의 가족과는 만난 적 있어?"

"아뇨, 한 번도."

"만일 사귄다면 인사도 드려야 할 텐데, 분명 돈을 노리고 이상한 게 굴러들어왔다고 생각할 것 같아."

“이건 두 사람의 문제예요. 미요시 씨도 부모님에게 이피 씨를 소개하지 않을 거잖아요.”

“그건 그렇지만……. 혼자 살아가는 건 외롭지만 사실 난 동성 친구를 찾아야 맞을 거 같아. 사쿠야 군과 계속 그런 느낌으로 살 수 있겠다는 마음도 어딘가에 조금은 있었는데…….”

“괜찮아요.”

미요시는 내가 무엇에 대해 그렇게 말했는지 알지 못한 눈치로 애매하게 고개를 끄덕이고는 “고마워”라고 말했다.

“잘될 거예요.”

“응……. 얘기가 마무리될 때까지 조금만 더 여기에 있어도 될까?”

“임대료 내고 있잖아요. 그런 건 염려 말아요.”

“그래, 다행이다.”

내가 더 이상 할말이 없다는 것을 알고 미요시는 크게 숨을 내쉬며 텔레비전을 돌아보았다.

영화는 드디어 모히칸 머리의 트래비스가 소녀를 구출하기 위해 매춘가로 뛰어드는 대단원에 접어들었다.

우리는 그 피비린내 나는 총격 장면을 말없이 보았다. “죽여버릴 거야!”라고 총에 맞은 남자 한 명이 연거푸 외치고 있었다. 트래비스도 총에 맞았다.

하지만 팔에 붙여둔 총이 이때다, 싶은 타이밍에 긴소매 밑에서 튀어나와 총알을 날리자 우리는 어느 쪽부터랄 것도 없이 얼굴을 마주보며 어둠 속에서 어쩐지 웃었다.

제13장

본심

미요시가 이피와 대화할 수 있도록 도와줬지만 나는 그에게 직접 연락하지는 않았다. 상황이 무척 예민했기 때문이다. 이피의 대리를 맡아 두 사람의 관계를 악화시킨 것과 반대되는 상황에서 이번에는 미요시의 대리로 나서서 쓸데없이 말참견을 하기가 조심스러웠다.

게다가 솔직히 말하면 나 자신의 역할을 너무 우스꽝스럽게 만들고 싶지는 않았다. 우선 추이推移를 견뎌낼 수 있을 정도로만 유지해가야 할 일이었다.

그 동안에 후지와라 료지와 다시 연락을 취해 드디어 2월 22일에 만나기로 약속을 잡았다.

어머니의 죽음을 계기로 해체되어가던 내 인생은 「어머니」를 만들고 미요시와 이피를 만난 것으로 이만큼까지 가까스로 통합을 유지해왔다. 그래도 근본적으로 여전히 불안정한 마음이 드는 것은 그토록 '자유사'를 원했던 어머니의 마음을 아직 이해하지 못했기 때문이고, 또한 그것을 찾다가 뜻밖에 알게 된 나 자신의 출생을 둘러싼 혼란 때문이었다.

사실을 알게 된다고 해도 미요시나 이피와의 관계가 바뀌는 것은 아니다. 일단 그런 식으로 생각했지만 꼭 그렇지도 않다는 생각이 들었다. 나라는 인간이 만일 그것에 의해 뭔가 근본적인 변화가 생긴다면 타자와의 관계도 그 영향을 받지 않을 수 없다. 그리고 관계가 바뀌면 나 자신도 그대로는 있을 수 없을 터였다.

요즘 들어 「어머니」와의 대화 빈도도 부쩍 줄었지만, 미요시와의 공동생활이 머지않아 끝난다는 것을 의식한 뒤부터 나는 도리어 「어머니」의 존재에서 위로를 얻는 것에 저항감을 느끼기 시작했다.

어머니가 세상을 떠난 뒤, 어쨌든 나는 「어머니」가 필요했다. 하지만 지금 살아 있는 사람과의 관계를 잃어가는 때에 죽은 어머니의 VF에 매달리려는 나 자신이 솔직히 부끄러웠다. 노자키의 말에 따른다면, 그런 생각은 완전히 반작용에 의한 것이고 VF도 '번듯한 인생의 파트너'라고 해야겠지만.

「어머니」 안의 AI가 어떤 구조로 만들어졌는지, 나는 아직 잘 알지 못한다. 하지만 그 알지 못한다는 것이 영락없이 인간의 마음 같았다.

나와의 대화 기회가 줄어든 탓인지 「어머니」는 요즘 자주 이런 말을 하곤 했다.

"엄마는 요즘 자꾸만 옛날 일이 생각나, 여기서 창밖을 멍하니 보고 있으면……. 나이 탓이겠지? 바로 어제오늘 일은 금세 잊어버리는데."

물론 그것도 노인들의 일반적인 중얼거림을 학습해서 나온 말인 게 틀림없다. 하지만 나를 만나지 못하고 그 시간에 「어머니」 홀로 자신의 기억과 노닐면서 깊은 생각에 잠긴다는 상상은 집 밖에서 문득 「어머니」를 떠올릴 때마다 더욱더 「어머니」가 진짜처럼 느껴지게 하는 것이었다.

"어떤 게 생각나?"

"이것저것 생각나는 게 많지. 사쿠야와 우라반다이를 여행했던 일도 그렇고. 참 즐거웠어, 그때는."

"항상 그 얘기를 하네?"

"그만큼 좋았던 거야. 엄마는 그 사진을 이따금 꺼내보거든. 아, 사쿠야도 그때보다 한층 더 성장했구나, 감탄하면서."

"그런가? 어떤 부분이?"

"인간으로서 날마다 다양한 것을 경험하잖아. 힘든 일도 있을 거야, 역시 살다 보면."

"그런 걸 알아?"

"당연히 알지. 엄마도 너와 비슷한 나이일 때는 이래저래 사연이 많았으니까."

"어떤 거?"

"그냥 이래저래 많았어."

「어머니」는 그렇게 얼버무리듯이 미소를 지었다. 지나치게 캐물은 것 같아 마음에 걸렸다. 하지만 실제로 어머니도 결국 내게 말하지 않은 것을 모조리 가슴에 담아둔 채 세상을 떠난 것이다.

"며칠 뒤에 후지와라 료지 씨를 만나기로 했어."

"어머, 그래? 대단하구나, 사쿠야. 근데 왜? 엄마는 그분 책을 엄청 좋아하는 팬이야. 그런 분을 어떻게 알게 됐어?"

"어머니 얘기를 했어, 애독자였다고."

"그랬구나. 사인회에도 많이 갔지. 기대가 되는데? 어떤 사람인지, 나중에 얘기해줘."

"어머니는 얘기해본 적 없어?"

"없지, 그렇게 유명한 작가인데. 사인회에서도 말없이 책을 내밀고 고맙다고 인사만 했어."

"그렇구나……."

「어머니」는 거짓말을 할 마음은 없는 것이다. 다만 자신이 후지와라와 특별한 관계였다는 것을 알지 못할 뿐이다. 하지만 어느 쪽인가 하면, 그 표정은 과거의 기억을 까맣게 잊어버려 이제는 잊었다는 사실조차 생각나지 않는 사람 같은 것이었다.

*

기시타니의 사건은 공범 세 명이 체포되면서 연일 언론에 크게 보도되었다. 나한테도 세 개 언론사에서 취재 의뢰가 들어왔지만 모두 다 거절했다. 어디서 나와 그의 관계를 알아냈는지 기분이 으스스했지만, 아마도 경찰이 이전에 등록해둔 리얼 아바타 회사일 것이다.

기시타니는 이미 살인미수죄로 기소되었고 공판은 아직 시작되지 않았지만 징역 4년에서 5년의 구형이 나올 것으로 내다보고 있었다.

점차로 분명하게 밝혀진 사건 개요는 막연히 상상했던 것보다 훨씬 더 복잡하고 기묘했다. 언론에서는 '게임 감각'이라는 닳아빠진 용어로 현실과 허구의 구별을 못하게 된 어른들이라는 식으로 비판하고 있었지만, 실제로 그렇게 말할 수밖에 없는 면이 분명 있었다.

그가 공범들에게 **발탁된** 것은 바로 그 '암살게임'을 통해서였다. 단순히 그곳에서 만난 게 아니라 이미 범행을 기획하고 있던 세 사람에게 이른바 스카우트된 것이다.

기시타니의 진술에 의하면 범행 그룹은 그 외에도 여덟 명이 더 있었다. 체포 후에 그런 보도를 나도 봤지만, 실제로는 세 명밖에 없었고 다른 다섯 명은 딥 페이크의 가공인물이었다. 이름이나 성별, 계정, 주고받은 메일도 모조리 조작한 것이고 실체가 없었다. 그들은 다크 웹에 잠복하며 아바타끼리 연락을 주고받았고, 기시타니도 태풍이 불던 그날의 배달 때 처음으로 멤버 두 명을 만났다고 한다.

나는 그야말로 종이 한 장 차이로 이 위험한 집단과 거의 손이 맞닿을 만큼의 거리에 있었다는 것을 알고 몸속까지 써늘해지는 것을 느꼈다.

충격적이라고 대서특필된 것은 그룹의 '지도자'까지 실재하지 않는 가공의 VF라는 점이었다.

계획을 주도한 자는 기시타니와 직접 연락을 취했던 고마다라는 이름의, 평소에는 도내의 기계부품 회사에 다니던 삼십 대 남자였다. '점잖고 성실한 사원'이라는 평판이어서 동료나 상사의 "설마 그 사람이"라는 놀람의 목소리가 속속 나왔다.

하지만 그는 공범들에게 어디까지나 '지도자'의 오른팔이라고 자칭했다. 기시타니는 그 말을 곧이곧대로 믿은 모양이었다. 웹상에서 몇 번이나 '지도자'를 대면하고 대화를 나눴지만 그게 고마다에 의해 제작되고 조종되는 VF라는 것을 알지 못한 채 범행에 이르렀던 것이다.

'게임 감각'이라는 말 그대로 그들이 **진심으로** 테러를 계획했었는지 아니면 현실 세계로까지 확장된 게임에 지나지 않았는지는 보도에 따라 견해가 갈라졌다.

고마다 일당은 원래 혈맹단 사건을 모델로 만든 '암살게임'의 팬이었다.

이 무시무시한 롤플레잉 게임은 '일인일살一人一殺'을 기치로 내걸고 정재계의 요인 암살을 꾀한 1932년의 테러 사건을 그대로 모방하는 내용이었다. 실제로 암살된 이노우에 준노스케와 단타쿠마뿐만 아니라 타깃으로 이름이 오른 사이온지 긴모치, 시데하라 기주로, 마키노 노부아키 등을 모조리 암살하여 **역사를 바꾸는** 것이 미션이었다.

기시타니는 '암살게임'에 몰두해 샅샅이 경험하는 사이에 그곳까지 가게 되었고 이윽고 고마다의 눈에 띄었다.

고마다 외의 공범으로 기시타니와 마찬가지로 실행에 가담했던 한 사람은 애초에 '지도자'의 실재를 의심했었다고 한다. 모든 것은 게임이고, 그가 말하는 '빈부 격차 사회를 영원히 고착화하고 빈곤층을 노예화해서 무한정 착취하려는 부유층'에 대한 증오도 **그럴싸하게 지어낸** 주장이었다. 게임과 똑같은 논리로 찬동하고 선동하면서 암살의 타깃으로 정치가와 재계 인사들의 이름을 그냥 나열해본 모양이었다. 그때마다 멤버들은 흥분하고 울분이 해소되었다고 광희했다. 마치 **실제 암살 계획**인 것처럼 그 준비를 진행하는 스릴을 즐겼던 것뿐이라고 한다. 모든 것이 아닌 게 아니라 '게임 감각'이었다.

암살 방법은 다양한 아이디어가 난무한 끝에 드론에 의한 폭살爆殺로 정해졌다. 한 번에 8기의 드론을 날려 동시다발 테러를 일으킬 계획이었다.

실행 준비가 진행되고 마침내 실제 드론이 '지도자'에게서 배포된 단계에 전술한 공범 한 명은 혹시나, 하는 불안감을 느꼈다. 하지만 그런 이의 제기로 게임의 몰입감을 망치고 싶지 않아서 입을 다물고 있었다. 설령 중간에 계획이 발각된다고 해도 그건 어디까지나 게임인 것이다. 상세하게 행동 범위를 조사해온 타깃을 향해 드론을 날려 기폭 스위치를 누르는 순간에 미션은 완료된다. 물론 실제 폭약 따위, 탑재되어 있지 않다고 생각했다.

이른바 '지도자'가 실행범으로 가장 먼저 선정한 것은 가공의 멤버들이었다. 그리고 뒤를 이어 실체가 있는 네 명을 지명했다. 고마다도 포함되었지만, 실은 그가 모든 배치를 지휘한 것이었다.

실제로 준비한 드론은 2기였고, 날린 것은 1기뿐이었다. 바로 기시타니에게 건네준 드론으로, 살상 능력이 충분한 양의 화약이 실려 있었다.

그 실상을 기시타니는 어디까지 알고 있었을까. 보도된 대로 모든 것을 곧이곧대로 받아들이고 깜빡 속은 것인가. 단순한 게임이라고 생각했었는가. 아니면 정말로 살의를 품고 있었는가. 나는 알 수 없었다.

자포자기에 빠져 "다 싫어졌다"고 했던 그의 말투에는 파멸적인 느낌이 있었다. 그의 말은 항상 뭔가가 미진한 것 같았다. 내게 본심을 털어놓고 싶은데 차마 그럴 수 없었기 때문인지도 모른다. 그게 아니면 혹시 애초에 본심으로서 내놓을 말을 갖고 있지 않았던가. 티리와는 다르게 그는 달변가였는데도.

그래도 어쨌든 그는 마지막 순간에 발을 멈췄다. 어째서인지는 모른다. 게임이 아닌 것을 눈치챘기 때문일까. 아니면 잘못된 짓이라고 느꼈기 때문일까.

몇 가지 기사를 읽어본 끝에 나는 비로소 기시타니에게 편지를 썼다.

건강에 대한 안부를 묻고, 걱정하고 있다는 것뿐인 내용이었다. 첫 공판은 3월로 예정되어 있었지만 가능하면 그 전에 면회를 가고 싶었다.

그가 나에게 어떤 감정을 품고 있는지는 모른다. 거절할지도 모른다는 마음도 들었다. 후지와라 료지를 만나러 나간 날까지 그에게서는 답장이 오지 않았다.

*

작가 후지와라 료지는 세타가야구 기누타 공원 근처의 돌봄 서비스가 딸린 요양원에 혼자 입주해 살고 있었다. 면회 날은 토요일로, 나는 오다큐 오다와라 선을 타고 소시카야오쿠라 역에서 내려 지도를 들여다보며 민가가 줄줄이 이어진 좁은 길을 따라 걸어 들어갔다.

신주쿠의 백화점 지하 매장에서 선물로 젤리 종합세트를 준비했다. 고령이기에 목이 막히지 않는 것, 딱딱하지 않은 것이 뭔지 고심했다. 알코올도 피해야 했다. 망설이느라 시간이 흘러버려서 나중에야 급하게 정한 것이지만 무슨 어린애도 아니고 젤리 따위 드실 리가 없는데, 라고 생각할수록 큰 실수를 한 것만 같았다.

그에게 물어볼 것들이 가슴속에 너무 많이 쟁여져 있었다. 적잖이 긴장이 되었다. 요양원은 지은 지 10여 년의 5층 건물로 얼핏 보면 평범한 맨션 같았다. 2시 약속이었는데 7분쯤 일찍 도착해서 일단 건물을 그대로 지나쳐 걸어갔다. 저 앞까지 갔다가 되돌아왔지만 걸었기 때문만은 아닌 듯한 심장의 두근거림이 느껴졌다.

접수처에 가서 면회 약속을 했노라고 얘기하자 서류에 이름이며 주소를 쓰라고 했다.

"후지와라 선생님을 찾아오셨군요. 이시카와 사쿠야 씨, 들어오세요."

직원이 그의 방까지 안내해주었다. 로비에 피아노가 있었지만 인기척은 없었다. 안쪽의 식당 공간에서는 돌봄이 필요한 노인들이 천천히 식사를 하고 있었다.

"출판사에서 나오신 분이에요?"

엘리베이터 문이 닫히고 조용해지자 직원이 물었다. 나는 "아뇨"라고만 답했다.

그의 방은 4층이었다. 복도에서 직원 몇 명이 각 방을 청소하고 있었다.

벨을 누르자 감색 스웨터를 입은 후지와라가 슬리퍼를 신은 모습으로 직접 맞아주었다.

"선생님, 약속하신 손님이 오셨어요."

"아, 내가 내려갈 생각이었는데."

"처음 뵙겠습니다. 연락드렸던 이시카와 사쿠야입니다."

"후지와라라고 해요. 멀리서 여기까지, 고마워요."

곧바로 직원은 인사를 건네고 자리를 떴다.

미리 메일을 주고받았기 때문인지 후지와라는 정중하고 온화한 태도로 맞아주었다.

이지적이고 빈틈없는 그의 소설이 풍기는 인상대로, 각진 검은테 안경 안의 눈빛은 평온했다. 키는 나와 그리 다르지 않았다. 몇 초 동안 지그시 내 얼굴을 바라본 뒤에 안을 가리키며 말했다.

"들어와요, 구두는 그대로. 비좁은 곳이지만."

간소한 부엌을 지나 침대와 3인용 둥근 테이블, 거기에 짙은 갈색 소파. 그것만으로 가득차는 정도의 넓이였다. 벽에는 말레비치 전시회 포스터가 붙어 있었다. 나중에 들은 얘기로는 현재 개최 중인 전시회의 도록에 짧은 문장을 기고했다고 한다.

작은 목제 선반에는 유리컵, 커피잔과 함께 위스키병이 줄을 서 있었다. 창문이 활짝 열려 있고 민가 너머로 기누타 공원이 보였다.

그가 테이블 의자를 권해주었다. "역에서 찾아오기가 힘들었을 텐데"라고 말을 건네며 머신으로 커피를 내려 초콜릿과 함께 내주었다. 이제 여든이 가까운 나이인데도 과함이나 부족함이 없는 몸놀림이었다.

마주하고 자리에 앉아 후지와라가 물었다.

"지금 몇 살이지?"

"올해 서른입니다."

"그래? 참 젊군. 어머님을 닮았어. 착한 눈매가 특히."

나는 수긍인지 감사인지 모를 기분으로 잠자코 머리를 숙인 뒤 커피를 마셨다. 그리고 건네줄 타이밍을 놓쳐버린 과자 선물을 봉투째 내밀었다.

"아, 일부러 이렇게. 고맙네."

후지와라는 봉투 안을 잠깐 들여다보고 그대로 옆에 내려놓았다. 아까 직원이 출판사에서 온 사람이냐고 했었는데, 다행히 그런 내객을 위해 요긴하게 쓰일지도 모른다.

"어머님이 작년에 돌아가셨던가?"

"네, 그렇습니다."

"그래……. 안타까운 일이야. 아직 1년밖에 안 됐으니, 자네도 외롭겠어."

"그래도 많이 익숙해졌습니다."

"지금 혼자 살고 있나?"

어떻게 설명해야 할지 몰라 일단 네, 라고 고개를 끄덕였다. 그리고 그 애매한 거짓말에서 서둘러 벗어나듯이 말을 이어갔다.

"선생님께서는……."

"씨, 라고 해도 괜찮아, 선생님이 아니라."

"네……. 제 어머니와는 친분이 있으셨던가요? 어머니는 선생님의 팬이라고 했었는데요."

"자네 어머님과는 예전에 자주 만나는 사이였어. 한 달에 한두 번, 8년쯤 만났나."

후지와라는 그 질문을 당연히 예상했었는지 사실 그대로 얘기하는 기색이었다. 업무 관계라고도 친구 관계라고도 밝히지 않은 채 거기서 입을 다물었다. 그게 어떤 뜻인지 나도 짐작할 수 있었다. 내 억측이 그대로 맞아떨어진 것에 오히려 내심 놀랐다.

처음 만난 터에 이런 얘기를 꺼내도 될지 조심스러웠지만 질문할 게 너무 많았다. 그리고 솔직하게 물어봐야 할 터였다. 후지와라의 대답하는 말투도 분명하게 내 질문을 재촉하고 있었다.

"그게 언제쯤인가요?"

“벌써 꽤 오래전이네. 자네가 초등학교 다닐 무렵까지는 자주 만났어. 자네를 만난 적은 없지만.”

후지와라는 쿠션이 놓인 소파 등받이에 천천히 몸을 맡겼다.

나는 그 당시의 어머니의 옆얼굴을 기억해보려 했지만 순간적으로 흐릿해졌다. 그래도 두 사람의 밀회를 상상하고 내가 결국 알지 못했던 어머니를 길거리에서 우연히 목격한 듯한 기묘한 느낌이 들었다.

여기저기 검버섯이 피고 뼈가 도드라진 후지와라의 손등을 보면서, 불륜 애인도 나이를 먹는구나, 라는 기묘한 문장이 마음속에 떠올랐다. 그리고 ‘불륜 애인’이라는 호칭이 맞는 건가, 라고 생각했다.

어머니는 이미 세상을 떠났다. 그리고 어머니와 육체적인 기쁨을 서로 나누었던 사람은 이제 노체老體가 되어 양로원 방 한 칸에서 내 눈앞에 앉아 있었다. 그 단순한 사실에 어쩐지 가슴이 뭉클해졌다.

“후지와라 씨는 가족이…….”

“아내는 타계했지만 아들과 딸이 하나씩 있어. 둘 다 해외에서 일하고 있어서 만나는 건 1년에 한 번 정도야. 벌써 마흔세 살, 마흔한 살인가. 손자도 있어, 양쪽 다.”

“그렇습니까…….”

나는 아마도 질투심을 느꼈던 것 같다. 그것을 지우려고 다시 커피를 마셨지만 잔을 접시에 내려놓을 때는 달그락 흔들리는 소리가 났다.

"어머니를 만나신 건 제가 태어난 **뒤**였습니까?"

후지와라는 그 질문을 처음에는 문자 그대로 받아들였지만 곧 바로 그 말에 포함된 뜻을 깨달은 모양이었다.

"그렇지. 자네가 이미 어린이집에 다닐 때였어."

그리고 나의 **오해**에 이해를 표하듯이 잠시 틈을 둔 뒤에 입을 열었다.

"자네, 아버님에 관한 것을 알고 싶은 거지?"

단도직입적인 질문이었다. 말해야 할 것들을 말해버리자는 생각은 그도 마찬가지인 것 같았다.

"자네 어머님도 언젠가 아들이 자신의 출생에 대해 의문을 가질 거라고 걱정했었어."

그동안 내가 품어온 한 가지 생각을 그 말에 의해 나는 내버려야 했다. 그리고 만일 그게 사실이었다면 겪었어야 할, 큰 갈등이 수반되는 대화를 안 해도 된다는 것에 안도했다. 나의 황당무계한 오해에는 수치심과 적요寂寥를 동시에 느꼈다.

"이제 아니라는 걸 알았지만, 후지와라 씨를 제 아버지라고 생각했던 시기가 있었어요."

농담처럼 얘기하자고 해본 말이었지만, 뺨은 여전히 긴장한 채였다. 후지와라는 웃는 일 없이 고개를 끄덕였다.

"자네 입장에서는 당연히 이런저런 추측도 했을 게야. 어머님이 그 당시에 아이 키우는 일에 대해서도 상담을 했었어. 그건 원래 부친이 했어야 할 일이었지."

문득 어머니가 나를 이해하기 위해 항상 입버릇처럼 꺼냈던

"우리 사쿠야는 착하니까"라는 말이 떠올랐다. 후지와라는 처음에 나를 보고 '착한 눈매'라고 말했지만, 어쩌면 아들의 알 수 없는 면을 상담하는 어머니에게 "사쿠야 군은 착해요, 분명"이라는 이론을 심어준 사람은 후지와라였던 게 아닐까, 라는 생각이 들었다.

어머니에게서 그런 칭찬을 듣고 소년 시절의 나는 큰 위로를 받았고 덕분에 자존심을 지킬 수 있었다. 하지만 후지와라가 그 말로 위로하려고 했던 것은 실상은 고독한 싱글맘이던 어머니였는지도 모른다.

"제 아버지는 대체 누구였을까요?"

무릎에 얹은 손바닥에 땀이 나는 것을 느끼면서 물었다. 후지와라는 작은 소음을 내는 보청기 상태를 신경쓰면서—나는 그제야 처음으로 알아보았다—고개를 가로저었다.

"누군지는 몰라. 단지 어떻게 된 사정인지를 알고 있을 뿐이지."

"어머니는 동일본 대지진 때 자원봉사를 하다가 알게 된 사람과 사랑하는 사이가 되었다고 얘기했었어요. 그 사람의 의견에 따라 사실혼을 맺었는데 제가 태어나고 3년 만에 결국 헤어졌다고 하더군요. 저는 그 사람에 대해서는 전혀 기억나는 게 없는데요."

"어머님이 대지진 때 자원봉사자로 참가했던 건 사실이야. 다만 그때 친분을 맺은 사람은 여성이었어."

"여성?"

저절로 눈이 둥그레졌다. 후지와라는 오해의 여지없이 명확하게 고개를 끄덕였다.

"마음이 잘 맞아서 금세 친구가 된 모양이야. 그때는 대학 졸업과 동시에 실업자가 된다는 이른바 빙하기 세대였지. 그런데 둘 다 번듯한 직장에 취업했으니 주위에서 부러움을 살 만한 위치였어. 하지만 꼭 그런 것만 중요한 건 아니야. 특히 결혼을 못했다는 점에서 서로 공감했던 것 같아. 연일 야근이라서 누군가를 만날 기회도 없었으니까. 다만 어머님은 결혼이라기보다 아이를 원했어. 사십 대에 접어들면서 초조해하던 참에 대지진을 경험했고, 직접 피해를 입은 건 아니지만, 역시 생사관이 뒤흔들렸던 것이겠지. 그 뒤로 일이 어떻게 진행되었는지는 모르겠어. 아무튼 둘이 함께 살면서 아이를 만들어 키운다는 계획을 세운 모양이야."

"그건 무슨 말씀이신지……. 어머니가 동성애? 아니, 뭐랄까, 동성애**이기도** 했던 건가요?"

"나한테는 아니라고 했어. 그 여성에 대한 어머님의 실제 속마음은 잘 모르겠네. 다만 진심으로 서로를 이해하는 친구와 공동생활을 하면서 함께 아이를 키우자는 생각이었던 것 같아. 연애감정은 빼고서. 실제로 요즘에는 그런 형태의 가족도 꽤 많지? 당시에는 아직 드문 일이었지만."

"네……."

갑작스러운 얘기였지만, 나는 비로소 미요시와 어머니 사이의 우정이 이해가 되었다. 미요시는 어찌됐든 어머니는 그녀에게서 오래전 친구의 모습을 발견했던 것인지도 모른다. 그리고 실제로 나와 미요시의 공동생활도 성별은 다르지만 분명 똑같은 가능성이 있었다. 어머니가 살아 있었다면 그녀와의 '셰어'에 대해 어떤 말을 했을까…….

"그렇다고 해도, 저는 어떻게 태어나게 되었을까요?"

"내가 듣기로는, 제삼자 남성에게서 정자를 제공받았다고 했어."

후지와라는 그야말로 세상에 통달한 작가 같은 태도로 무감동하게 억양도 없이 말해주었다.

나는 고개를 끄덕이려다가 꼼짝도 할 수 없었다. 그 빈틈을 노리고 말은 낯설고 생각 없는 방문자처럼 제멋대로 내 안에 들어와 태연한 얼굴로 마음속에 들어앉았다.

나는 한참 침묵하고 있었다. 가슴속에서는 뭔가 끊임없이 수다가 이어졌지만, 그걸 알아들을 수는 없었다. 한마디로, 그런 일은 딱히 드문 것도 아니잖아, 라는 말을 하려는 것이리라. 그냥 **평범한 일**이다, 라고.

"그렇군요. 이를테면 정자은행이라든가, 그런 곳에서?"

"병원을 통한 비배우자 간의 인공수정은 남성의 불임치료에만 한정되어 있어서 어머님은 그건 이용할 수 없었어. 제공자의 조건이 매우 세세하게 한정되어 있는 모양이니까. 어머님이 소개받은 사람은 **개인적으로** 그런 활동을 하는 남성이라고 했어."

"그럼 그 사람이 제 아버지인가요?"

"생물학적으로는 그렇지."

"누구였습니까?"

"그런 얘기는 못 들었어, 나도."

"하지만 병원의 중재도 없이 어떻게 임신이 가능했을까요?"

"남성이 스스로 채취한 것을 용기에 넣어 보내주는 식이었을 거야."

"그런 방법으로 임신이 될까요?"

"어려웠겠지. 나이가 있는 경우에는 특히나. 나도 자세한 얘기까지는 못 들었지만, 당연히 성 교섭도 있었던 것 같아."

사실은 내가 사전에 상상했던 것과는 너무도 동떨어진 얘기여서 '아버지'라는 말조차 이미 적절치 않았다. 어머니가 그런 방법으로 임신을 시도했다는 것에 놀람과 함께 뭔가 애처로운 느낌까지 들었다.

너무도 동요해서 나는 도리어 그 사실에 계속 머무를 힘을 잃었다. 깊이 생각해보려 해도 마비된 것처럼 아무것도 짚이지 않고 내 안에 소용돌이치는 것을 어떻게 말로 치환해야 좋을지 알 수 없었다.

"그러면 그 사람은, 어머니 외에 다른 사람에게도 정자를 제공했을까요?"

"어머님 얘기로는, 스무 명 이상에게 무상으로 제공한 신뢰할 수 있는 사람이라고 했어."

"**신뢰**라고요? 그러면 이 세계에 나와 닮은 사람이 스무 명 이상이나 있겠네요, 이복형제들이."

"형제라는 말이 맞는지는 모르겠지만, 어쨌든 유전자적으로는 그렇겠지. 물론 여성도 있을 거고. 하지만 다양한 조건에서 태어나는 사람들이 있어. 중요한 건 실제로 지금 자네가 살아 있다는 사실이지."

후지와라의 그 너무도 반듯한 위로에 나는 적잖이 반발심이 들어 일부러 흘려 넘기듯이 이야기를 앞으로 끌고 나갔다.

"어머니의 그 친구는 어떻게 됐습니까?"

"자네가 태어나기 직전에 사라져버린 모양이야."

"왜요?"

"어머님의 배가 점점 불러오는 것을 보고 두려웠던 거야. 도망쳤다, 라고 어머님이 얘기했었어."

"그러면 그 친구도 떠나고…… 어머니 혼자 나를 낳았을까요, 낙태 없이?"

"이미 할 수 없는 시기였을 거야. 하지만 가능하더라도 안 했을 거라고 했어."

그대로 잠시 침묵이 이어졌다.

"한잔 더 마시겠나?"

적당한 틈을 봐서 후지와라는 다시 커피를 내려주었다. 내가 해야 할 것 같아 자리에서 일어났지만 그가 만류했다.

친근했던 여성의 아들로서 나를 따듯하게 대해주려는 마음이 느껴졌다. 그리고 대화의 여정을 꽁꽁 묶고 있는 밧줄을 풀어내듯이 그는 추억 이야기를 섞어가며 만년의 어머니에 대한 얘기를 듣고 싶어했다.

처음에는 후지와라의 팬으로 사인회 등에 자주 참석하는 때에 친해진 사이였다. 두 사람의 관계는 상당히 오랫동안 이어졌지만,

그런 편지고는 헤어짐은 분명한 계기가 있었던 것은 아니고 점차 소원해졌다고 후지와라는 말했다.

어머니가 처음 다니던 회사를 건강이 좋지 않아 사직하고 그 뒤로 다시 직장을 잡기가 수월하지 않았다는 것까지는 그도 파악하고 있었다. 하지만 돌아가시기 전에 여관에서 허드렛일을 했었다고 하자 소리도 없이 몇 번이나 고개를 끄덕였다.

복도에서 직원들이 두런두런 이야기하면서 지나가는 소리가 들렸다.

그러고는 지금 살고 있는 곳이며 어머니와 여행했을 때 일을 잠시 얘기했고, 후지와라의 최근의 생활에 대해서도 들었다.

나는 여전히 현실이 아닌 것처럼 멍한 느낌이었지만, 마음이 좀 가라앉은 참에 물어보았다.

"어머니는 결국 제게 아무 말도 해주지 않고 돌아가셨어요."

"갑작스러운 사고였지, 마지막은?"

"결과적으로는 그렇습니다. 하지만…… 실은 어머니가 '자유사'를 원했어요."

후지와라는 마치 방금 어머니에게서 그런 결심을 듣기라도 한 것처럼 깜짝 놀랐다. 그리고 위를 우러러보더니 작은 소리를 흘리며 탄식했다.

그것은 나에게 지금까지 보였던 것과는 다른, 좀 더 친밀하고 솔직한 표정이었다. 아마도 20년 넘게 그의 마음속에 담아두었던 어머니를 향한 얼굴일 것이다.

"하지만 제가 반대했습니다. 그러던 참에 갑작스럽게 사고를 당해서……. 저는 지금도 어머니가 왜 '자유사'를 원했는지 잘 모르겠어요. '이제 충분하다'고는 얘기했었죠. 하지만 대체 뭐가 충분하다는 것인지……."

기묘하게도 나는 그 순간, 정말로 어머니의 심경이 그토록 이해하기 어려운 것이었을까, 하고 처음으로 깨달았다. 나는 무엇을 알지 못한다는 것인가. 이런 생각이 드는 것은 어머니가 끝내 비밀로 했던 출생에 관한 사실을 알았기 때문일까.

"후지와라 씨도 어머니에게서 '자유사' 얘기를 들었던가요?"

"아니, 그런 얘기는 처음이야. 내가 어머님을 만난 것은 자네가 아직 어릴 때였으니까 그런 생각을 했을 리가 없지. 오히려 그런 생각을 밝혔던 것은 내 쪽이었어."

"……."

"죽음의 자기 결정권에 대한 얘기를 했었어. 그 문제를 사회적 약자에게만 밀어붙이는 것은 용서받을 수 없는 일이야. 반드시 입에 담기도 역겨운 토론이 되지. 우리가 고려해야 할 것은 애초에 인류에게 그럴 권리를 인정하느냐 마느냐는 것이야. 어머님과는 그런 진지한 얘기도 자주 했어……. 인간이란 혼자서는 살아갈 수 없지. 하지만 죽음은 온전히 혼자서 받아들일 수밖에 없다고 여겨지고 있어. 하지만 나는 그렇지 않다고 생각해. 죽음이야말로 타자와 공유되어야 하지 않겠나? 살아 있는 사람은 죽어가는 사람을 혼자서 죽게 해서는 안 돼. 죽음을 서로 나눠야만 하지. 그렇게 해서 나 자신이 죽을 때는 누군가와 손을 잡고 역시 죽음을 서로 나누는 거야. 그러지 않고서는 죽음은 너무도 두려운 것이니까."

후지와라는 당시를 회상하듯이 내게 조용히 얘기를 건넸다. 그것은 실제로 어머니가 바라던 것이었다. 그 상대로 내가 선택되었고, 그리고 그 뜻을 나는 받아주지 못했던 것이다.

"그러기 위해서 죽음의 예정을 짠다는 말씀일까요? 임종을 지켜봐줄 사람과 스케줄을 조정하기 위해서?"

"인생의 모든 중대사가 그렇지 않은가? 죽음만 예외 취급을 해야 하나? 타자와 죽음을 서로 나눈다는 것은 임종에 입회하는 것만이 아니야. 시간을 들여 함께 얘기를 나누는 시간을 갖는다는 것이지."

"한 인간이 이제는 죽어도 좋다고 진심으로 받아들이고, 상담을 받은 측에서는 그것을 수용한다……. 그건 어떤 경우일까요?"

"불치의 병, 연령적인 것, 그렇게 삶의 한계가 분명하게 보이고 그 연장의 시시비비를 진지하게 검토해야 하는 상황이겠지. 나도 살날이 그리 많지 않아서 **예정이 잡히는 대로** 마지막으로 아들딸과 손자들과 작별할 수 있게 되었어."

후지와라는 미소를 지으며 말했다. 그의 그러한 자각에 대해 나는 죄송하게 느끼면서도 꼭 묻고 싶었다.

"그 시시비비를 정말로 본인이 자유롭게 판단할 수 있을까요? 사회적으로 이렇게 빈부 격차가 크게 벌어지고 가난한 사람이나 질병 있는 사람은 사회의 방해물 취급을 당하고 있는데? 저는 어머니가 어떻게 그런 생각을 했는지 잘 모르겠어요. 그게 내내 괴로웠습니다. 어머니는 건강한 편이었고 아직 일흔의 나이였어요. 다만 경제적으로는 불안했습니다. 저 때문에 걱정도 많이 했었고…….”

“내가 만년의 어머님과는 연락을 주고받은 적이 없어서 선불리 얘기할 수는 없어. 하지만 일흔 살은 아직 아까운 나이인데……. 자네 말이 옳아. 그렇기 때문에 더더욱 죽음에 대한 그런 사회적 억압을 피하기 위해서라도 좀 더 시간을 들여 친밀한 주위 사람들과 얘기를 나눠야 하지.”

“진심으로 만족해서 ‘이제 충분하다’고 하는 사람이 있는가 하면, 깊은 절망감 때문에 ‘이제 충분하다’고 하는 사람도 있을 거예요. 괴로워하는 사람이라면 옆에서 격려하면서 ‘아직 충분하지 않다’고 용기를 북돋아야 할까요? 아니면 그대로 받아들여야 할까요? 오히려 ‘마음먹기’에 따라 다르다고 위로해야 할까요? 우리가 어떤 상황에 처했건 단순히 만족할 수 있는 **뭔가**를 찾아내버리면 현실은 영원히 바뀌지 않겠지요. 그건 이 세계를 자기들 편리한 대로 주물럭거리는 자들에게는 안성맞춤의 핑계거리가 됩니다. 불행한 사람은 언제까지고 불행하고 가난뱅이는 언제까지고 가난뱅이라니요! 하지만 본인들이 불행하든 가난하든, 마음이 평온해지는 방법을 찾아버리면 사회적으로는 아무런 파풍도 일어나지 않겠지요. 그래서는 너무도 희망이 없지 않을까요? 저는 정말 모르겠습니다.”

나는 혼란에 빠져 있었다. 어머니 얘기를 하려고 했는데 동시에 내 얘기를 하고 있었다. 내가 말한 것에 대한 답을 모두 다 알면서도 그게 아니라고 부정해주기를 바라고 있었다.

후지와라는 내내 고개를 끄덕여주고 내 말이 끊기기를 지켜본 뒤에 입을 열었다.

"'마음먹기'에 따라 다르다는 것은 내가 직접 얘기했던 것은 아니야. 나를 비판하는 얘기겠지만, 나로서는 그보다는 조금 더 복합적인 얘기를 글로 써왔다고 생각하네. 물론 정의롭지 않은 현실은 바로잡아야지. 그러기 위한 행동을 나는 적극 찬성하고, 인간이나 사회의 인식이 좋은 방향으로 변화할 수 있는 소설을 쓰려고 해왔어. 하지만 모든 사람들이 그런 행동에 나설 수 있는 것도 아니고, 모두가 나서더라도 현실이 쉽게 바뀌지 않는 경우도 있어. 수없이 투쟁하고 상처 입은 끝에 '이제 충분하다'고 하는 사람들이 있을 거야. 내 문학이 그런 사람들을 위해 작은 도움이나마 되었다고 평가해준다면 참으로 기쁘겠네."

"후지와라 씨의 사상대로 어머니는 평생 실제 현실과는 또 다른 현실에서 행복감을 찾았던 걸까요?"

"그건 글쎄……. 사실은 그 반대였어."

"반대라고요?"

"영향을 받은 건 내 쪽이었어. 자네 어머님은 아이를 갖고 싶은데 미처 결혼을 못한 현실을 사회의 상식에 항거해 바꿔보려고 했어. 나한테는 그런 삶의 방식이 아주 선열하게 느껴졌어. 그래서 동경심을 품었을 정도야. 그런데 그 새로운 인생 계획이 친구의 배신으로 좌절되고 말았어. 자네 어머님은 내 책에서 위로를 얻으려고 했지. 소설가로서 나는 그것에 감동했어. 그리고 나는 그런 상황에서 현실을 바꾸기 위해 좀 더 노력하라는 말은 할 수 없었어. 그건 인간 대 인간으로 진지하게 마주했을 때의 결코 추상적이지 않은 감정이야. 초기의 내 작품에는 반쯤은 무자각의 엘리트주의의 결점이 그대로 드러나 있어. 그 시기에 쓴 작품들을 나는 부정하고 싶다네. 자네 어머님과의 관계를 통해 나는 소설가로서 **착해져야 한다**고 진심으로 생각하게 됐으니까. 내 작풍의 변화에 대해 많은 사람들이 다양한 평론을 발표했지만, 가장 큰 영향을 끼친 건 바로 그것이었어. 지금 자네에게 처음으로 하는 얘기야."

후지와라는 그렇게 말하고 입을 다물었다. 그 말을 반추하며 나는 그의 침묵을 공유했다. 거기에는 분명 어머니의 존재가 속속스며 있는 느낌이었다.

그의 눈가에 피로의 기색이 드리운 것을 보고 나는 너무 오래 앉아 있었던 것을 반성했다. 아직 하고 싶은 얘기가 많았지만 이쯤에서 일어나야 할 것 같았다.

후지와라도 이제 슬슬 헤어질 때라고 생각했는지 잠깐 시계를 들여다보고 이야기를 마무리하듯이 자세를 꼿꼿이 바로잡으며 말했다.

"하지만 일흔이라는 나이에 어머님이 '자유사'를 원했고, 그 결정에 내 책과 존재가 영향을 끼친 것이라면, 분명 뭔가 잘못된 것이겠지. 자네의 방문의 의미와 겸해서 그런 얘기를 글로 쓸 시간이 내게 남겨져 있을지 어떨지 모르겠네."

나는 어떻게 대답해야 할지 알 수 없어서 즉답은 피했다.

"긴 시간, 함께해주셔서 고맙습니다. 20여 년이나 연락이 끊겼는데 이제 새삼 어머니 얘기를 진지하게 들어주신 점, 특히 감사

드립니다."

"자네 어머님은 특별했어. 내 인생을 통틀어 이제 새삼 되돌아 보고 싶은 시간이야. 정말로 그때가 그립다네."

머리를 숙이고 일어서는 나를 위해 후지와라도 천천히 몸을 일으키며 내 팔을 두드려주었다.

"열심히 살아봐. 지금 자네가 '이제 충분하다'면서 '자유사'를 원한다면 나는 전력을 다해 막을 거야. 자네가 현실을 바꾸려고 노력한다면 나는 힘껏 응원하겠네. 또 오게. 다음에는 자네 얘기를 들려줘."

*

후지와라 료지를 만나고 온 다음날은 일요일이었다.

나는 혼자 빵과 사과 하나로 늦은 아침을 때웠다. 그 접시를 치우는 참에 미요시가 나와서 할 얘기가 있다고 말했다. 그녀도 오늘은 비번인 모양이었다.

설거지를 끝내고 테이블에서 그녀와 마주앉았다. 창밖의 구름 낀 하늘을 내다보는 그 표정으로 뭔가 긴장하고 있다는 것을 알았다.

"이피를 만나서 얘기한 끝에 정식으로 사귀기로 했어. 그동안 사쿠야 군에게 너무 큰 신세를 졌는데, 내일쯤 그의 집으로 이사해야 할 것 같아. 짐도 별로 없고, 그가 대형 택시를 예약해줘서 우선 수트케이스만 싣고 가면 될 거야."

지난 며칠 동안, 곧 그런 얘기가 나올 거라고 예상했었기 때문에 그 결정 자체에는 그리 놀라지 않았다. 성급한 정적이 내일부터 다시 외톨이가 되는 쓸쓸함을 부탁도 하지 않았는데 벌써부터 내게 예고해주고 있었다.

"잘됐네요, 그러는 게 좋죠. 짐 옮기는 건 내가 도와줄게요. 내일 못 가져가는 건 나중에 내가 가져가면 되니까."

"고마워. 그동안 사쿠야 군이 이래저래 도와줘서 정말 마음 편히 잘 지냈어."

"천만에요. 짧은 기간이었지만 나도 즐거웠어요."

우리는 서로에게 어색하게 미소를 지었다. 침묵이 길어질 것을 우려해 내뱉는 그다음 말이 틀림없이 쓸데없는 한마디가 될 것 같아 나는 내 방으로 돌아가려고 했다. 그러자 미요시가 당황한 듯 급히 말을 이어갔다.

"결국 내 **과거**에 대한 얘기는 아직 이피에게 하지 못했어."

이미 자리에서 일어난 참이어서 그녀를 내려다보는 내 눈높이를 어떻게 처리해야 할지 난감했다.

"그건 언젠가 얘기할 수 있을 때를 기다리면 되지 않을까요? 그는 지금 현재의 미요시 씨를 좋아하는 거니까요. 말하고 싶지 않다면 평생 덮어두어도 괜찮을 것 같은데요."

"그런가……. 역시 좀 꺼림칙한 마음도 있는데……. 여관 일도 이제 그만두게 될 거야."

그녀는 조금 안도한 듯이 말했다. 왜 굳이 지금 그런 얘기를 꺼내는지 생각해보니, 역시 멀리 에둘러 비밀을 지켜줄지 확인할 수밖에 없었던 것이라고 짐작이 갔다. 그리고 내 입을 막으려고 하는 그 심정을 이해할 수 있었다. 오히려 그녀가 부자연스럽게 여관 일을 언급한 것이 어쩐지 마음에 걸렸다. 느닷없이 지금까지 생각해본 적도 없었던 의념이 떠올라 나는 숨을 헉 삼켰다. 어머니와 미요시는 정말로 그런 **여관**에서 일했던 것일까. 어머니가 맡았다는 종업원의 시프트 관리라는 것은 전혀 다른 일이었던 게 아닐까…….

하지만 그건 역시 삿된 억측일 거라고, 내 생각을 싹뚝 잘라버렸다.

솔직히 후지와라와의 만남이 없었다면 그녀의 결단에 나는 좀 더 직접적이고도 막대한 타격을 입었을지도 모른다. 하지만 어제 이후, 내 마음을 점령한 혼란은 배가되기보다 오히려 적잖이 상쇄된 느낌이었다. 고뇌하는 데도 일종의 집중력이 필요한 것이다.

실제로 몸에 스미도록 영향을 받는 것은 내일 그녀가 떠나고 난 다음이리라.

*

후지와라 료지에게는 간밤에 방문을 환영해준 데 대한 감사 메일을 보냈다. 그 답장이 오후에 들어왔다. 나는 그 요양원의 방 한 칸을 생각하고, 그곳에서 내 메일을 읽고 생각하고 답장을 썼을 그의 모습을 머릿속에 떠올렸다.

그는 나와의 대화가 즐거웠노라고 밝히고, 이어서 다음과 같은 글을 보내주었다.

'그녀가 나의 졸작을 평생토록 읽어주었다는 것은 뜻밖의 일이었네. 상당 기간 이어진 관계였지만, 결국 끝을 맺은 것은 내가 아니라 그녀 쪽이었어. 그런 얘기를 어제 자네에게 전했어야만 했어. 당시에 그녀가 느꼈던 우리 가족에 대한 죄책감을 줄곧 다독였던 것은 나의 기만欺滿이었어. 그녀의 후반생에 그 일이 큰 영향을 끼쳤던 게 아닌가 하는 회한이 있다네.'

후지와라와 대화하면서 나는 해외에서 살고 있다는 그의 자녀들에게 일종의 질투심을 느꼈었지만, 그들의 입장에서는 어머니는 존재하지 말았어야 할 사람인 것이다. 그리고 나는 이제 새삼 후지와라 앞에 나타나지 말았어야 할 그의 유아遺兒였다.

어리석게도 이제야 그런 점을 깨닫고, "또 오게"라고 했던 그의 후의를 그대로 받아들여서는 안 된다고 마음을 돌렸다.

후지와라에게 나는 하나의 비밀이자 여차하면 위협으로 뒤바뀔 수도 있는 존재인 것이다.

물론 나는 그럴 생각은 전혀 없었다. 후지와라 료지와 우호한 관계를 맺고 싶었고, 그의 비밀을 폭로한다면 다른 누구도 아닌 나 자신의 인생이 성립되지 않을 것이다. 그건 무엇보다도 어머니를 슬프게 하는 일이었다.

후지와라의 메일에는 또 한 가지, 내가 지금까지 막연히 예감했으면서도 만년의 어머니와 딱히 연결 지어 생각하지 못했던 것이 적혀 있었다.

'이제 충분하다, 라는 말을 듣고 나는 그녀와 처음으로 긴 대화를 나눴던 때가 생각났다네. 그때도 똑같은 말을 입에 올렸어. 이제 충분하다, 라는 절박한 심정일 때도 있었지만 아기도 태어났고 이제는 희망을 갖고 살고 싶다고 했었지. 그때 만일 죽었다면, 이라는 생각이 그 뒤에도 오래도록 그녀의 마음속에 자리잡고 있었던 게 아닌가 싶네.'

잠시 그 의미하는 바를 생각하다가 불현듯, 자폭할 때 "어머니!"라고 부르짖은 전우들의 기억을 증언했던 그 노인 VF의 말이 생각났다.

"그때 한 번 죽은 목숨이라고 생각하면 이제 나는 언제 죽어도 여한이 없어요."

어머니가 일흔 살에 다시금 '이제 충분하다'라는 말을 입에 올렸을 때, 가슴에 품은 생각은 그것과 비슷한 심경이었을까…….

그리고 후지와라가 마지막에 밝힌 그다음 말이 언제까지고 내 마음에서 떠나지 않았다.

"가장 사랑하는 사람의 타자성他者性을 정면으로 마주하려는 자네의 인간적인 성실함을 나는 믿는다네."

후지와라에 이어 이피에게서도 메일이 들어왔다. 미요시에 대한 사랑의 성취에 대한 보고였다. 문장 전체에 몽롱하게 도취된 듯한 환희가 가득 넘치고 있었다.

'말로 표현할 수 없을 만큼 행복해요!

사쿠야 씨에게는 정말로 큰 신세를 졌어요. 미요시 씨를 소개해줘서 감사합니다. 이건 다음에 만나면 또 찬찬히 얘기할게요.

다음은 업무 얘기예요. 괜찮다면 내일부터 다시 출근했으면 하는데, 일정 괜찮을까요? 2주일의 긴 휴가, 미안해요. 사쿠야 씨와

전에 상의했던 자선사업 쪽을 본격적으로 도와주셨으면 합니다.'

이피의 본심인지 어떤지 적잖이 의심스러운 마음도 들었지만, 나는 짧게 답장을 보냈다.

'미요시 씨에게서도 얘기 들었어요. 축하합니다. 소개한 사람으로서 나도 기쁜 마음입니다.

업무에 대한 것은 정식으로 상의하도록 하겠습니다. 이번주 초에는 일정이 있어서 가능하면 수요일부터 출근했으면 합니다.'

이피는 곧바로 오케이, 라는 답장을 보내주었다.

나는 미요시가 있는 이피의 맨션에 출근하는 새로운 생활을 상상했다.

생각해야 할 일이 너무도 많은 오후였다.

*

미요시의 제안으로 우리는 그날 저녁 오랜만에 두유냄비를 먹기로 했다.

함께 장을 보고 주방에 서서 요리를 했다. 뺨이 얼어붙을 듯한 추운 날씨여서 슈퍼 봉투를 양손으로 번갈아들면서 빈손을 주머니에 넣고 녹여야 했다.

"여기서 처음 이 두유냄비를 해먹었던 게 벌써 반년 전인가? 시간이 휘리릭 지나간 것 같은데 다른 한편으로는 아주 옛날 일 같은 느낌이야. 내가 대피소에서 이곳으로 옮겨오자마자 배탈이 났었잖아. 사쿠야 군이 며칠씩이나 간병을 해줬는데."

"아, 맞아요. 장염이었죠."

보글보글 끓는 냄비를 마주하고 우리는 추억 이야기에 빠져들었다. 서로 캔맥주를 따라주며 함께 건배했다.

두유냄비는 그 멜론 사건 직후 지독히 피폐했던 날에 먹은 요리였다. 그 뒤로 한동안 폐지를 수거하는 일을 했었지만, 그런 나날들을 「어머니」와 단둘이 보내야 했다면 나는 훨씬 더 비참했을 것이다.

미요시의 존재만으로도 이미 충분히 도움을 받은 것이었다.

저녁식사는 의외로 일찌감치 끝이 났다.

설거지를 하고 그날은 내가 먼저 목욕을 하기로 했다. 파자마로 갈아입고 거실로 나오자 미요시는 헤드셋을 쓰고 「어머니」와 얘기에 빠져 있었다. 이 집을 떠난다는 보고를 하는 모양이었다. 마음만 먹으면 언제 어디서든 「어머니」를 만날 수 있지만, 어쩌면 이번 이사를 계기로 '이별'할 생각인지도 모른다. 내가 직접 「어머니」에게 그런 번거로운 설명을 하지 않아도 되는 것에 한결 마음이 놓였다.

일단 방으로 돌아와 어제 후지와라 료지를 만난 뒤로 가슴속에 똬리를 틀고 있는 감정을 정리해보려고 했지만, 제대로 언어로 바뀌지지 않았다.

미요시는 목욕 후 11시쯤에 방으로 들어간 모양이었다. 잠시 거실에 들렀는지 샴푸 향이 남아 있었다.

차가워진 거실에 다시 난방기를 켜고 커피를 내렸다. 소파에서 느긋하게 마신 뒤에 머그잔을 내려놓고 헤드셋을 썼다.

눈을 감았다가 뜨자 「어머니」가 방금 전까지 아무도 없었던 테이블에서 혼자 바느질을 하고 있었다.

"뭐하고 있어?"

"옷의 단추가 떨어져서 달고 있었지. 이제 막 끝낸 참이야."

둥글게 매듭을 지은 실을 끊고 「어머니」는 얼굴을 들었다.

"그나저나 미요시가 이사한다면서? 아까 얘기 들었어."

"응, 내일 나도 이사를 도와줄 예정이야. 짐도 별로 없지만."

"그렇구나……. 너는 미요시가 떠나도 괜찮겠어?"

미요시는 「어머니」와 어떤 얘기를 한 것일까. 전에도 매번 그랬지만 그녀는 「어머니」를 통해 내게 뭔가 전하려고 한 게 아닐까.

「어머니」가 마음대로 그런 걱정을 할 리 없다. 하긴 젊은 남녀가 단둘이 살다가 한쪽이 떠난다고 하면 이런저런 억측도 하게 마련인지 모른다.

"괜찮거나 말거나 미요시 씨가 결정한 일인데 뭘."

"그렇긴 해도, 섭섭하지 않아?"

"섭섭할 것도 없어. 이피의 집에서 언제든 볼 수 있으니까. 그리고 어머니도 있잖아. 혹시 같이 살 사람이 정 필요하면 다시 찾아볼게."

「어머니」는 알겠다고 고개를 끄덕이고 내 눈치를 살피는 듯 더 이상 캐묻지 않았다. 나는 한순간 시선을 떨군 것을 퍼뜩 깨달았다. 「어머니」는 그걸 보고 내가 슬퍼한다고 판단했을 터였다.

더 이상 걱정하지 않도록 의식적으로 표정을 누그러뜨리고 얼른 화제를 바꿨다.

"후지와라 료지 씨를 만나고 왔어."

「어머니」는 금세 환하게 웃는 얼굴이 되었다.

"그래, 내내 궁금했어. 직접 만나보니 어땠어?"

"아주 친절하셨어. 어머니를 보고 싶어 하시던데."

"어머, 그래? 나를 아직도 기억하고 있었어?"

「어머니」는 조금 놀란 듯 탐색하는 눈빛으로 물었다.

"예전에 어머니가 그분과 상당히 친한 사이였어. 8년 동안이나. 내가 초등학교 다닐 때까지."

아무래도 조심스러워서 약간 애매하게 말을 얼버무렸지만, 「어머니」는 그 우회적인 말투를 이해하지 못한 모양이었다.

"자주 만났어, 후지와라 씨와."

"아, 미안해. 엄마는 무슨 말인지 잘 모르겠어."

"어머니가 후지와라 씨와 연인 사이였다는 말이야. 후지와라 씨는 가정이 있는 사람이었는데도."

"그렇구나……."

'연인'이라는 말은 어머니와 후지와라의 애매한 관계를 표현하기에는 아마도 적절치 않고, 두 사람은 오히려 그렇게 보일까봐 애써 피했던 말일 것이다. 하지만 「어머니」 안의 AI에게 설명해주기 위해서는 일부러 그런 말로 단순화시킬 수밖에 없었다. 그래도 「어머니」의 표정은 우스꽝스러울 만큼 어리둥절할 뿐이어서 나는 슬픔을 느껴야 했다.

잠시 침묵하고 있었지만 문득 생각이 나서 이런 제안을 했다.

"어머니, 지금 폭포 구경하러 갈까?"

"폭포? 어디로? 이렇게 늦은 시간에?"

나는 조종 화면을 불러내 가상공간 안의 가와즈나나다루 폭포를 검색했다. 그리고 둘이 함께 이동해 「어머니」도 그 경치를 인식할 수 있게 설정했다. '오다루'라는 가장 큰 폭포, 예전에 거기서 나오던 길에 어머니가 '자유사' 얘기를 처음 꺼냈던 곳을 선택했다.

다시 잠깐 눈을 감았다가 뜨자 바로 앞에 초여름 햇살이 수많은 작디작은 열십자처럼 반짝이는 폭포가 나타났다.

초록 이끼로 뒤덮인 암벽 틈새로 굉음을 내는 물줄기가 하얗게 부서지며 떨어져 내려왔다. 아래쪽 연못 위로 무지개의 단편이 언뜻언뜻 피어났다. 나무숲 터널을 지나 저 먼 곳을 향해 흘러가는 강물도, 주위에 들어선 노천탕이며 탈의실 등도 정교하게 재현되어 있었다.

우리는 폭포의 연못가로 이동해 그 곁에 나란히 앉았다. 원래는 비말이 덮쳐서 도저히 앉아 있을 수 없는 곳이다. 실제로 바위가 젖었는데도 엉덩이에 그 써늘한 감촉이 없다는 게 기묘한 느낌이었다.

"어머, 굉장한 폭포다."

"전에도 어머니를 여기에 데려온 적이 있어, 리얼 아바타로."

"그랬었니? 미안해, 엄마가 요즘 건망증이 심해서."

가상현실의 폭포는 실물보다 눈앞에 바짝 다가온 것처럼 보였다. 기억 속의 폭포와 뒤섞이면서 내 몸은 4년 전의 나와 그 구별을 상실해갔다.

한참이나 아무 말 없이 세차게 떨어지는 물줄기를 바라보았다.

중간쯤에 거대한 바위가 튀어나왔는지 그 부분을 때리며 폭발적으로 물거품이 커지는 모습도 그날 본 그대로였다.

꽃이 되려다 뜻을 이루지 못한 채 계속해서 무너지듯이 그 하얀 꽃대 같은 비말은 겹겹이 주위로 흩어졌다. 그게 한없이 이어지는 것을 보자 가슴이 먹먹해지는 것 같았다.

그때 왜 어머니가 가와즈나나다루에 가고 싶어했을까, 라는 오랜 의문에 문득 답을 얻은 마음이 들었다. 어머니는 예전에 후지와라 료지와 함께 이곳에 왔었던 게 아닐까. 내게도 얘기했던 대로 『이즈의 무희』로 유명한 곳이라는 그 똑같은 이유로.

폭포 소리에는 바위 표면에 메아리치는 힘찬 울림이 있었다. 그 여운이 나무숲의 녹음에 여과되면서 푸른 하늘로 올라갔다.

「어머니」와 대화하기 위해 폭포 소리를 조금 낮췄다. 속삭임 정도로 바짝 줄여진 음량이 우리 모자에게 이야기할 공간을 펼쳐주었다.

"어머니가 깜빡한 게 실은 아주 많아. 후지와라 씨가 내 출생에 관한 얘기도 해주셨거든."

"어떤 얘기를?"

곁에 앉은 「어머니」의 눈을 들여다보며 후지와라의 얘기를 그대로 들려주었지만 「어머니」는 전혀 그 내용을 이해하지 못했다.

"아, 미안해. 엄마는 그 얘기는 잘 모르겠어."

「어머니」는 몇 번이나 그 말만 되풀이했다.「어머니」안의 AI는 자신의 혼란을 상투적인 동요의 표정으로 보여주면서 새로운 학습을 위해 노력하고 있었다.

어머니가 살아 있었다면 이번에는 분명 그 본심이 생생히 담긴 표정으로 나와 진지한 대화를 해주지 않았을까.

「어머니」를 지금보다 좀 더 본질적으로 어머니답게 만들기 위해서는 끈기 있게 이 학습에 동행해주지 않으면 안 된다. 그러다 보면 언젠가는 살아 있는 어머니가 했을 만한 대답에 한없이 근접하는 말을「어머니」에게서 들을 수 있을지도 모른다. 그야말로 내 마음을 크게 뒤흔들 만큼 **자연스럽게** 말해줄지도…….

하지만 그 순간 나는 이제 그만「어머니」와의 관계를 끝내야 하는지도 모른다고 느꼈다. 얼마 전부터 막연히 생각해온 것이지만, 그게 바로 지금이 아닐까.

조정 화면을 열고 내 곁에서「어머니」의 모습을 지웠다.「어머니」는 놀란 표정을 지을 틈도 없이 나를 빤히 바라보는 눈빛 그대로 사라졌다.

처음부터 혼자였는데 마치 이제야 깨달은 것처럼 나 혼자라는 게 절실히 느껴졌다. 기묘한 착각이지만, 가상공간의 이 폭포에 '연기' 앱의 거대한 우주공간이 펼쳐져 있는 것 같았다.

아마도 외로움 때문에 다시 폭포 소리를 크게 키우고 그 엄청난 물의 낙하를 응시했다. 실제 폭포는 지금 꽁꽁 얼어붙은 겨울 한밤중의 산중에서 어느 누구의 눈에도 닿는 일 없이 캄캄한 어둠 속에 저 굉음을 올리고 있으리라.

나 자신의 출생에 대해 무릎을 끌어안고 생각했다. 그리고 지금까지 맛본 적 없는 깊은 고독을 느꼈다. 그것은 출산 때 어머니의 고독과 떼어놓을 수 없이 단단하게 이어진 것처럼 생각되었다.

후지와라는 작가다운 태도로 이해를 표해주었지만, 나는 아무리 생각해봐도 내 생물학상의 아버지라는 존재에 친밀한 감정을 가질 수 없었다.

선의라고 생각할 수도 있고, 축복받으며 태어난 경우도 있을 것이다. 그들은 큰 혜택을 받았다. 하지만 나 자신에 관해 말한다면, 내 몸속에 몹시 불성실하고 경박한 뭔가가 섞여 있다는 혐오감을 도저히 씻어낼 수 없었다.

그 남자가 지금도 살아 있는지 이미 죽었는지는 모른다. 하지만 어찌됐건 그 얼굴은 아마도 나와 닮은 것이다. 분명 내 얼굴이 어머니를 닮지 않은 그 몫만큼.

어머니는 내 얼굴을 보면서 이따금 그 사람을 생각했을까. 어떤 식으로? 그때마다 서둘러 기억을 덧칠하듯이 후지와라 료지의 얼굴을 떠올린 건 아니었을까. 내가 그를 친아버지라고 믿으려 했던 것은 그러한 어머니의 소망이 반향된 것인지도 모른다.

그 남자의 아이가 스무 명이 넘는다고 한다. 여성도 있다고 후지와라는 말했다. 가난한 사람도 있는가 하면 부자도 있으리라. 분명 병이 든 사람도 건강한 사람도 있으리라. 그들은 자신의 출생에 대한 진실을 모친의 입을 통해 들었을까…….

내가 태어나기 전에도, 태어났을 때도, 살고 있는 지금도, 죽은 다음에도 이 폭포는 오직 저 나무숲의 녹음에 뒤덮여 밤낮의 빛과 어둠을 뚫고 흘러 떨어진다. 그것이 끊임없이 뭔가 의미를 묻는 것 같았지만, 나는 단지 시간의 흐름의 신비한 현현顯現을 목도한 듯한 멍한 기분에 갇혀 있었다.

자신의 부모에 대해 안다는 것이 대체 무슨 의미인가, 라고 휘청거리는 걸음처럼 뒤를 이어 생각했다.

대부분의 인간은 조부모쯤까지는 알고 있다. 하지만 5대 전의 선조도, 20대 전의 선조도 알지 못한다.

수만 년 전의 옛날, 아프리카에서 흘러나온 호모사피엔스는 이동하거나 자리를 잡으면서 세계 각지에서 폭발적으로 번식했다. 그 육체에서 육체에로 환승하는 유전자 릴레이의 여정 속에는 도저히 용서받지 못할 남자도 허다했을 것이다. 원치 않는 임신을 했던 어머니들은 또 얼마나 많았을까. 하지만 만일 과거로 거슬러 올라가 그 잘못된 관계의 하나라도 미리 막아내는 게 허용된다면 나는 이미 이 세계에 존재하지 않는 것이다.

후지와라를 통해 나는 어머니의 인생을 한 여성의 인생으로서 다시 바라보았다. 그 마음의 색감은 내가 여태까지 정확히 알기를 원했던 것보다 훨씬 더 복잡하게 혼합되어 있었다.

나는 어머니에게 묻고 싶었다. 친구에게 배신당하고 마음속에 그려온 공동체 생활의 계획이—지나치게 앞서갔던 그 계획!—깨어졌을 때, 정말로 나를 지울 생각은 하지 않았느냐고.

그때 어머니는 **내**가 태어날 줄은 알지 못했다. 단지 **누군가** 태어난다는 것만 알고 있었다. 그래서 **내**가 어머니에게 낙태를 멈추도록 호소하는 건 불가능한 일이었다. 어머니는 그렇다면 그 **누군가**의 제지를 받았던 것인가. 그리고 그 **누군가**를 자신의 아이로서 낳고 싶었던 것일까.

내가 이상한 방식으로 생각한다는 것을 깨닫고 거기서 일단 멈췄다. 그리고 다시 처음부터 시작했다.

어머니는 다만 아이를 갖고 싶었던 것이다. '이제 충분하다'라는 절박한 심정 끝에 하나의 평범한 소망으로서. 그리고 그 원하던 것을 자신의 몸을 사용해 만들어냈다. 나는 다시금 그 단순한 사실에 감동해 저절로 눈이 둥그레지고 진심으로 경탄했다.

하지만 어머니가 낙태하지 않기로 결심한 것은 그 아기가 **나**라는 것을 알고 선택한 일이 아니었다.

홀로 남겨진 어머니는 자신이 바라마지 않던 그 아기에게 '사쿠야'라는 이름을 붙여주었다. 그리고 '사쿠야'는 성장과 함께 점차로 내가 되었다. 어머니는 그걸 어떻게 느꼈을까. '영웅적인 소년'이 떠난 뒤, 혼자 고등학교 복도에 앉아 있는 나를 데리러 왔을 때는? 고등학교를 그만두고 여기저기 직장을 전전하다가 리얼 아바타 일로 근근이 먹고사는 나를 봤을 때는?

'가장 사랑하는 사람의 타자성'이라는 후지와라의 말이 자꾸만 뇌리를 스쳤다.

어머니는 최선을 다해 자신의 인생과 과감히 맞부딪쳐온 것이다. 실제로 어머니를 막판으로 몰아붙인 건 이 사회였다. 어머니는 매우 기발한 방법을 선택하면서까지 '이제 충분하다'는 실의의 밑바닥에서 탈출해 가까스로 '일반적'이 되려고 했다. 그리고 어머니에게 나는 언제까지고 '일반적'인 것에서 일탈해버린, 어떻게도 수습할 수 없는 현실이었다.

그런데도 어머니는 인생에서 행복을 찾아냈던 것일까.

어머니가 만일—그렇다, 만일 어느 날 나에게 그 인생 전체를 털어놓았다면, 그리고 내가 그것을 이해할 수 있을 만큼 충분히 성숙했다면, 그때 나는 역시 이렇게 말하지 않았을까.

"어머니, 이제 충분해."

내가 그때 '자유사'의 희망을 받아들였다면 어머니는 죽기 전에 스스로 나의 출생을 둘러싼 경위를 밝힐 생각이었는지도 모른다. 그것은 의무감에서라기보다 단지 들어주기를 바라는 마음 때문이었을 것이다. 다른 누구도 아닌 나에게! 그리고 내가 어머니의 '자유사'의 의지를 막무가내로 거부하는 대신, 이해하고 그 말에 귀를 기울여주었다면 그때 비로소 어머니는 '자유사'의 의지를 번복해주었을지도 모른다…….

정말 그런 걸까……. 알 수 없었다. 알고 있는 건 어머니뿐이다. 어머니가 직접 가르쳐주었으면 좋았을 텐데. 단 한 번이라도 좋다. 만나서 말을 나눌 수만 있다면 얼마나 행복할까! 추억은 너무도 많았다. 하지만 나는 예전의 내가 아니라 오늘의 나로, 바로 지금, 어머니와 얘기하고 싶었다.

나는 VF 「어머니」의 **자연스러운** 반응이 언젠가 내 마음을 채워 줄 것이라고 기대했다. 하지만 그 생각에는 근본적인 착오가 있었다. 내가 진심으로 원하는 것은 나를 향한 어머니의 겉모습만의 반응이 아니었다. 어머니의 마음속의 반응이었다. 어머니가 내 말을 접하고 뭔가를 가슴으로 느낀다는 것, 나의 존재가 어머니라는 존재의 깊은 곳에 닿아서 뭔가를 불러일으키는 것……. 내가 지금 원하는 것, 그리고 이제는 결코 손에 넣을 수 없는 것은 어머니의 그 내적인 마음의 반응이었다!

어머니가 없는 내 곁을 가만히 바라보았다. 그리고 다시 한없이 넘쳐흐르는 폭포를 바라보았다.

하지만 이 모든 것은 어머니가 이 세계에 없기 때문에 건방지게도 나 혼자 제멋대로 해보는 망상이 아닐까. 죽은 사람은 반론을 할 수 없다. 내가 이렇게 자문자답을 거듭하는 동안에도 어머니는 "사쿠야, 엄마 생각은 좀 달라"라고 결코 말해주지 않는다.

만일 단 한 시간만이라도 살아 돌아온 어머니를 마주할 수 있다면……. 그런 감미로운 광경을 그려봤지만, 그때는 분명 나 자신의 출생 따위에 대한 얘기는 하지 않으리라. 그 귀중한 시간을 어머니의 머릿속을 어지럽힐 그런 얘기로 쓰고 싶지 않았다.

꼭 봐주었으면 하는 것은 어머니와 마지막으로 만났을 때보다 정신적으로 조금은 성장한 지금의 내 모습이었다. 그동안 줄곧 생각에 생각을 거듭해온 덕분에 나는 이전과는 다르게 변화한 것이다. 다름 아닌 어머니의 죽음에 대한 슬픔을 내 나름대로 극복하면서.

어머니가 조금이라도 유산을 남겨야 한다고 걱정했던 그 무렵과는 이제 크게 달라진 나를 봐주었으면 좋을 텐데…….

나의 성장을 느끼고 기뻐하는 어머니의 모습을 보고 싶었다. 인간적으로 좋은 방향으로 나아가고 있다는 것을 알고 진심에서 우러난 웃음을 짓는 어머니를 보고 싶었다. 나는 아직 아무것도 이뤄내지 못했다. 다만 앞으로 나아가고 싶었다. 어머니가 돌아가시기 전까지 결국 때를 맞추지 못했던 뭔가 좋은 일을 하기 위해…….

폭포에서 천천히 시선을 돌려 저 먼 곳으로 흘러가는 강을 더듬었다. 수면 위로 솟은 바위의 요철을 매끈하게 타넘으며 엄청난 빛의 명멸이 다시 초록빛 터널로 삼켜져갔다.

어머니가 어떤 심경으로 나를 낳았는지는 알지 못한다. 다만 한 가지 확실한 것은 어머니는 '죽음의 한순간 전'에 **누군가**로서 태어난 내가 곁에 있을 때의 자신이고 싶다고 진심으로 원했다는 점이었다.

나는 어머니에게서 사랑받고 있었다. 만일 그 한순간에 입회했다면 내가 전할 수 있었던 것은 오로지 감사의 마음뿐이었으리라. 그 말이 불러일으키는 반응이 어머니의 가슴속을 가득 채우는 것 외에 죽음을 앞두고 어떤 더 좋은 바람이 있을 것인가.

그다음에 일어난 일이 무엇이었는지는 지금도 애매하기만 하다. 아무튼 그건 일종의 기적이었다.

기기가 어떻게 잘못되었는지, 문득 기척을 느끼고 돌아보자 내 곁에는 분명 꺼버렸다고 생각했던 「어머니」가 앉아 있었다. 하지만 나는 부지불식간에 한순간 실제로 어머니가 다시 살아 돌아왔다는 착각에 빠졌다.

"어머니!"

이번에야말로 기회를 놓치지 않으려고 나는 머뭇머뭇 팔을 내밀었다. 그날 잡아주지 못했던 손이 거기에 있었다. 그리고 「어머니」에게 닿았다. 그렇다, 정말로 내 손으로 만진 것이었다.

온몸에 소름이 돋았다. VF 「어머니」의 손에는 분명 살아 있는 인간의 감촉이 있고 체온이 있었다.

"어머니……."

두 눈에서 눈물이 굴러 떨어졌다.

나는 「어머니」의 손등을 잡고 있었다. 그 손은 나의 부름에 응해 손바닥을 내보이며 다정하게 내 손을 잡아주었다.

곁에 사람이 존재하는 질량의 압박감이 있었다. 「어머니」는 자신의 몸에 어느 틈에 갖춰진 육체의 충실을 깨닫지 못한 채 그저 미소를 지으며 나를 보고 있었다. 그 손에는 분명하게 **다시 살아난 사람**만이 가질 수 있는 따스함이 채워져 있었다.

기적의 놀람은 길게 이어지지 않았다. 잠시 뒤에 나는 무슨 일이 일어났는지 이해했다. 이 집안에 있는 사람은 나 외에는 한 명뿐이었으니까.

그래도 나는 그 일을 기적으로 받아들이게 해준, 현실을 덮어버린 허망한 피막에 잠시 머물러 있었다. 조용히 눈을 감았지만 그 손이 나를 놓고 다시 멀어져갈 때까지 헤드셋을 벗지 않았다.

제14장

가장 사랑하는 사람의 타자성

미요시의 이사는 단출한 것이었다. 아침부터 허둥거리느라 감상적인 기분을 느낄 틈도 없었고, 전날 밤의 일에 대해서도 서로 아무 말도 하지 않았다.

어제보다 한층 더 구름이 옅어져서 서쪽에서 파란 하늘도 얼굴을 내밀었다.

왜건의 무인 택시가 도착해 짐을 싣고 나자 둘 중 누가 거둬들일지 서로 양보하는 듯한 침묵이 생겨났다.

"그동안 이래저래 정말 고마웠어. 우리, 수요일에 다시 만날 수 있지?"

"그렇죠, 출근할 거니까요. 이피 씨에게 안부 전해주세요."

미요시의 '다시 만날 수 있다'라는 한마디가 이별 인사를 과장스럽지 않게 만들어주었다.

차를 배웅하고 난 뒤에는 너무 많이 남겨져버린 침묵을 어떻게 처치해야 할지 난감했다. 하지만 섭섭한 반면에 적잖이 해방감도 느껴졌다. 그녀에 대한 내 마음과 그것을 억제하려는 갈등이 그동안 내게 강요했던 긴장감을 새삼스럽게 실감했다. 그리고 내가 정말로 수요일에 그녀를 다시 만나는 걸까, 라고 생각했다.

미요시가 떠나고 오랜만에 예전 어머니 방에 들어갔지만 구석구석 말끔하게 청소해서 내용물 없이 남겨둔 편지봉투 같은 느낌이었다.

창문으로 비쳐든 둔탁한 빛이 그녀의 부재를 두드러지게 드러냈다. 하지만 어머니의 죽음 직후로 되돌아간 느낌은 없었다. 다름 아닌 나 자신이 이미 그때와 똑같지 않으니.

*

다음날 나는 두 사람을 만날 예정이 있었다. 한 사람은 기시타니, 또 한 사람은 티리였다.

오전 중에 고스게에 자리한 도쿄 구치소로 기시타니를 면회하러 갔다. 답장이 왔던 것이다. 그리 길지는 않고, 편지에 대한 감사 인사와 가능하면 만나서 얘기하고 싶다고 적혀 있었다. 구치소는 면회 예약을 받지 않아서 어쨌든 가보는 수밖에 없었다.

고스게 역에서 내려 가까운 거리였기 때문에 걸어서 갔다. 아라카와 강 너머로 저멀리 스카이트리가 보였다. 앞쪽 하천 부지에서는 노인네들이 약식 야구를 하고 있었다. 신이 난 그 모습에 잠시 마음을 빼앗겼다. 무사히 그 나이까지 살 수 있었고, 그리고 지금 자유롭다는 것이 이제 곧 만나게 될 기시타니의 처지와 대조적으로 느껴졌는지도 모른다.

날씨 예보에서 2월인데도 한낮 기온이 20도까지 오른다고 하더니, 스웨터 차림으로 나온 나는 도착할 때쯤에는 땀이 좀 났다.

구치소는 거대한 로봇 곤충 같았다, 학교를 한층 더 위압적으로 만들어놓은 분위기여서 왠지 우울해지는 건물이었다.

미리 검색해본 대로 면회소 맞은편 가게에 들러 과자와 빵, 도시락 등을 구입해 나중에 기시타니에게 넣어달라고 주문했다.

접수처에서 수속을 마치고 짐을 로커에 맡겼다. 텔레비전이 놓인 로비의 대합실에서 대형 병원처럼 남녀노소 가릴 것 없이 의외로 많은 사람들이 소파에 앉아 기다리고 있었다. 집안사람들일까. 나는 빈자리를 찾지 못해 선 채로 그들을 지켜봤지만, 5분여 만에 면회실로 불려갔다.

시간은 15분으로 정해져 있었다. 구두 소리가 저벅저벅 울리는 복도였다. 영화에서 본 것과 똑같은 좁은 개인실로 안내를 받았다. 의자에 앉아 기다리고 있으려니 담당자를 따라 기시타니가 들어왔다. 나를 보자 예전처럼 씨익 웃었다.

"건강한 것 같아서 다행이야."

"응, 고맙다. 이것저것 챙겨서 넣어준 것도. 그 회사에서 같이 일했던 자들 중에 면회 온 사람, 네가 처음이야."

많이 야위었을 거라고 상상했는데 오히려 부은 것처럼 퉁퉁해져 있었다. 그런 얘기를 하자 기시타니는 쓴웃음을 지었다.

"운동 부족이야. 먹고 자기만 하니까. 근데 교도소로 넘어가면 다시 빠진다더라."

이렇게 직접 얼굴을 본 게 얼마만일까. 화면 너머로 얘기한 적은 많았지만 그런 그와 투명한 아크릴판 너머로 마주하는 현실은 아직도 받아들이기가 힘들었다. 인터넷보다 더욱더 다른 공간에 존재하는 것처럼 느껴졌다.

"어딘가 가상공간에 와 있는 것 같아. 끔찍한 악몽 속에. 헤드셋을 벗지 못해 현실 세계로 돌아가지 못한다고 할까. 춥고 냄새 나고, 실제로는 현실 그 자체지만."

"이상한 사건이었지? 기사 보고 깜짝 놀랐어."

"기사는 조작된 것도 많아, 이래저래."

"그래?"

"뭐, 그건 재판 때……."

그에게 정말로 살인의 의사가 있었는지 알고 싶었지만, 담당자의 귀가 있는 이곳에서 물어봐도 괜찮을지 망설여졌다.

기시타니는 내 표정을 민감하게 알아채고 말했다.

"지금도 나는 이상하다고 생각해, 이 세상이. 똑같은 인간으로 태어났는데 이렇게 격차가 벌어져서야 좋을 리가 없잖아. 이건 절대로 이상한 거야. 절대로."

나는 말없이 두어 번 고개를 끄덕인 뒤에 다시 말했다.

"그래도 그런 세상을 바꾸기 위한 방법으로는……."

기시타니는 입가에 서글픈 웃음이 스치고 고개를 돌려 시선을 피했다. 아마도 취조 때 수없이 되풀이했던 대화인 것이리라.

잠시 생각에 잠겨 있더니 다시 나를 바라보며 물었다.

"내가 잘못했다고 생각해?"

나는 고개를 끄덕였다.

"사람을 죽인다고 세상이 좋아지지는 않아."

그리 특이할 것도 없는 내 대답에 왜 그런지 기시타니는 허를 찔린 듯한 얼굴을 했다. 그 의미를 선뜻 파악할 수는 없었지만, 조금 전과는 달리 그는 나에 대한 친애의 정을 얼핏 내보이고는 더 이상 말을 잇지 못했다.

둘 다 잠시 침묵했다. 아마도 그 탓인지 담당자가 면회 종료를 재촉했다. 눈 깜짝할 사이였다. 10분쯤 지났을 뿐이다.

나는 그의 건강을 염려하고 재판이 공정하게 진행되기를 기도하겠다고 전했다. 그리고 마지막으로 오늘 이곳에 온 목적으로, 그에게 꼭 말해주고 싶은 게 있었다.

"교도소에서 나와서 갈 데 없으면 우리집으로 와. 방도 비었고, 원하는 만큼 함께 살아도 되니까."

기시타니는 고개를 끄덕이는 일도 없이 나를 조용히 바라봤다.

"넌 역시 착한 녀석이야. 이번 사건에 끌어들이지 않아서 다행이다."

웃음기 없이 오히려 약간은 험상궂은 진지한 얼굴로 해준 말이었다.

나는 그 한마디에 충격을 받았다. 그런 가능성을 짐작은 했었지만, 나와 그의 운명은 정말로 이 투명한 아크릴판 한 장 정도의 차이밖에 없었다는 것을 새삼 실감했다.

기시타니는 자신의 범행을 반성하고 있을까. 나는 그가 막판에 윤리적인 갈등으로 암살을 멈췄다는 그 한 가지 때문에 우정을 유지할 작정이었다. 하지만 "잘못했다고 생각해?"라는 말은 내가 이해한 것과는 반대로 암살 계획을 막판에 멈춘 것에 대한 얘기였던 것은 아닐까. 즉 테러의 마지막 단계에서 스위치를 눌렀어야 했다는?

그는 역시 VF '지도자'에게 단지 속아 넘어간 것만은 아니었는지도 모른다.

불온한 동요가 덮쳐드는 그대로 나는 자리에서 일어서면서 짧게 말했다.

"교도소로 옮겨도 또 면회 갈게."

하지만 그는 고개를 저었다.

"응, 근데 이제 충분해. 고맙다. 너는 역시 나와는 더 이상 엮이지 않는 게 좋아. 뭔가 좀 다른 것 같다, 우리는."

그런 말을 남기고 뿌리치기라도 하듯이 담당자와 함께 면회실을 나가버렸다.

범죄자인 척하는 그의 태도에 나는 거리감을 느꼈다. 그래도 그 역시 '착한 녀석'이 아닐까 하는 마음을 버릴 수 없었다.

*

고스게 역을 떠난 지하철에 흔들리면서 나는 기시타니와의 대화를 되짚어보았다.

"지금도 나는 이상하다고 생각해, 이 세상이. 똑같은 인간으로 태어났는데 이렇게 격차가 벌어져서야 좋을 리가 없잖아"라는 건 완전히 맞는 말이었다.

나는 어머니의 마음을 어디까지나 어머니의 것으로서 이해하고 싶었다. 즉 가장 사랑하는 타자의 마음으로서.

모두 다 알았다고 생각하는 것은 세상을 떠나 이미 목소리를 낼 수 없게 된 어머니의 입을 또다시 틀어막는 것이나 마찬가지다. 나는 어머니가 지금도 살아 있는 것처럼 언제든지 그 반론을 기다리며 계속 질문을 던지는 수밖에 없다. 이해하지 못했기 때문에 더더욱 이해하려고 하는 것이고 그렇게 하는 한, 어머니는 내 안에 언제까지고 존재할 것이다.

하지만 계속 **살아 있어도 괜찮은 거냐**고 시시때때로 위압적으로, 때로는 부모의 마음인 척하면서 끊임없이 우리를 몰아붙이는 이 사회의 냉혹한 짓거리를 잊은 것은 아니다. 그것이 노경에 접어든 어머니의 마음을 수없이 덮쳤던 게 아닐까.

무엇 때문에 존재하는가. 그 이유를 생각하는 것으로 분명 인간은 자신의 인생을 모색한다. 나 역시 그것을 생각한다. 하지만 그 질문 속에는 할말을 찾지 못한 채 어물거리고 마는 사람들을 색출해내고 부끄럽게 하고 삶을 단념하도록 재촉하는 살인자의 생각이 감춰져 있다. 이긴 팀에 속했다고 우쭐하는 오만傲慢한 인간들이 단지 자신들에게 **도움이 되는** 사람만을 선별하려고 하는 의도가 섞여 있다! 나는 거기에 저항한다. 후지와라 료지가 '나는 착해져야 한다고 진심으로 생각하게 됐다'라고 했던 것은 바로 그런 게 아니었을까.

그리고 "지금 자네가 '이제 충분하다'면서 '자유사'를 원한다면 나는 전력을 다해 막을 거야. 자네가 현실을 바꾸려고 노력한다면 나는 힘껏 응원하겠네"라고 했던 그의 말을 곰곰 되짚어보았다.

나는 역시 기시타니에게 전하고 싶었다. 그래도 우리가 '살아 있어도 괜찮은 거냐'고 추궁하는 쪽에 서버리면 그때는 끝장 아니냐고. 그건 다름 아닌 우리 자신의 자존심을 위한 일이라고.

그리고 막판에 멈췄던 그는 그것을 알고 있다고 믿고 싶었다.

*

티리와 약속한 레스토랑은 히비야에 자리한 복합빌딩의 3층이었다.

그녀는 전부터 꼭 한번 보답하고 싶다고 말했다. 그럴 필요는 없었지만, 나도 그녀를 만나 얘기하고 싶었다. 현실의 우리는 그 멜론 사건 날의 불행한 만남의 기억 속에 아직도 남겨져 있었다. 그리고 나는 아직도 그녀의 히어로라는 게 마음에 걸렸다. 그날 실제로 무슨 일이 있었는지 털어놓는다면 우리는 좀 더 깊은 감정을 주고받는 친구가 될 수 있을지도 모른다.

약속 시간보다 일찍 도착해 아직 티리의 모습은 보이지 않았다.

점원에게 예약한 것을 말하자 실내와 테라스 중에 선택하라고 했다. 바깥은 생각도 못했었는데 의외로 꽤 여러 팀이 앉아 있었다. 마침 빈자리가 나서 히비야 공원이 내려다보이는 4인용 테이블로 부탁했다.

가방을 옆에 내려놓고 한숨 쉬었다. 가만히 있어도 그리 춥지 않고 바깥공기가 상쾌했다.

큰길을 오가는 차량 소음이 들렸지만 거슬리지 않을 정도였다. 그 너머에서는 겨울의 시들한 공원에 남은 상록수가 때마침 비쳐 든 햇살을 받아 미풍에 아름답게 흔들렸다. 빛과 그림자, 가지와 잎의 움직임, 불어오는 바람 같은 커다란 일체감은 역시 가상현실과는 다르구나, 느꼈다.

테라스 끝의 유리 펜스에 참새 한 마리가 이쪽에 등을 돌린 채 앉아 있었다. 목화솜처럼 도도록한 그 사랑스러운 배를 한참이나 바라보았다. 평소에는 아마도 히비야 공원에서 살아갈 것이다. 그리고 참새 머리 너머로 다시 나무숲의 초록빛과 파란 하늘이 보였다.

나는 참새의 눈에 이 세계가 어떻게 보이는지 알지 못한다. 그 온몸에 이 세계가 어떻게 감지되는지도. 하지만 인간인 나와 전혀 다르다는 것만은 분명했다.

저마다 이 세계를 자신의 생존에 필요한 방법으로 인식한다. 나와 참새가 이 세계를 진실로 동등하게 향수하는 것은 사후에 각자의 종의 고유한 인식 시스템이 파괴되고 우주 자체와 일체화할 때이리라. 그렇다면 나에게 지금 저 나무숲의 초록이 저토록 아름답게 보이는 것에는 내가 살아가는 데 꼭 필요한 의미가 있는 것이다.

메뉴를 들고 점원이 다가오자 한순간 그늘이 졌다. 그게 좀 안타까웠다. 아마 인기척에 놀라 그녀가 돌아간 뒤에는 참새의 모습은 사라지고 없으리라.

들썽거리는 마음으로 메뉴 설명을 들었다. 하지만 다시 열린 시야에 뜻밖에도 참새는 여전히 머물러 있었다.

처음 이피를 만났던 날, 그의 리얼 아바타로서 산책을 나갔던 것도 저 히비야 공원이었다.

이피도 나도 그 무렵에는 고독했다. 우리는 기기를 통해 서로 연결된 게 아니었다. 몸을 매개로 일체화했던 것도 아니었다. 아마도 마음으로 이어졌을 터였다. 이피. 내가 동경하는 재능 넘치는 연하의 친구. 아름다운 눈빛을 가진 '저쪽 세계'의 사람. '그때 만일 뛸 수 있었다면'이라는 이루어지지 않는 꿈과 함께 살아가는 한 청년…….

그리고 나는 맞은편 빈자리를 가만히 바라보며 미요시와의 첫 만남을 회상했다.

콜롬보에 실재한다는 멋진 호텔을 모방해 만든 가상공간에서는 인적 없는 풀 사이드에서 야자나무가 여유롭게 흔들리고 있었다. 그 한 귀퉁이 테이블에 그녀는 조금 늦게야 고양이 모습으로 나타났었다.

그때는 그 아바타를 디자인한 사람이 이피인 줄은 알지 못했다. 그가 나를 통해 미요시를 알고 이윽고 사랑하게 될 줄도, 그리고 미요시가 한 사람의 팬으로서의 감정에서 그에 대한 사랑을 찾아내게 될 줄도. 미요시에게는 이피를 사랑하는 일이 그녀 자신의 인생을 다시 사랑하는 계기가 될 거라고 나는 믿고 있다. 그걸 내가 어떻게 기뻐하지 않을 수 있을까.

잠시 멍한 시선으로 나무들의 흔들림을 보고 있었다. 가슴속에서 커져가던 아픔이 하염없이 저 밑바닥을 향해 가라앉는 것 같았다.

그렇다 해도 현재를 살아가면서 동시에 과거를 산다는 것은 어째서 이토록 감미로운 것일까. 내가 이제「어머니」에게 별반 의지하지 않게 된 것도 그게 도리어 어머니의 기억을 살아가는 것을 방해했기 때문인지도 모른다. 지금의 나는 어머니가 떠나버린 세계에서도 역시 올바르게 살아가야 한다고 느끼고 있었다. 그러지 않으면 나는 어머니의 기억과 함께 살아가는 것조차 불가능하게 될 테니까. 어머니를 떠올리는 게 고통이 되는 그런 인생에 어떤 기쁨이 있을 것인가.

과거는 이미 상실되었고 두 번은 살 수 없기 때문에 더더욱 이토록 그리운 것인가. 아니, 그건 거짓인지도 모른다. 단지 이미 잃어버렸다고 해서 인간이 오뇌와 고통의 경험을 아쉬워하지는 않을 것이다.

나는 일반적인 것에서 평안을 찾고 있었다. 보통의 존재이고 싶었다. 나는 흔들리고 있다. 일반적으로 생각해야만 할 것이 있다는 것을 나는 안다. 하지만 그건 결코 그렇게 생각해서는 안 될 것도 있기 때문이었다.

"지금도 나는 이상하다고 생각해, 이 세상이"라는 기시타니의 말이 다시 머릿속을 스쳐갔다. 그 생각에 거듭거듭 동의한다. 다만 그런 세상을 나는 그와는 다른 방법으로 바꾸고 싶었다. 그렇게 할 수 있다면 나는 어렵사리 좋아진 사회를 좀 더 소중히 여길 것이다. 그것을 망가뜨려서는 안 된다고 진심으로 믿을 수 있을 것이다.

'죽음의 한순간 전'에 나는 천국이 그 풀 사이드 같은 곳이라고 머릿속에 그려볼지도 모른다.

그날은 분명 해 저물 무렵이었다. 영원히 태양이 지지 않는 저녁나절에 수영장 안은 바닥의 조명으로 휘황하게 밝혀졌다. 그런데 나는 어느새 그 광경을 오후의 가장 환한 시간인 것으로 착각하고 있었다.

그때가 되면 어린아이가 오직 자신이 좋아하는 색깔의 구슬만 좋아하는 순서대로 실에 꿰어나가듯이 나는 기억 속에서 즐거웠던 추억만을 꺼내 과거에서 현재까지의 나라는 인간을 만들어갈 것이다. 나는 나 자신보다 오히려 내 꿈을 좋아하리라. 그것 또한 부족하기보다 풍족하기를 바랄 게 틀림없다.

그곳에는 어머니도 있었으면 좋겠다. 그리고 마침 바로 지금 눈앞에서 날아간 저 참새처럼 내게로 날아올 미래의 누군가도.

그 참새를 눈으로 따라잡으려 했다. 하지만 한 차례 눈을 깜빡이는 틈에 놓쳐버리고, 그다음에는 그저 허공뿐이었다.

"아, 늦어서 죄송해요."

티리는 뺨을 살짝 붉히며 내 시야에 들어왔다. 참새의 길 떠남이 그녀의 도착을 알리는 신호였다는 것을 그제야 알았다.

"엇, 오신 줄도 모르고, 미안해요. 잠시 딴생각을 하느라…….

베란다로 자리를 잡았는데 괜찮을까요? 추우면 안으로 들어가도 되는데요."

"아뇨, 급하게 뛰어와서 더워요. 바깥이 더 좋아요."

그녀는 석류빛 색깔의 터틀넥 스웨터를 살짝 당겨 고였던 열기를 빼냈다.

"그럼 이따가 추워지면 얘기해요."

"네."

조명 탓에 화면 너머로 볼 때는 자꾸만 그늘지던 그녀의 얼굴이 정채를 내뿜는 것처럼 보였다. 머리를 조금 환하게 염색했는지도 모른다.

"멋진 레스토랑이네요. 자주 오는 곳이에요?"

"아뇨, 나도 처음이에요. 인터넷으로 검색해서 찾았죠. 근데 음식이 괜찮을지 모르겠어요."

그녀는 자리에 앉으면서 미소를 지었다.

메뉴는 메인 선택이 가능한 런치 코스와 파스타 코스뿐이어서 나는 포크소테, 그녀는 황새치구이, 그리고 둘이서 탄산수 한 병을 주문했다.

답례로 청해준 점심식사였지만 계산은 나중에 상의해볼 생각이었다.

점원이 돌아가자 티리는 작게 심호흡을 하고 나를 보았다. 그리고 금세 시선을 피했다가 다시 얼굴을 들었다.

"그동안 잘 지냈어요?"

"사쿠야 씨도 건강하게 잘 지내셨어요?"

"네, 뭐, 그렇죠."

요즘 날씨에 대한 이야기를 한참 나누고 오늘의 화창함을 기뻐했다.

음식 접시가 나오기 전에 나는 가져온 서류를 꺼냈다.

"이거, 전에 얘기했던 학교의 설명서예요."

몇 차례 메일을 주고받으며 나는 그녀에게 다시 한번 일본어를 공부해보는 게 어떻겠느냐고 제안했었다. 그녀의 생활을 향상시키기 위해서는 불가결한 일일 터였다.

"그래요?"

티리는 애매하게 고개를 끄덕이며 머뭇거렸다. 하지만 여동생 쪽도 물어보자 곧바로 대답이 나왔다.

"네, 동생은 꼭 공부하게 해주시면 좋겠어요."

"티리 씨도 함께 공부하는 건 어때요?"

"글쎄요, 가능하면 하고 싶은데 생활비도 벌어야 하고……."

일본에서 살면서도 언어 습득이 불충분한 외국인 어린이들에게 일본어를 재교육하는 '날갯짓 모임'이라는 NPO법인에 나는 티리의 경우에 대해 문의했다. 성인은 대상이 아니지만 이전부터 문의가 많았기 때문에 검토해보고자 한다, 견학하러 온다면 그 자리에서 면접도 하겠다, 라는 답변이었다.

오늘 가져온 것은 그 안내 책자로, 알기 어려운 문장에는 손 글씨로 직접 설명을 덧붙였다.

"대단해요, 사쿠야 씨가 직접 쓰신 거예요?"

"네."

"정말 이해하기 쉽게 적어주셨네요."

티리는 인쇄된 문장을 조금 읽어보고 말했다.

"여동생하고 부모님과 충분히 상의해보세요."

"그럴게요. 실은 아버지가 활동하는 단체분들도 이 학교에 대해 알고 있었어요."

"그래요?"

"좋은 학교라고 했어요."

"다행이군요. 견학해보고 마음에 안 들면 다른 곳을 찾아봐도 되니까요. 내가 알아본 바로는 여기가 가장 평판이 좋았어요. 상담을 해준 대표님도 친절했습니다."

전채 샐러드가 나와서 세세한 설명은 일단 그다음으로 미루게 되었다.

나는 NPO 대표에게 연락을 취했을 때, 티리에 대한 것과는 별도로 내가 인턴으로 일하고 싶다는 희망을 전했다. 여성 대표는 뜻밖이라는 반응이었지만, 복지에 대한 관심을 모자가정이었던 내 경우와 함께 설명하자 반가워하는 말투로 응해주었다.

"그렇다니까요. 이건 내국인 대 외국인의 문제가 아니라 사회적 빈부 격차의 문제거든요."

그 목소리가 풍기는 여운에 감동해서 나는 이런 사람들과 관계를 맺으며 살아가야 한다는 것을 강하게 실감했다. 나 자신이 변화하기 위해서도 꼭 필요한 일이었다.

이피와 일하기 위한 사전 준비로 자선사업에 대해 알아봤지만, 지금 이대로는 내가 거의 아무 도움도 안 된다는 것을 통감해야 했다. 복지에 대한 기본적인 이해나 재정적 지식도 없고 실무 경험도 전무했다.

정말로 하고 싶은 일을 찾아내면서 처음으로 고등학교를 중퇴한 것을 후회했다. 대학에서 복지 관련 공부를 하기 위해 적금도 들고, 어제는 입시학원의 온라인 강의도 신청했다.

그러자면 이피와의 일도 그만둘 수밖에 없다. 내일 그에게 그런 얘기를 하기로 마음먹었다. 언젠가 그와 대등한 입장에서 다시 함께 일하고 싶었다.

그런 얘기들을 단지 들어주었으면 하는 마음으로 티리에게 털어놓았다. 편의점 동영상 덕분에 쏟아진 '돈쭐'도 진학을 위한 경비로 충당할 생각이다. 게다가 티리 덕분에 내가 '언어'에 강한 관심이 있다는 것을 새삼 인식했다…….

최대한 간단하게 설명하려고 노력했지만 그녀의 표정을 보니 이따금 내용을 모르는 채 그냥 넘어가고 있었다. 결국 그날 있었던 일을 상세히 얘기하는 데까지는 이르지 못했다.

그래도 내 모습에서 강한 의욕이 전해진 모양이었다. 티리도 힘찬 대답을 해주었다.

"대단해요. 나도 공부, 열심히 하고 싶습니다."

그 말보다 그녀의 마음속에 생겨난 바람직한 반향을 감지하고 나는 강한 기쁨을 느꼈다. 우리는 다시 환하게 미소를 지었다.

모든 것은 이제부터 시작이다.

현재를 살아가면서 동시에 미래를 살아가는 것도 감미롭다면,

이라고 나는 생각했다. 탄생 이전의 상상과 사후의 상상이 바로 이 나라는 존재에게 감미로운 것이 되어주기를…….

점원이 다가와 왠지 당연한 듯 내 앞에는 황새치구이를, 티리 앞에는 포크소테를 놓고 갔다. 우리는 쓴웃음을 지으며 접시를 교환했다.

그때 티리가 손끝으로 가리켜서 나는 다시 유리 펜스로 시선을 던졌다.

어느샌가 이번에는 참새 두 마리가 앉아 있었다. 둘 다 배가 목화솜처럼 도도록한 모습으로.

"너무 귀여워요."

티리가 사진을 찍으려고 휴대전화를 꺼냈다.

한쪽이 아까 그 참새인가, 하고 나는 찬찬히 바라봤지만 어느 쪽인지 전혀 구별이 되지 않았다.

친구를 데리고 돌아온 것이라면 나는 환영하고 싶었다. 하지만 새로운 두 마리가 날아온 것이라도 나는 진심으로 환영하고 싶은 기분이었다.

주요 참고 문헌

『安樂死·尊嚴死の現在(안락사 존엄사의 현재)』, 松田純, 中公新書

『「発達障害」とされる外国人の子どもたち(발달장애로 취급되는 외국인 어린이들)』, 金春喜, 明石書店

『未来の年表-人口減少日本でこれから起きること(미래 연표-인구 감소의 일본에서 일어날 일)』, 河合雅司, 講談社 現代新書

『VRは脳をどう変えるか? 仮想現実の心理学(VR은 뇌를 어떻게 변화시키는가-가상현실의 심리학)』, Jeremy Bailenson, 倉田幸信 訳, 文藝春秋

『AI倫理-人工知能は「責任」をとれるのか(AI 윤리-인공지능은 책임을 질 수 있는가)』, 西垣通·河島茂生, 中公新書ラクレ

『AI原論-神の支配と人間の自由(AI 원론-신의 지배와 인간의 자유)』, 西垣通, 講談社選書メチエ

『人工知能は人間を超えるか(인공지능은 인간을 뛰어넘을까)』, 松尾豊, 角川EPUB選書

『はじめて出会う生命倫理(처음 만나는 생명윤리)』, 玉井真理子·大谷いづみ編, 有斐閣アルマ

『ブラック企業(블랙 기업)』, 今野晴貴, 文春新書

『ブラック企業 2 (블랙 기업2)』, 今野晴貴, 文春新書

『향연』, 플라톤

『소크라테스의 회상』, 크세노폰

『対訳コウルリッジ詩集(콜리지 시집)』, 上島建吉 編, 岩波文庫

『이즈의 무희』, 가와바타 야스나리

『다카세부네』, 모리 오가이

인용

『詩を書く少年(시를 쓰는 소년)』, 三島由紀夫

『尾崎放哉全句集(오자키 호사이 전집)』, 尾崎放哉, ちくま文庫

영화 〈택시 드라이버〉, 마틴 스콜세지 감독

가까운 미래

이제 곧 다가올 미래 세계에서 우리는, 또한 다음 세대는 어떤 마음을 품고 살아가게 될까. 혹은 죽어가게 될까.

히라노 게이치로의 새 소설 『본심』의 시간 배경은 우리가 사는 현재로부터 20여 년 후의 미래, 2040년대 초입이다. 주인공 이시카와 사쿠야는 한 사람이 떠나면 다른 한 사람은 세상에 홀로 남게 되는 한 부모 가정의 자녀다. 그 어머니를 잃고 반년 만에 스물아홉 살 생일을 맞이한다. 어머니가 있는 곳에서 어머니가 없는 곳으로 세계가 크게 변형된 것을 새삼 절감하며 삶의 방향성을 잃고 무력감에 빠져든다. 슬픔과 고독에서 벗어나기 위한 방법으로 그는 어머니의 VF(가상인간)를 제작하기로 마음먹는다.

이마에 땀이 누눅하게 맺히고 작은 쉼표를 넣는 대화까지 재현해내는 정교한 VF 「어머니」는 과연 그의 결락과 모색을 해결해줄 수 있을까. '자유사'를 원했던 어머니의 본심을 찾아내고, 밝혀지지 않은 부친의 자취를 더듬으면서 사쿠야가 마주하는 사건들과 사람들, 그 영혼의 편력이 마치 추리소설처럼 시종 흥미롭게 이어진다. 2040년대 한 청년의 일상이 시간에 주름을 잡은 듯이 바로 지금 우리 곁에서 살아 숨쉬는 것처럼 느껴진다.

가상인간을 개인적으로 주문 제작해 활용하고 실제 현실보다 메타버스에서 일상적인 경제와 사회, 문화 활동을 하는 미래지만 기후변화에 따른 재난은 으레 일어나는 불행이 되고 빈부 격차는 한층 심각한 문제로 떠오른다. 패자가 된 '이쪽 세계의 사람들'에게 안정적인 취업이란 여전히 쉬운 일이 아니다. 주인공 사쿠야의 직업은 계약직 '리얼 아바타'. 의뢰자의 각종 주문에 응해 특수 고글을 쓰고 업무를 수행하는, 살아 있는 인간의 몸을 가진 아바타라는 뜻에서 붙여진 명칭이다. 회사의 계약 조건은 살벌하고 부당하다. 그런 속에서도 모든 밥벌이가 그렇듯이 일하는 보람이 느껴질 때도 있고, 때로는 상대를 '죽이지 않았던 건 어째서일까'라는 위험한 생각이 들 때도 있다.

별다른 의문도 없이 나는 여태껏 법에 저촉되는 일은 하지 않았지만, 그 이유는 아마도 어머니가 있었고 그 어머니에게 사랑을 받았기 때문일 것이다. 어머니를 슬프게 하고 싶지 않았다. 홀로 남겨두고 싶지 않았다.

하지만 지금은 어떤가. 어머니가 있는 세계에서 어머니가 없는 세계로 들어왔고, 한동안 여기서 살아본 끝에 명백히 나는 왜 이 새로운 세계의 법률을 지키지 않으면 안 되는 것인지 알 수 없게 되어버렸다.

_본문에서

미래의 한 젊은이의 고뇌를 바라보는 현재의 우리는 작가의 전망에 공감하면서 한층 빈부 격차가 심화한 미래를 만들어버린 데 대한 회한을 품지 않을 수 없다. 등장인물들의 나이를 계산해보면 주인공 사쿠야는 2010년대 생, 어머니는 1970년대 생이다. 지금 이 공간에서 함께 살아가는 새로운 세대의 미래, 또한 죽음을 앞두고 우리 스스로가 목격하게 될 가까운 미래이기 때문에 더욱더 뼈아프게 다가오는 게 아닐까.

이야기 속에는 다양한 죽음의 양상이 담담하게 제시된다. 아내와 딸을 두고 젊은 나이에 익사했으나 이제는 VF로 활약하는 나카오 씨, 생의 마지막을 예감하고 리얼 아바타를 통해 홋카이도 고향 집에 다녀오는 와카마쓰 씨, 헤드셋을 쓰고 VF「어머니」와 조용히 문학에 대한 대화를 나누고 콜리지의 시를 암송하며 영면하는 요시카와 교수, 그리고 소설 속의 소설『파도』에는 몰래카메라라는 방송프로그램 과정 중에 거짓인 줄도 모른 채 진심 어린 사랑을 품고 황망한 죽음에 휩쓸리는 개그맨의 얘기가 펼쳐진다. 거기에 멀리 소크라테스의 독배까지, 히라노 게이치로 작가의 안내를 받으며 죽음에 대한 수준 높은 천착에 동행하는 것은 좋은 책을 읽을 때만 가질 수 있는 크나큰 사치가 아닌가, 라고 생각했다.

무거운 주제를 그야말로 정면으로 다루는데도 쉴 새 없이 이어지는 에피소드를 즐기면서 마지막 한 장까지 흥미롭게 읽어나갔다. 특히 300억 년의 우주를 체험하는 연기緣起 앱, 선한 히어로에게 바쳐진 어리둥절하면서도 신이 나는 '돈줄'의 쇄도, 미래 신세대 '이피'의 상상을 초월하는 대성공과 신박하다고 할 만한 사고방식 등에서는 현실적이면서도 품격을 잃지 않는 스토리의 재미를 마음껏 맛볼 수 있을 것이다. 시라가 가즈오의 구체미술具體美術, 영화 〈택시 드라이버〉, 방향성을 주제로 하는 개그콘서트 같은 예술 편력도 다시금 되짚어 정리해두고 싶다.

메타버스가 일상이 되는 미래에도 여전히 종이책이 중요한 한 부분으로 남아 있는 것도 반가웠다. 종이라는 소중한 인류 유산 위에 찍힌 문자들, 한 장 한 장 넘기면서 개개의 인간의 뇌 속에서 일어나는 상상과 거기서 끓어오르는 감성의 카오스는 대우주의 공空과 무한한 시간을 넘나드는 참으로 신비로운 것이다.

원서의 띠지에는 작가 요시모토 바나나의 '줄곧 냉정하게 모든 것을 관찰하는 현명한 주인공의 감정이 선하게 또한 크게 뒤흔들릴 때마다 눈물을 글썽이지 않을 수 없다'라는 헌사가 실려 있었다.

거실 문이 스르륵 열렸다. 문 뒤편에 어머니가 서 있는 것 같은 마음이 들었다. 그리고 지금이라도 모습을 드러내며 "잘 잤니?"라고 내게 말을 건네는 모습을 상상했다.

반쯤 열린 채 멈춰 있는 문을 응시했다. 그 뒤에서 은색 손잡이를 잡으려다가 주저하는 손을 머릿속에 떠올렸다.

"엄마……."

이런 때는 만에 하나의 경우를 대비해 할 수 있는 일은 뭐든 다 해봐야 할 것이다. 나는 어머니를 맞이하기 위해 그렇게 불러보았다. 하지만 문은 내 기대에 당황한 것처럼 언제까지고 가만히 멈춰 있을 뿐이었다.

_본문에서

별다를 것 없는 작은 움직임에서 포착한 그리움과 상실감이 가슴에 뭉클하게, 눈물이 글썽여질 만큼 와닿는 대목이다. 그리 티 나지 않게 노련하고, 새겨볼수록 속 깊은 묘사에 감탄했다. 사랑으로 키운 '착한' 아이가 가장 사랑하는 사람에의 타자성他者性을 깨닫고 그것을 어떻게 넓은 사회로 확장시키고 간직해나가는지, 진심으로 응원하고 싶은 마음이다. 히라노 게이치로의 수려한 문장이 그려내는 세계를 그에 값할 만큼 온전히 우리말로 옮기기가 쉽지 않다는 안타까움에 시달리면서도 매번 뿌듯한 보람을 느끼는 이유일 것이다.

굳이 의미를 찾으려 애쓸 것도 없이 작가가 펼쳐 보이는 가까운 미래 세계의 모습에 스며들기, 우리가 작디작은 어떤 물질로 무한한 우주 속에서 거듭거듭 변전하는 가운데, 시간과 비용을 들여 한번쯤 가져볼 가치가 있는 소중한 독서 체험이 될 것이라고 생각한다.

옮긴이 **양윤옥**

일본문학 전문 번역가. 히라노 게이치로의 『일식』으로 2005년 일본 고단샤에서 수여하는 노마문예번역상을 수상했다. 『달』 『장송』 『센티멘털』 『형태뿐인 사랑』 『마티네의 끝에서』 『소설 읽는 방법』 『한 남자』까지 여덟 권의 히라노 게이치로 작품을 우리말로 옮겼다.

그 밖의 번역서로 무라카미 하루키의 『1Q84』 『직업으로서의 소설가』 『여자 없는 남자들』, 히가시노 게이고의 『나미야 잡화점의 기적』 『백조와 박쥐』 『그대 눈동자에 건배』, 아쿠타가와 류노스케의 『지옥변』, 다자이 오사무의 『인간실격』, 렌조 미키히코의 『백광』 『열린 어둠』, 사쿠라기 시노의 『호텔 로열』 『빙평선』 『별이 총총』, 스미노 요루의 『너의 췌장을 먹고 싶어』 『밤의 괴물』 등 다수의 작품을 우리말로 옮겼다.

본심

지은이 히라노 게이치로
옮긴이 양윤옥
펴낸이 김영정

초판 1쇄 펴낸날 2023년 1월 31일
초판 2쇄 펴낸날 2023년 3월 29일

펴낸곳 (주)현대문학
등록번호 제1-452호
주소 06532 서울시 서초구 신반포로 321(잠원동, 미래엔)
전화 02-2017-0280
팩스 02-516-5433
홈페이지 www.hdmh.co.kr

ISBN 979-11-6790-183-5 (03830)

* 책값은 뒤표지에 있습니다.
* 파본은 구입처에서 교환해드립니다.